UNE PEINE D'EXCEPTION

PATRICIA CORNWELL

UNE PEINE D'EXCEPTION

TRADUIT DE L'ANGLAIS (ÉTATS-UNIS)
PAR ANDREA H. JAPP

LE GRAND LIVRE DU MOIS

La première édition de cet ouvrage a paru en France en 1994 aux Éditions du Masque. La présente édition, publiée sous le même titre, en propose une nouvelle traduction.

Titre original :
CRUEL & UNUSUAL

Éditeur original : Scribner, New York

www.les-deux-terres.com

À l'inimitable Dr Marcella Fierro
(Vous avez été un remarquable
professeur pour Scarpetta.)

Prologue

(Une méditation à Spring Street-sur-Damnation)

Dans deux semaines ce sera Noël. Dans quatre jours ce sera le néant. Je suis allongé sur mon lit au sommier métallique, fixant mes pieds nus et sales et la cuvette blanche des toilettes dépourvue de lunette. Les cafards qui rampent sur le sol ne me font plus sursauter. Je les contemple du même regard qu'ils me réservent.

Je ferme les yeux, inspirant sans hâte.

Je me souviens de ces heures de canicule, lorsque je râtelais le foin, pour une paye misérable comparée à celle que recevaient les Blancs. Je rêve de faire griller des cacahuètes dans une boîte de conserve vide et de croquer dans des tomates bien mûres comme s'il s'agissait de pommes. Je me vois le visage luisant de sueur, au volant d'un pick-up, dans ce trou perdu que je m'étais juré de quitter parce que n'y subsiste nul futur.

Je ne peux pas aller aux chiottes, me moucher ni fumer sans que les gardiens prennent note de mes moindres gestes. Il n'y a pas de pendule, ici. J'ignore le temps qu'il fait dehors, et, lorsque j'entrouvre les paupières, je ne vois qu'un mur nu, qui s'étend à l'infini. Qu'est-ce qu'un homme est censé ressentir lorsqu'il est si près de sa fin ?

C'est comme une chanson triste, terriblement triste. Mais je n'en connais pas les paroles. Je ne m'en souviens plus. Ils affirment que ça s'est produit en septembre, lorsque le ciel ressemblait à un œuf de rouge-gorge, que les feuilles rousses semblaient prendre feu avant de rejoindre le sol. Ils disent qu'une bête a envahi la ville. Maintenant, un son a disparu.

M'abattre ne tuera pas la bête. La pénombre est sa complice, le sang et la chair ses délices. Parce que vois-tu, mon frère, lorsque tu penses que tu peux enfin fermer les yeux, c'est le moment d'être aux aguets.

Un péché en appelle un autre.

RONNIE JOE WADDELL.

1

Le lundi, durant lequel je conservai toute la journée la méditation de Ronnie Joe Waddell dans mon sac à main, je ne vis pas le soleil. Il faisait toujours nuit lorsque je sortis de chez moi pour rejoindre mes bureaux. Il faisait déjà nuit lorsque je rentrai. Une petite pluie fine dansait dans la lumière de mes phares. Le brouillard et le froid mordant rendaient l'obscurité presque lugubre.

J'allumai un feu de bois dans la cheminée de mon salon. Les champs, les fermes de Virginie défilaient dans ma tête. Des grappes de tomates mûrissaient au soleil. J'imaginai un jeune homme noir, suffoquant dans l'habitacle surchauffé d'un pick-up, me demandant si le goût du meurtre habitait déjà son esprit à cette époque-là. Le *Richmond Times-Dispatch* avait publié la réflexion de Waddell et j'avais découpé l'article afin de le joindre aux autres pièces de son dossier qui gagnait en volume. Mais j'avais été débordée de travail et, du coup, la coupure de journal était restée dans mon sac. Je l'avais lue à plusieurs reprises. Sans doute la cohabitation de la cruauté et de la poésie chez un même être me surprendrait-elle toujours.

J'occupai les heures qui suivirent à régler des factures, rédiger quelques cartes de vœux de Noël, la télévision allumée mais muette. À l'instar de tous les Virginiens, lorsqu'une exécution capitale était imminente, j'apprenais par les médias si tous les appels avaient été rejetés ou si le gouverneur avait décidé d'accorder sa grâce. La nouvelle déterminait le reste : je pouvais aller me coucher, ou je devais reprendre la voiture pour rejoindre la morgue.

Il n'était pas tout à fait 22 heures lorsque le téléphone sonna. Je décrochai, certaine d'entendre mon adjoint ou quelque autre membre de mon personnel, dont la soirée, comme la mienne, était placée sous le signe de l'expectative. Au lieu de cela, une voix masculine que je ne reconnus pas hésita :

– Allô ? J'essaie de joindre Kay Scarpetta. Euh… le médecin expert général, le Dr Scarpetta ?

– C'est moi.

– Ah, bien… Je suis le détective Joe Trent, de la police d'Henrico County. Je suis vraiment désolé de vous déranger à votre domicile, embraya-t-il d'une voix tendue, mais euh… on est confrontés à un problème pour lequel on aurait besoin de votre aide.

– Quel problème ? demandai-je en fixant nerveusement l'écran de la télévision qui diffusait une publicité.

Pourvu que je ne sois pas appelée sur une scène de crime !

– Un gosse de treize ans, blanc, a été enlevé un peu plus tôt dans la soirée, comme il sortait d'une boutique du Northside. Il a pris une balle en pleine tête et on dirait qu'il y a aussi des composantes sexuelles au meurtre.

Mon estomac se noua comme j'attrapai un crayon et un bout de papier.

– Où se trouve le corps ?

– Il a été découvert derrière une épicerie de Patterson Avenue, ça fait partie du comté. Je veux dire... euh... il n'est pas mort, docteur. Il n'a pas repris connaissance et personne ne semble vouloir se prononcer sur la suite. C'est sûr que je comprends que ça ne vous concerne pas, puisqu'il n'est pas mort, mais on ne sait pas s'il va survivre et, en plus, il porte des blessures vraiment bizarres. Enfin, je n'ai jamais rien vu de tel auparavant. Or je sais que vous, vous voyez des tas de cas différents, et je me disais que vous auriez peut-être une idée sur la manière dont ces blessures ont été infligées et pourquoi.

– Décrivez-les-moi.

– Bon, il y a deux zones distinctes. La première s'étend sur la face interne de la cuisse droite, assez haut, pas très loin des organes génitaux. La deuxième zone, c'est l'épaule droite. Des morceaux de chair ont été enlevés, découpés. En plus, il y a des coupures et des éraflures étranges sur le pourtour des plaies. Le gamin est au centre des urgences Henrico Doctor's.

– Avez-vous retrouvé les tissus excisés ?

Je fouillai ma mémoire à la recherche d'affaires comparables.

– Non, pas pour l'instant. Mais j'ai des gars sur place, qui cherchent. Peut-être que le gosse a été massacré dans une voiture.

– Dans quelle voiture ?

– Celle de l'agresseur. Le parking de l'épicerie dans lequel on a retrouvé le gamin est bien à cinq ou six kilomètres de la boutique où on l'a aperçu pour la dernière fois. Ça ne m'étonnerait pas qu'il soit monté dans un véhicule, de gré ou de force.

– Avez-vous pris des clichés des blessures avant toute intervention médicale ?

– Ouais, sauf que pour l'instant ladite intervention médicale est assez minime. Ils vont devoir procéder à des greffes tant il y a eu de peau arrachée. Les médecins ont parlé de greffes *totales*, je sais pas si ça vous dit quelque chose.

En effet, cela me disait qu'on avait débridé les blessures et que l'enfant était maintenu sous perfusion d'antibiotiques dans l'attente d'un greffon d'épiderme fessier. En revanche, si tel n'était pas le cas, s'ils avaient débarrassé les plaies des tissus trop abîmés avant de les suturer, il ne me resterait plus grand-chose à examiner.

– Ils n'ont donc pas recousu ?

– C'est ce qu'on m'a dit, docteur.

– Et vous souhaitez que j'y jette un œil ?

– Ah, ça serait vraiment super ! lança-t-il d'un ton où perçait le soulagement. Comme ça, vous pourriez vraiment bien examiner les plaies.

– Quand préférez-vous que je passe ?

– Demain, ce serait parfait.

– C'est entendu. Quelle heure ? Le plus tôt sera le mieux.

– À 8 heures ? Je vous attendrai devant l'entrée des urgences.

– J'y serai.

Le présentateur du journal télévisé me fixait d'un

regard grave et pesant. Je raccrochai et récupérai la télécommande pour monter le son.

– … Eugenia ? Savez-vous si le gouverneur a fait une déclaration ?

Un mouvement de caméra et le pénitencier d'État de Virginie envahit l'écran. On enfermait depuis deux siècles les pires criminels du Commonwealth dans cette bâtisse construite le long d'une des berges rocheuses de la James River, juste à la limite du cœur ancien de la cité. Les pancartes brandies par les opposants à la peine capitale se mêlaient dans l'obscurité à celles des enthousiastes de la chaise électrique ou de l'injection létale, et leurs visages se détachaient, implacables dans la lumière des projecteurs des équipes de télévision. Une vague glacée serra mes tempes lorsque je constatai que certains d'entre eux s'esclaffaient. Une jeune et ravissante journaliste vêtue d'un manteau rouge apparut. Elle expliqua :

– Comme vous le savez, Bill, une ligne téléphonique directe a été installée hier, reliant le bureau du gouverneur Norring et le pénitencier. L'absence de déclaration de la part de Mr Norring est très évocatrice. En effet, le mutisme du gouverneur est traditionnellement le signe que la demande de grâce a été rejetée.

– Et comment évolue la situation là-bas ? Selon vous, y a-t-il un risque qu'elle dégénère ?

– Pour l'instant, les choses semblent assez calmes, Bill. Plusieurs centaines de personnes se sont rassemblées devant les portes de la prison et attendent. De surcroît, le pénitencier est presque désert puisque les détenus, à l'exception de quelques dizaines, ont été transférés dans la nouvelle installation carcérale de Greensville.

J'éteignis la télévision. Quelques minutes plus tard, je roulais vers l'est, les portières verrouillées et la radio allumée. L'épuisement me gagnait, m'anesthésiant comme une drogue. L'engourdissement le disputait à l'abattement. Je détestais les exécutions. Je détestais devoir attendre qu'un homme meure. Je détestais enfoncer la lame de mon scalpel dans une chair humaine aussi tiède que la mienne. J'étais un médecin, doublé d'une juriste. J'avais été exercée à comprendre ce qui donnait la vie, ce qui l'éradiquait, on m'avait enseigné où se trouvait le bien, où nichait le mal. Et puis l'expérience était devenue mon mentor, et elle avait saccagé cette part préservée de moi qui se cramponnait à son idéalisme et à son pouvoir d'analyse. Quelle claque, quel sentiment d'échec pour un être habitué à réfléchir, de devoir reconnaître que de nombreux clichés sont fondés ! Il n'existe nulle justice sur cette terre. Rien ne pourrait jamais réparer ce qu'avait fait Ronnie Joe Waddell.

Il attendait depuis neuf ans dans le couloir de la mort. Je n'avais pas effectué l'autopsie de sa victime, assassinée avant que je ne sois nommée médecin expert général de l'État de Virginie et que j'emménage à Richmond. Cela étant, j'avais étudié tout le dossier, j'en connaissais chaque épouvantable détail. Dix ans plutôt, un 4 septembre, Robyn Naismith avait téléphoné à Channel 8, la chaîne de télévision où elle était présentatrice, afin de prévenir qu'elle souffrait d'un gros rhume et ne pourrait se rendre à son travail. Elle était ensuite sortie pour acheter des médicaments. Le lendemain, son corps nu et martyrisé avait été découvert dans son salon, adossé au poste de télévision. Une empreinte digitale sanglante souillait l'armoire à pharmacie de sa salle de bains. Elle avait été identifiée comme appartenant à Ronnie Joe Waddell.

Quelques véhicules étaient déjà garés derrière la morgue lorsque j'y parvins. Fielding, mon assistant-chef, m'avait précédée, tout comme mon administrateur, Ben Stevens, et la responsable de la morgue, Susan Story. La porte de la baie de déchargement était ouverte et la lumière intérieure éclairait avec parcimonie l'asphalte du parking. Un policier assis au volant de sa voiture de patrouille grillait une cigarette. Il en descendit lorsque je me garai.

– Est-ce bien prudent de laisser la porte de la baie ouverte ? demandai-je.

C'était un grand homme décharné, aux épais cheveux blancs. Je ne parvenais jamais à me souvenir de son nom, en dépit du fait que je l'avais vu à maintes reprises.

Il remonta la fermeture Éclair de son chaud blouson de nylon en expliquant :

– Oh, pour l'instant, tout semble bien se passer, docteur Scarpetta. J'ai pas vu de fauteur de troubles dans les parages. Mais dès que les gars de la carcérale se pointeront, je refermerai tout et je m'assurerai que ça reste bouclé.

– Entendu, pourvu que vous restiez à proximité jusqu'à leur arrivée.

– Oui, m'dame, vous pouvez compter sur moi. Et puis y a deux autres policiers qui vont me rejoindre, au cas où on aurait un problème. J'ai l'impression qu'il y a pas mal de protestataires. Je suppose que vous avez lu dans le journal cette histoire de pétition que plein de gens ont signée avant de l'apporter au gouverneur.

Même que tout à l'heure, j'ai entendu raconter que certains cœurs sensibles font la grève de la faim, jusqu'en Californie à ce qu'il paraît.

Mon regard balaya le parking désert jusque de l'autre côté de Main Street. Une voiture passa en trombe, ses pneus gémissant sur le bitume détrempé. Les trouées lumineuses des réverbères semblaient couler dans le brouillard.

– Eh ben, en tout cas, avec moi, ça risque pas ! reprit l'officier de police en protégeant la flamme de son briquet de sa main en coupe et en tirant sur une nouvelle cigarette. Je raterais même pas une seule pause-café pour Waddell, après ce qu'il a fait subir à cette Naismith. Vous savez, je me souviens bien d'elle quand elle passait à la télé. Moi, les femmes, je les aime comme mon café, avec beaucoup de lait et plein de sucre. Mais j'admets que c'était quand même la plus jolie Noire que j'aie jamais vue…

J'avais arrêté de fumer à peine deux mois plus tôt, et voir une cigarette aux lèvres de quelqu'un me mettait toujours les nerfs à fleur de peau.

– … Doux Jésus, ça doit bien faire dix ans, maintenant, mais je me souviens du tollé que ç'a provoqué. C'est une des pires affaires qu'on ait connues dans le coin… On aurait cru qu'un grizzly s'était attaqué à…

Je le coupai net :

– Vous nous tiendrez informés de la suite, n'est-ce pas ?

– Oui, m'dame. Y doivent me contacter par radio et je vous le ferai savoir aussitôt.

Il tourna les talons et rejoignit le confort relatif de sa voiture.

Les rampes fluorescentes qui illuminaient le couloir de la morgue décoloraient les murs, et une odeur écœurante de désodorisant prenait à la gorge. Je passai devant le petit bureau d'enregistrement où les entreprises de pompes funèbres paraphaient un registre pour chaque nouveau transfert de corps, puis devant la salle de radiographie, enfin devant la chambre froide, vaste pièce protégée par deux lourds battants d'acier dans laquelle se massaient des chariots à plateaux superposés. La sallc d'autopsie était illuminée et les tables d'inox étincelaient. Susan aiguisait une longue lame et Fielding étiquetait la batterie de tubes qui recevraient les échantillons de sang. Tous deux semblaient aussi abattus et fatigués que moi.

Fielding leva la tête.

– Ben est en haut, dans la bibliothèque, il regarde la télé. Il nous préviendra dès qu'il y aura du nouveau.

– À votre avis, ce gars était séropositif? demanda Susan comme si Waddell était déjà mort.

– Je l'ignorc. Nous prendrons les précautions habituelles en enfilant deux paires de gants superposées.

Mais elle insista:

– Enfin, j'espère quand même qu'ils nous préviendront si c'est le cas. Vous savez, je n'ai pas confiance quand ils nous envoient les exécutés. À mon avis, ils se contrefichent que le gars soit séropositif, parce que ce n'est pas leur problème. Ce n'est pas eux qui pratiquent les autopsies et prennent des risques avec les lames et les aiguilles.

L'inquiétude de Susan au sujet des risques professionnels auxquels nous étions exposés, qu'il s'agisse de radiations, de maladies ou de substances chimiques, frisait de plus en plus la paranoïa. Cependant je la comprenais. Elle était enceinte de plusieurs mois, en dépit d'une silhouette inchangée.

Après avoir noué un tablier de protection en plastique sur ma blouse, je passai dans le vestiaire pour enfiler un pantalon de chirurgie en coton vert, des protège-chaussures, et récupérer deux sachets de gants de latex. J'inspectai le petit chariot qui jouxtait la table d'autopsie numéro 3. Tout avait été étiqueté, avec le nom de Waddell, la date, ainsi que le numéro de l'autopsie. Les tubes numérotés, les récipients, les boîtes et tout le reste finiraient à la poubelle si le gouverneur Norring intercédait en accordant une grâce de dernière minute.

À 23 heures, Ben Stevens descendit de la bibliothèque et hocha la tête. Nos quatre regards se portèrent vers la pendule murale. Un silence s'abattit dans la salle. Les minutes s'égrenèrent.

L'officier de police apparut, sa radio portable à la main, et son nom me revint soudain : il s'appelait Rankin.

– Le décès a été constaté à 23 h 05. Le corps sera là dans un quart d'heure.

L'ambulance fit marche arrière pour se positionner contre la baie de déchargement, accompagnant sa manœuvre d'un petit bip d'avertissement. Le hayon arrière s'ouvrit pour livrer passage à des gardiens de l'administration carcérale, en nombre suffisant pour réprimer une petite émeute. Quatre d'entre eux tirèrent la civière sur laquelle reposait le cadavre de Ronnie Waddell. Ils la portèrent le long de la rampe jusque dans la morgue, escortés de cliquetis métalliques et du chuintement de leurs semelles. Nous nous écartâmes de leur chemin. Ils ne prirent même pas la peine de déplier les roulettes du brancard, le déposant sur le sol carrelé pour propulser le corps sanglé et recouvert d'un drap ensanglanté comme s'il était étendu sur une luge.

Avant même que je puisse formuler ma question, l'un des gardiens expliqua :

– Il a saigné du nez.

– Qui cela ? demandai-je en remarquant que les mains gantées de l'homme étaient maculées de sang.

– Mr Waddell.

– Dans l'ambulance ? m'enquis-je, assez étonnée puisque, à ce moment-là, la tension du condamné devait être nulle.

Mais le gardien avait d'autres choses en tête, aussi ne reçus-je aucune réponse. Il me faudrait patienter pour obtenir une explication.

Nous déposâmes le corps sur le chariot qui attendait, garé sur la grande bascule de sol. Les mains s'activèrent, dessanglant, repoussant le drap. Les gardiens de l'administration pénitentiaire repartirent aussi abruptement qu'ils étaient apparus, et la porte de la salle d'autopsie se referma sans bruit derrière eux.

Le décès de Waddell remontait à vingt-deux minutes exactement. Des remugles de sueur me parvinrent, tout comme l'odeur de ses pieds sales et nus, et les relents vagues de la chair carbonisée. La jambe droite de son pantalon avait été remontée au-dessus du genou et des bandes de gaze avaient été apposées *post mortem* sur les brûlures de son mollet. C'était un homme grand, massif, puissant. Les journaux l'avaient baptisé « le Gentil

Géant», Ronnie le poète aux yeux si expressifs. Pourtant, un jour, il s'était servi de ces grandes mains puissantes, de ces larges épaules et de ces bras musculeux pour arracher la vie d'un être humain.

Je tirai les attaches en velcro qui fermaient sa chemise de jean bleu pâle, passant en revue le contenu de ses poches comme je le déshabillais. Ce genre d'inventaire fait partie des procédures habituelles, en dépit du fait que son utilité est bien mince après une exécution capitale, puisqu'il est interdit aux détenus d'emporter quoi que ce soit jusqu'à la chaise électrique. Aussi ne fus-je pas peu surprise de découvrir ce qui ressemblait à une lettre, fourrée dans la poche arrière de son jean. L'enveloppe était toujours cachetée et de grosses majuscules la barraient :

ULTRA-CONFIDENTIEL.
À ENTERRER AVEC MOI, S'IL VOUS PLAÎT !

– Il faudra faire une photocopie de l'enveloppe ainsi que de son contenu avant de joindre les originaux au reste de ses effets personnels, indiquai-je à Fielding en lui tendant la lettre.

Il la glissa sous le protocole d'autopsie fixé sur un porte-bloc en marmonnant :

– Mon Dieu ! Il est encore plus baraqué que moi.

– Et j'avoue que ça m'en bouche un coin, commenta Susan au profit de mon assistant-chef très bodybuildé.

– Encore heureux qu'il ne soit pas mort depuis très longtemps, ajouta celui-ci, sans ça il aurait fallu y aller avec des poulies.

Les sujets d'imposante musculature deviennent aussi

peu coopératifs que des statues de marbre quelques heures après le décès. Toutefois, la *rigor mortis* ne s'était pas encore installée dans le cas de Waddell, et il restait aussi souple que de son vivant.

Il n'en demeure pas moins que nous dûmes conjuguer tous nos efforts pour le transporter sur la table d'autopsie, face contre plateau. Il pesait presque cent vingt kilos et ses pieds dépassaient du rebord. Je commençais de mesurer la surface des brûlures aux jambes lorsque la sonnette de la baie de déchargement résonna. Susan fonça voir qui arrivait et quelques instants plus tard le lieutenant Pete Marino pénétrait dans la salle, imperméable bâillant, une des extrémités de sa ceinture traînant à sa suite sur le carrelage.

– La brûlure située sur la face dorsale du mollet mesure dix centimètres sur deux et demi, et soixante millimètres sur cinq centimètres et demi, dictai-je à Fielding. Elle est d'aspect sec, rétracté et cloqué.

Marino alluma une cigarette. Il s'exclama d'un ton nerveux :

– Ils font tout un foin à cause qu'il a saigné.

– La température rectale est de quarante degrés Celsius, annonça Susan en extrayant le thermomètre avant de préciser : Température relevée à 23 h 49.

– Vous savez pourquoi il a saigné, Doc ?

– Un des gardiens a évoqué un saignement nasal… Il faut qu'on le retourne.

– Vous avez vu ça, là, sur la face interne du bras ? demanda Susan en pointant vers une sorte d'abrasion cutanée.

Armée d'une loupe, j'examinai la plaie sous la lumière violente.

– Je ne sais pas trop. Peut-être est-ce dû au frottement d'une des sangles de contention.

– Il y en a une autre au bras droit.

Je me penchai afin de l'examiner sous le regard vigilant de Marino qui grillait sa cigarette. Nous retournâmes le corps, glissant une cale sous les épaules. Du sang goutta de sa narine droite. Un duvet inégal persistait sur son menton et son crâne, rasés à la va-vite. Je procédai à l'incision en Y.

Susan, qui examinait la langue de l'homme, remarqua :

– On dirait qu'elle porte d'autres égratignures.

– Excisez-la, ordonnai-je en plongeant le thermomètre dans le foie.

– Mon Dieu, murmura Marino dans un souffle.

– Maintenant ?

Susan pointait déjà la lame de son scalpel vers l'organe.

– Non. Photographiez d'abord les brûlures autour de la tête. Il faut les mesurer. Ensuite, vous pourrez procéder à l'ablation.

– Merde..., pesta-t-elle. Qui a utilisé l'appareil photo la dernière fois ?

– Désolé, intervint Fielding. Il n'y avait plus de rouleaux de pellicule dans le tiroir, mais ça m'est sorti de l'esprit. À ce propos, ça fait partie de votre boulot de vous assurer que nous n'en manquons pas.

– Ça m'aiderait si vous me préveniez quand le tiroir est vide.

– Les femmes ne sont-elles pas censées être bourrées d'intuition ? Je ne pensais pas nécessaire de vous avertir.

Susan ignora sa dernière remarque et déclara :

– J'ai relevé les dimensions des brûlures localisées autour de la tête.

– Bien.

Elle les dicta à Fielding avant de passer à la langue du condamné.

Marino s'écarta de la table en répétant :

– Mon Dieu, j'm'y ferai jamais, à ce truc.

– La température hépatique est de quarante degrés sept, annonçai-je au profit de mon adjoint.

Je levai le regard vers l'horloge murale. Waddell était mort une heure plus tôt. Sa température corporelle avait peu baissé. Il s'agissait d'un homme très massif. L'électrocution provoque une hausse de la température. Il m'arrivait parfois, même dans le cas d'hommes de corpulence plus modeste, de relever des quarante-trois, quarante-quatre degrés Celsius au niveau de l'encéphale. Tel devait être le cas pour le mollet droit de Waddell, brûlant au toucher, le muscle crispé par une tétanie.

– Ah, je vois une petite zone d'abrasion au bord, déclara Susan, rien de très sérieux cependant.

Elle me désigna l'écorchure.

– Vous croyez qu'il s'est mordu la langue assez fort pour saigner comme ça ? s'enquit Marino.

– Non, répondis-je.

– Parce qu'ils en font tout un plat, réitéra Marino en haussant la voix. J'me disais que ça vous intéresserait d'être au courant.

Je suspendis mon geste, appuyant le scalpel contre le rebord de la table. Un détail me revenait :

– Vous étiez témoin, non ?

– Ouais... J'vous l'avais dit.

Tous les regards convergèrent vers lui.

– J'ai l'impression que ça commence à chauffer

dehors. Je veux que personne sorte de cette taule sans être escorté.

– Chauffer, comment ça ? s'enquit Susan.

– Des espèces d'allumés hyper-religieux traînent depuis ce matin du côté de Spring Street. D'une façon ou d'une autre, ils ont réussi à apprendre que Waddell avait saigné. Quand l'ambulance l'a embarqué pour rejoindre la morgue, ils se sont mis en branle. Ils sont en train d'approcher de l'institut médico-légal, comme des zombies.

– Avez-vous remarqué à quel moment le saignement nasal avait débuté ? demanda Fielding.

– Ouais... Ils lui ont balancé le jus à deux reprises. La première fois, ça a fait comme un super-sifflement, comme de la vapeur qui sortirait d'un radiateur, et le sang a commencé à dégouliner de sous son masque. Ils disent que c'est pas exclu que la chaise ait pas bien fonctionné.

Susan brancha la scie Stryker et nul ne tenta de rivaliser avec le crissement assourdissant de l'appareil comme elle découpait la calotte crânienne. Je poursuivis l'examen clinique des organes. À première vue, le cœur était en bon état ; quant aux coronaires, elles étaient magnifiques. La scie s'arrêta et je repris mes commentaires à l'intention de Fielding :

– Vous avez le poids ?

– Le cœur pèse trois cent vingt grammes. Présence d'une adhérence unique de l'oreillette gauche à la crosse aortique. Ah, j'ai même découvert quatre parathyroïdes, au cas où vous ne l'auriez pas encore signalé.

– Si, c'est fait.

Je déposai l'estomac sur une planche de dissection en constatant :

– Il est presque tubulaire.

– Vous êtes sûre ? s'inquiéta Fielding en se rapprochant pour y jeter un œil. Alors ça, c'est bizarre. Un type de cette corpulence doit avoir besoin au moins de quatre mille kilocalories par jour pour subsister.

– En tout cas, il n'a certainement pas dû les ingérer, du moins pas récemment. Le compartiment gastrique est complètement vide, net.

– Il a pas consommé son dernier repas ? s'enquit Marino.

– De toute évidence.

– Et d'habitude, ils mangent ?

– Oui, en général.

Nous terminâmes à 1 heure du matin et suivîmes les employés des pompes funèbres jusqu'à la baie de déchargement, devant laquelle était stationné le fourgon mortuaire. Lorsque nous quittâmes l'immeuble, des pulsations rouges et bleues déchiraient la nuit par saccades. Les parasites des radios grésillaient dans l'obscurité humide et glaciale, et, de l'autre côté de la chaîne qui encerclait le parking, crépitait un brasier en forme de cercle. Des hommes, des femmes et des enfants nous fixaient, immobiles et silencieux, leurs visages tremblotant dans la lueur incertaine des bougies.

Les employés des pompes funèbres ne perdirent pas de temps et poussèrent à la hâte le corps de Waddell à l'arrière du fourgon avant de refermer le hayon d'un geste brusque.

Quelqu'un dit quelque chose que je ne compris pas et, soudain, une grêle de bougies s'abattit par-dessus la chaîne, comme un ouragan de frêles étoiles, pour rouler doucement sur l'asphalte du parking.

– Quelle bande de tarés ! grogna Marino.

Des mèches rouge orangé et de petites flammes ponctuaient le bitume. Le fourgon recula précipitamment de la baie. Les flashes brandis par une équipe de télévision crépitèrent. Je repérai la fourgonnette de Channel 8 garée le long de Main Street. Une silhouette se précipitait sur le trottoir. Des hommes en uniforme avancèrent en direction du petit groupe, écrasant les flammèches sous leurs chaussures, exigeant le départ immédiat des manifestants.

Un des policiers expliqua :

– On veut pas d'histoires... Sauf si un de vous a envie de passer la nuit au poste.

– Bouchers ! hurla une femme.

D'autres voix se joignirent à la sienne, des mains saisirent la chaîne et commencèrent à la secouer.

Marino me propulsa vers ma voiture.

Une sorte de mélopée farouche s'éleva : « Bou-chers, bou-chers, bou-chers... »

Je me bagarrai avec mon trousseau de clés, le fis tomber sur le tapis de sol pour le ramasser aussitôt et parvenir enfin à repérer la clé de contact.

– Je vous suis jusqu'à chez vous, déclara Marino.

Je montai le chauffage au maximum, incapable pourtant de me réchauffer. Je vérifiai à deux reprises que mes portières étaient bien verrouillées. La nuit prenait des allures de toile surréaliste, délimitée par l'étrange asymétrie des fenêtres illuminées ou obscures, et, par instants, des ombres captaient le coin de mon regard.

Je nous servis du scotch dans la cuisine, ayant épuisé ma provision de bourbon.

Avec sa coutumière courtoisie, Marino commenta d'un :

– J'sais pas comment vous pouvez avaler un truc pareil.

– Il y a d'autres bouteilles dans le bar. Choisissez ce que vous préférez.

– Ça va, je survivrai.

Je tergiversai, ne sachant comment aborder le sujet, et il était évident que Marino n'allait pas me faciliter la tâche. Il était tendu, le visage empourpré. Des mèches de cheveux gris se plaquaient contre son crâne moite et dégarni, et il fumait comme un pompier.

– Était-ce la première fois que vous assistiez à une exécution capitale, Marino ?

– On peut pas dire que ça m'ait jamais branché.

– Mais vous vous êtes porté volontaire ce coup-ci. Étiez-vous soudain tenté ?

– J'suis sûr que si vous colliez un peu de jus de citron et du soda dedans, ce truc serait à peu près buvable.

– Si vous tenez impérativement à ce que je gâche un excellent scotch, je peux faire un effort.

Il fit glisser son verre dans ma direction et je me levai pour ouvrir le réfrigérateur.

– J'ai du jus de citron vert en bouteille, mais pas de citron frais, proposai-je en jetant un regard dans les différents compartiments.

– Ça marche.

Je versai une giclée de jus dans sa boisson avant d'ajouter un peu de Schweppes. Sans paraître s'étonner de l'étrange mixture qu'il ingurgitait, Marino reprit :

– J'sais pas si vous vous souvenez, mais j'étais chargé de l'enquête sur le meurtre de Robyn Naismith. Moi et Sonny Jones.

– Je n'avais pas encore pris mes fonctions à cette époque.

– Ah, ouais, c'est vrai... C'est dingue, mais parfois j'ai l'impression que vous avez toujours été là. Mais bon, n'empêche que vous devez savoir ce qui s'est passé, non ?

J'étais médecin expert adjoint dans le comté de Dade au moment des faits, et je me souvenais d'avoir suivi l'enquête par les médias. J'avais même un peu plus tard, lors d'un congrès national, assisté à une conférence émaillée d'une projection de diapositives concernant le meurtre. L'ancienne Miss Virginie était d'une beauté saisissante que ne gâchait pas sa magnifique voix d'alto. Son intelligence et son charisme passaient à merveille à la télévision. Elle n'avait que vingt-sept ans.

La défense avait insisté sur le fait que Ronnie Waddell s'était introduit dans l'appartement à seule fin de le cambrioler. Robyn, pour son malheur, l'avait surpris en rentrant de la pharmacie. Les avocats avaient allégué que Waddell ne regardait pas la télévision et ignorait le nom de sa victime ainsi que le brillant avenir qui s'ouvrait devant elle alors qu'il mettait à sac son appartement et qu'il l'agressait avec férocité. Il était si défoncé par la drogue, affirmait la défense, qu'il n'était plus responsable de ses actes. Les jurés avaient rejeté l'hypothèse d'un accès de démence et recommandé la peine de mort.

– Je sais que la pression pour mettre la main sur son assassin a été épouvantable, dis-je.

– Bordel, c'était pas croyable. On avait à notre disposition cette grande empreinte digitale, et aussi les marques de morsures. Y avait trois mecs qui épluchaient tous les fichiers, jour et nuit. Je sais même plus combien d'heures j'ai investies dans cette foutue enquête. Et puis on coince cet enfoiré, simplement parce qu'il se baladait en Caroline du Nord avec, sur son pare-brise, une attestation de contrôle technique périmée. (Il marqua une pause, le visage dur, puis ajouta :) Le problème, c'est que Jones était plus là pour le voir. C'est vraiment pas de bol qu'il ait pas pu assister au retour de manivelle.

– Parce que, selon vous, Waddell est responsable de la mort de Jones ?

– Ben, un peu. Qu'est-ce que vous croyez !

– C'était un de vos amis proches.

– On bossait en équipe aux homicides, on pêchait ensemble, et même qu'on appartenait à la même équipe de bowling.

– Je sais que son décès a été très dur pour vous.

– Ouais... Faut dire que cette affaire l'a achevé. Il bossait comme un dingue, pas assez de repos, jamais chez lui, et, du coup, on peut pas dire que ça arrangeait l'état de son couple. Ça se passait pas trop bien avec sa femme. Il arrêtait pas de me répéter qu'il en pouvait plus, et puis il m'a plus rien dit. Jusqu'à cette nuit où il a décidé de bouffer son flingue.

– Je suis désolée, lâchai-je d'un ton doux, mais je ne crois pas que vous puissiez blâmer Waddell pour la mort de votre partenaire.

– J'avais un compte à régler.

– Et le fait d'avoir assisté à cette exécution l'a-t-il apuré ?

D'abord il ne répondit rien, le regard fixe, la mâchoire

crispée. Il termina son verre, aspirant des bouffées de sa cigarette.

– Je vous sers ?

– Ouais. Pourquoi pas ?

Je me levai, concoctai un nouveau mélange, tout en songeant à la multitude d'injustices et de blessures qui avaient modelé Marino. Il avait survécu à une enfance démunie et vide d'amour, grandissant du côté le moins favorisé du New Jersey, dorlotant une méfiance persistante envers tous ceux que la vie avait privilégiés un tant soit peu. Sa femme l'avait quitté il n'y avait pas longtemps, après trente ans de mariage, et personne ne semblait connaître le moindre détail au sujet de son fils. En dépit de sa loyauté, de son respect pour la loi et l'ordre, malgré son impeccable carrière dans la police, l'amour de l'uniforme n'était pas gravé dans les gènes de Marino. Les hasards de l'existence l'avaient propulsé sur un chemin semé d'embûches. Au fond, je redoutais que Marino n'espère nulle paix ou sagesse comme conclusion de sa vie, mais plutôt une revanche. Il y avait une telle colère en lui.

Je revins vers la table de la cuisine.

– J'peux vous poser une question, Doc ? Qu'est-ce que vous ressentiriez si on arrêtait les enfoirés qui ont tué Mark ?

La sortie me prit par surprise. Je refusais de penser à ces hommes.

– Est-ce qu'une part de vous souhaite pas voir ces mecs se balancer au bout d'une corde ? Est-ce qu'une part de vous voudrait pas se porter volontaire pour le peloton d'exécution, juste pour appuyer vous-même sur la détente ?

Mark était mort à Londres, lorsqu'une bombe placée dans une des poubelles de Victoria Station avait explosé au moment précis où il passait devant. Le choc et le chagrin m'avaient catapultée bien au-delà d'une envie de vengeance.

– Avouez qu'il serait grotesque de ma part d'envisager de punir un groupuscule terroriste.

Il me dévisagea quelques instants avant de rétorquer :

– À mettre au chapitre de vos éblouissantes réponses à la mords-moi-le-nœud. Vous leur feriez des autopsies gratos si vous en aviez l'occasion. Même que vous les allongeriez encore vivants pour les débiter avec lenteur. J'vous ai déjà raconté ce qui est arrivé à la famille de Robyn Naismith ?

Je récupérai mon verre.

– Son père était médecin en Virginie du Nord, un type super-bien. Six mois après le procès, on lui a diagnostiqué un cancer. Il a été lessivé en deux mois. Robyn était fille unique. La mère a déménagé au Texas et elle a été ratatinée dans un accident de voiture. Elle finira ses jours dans un fauteuil roulant, avec ses souvenirs pour seule compagnie. Waddell a massacré toute la famille de Robyn Naismith. Il a empoisonné toutes les vies qu'il avait approchées.

Je repensai à Waddell, à son enfance à la ferme, et me revinrent des images suscitées par sa méditation écrite. Je le vis, assis sur les marches du porche, mordant à belles dents dans une tomate qui avait le goût du soleil. À quoi avait-il pensé durant la dernière seconde de sa vie ? Avait-il prié ?

Marino écrasa sa cigarette et je le sentis sur le départ.

– Connaissez-vous un certain Trent, détective du comté d'Henrico ? demandai-je.

– Joe Trent. Il faisait partie des brigades cynophiles. Il a été promu sergent, il doit y avoir deux mois de cela, et du coup il a été muté à la division des détectives. Le genre nerveux comme une puce, mais un gars fiable.

– Il m'a appelée au sujet d'un jeune garçon.

Il me coupa net :

– Eddie Heath ?

– J'ignore son nom.

– Un sujet de race blanche, de treize ans ? On est dessus. Lucky's fait partie de notre juridiction.

– Lucky's ?

– La boutique dans laquelle on l'a aperçu pour la dernière fois. C'est sur Chamberlayne Avenue, dans le Northside. (Marino fronça les sourcils avant de demander :) Et qu'est-ce qu'il voulait, Trent ? On lui a dit que le gosse allait pas s'en tirer et il a pris rendez-vous d'avance avec vous ?

– Non, il souhaite que je lui donne mon opinion sur des blessures assez inhabituelles, sans doute des mutilations.

Marino repoussa sa chaise en se massant les tempes.

– Bordel, je déteste quand c'est des gosses. Merde, à chaque fois que vous retirez une ordure de la circulation, y en a une autre qui prend sa place.

Après le départ de Marino, je m'installai contre l'âtre de la cheminée du salon, contemplant les vagues incandescentes qui rongeaient peu à peu les braises. J'étais épuisée, et je luttais sans grande énergie contre une tristesse morne et obstinée. La mort de Mark avait démoli quelque chose au plus profond de moi. Force m'avait été d'admettre que tant de moi, tant de ce qui me constituait était indissociable de mon amour pour lui.

Je l'avais rencontré pour la dernière fois juste avant son départ pour Londres. Nous nous étions débrouillés pour déjeuner ensemble rapidement dans un restaurant du centre-ville, quelques heures avant que son avion ne décolle de Dulles Airport. Au bout du compte, le souvenir le plus précis que je conservais de ce moment se résumait à nos coups d'œil furtifs vers nos montres, aux nuages d'orage qui assombrissaient peu à peu le ciel et à la pluie qui tambourinait contre la vitre près de laquelle nous étions installés. Il s'était entaillé le bas de la joue en se rasant. Plus tard, alors que je revoyais son visage, cette minuscule blessure me revint à la mémoire et, étrangement, elle me saccagea le cœur.

Mark était mort en février, au moment où s'achevait la guerre du Golfe. Une sorte d'urgence m'avait poussée à vendre ma maison pour emménager dans un nouveau quartier, sans doute dans l'espoir d'éradiquer le chagrin. En réalité, je m'étais déracinée de mon ancien lieu sans véritablement aller nulle part. Au bout du compte, je m'étais amputée de ces jardins familiers, de ces voisins que je connaissais si bien et qui, parfois, m'avaient réconfortée. Installer cette demeure, organiser ses abords n'avait fait qu'ajouter à mon mal-être. Tout ce que j'entreprenais se traduisait en perte de temps que je pouvais difficilement me permettre, et j'imaginais parfois Mark, hochant la tête en souriant, déclarant :

– Pour un être si logique…

Parfois, au cours de ces nuits sans sommeil, j'argumentais :

– Et toi, que ferais-tu ? Hein, bordel, qu'est-ce que tu ferais, *toi*, si tu étais resté et que je sois partie ?

Je revins dans la cuisine, rinçai mon verre, puis me dirigeai vers mon bureau afin d'y consulter les messages qui patientaient sur mon répondeur. Quelques journalistes m'avaient laissé leurs coordonnées. Ma mère et ma nièce Lucy avaient téléphoné. Trois appels étaient muets.

J'aurais adoré posséder un numéro en liste rouge, mais la chose était impossible. Les policiers, les avocats du Commonwealth et les quatre cents médecins légistes de l'État devaient pouvoir me joindre à toute heure. Afin de minimiser l'invasion de ma vie privée, je ne débranchais que rarement mon répondeur, lequel me servait avant tout de filtre, et quiconque se laissait aller à des menaces, voire à des obscénités, courait le risque d'être identifié par l'IN, l'identificateur de numéros.

J'enfonçai la touche de la mémoire de l'appareil et détaillai les chiffres qui s'affichaient sur le minuscule écran. Je tombai enfin sur les trois appels muets et la perplexité le disputa à une vague inquiétude. Ce numéro m'était devenu familier. Il apparaissait plusieurs fois par semaine depuis quelque temps et, à chaque fois, mon correspondant anonyme raccrochait sans prononcer un mot. J'avais même tenté de le rappeler et j'avais eu droit à la désagréable stridulation de ce qui ressemblait à un fax ou un modem. Pour une raison obscure, cette personne – ou cette machine – avait composé mon numéro de téléphone entre 22 h 20 et 23 heures, alors que je me trouvais à l'institut médico-légal, attendant le corps de Waddell. Cette fréquence était absurde. Les appels automatiques, sélectionnés par listing informatique, ne se répétaient pas à de si brefs intervalles et certainement pas à une heure aussi tardive. Quant à admettre qu'un modem tombait sur ma ligne par erreur, il semblait évident que son propriétaire aurait dû s'apercevoir de la méprise depuis pas mal de temps.

Je me réveillai plusieurs fois au cours de cette brève nuit. Le moindre craquement, la plus infime altération des sons de ma maison me faisaient sursauter. Les petits témoins rouges du tableau du système d'alarme scellé en face de mon lit brillaient d'une lueur menaçante, et lorsque je me tournais dans les draps, réarrangeant les couvertures autour de moi, les détecteurs de mouvement – inactivés lorsque je me trouvais à l'intérieur – me fixaient en silence, comme de minuscules yeux rouges. Les rêves se succédèrent, étranges et perturbants. À 5 h 30, j'allumai et m'habillai.

Il faisait encore nuit et je croisai fort peu d'automobilistes en me rendant à mon bureau. Le parking de la morgue était désert, jonché de douzaines de bougies qui m'évoquaient les fêtes d'amour de Moravie et tant d'autres célébrations religieuses. Mais ces petits bâtonnets de cire d'abeille avaient été utilisés en signe de protestation. Quelques heures auparavant, ils s'étaient métamorphosés en armes. Je grimpai à l'étage, préparai le café et me plongeai dans la paperasse que Fielding avait déposée sur mon bureau, intriguée par le contenu de cette enveloppe découverte dans la poche arrière de Waddell. Je m'attendais à lire un poème, une nouvelle méditation ou, pourquoi pas, une lettre émanant de son pasteur.

Au lieu de cela, je découvris la nature de ce que le condamné avait jugé « ultra-confidentiel », si important qu'il souhaitait être enterré avec : des tickets de caisse. Si invraisemblable que cela me semblât, l'enveloppe renfermait cinq reçus de péage et trois notes de restaurant, dont l'une pour du poulet frit commandé chez Shoney's deux semaines plus tôt.

2

N'eussent été sa barbe et un début de calvitie qui raréfiait des cheveux blonds virant peu à peu au gris, le détective Trent aurait pu paraître jeune. Grand et mince, tiré à quatre épingles, il était vêtu d'un impeccable trench-coat serré à la taille et de chaussures cirées de frais. Il cligna nerveusement des paupières lorsque nous nous serrâmes la main sur le trottoir qui menait au centre des urgences Henrico Doctor's. L'agression du petit Eddie Heath l'avait, de toute évidence, profondément secoué.

– Ça vous embête pas qu'on discute un peu dehors ? demanda-t-il, son haleine se concrétisant en nuages de buée. Je préférerais éviter les indiscrétions.

Je frissonnais de froid et serrais les coudes tandis que, non loin de nous, un hélicoptère médicalisé décollait dans un vacarme étourdissant de l'héliport niché sur un talus herbeux. La lune ressemblait à un croissant de glace fondant dans un ciel couleur d'ardoise, et les voitures garées sur le parking étaient maculées par les éclaboussures du sel répandu sur les routes et les incessantes pluies glaciales. Le petit matin s'annonçait, morne et cru, décoloré, cinglé par les bourrasques inamicales du vent. Tout cela me frappa avec d'autant plus de netteté que je n'oubliais pas la raison de ma présence sur ce trottoir. Au demeurant, même si la température avait soudain grimpé de vingt-cinq degrés et que le soleil se fût imposé sans retenue, je doute que j'aurais pu y trouver un quelconque bien-être.

Joe Trent cligna à nouveau des yeux.

– Cette affaire est vraiment archi-moche, docteur Scarpetta. Je pense que vous serez d'accord avec moi sur le fait qu'aucun détail ne doit transpirer.

– Que savez-vous au sujet du garçon ?

– J'ai discuté avec sa famille et puis quelques personnes qui le connaissent. Pour ce que j'en sais, Eddie Heath est un gamin tout ce qu'il y a de normal. Il aime le sport, distribue les journaux pour se faire un peu d'argent de poche et il n'a jamais eu maille à partir avec la police. Son père est employé par la compagnie de téléphone et sa mère fait des travaux de couture à domicile. Hier soir Mrs Heath préparait un plat pour le dîner et elle a eu besoin d'une boîte de crème de champignons. Elle a demandé à Eddie de foncer chez Lucky's.

– La boutique est située loin de chez eux ?

– Non, deux pâtés de maisons. Eddie y fait souvent de petites courses. Les caissiers connaissent même son prénom.

– À quelle heure est-il sorti de la boutique ?

– Aux environs de 17 h 30. Il n'est resté que quelques minutes.

– Donc, à ce moment-là, il faisait déjà nuit ?

– Oui, c'est ça.

Le regard de Joe Trent accompagna quelques instants l'hélicoptère dont le ronronnement s'assourdissait au fur et à mesure que les nuages le dissimulaient, grande libellule blanche suspendue dans le lointain, puis il reprit :

– Un peu plus tard, vers 20 h 30, un officier de police, qui patrouillait et inspectait l'arrière des bâtiments le long de Patterson, a aperçu le gosse adossé à une grosse benne à ordures.

– Vous avez des photos ?

– Non, m'dame. Quand l'officier a constaté que l'enfant était en vie, sa priorité a été de demander de l'aide. On n'a donc pas de photos. Mais il m'a fourni une description très détaillée de la scène. Le garçon était nu, assis et adossé contre la benne, les jambes allongées devant lui, les bras ballants et la tête inclinée, son menton reposant sur sa poitrine. Ses vêtements étaient entassés non loin sur le trottoir, à peu près pliés. À côté se trouvait un petit sachet contenant une boîte de crème de champignons et une barre de Snickers. Il faisait moins deux degrés ce soir-là. Selon nous, il est resté derrière l'épicerie de quelques minutes à une demi-heure avant d'être découvert.

Une ambulance pila à côté de nous, les portières claquèrent, le métal s'entrechoqua lorsque les pieds à roulettes de la civière se déployèrent. Des infirmiers poussèrent à la hâte un vieil homme vers les portes de verre du centre des urgences qui s'ouvrirent devant eux. Nous leur emboîtâmes le pas et parcourûmes en silence un long couloir lumineux et aseptisé, bruissant des allées et venues du personnel médical et des patients au visage ahuri par le coup de malchance qui les avait traînés en ces lieux. Une inquiétude m'assaillit dans l'ascenseur qui nous menait au troisième étage : quels indices risquaient d'avoir été perdus, balancés sans un second regard ?

Les portes coulissèrent devant nous et je demandai à Trent :

– Et ses vêtements ? Vous avez retrouvé une balle ?

– Oui, j'ai toutes ses affaires dans le coffre de ma voiture. Je les déposerai cet après-midi aux labos, avec sa trousse PERK, on a collecté tous les échantillons biologiques. Quant à la balle, elle est toujours dans son cerveau. Ils n'ont pas encore tenté de l'extraire, mais j'espère qu'ils ont réalisé de bons prélèvements.

L'unité pédiatrique de soins intensifs était logée à l'extrémité d'un couloir au sol étincelant. Les vitres des doubles portes aux chambranles de bois étaient recouvertes d'un papier peint illustré de débonnaires dinosaures. Derrière les portes, des arcs-en-ciel décoraient les murs bleu ciel de ce petit univers. Des mobiles au bout desquels dansaient des silhouettes d'animaux pendaient au-dessus de chacun des petits lits à pistons hydrauliques nichés dans les huit alcôves qui formaient comme un éventail autour du bureau des infirmières. Trois jeunes femmes travaillaient devant leurs écrans, l'une pianotait sur un clavier et une autre était plongée dans une conversation téléphonique. Une longue brune mince, vêtue d'un pantalon en velours rouge et d'un pull à col roulé, se présenta comme l'infirmière en chef après que Trent lui eut expliqué la raison de notre présence dans le service.

– Le médecin n'est pas encore arrivé, s'excusa-t-elle.

Trent la rassura :

– Nous voulons juste examiner les blessures d'Eddie. Ce ne sera pas long. Ses parents sont toujours là ?

– Ils sont restés à son chevet toute la nuit.

Nous la suivîmes. Une douce lumière baignait les chariots destinés aux petits malades, les grosses bouteilles vertes d'oxygène, tous ces artefacts qui n'auraient jamais dû trôner devant les chambres de garçonnets et de fillettes si le monde avait ressemblé à ce qu'il devrait être. L'infirmière pénétra dans la chambre d'Eddie, refermant aux trois quarts la porte derrière elle, et je l'entendis déclarer aux Heath :

– Cela ne prendra que quelques minutes. Le temps de l'examiner.

– Et c'est quel genre de spécialiste, cette fois ? demanda le père d'une voix que le choc altérait.

– C'est un médecin spécialisé dans les blessures. C'est un peu comme un chirurgien de la police, expliqua-t-elle avec délicatesse, évitant avec soin de préciser ma véritable profession de légiste et ne lâchant surtout pas le terme « coroner ».

Il y eut un silence, puis le père résuma d'une voix atone :

– Ah, alors c'est pour découvrir d'autres indices ?

– En effet. Un café vous ferait du bien. Peut-être souhaitez-vous manger un petit quelque chose ?

Les parents d'Eddie Heath sortirent de la chambre, tous deux obèses, leurs vêtements froissés par la nuit passée au côté de leur fils. Ils avaient le visage hagard des innocents, de gens simples auxquels on vient d'annoncer que la fin du monde est imminente. Lorsqu'ils nous dévisagèrent, si exténués, le regard vidé, j'aurais tant voulu être capable de trouver quelques phrases de réconfort ou du moins d'antalgie. Mais les mots moururent au fond de ma gorge et le couple s'éloigna à pas lents.

Notre entrée ne provoqua aucune réaction chez le garçon. Il demeura inerte, allongé sur son lit, la tête enveloppée de bandages. Un respirateur forçait l'air dans ses poumons et des poches de perfusion diffusaient goutte à goutte dans ses veines. Il avait la peau pâle, dépourvue de duvet. La fine membrane de ses paupières s'irisait d'un éclat bleuté sous la lumière tamisée qui baignait la chambre. Si j'en jugeais par la nuance de ses sourcils, il devait être blond vénitien. Il n'avait pas encore abandonné ce fragile état prépubère, quitté ces quelques années durant lesquelles les garçons conservent les lèvres pleines de leur petite enfance et une voix encore plus suave que celle de leurs sœurs. Je détaillai le corps frêle allongé sous les draps, les avant-bras minces. Seule la largeur disproportionnée de ses mains immobiles, martyrisées par les cathéters des perfusions, trahissait sa prochaine masculinité. Il ne paraissait pas ses treize ans.

Trent chuchota à l'infirmière :

– Le docteur doit inspecter les blessures de la jambe et de l'épaule.

Elle tira deux paires de gants d'examen, l'une pour moi, l'autre pour elle. L'enfant était nu sous les draps. De la saleté s'était accumulée au creux des plis cutanés et sous les ongles. Les patients dont l'état est instable ne peuvent pas être lavés avec minutie.

Trent se tendit lorsque l'infirmière souleva les pansements physiologiques qui protégeaient les blessures.

– Mon Dieu, marmonna-t-il dans un souffle. C'est encore plus affreux que la nuit dernière. Seigneur !

Il secoua la tête et recula d'un pas.

Si l'on m'avait précisé que l'enfant avait été victime d'une attaque de requin, je l'aurais probablement d'abord cru, avant de découvrir les bords très nets des plaies, lesquels trahissaient sans conteste l'utilisation d'un instrument tranchant à lame rectiligne du type rasoir ou couteau. Des morceaux de chair de la taille d'une pièce dc coudc avaient été excisés de l'épaule et de la face interne de la cuisse, du côté droit. Je tirai un double décimètre de ma sacoche afin d'évaluer la surface des blessures, prenant garde de ne pas frôler l'enfant, puis je les photographiai.

– Vous avez vu ces entailles et ces égratignures sur les bords ? demanda Trent. C'est de ça que je vous parlais. On dirait qu'il a découpé une sorte de forme dans la peau avant d'arracher la chair.

– Avez-vous constaté un déchirement de la paroi anale ? m'cnquis-je en regardant l'infirmière.

– Personnellement, je n'ai rien remarqué de tel lorsque j'ai relevé sa température anale. De surcroît, nous n'avons rien observé d'anormal au niveau de la bouche ou de la gorge lorsque nous l'avons intubé. J'ai aussi vérifié la présence éventuelle de fractures ou d'hématomes anciens.

– Il a des tatouages ?

– Des tatouages ? répéta-t-elle comme si elle ignorait la signification du terme.

– Tatouages, marques de naissance, cicatrices, bref des choses que l'on aurait pu vouloir faire disparaître.

– Pas à ma connaissance, hésita l'infirmière.

Trent essuya la sueur qui dégoulinait de son front.

– Je vais aller demander à ses parents, proposa-t-il.

– Ils sont peut-être à la cafétéria.

– Je vais les trouver, lâcha-t-il avant de sortir de la petite alcôve d'Eddie.

– Quel est le diagnostic des médecins ? demandai-je alors à la jeune femme.

– Il est dans un état critique, sans réaction.

Elle avait formulé cette évidence d'un ton dépourvu d'émotion.

– J'aimerais voir la zone de pénétration de la balle.

Elle desserra le pansement qui entourait la tête du garçonnet, repoussant la gaze jusqu'à ce que je découvre le petit orifice noir, dont la mince circonférence était carbonisée. Le projectile avait perforé la tempe droite, légèrement vers l'avant.

– En plein dans le lobe frontal ?

– Oui.

– Ont-ils réalisé une angiographie ?

– Il n'y a plus de circulation cérébrale. Les tissus sont trop tuméfiés. L'électroencéphalogramme traduit une absence d'activité cérébrale, et lorsque nous avons versé de l'eau froide dans le conduit auditif, nous n'avons obtenu aucune réaction calorique. En d'autres termes, cela évoque un arrêt de toutes les potentialités du système nerveux central.

Plantée de l'autre côté du petit lit, ses mains gantées pendant le long de son corps, elle énuméra ensuite toutes les investigations, tous les actes tentés dans l'espoir de réduire la pression intracrânienne d'un ton plat, sans l'ombre d'un sentiment. J'avais assez passé de temps dans les services d'urgence ou les unités de soins intensifs pour comprendre qu'il est aisé de demeurer clinique vis-à-vis d'un patient plongé dans le coma. Eddie Heath n'en sortirait jamais. Son cortex était mort. Ce qui faisait de lui un humain, lui permettant de penser et de ressentir, s'était éteint et ne se réveillerait plus jamais. Ne persistaient que ses fonctions vitales, ne persistait qu'un vestige de son cerveau. Il n'était plus qu'un corps capable de respirer, un cœur qui battait encore grâce à l'assistance de machines.

Je recherchai ensuite d'éventuelles blessures de défense. Je prenais si grand soin de ne pas m'empêtrer dans les cathéters de perfusion que je ne m'étais même pas rendu compte que je tenais sa main dans ma paume, jusqu'à ce que la surprise me fasse sursauter : il venait de serrer mes doigts. Ce genre de mouvement réflexe n'est pas rare chez les sujets en mort cérébrale. C'est un peu l'équivalent du geste d'un bébé qui agripperait un index, juste un réflexe qui n'implique aucune volonté, aucune pensée. Je dégageai ma main avec douceur, inspirant avec difficulté, espérant que cette houle de chagrin qui m'envahissait s'apaise un peu.

– Vous trouvez quelque chose, docteur ?

– L'examen est assez ardu avec tous ces tuyaux, répondis-je à la jeune femme.

Elle rajusta les pansements du petit garçon et tira le drap jusque sous son menton. J'enlevai mes gants avant de les jeter dans la corbeille. Le détective Trent réapparut, un éclat farouche dans le regard.

– Pas de tatouages, expliqua-t-il hors de souffle comme s'il avait couru depuis la cafétéria. Pas de marques de naissance, ni de cicatrices non plus.

Quelques instants plus tard, nous nous dirigions vers

le parking. Le soleil risquait d'éphémères apparitions entre les nuages et de menus flocons de neige voltigeaient par instants. Le vent cinglant me faisait plisser les yeux et je jetai un regard aux embouteillages qui engorgeaient Forest Avenue. Des guirlandes de Noël entortillées décoraient les calandres de nombreux véhicules.

– Mieux vaut vous préparer à l'éventualité de sa mort, conseillai-je à Trent.

– Si j'avais su ça, je ne vous aurais pas demandé de passer. Merde, qu'est-ce que ça pince !

– Vous avez très bien fait. Dans quelques jours, l'état de ses blessures aura changé.

– Ils ont annoncé que tout le mois de décembre serait sur le même modèle. Un froid pelant et plein de neige. (Il baissa le regard vers le trottoir et reprit :) Vous avez des enfants ?

– J'ai une nièce.

– Moi, j'ai deux garçons. L'un va sur ses treize ans.

Je sortis mes clés de voiture en annonçant :

– Je suis garée là.

Il hocha la tête et m'emboîta le pas. Sans prononcer un mot, il me regarda déverrouiller les portières de ma Mercedes grise. Il contempla le cuir qui recouvrait les sièges pendant que je m'installais et bouclais ma ceinture de sécurité. En fait, il inspecta du regard chaque détail de la voiture, comme s'il admirait une femme splendide.

– Et les bouts de chair arrachée ? Vous avez déjà vu ça, docteur ?

– Il n'est pas exclu que nous ayons affaire à un individu manifestant des tendances cannibales.

Je retournai à mon bureau, relevai mon courrier, paraphai une pile de rapports émanant des laboratoires et versai dans une tasse l'espèce de boue brunâtre oubliée au fond de la cafetière. Je n'adressai la parole à personne. Au moment où je m'installais derrière ma table de travail, Rose fit une apparition si discrète que je ne l'aurais pas remarquée si elle n'avait déposé une coupure de journal sur celles qui attendaient déjà sur mon sous-main.

– Vous avez l'air fatiguée, constata-t-elle. À quelle heure êtes-vous arrivée ce matin ? Lorsque je suis montée, j'ai trouvé un pot de café tout prêt, mais vous étiez déjà repartie.

– Le comté d'Henrico est confronté à une sale affaire. Un garçon que nous ne devrions pas tarder à recevoir.

– Eddie Heath.

– En effet. Comment étiez-vous au courant ? demandai-je, un peu perplexe.

– On le mentionne aussi dans le journal, précisa-t-elle.

Je remarquai alors qu'elle avait changé de lunettes et que sa nouvelle monture atténuait l'involontaire arrogance de son beau visage patricien.

– J'aime beaucoup vos lunettes, Rose. C'est un net progrès par rapport aux binocles à la Benjamin Franklin que vous perchiez au bout de votre nez. Que racontent-ils ?

– Pas grand-chose. L'article explique juste qu'il a été découvert dans Patterson Avenue et qu'on lui avait tiré dessus. Si mon fils avait encore son âge, je peux vous assurer que je lui interdirais de distribuer les journaux.

– Eddie Heath n'effectuait pas sa tournée lorsqu'il a été agressé.

– Peu importe, je le lui interdirais quand même, avec tout ce qu'on voit de nos jours. Voyons... (Elle caressa l'aile de son nez du bout du doigt avant de reprendre :) Fielding est en bas, pratiquant une autopsie, et Susan a dû s'absenter afin de porter quelques cerveaux à l'école de médecine de Virginie, pour consultation. À part ça, rien de très important ne s'est produit durant votre rendez-vous extérieur, si ce n'est que l'ordinateur nous a lâchés.

– Il est toujours en panne ?

– Je crois que Margaret s'en occupe. Il devrait fonctionner sous peu.

– Bien, lorsqu'il sera reparti, j'aurais besoin qu'elle lance une recherche pour moi. Les mots-clés en sont : « coupure », « mutilation », « cannibalisme », « marque de morsure ». Le cas échéant, elle peut élargir cet inventaire à « excision », « peau », « chair » – sans oublier toutes les combinaisons entre eux. On peut aussi inclure « démembrement », quoique je ne pense pas que ce dernier terme soit pertinent dans le cas qui nous occupe.

– On limite la recherche à quelle zone de l'État et à quel laps de temps ? s'enquit Rose en prenant des notes.

– Toute la Virginie au cours des cinq dernières années. Les affaires dont les victimes étaient des enfants m'intéressent tout particulièrement, mais ne nous limitons pas à cela pour l'instant. Demandez aussi à Margaret de contacter le département des statistiques recensant les traumatismes par coups et/ou blessures. J'ai discuté avec son directeur, il y a un mois de cela, lors d'un congrès. Il m'a semblé très désireux de nous communiquer leurs données.

– Si je comprends bien, vous souhaitez élargir la recherche aux victimes survivantes?

– Si c'est possible, Rose. Le but est de ratisser suffisamment large pour trouver des cas s'apparentant à celui d'Eddie Heath.

Ma secrétaire se leva en déclarant:

– Je vais de ce pas en informer Margaret et voir si elle peut s'y coller tout de suite.

Je parcourus les coupures de presse qu'elle avait récoltées dans les quotidiens du jour. Toutes s'étendaient sur Ronnie Waddell, sur son saignement qui s'était – si l'on en croyait certaines exagérations – généralisé « aux yeux, au nez et à la bouche », non que la chose me surprît. La section locale d'Amnesty International avait déclaré que son exécution n'était pas moins inhumaine que n'importe quel homicide. Un porte-parole de la ligue américaine des libertés civiles – l'ACLU – affirmait que la chaise électrique avait « peut-être dysfonctionné, infligeant à Waddell des souffrances atroces ». Il poursuivait sa démonstration en rapprochant cet incident de ce qui s'était produit en Floride lors d'une autre exécution. On avait, pour la première fois, substitué aux éponges naturelles des tampons en matière synthétique qui avaient provoqué l'embrasement des cheveux du condamné.

Je rangeai les articles dans le dossier consacré à Waddell, tout en tentant d'imaginer quel lapin enragé Nicholas Grueman, son avocat, allait bien pouvoir sortir cette fois de son chapeau. Bien que relativement peu fréquentes, nos différentes confrontations semblaient suivre un cours immuable. J'en venais à me demander si sa véritable priorité ne consistait pas à mettre en doute mes compétences professionnelles et à tenter de me faire passer pour une sombre gourde. Cela étant, ce qui m'ennuyait le plus, c'était l'amnésie partielle de Grueman, qui semblait mettre un point d'honneur à ne pas se rappeler que j'avais fait partie de ses étudiants de Georgetown. À sa décharge, force m'était de reconnaître que cette première année de droit avait suscité chez moi un intérêt assez modeste, en conséquence de quoi j'avais récolté mon unique B et fait l'impasse sur le programme d'analyse juridique. Pourtant, il était évident que je n'oublierais jamais Nicholas Grueman, et je trouvais injuste que sa mémoire ne me soit pas aussi fidèle.

Il m'appela le jeudi suivant, peu de temps après qu'on m'eut appris le décès d'Eddie Heath.

– Kay Scarpetta ?

– C'est elle-même.

Je fermai les yeux. La gêne oculaire que je ressentis m'avertit aussitôt : une épouvantable migraine s'annonçait.

– Nicholas Grueman à l'appareil. Je viens de parcourir le rapport préliminaire d'autopsie concernant mon client, et j'ai quelques questions à vous poser.

J'attendis la suite.

– Je parle de Ronnie Joe Waddell.

– En quoi puis-je vous aider ?

– Eh bien, commençons, si vous le voulez bien, par ce que vous appelez son *estomac presque tubulaire*. Une description bien intéressante, au demeurant. S'agit-il là d'un jargon de cuisine ou d'un authentique terme médical ? Cela signifie-t-il, comme je le crois, que Mr Waddell ne mangeait pas ?

– Je ne peux l'affirmer. En revanche, il est de fait que son estomac s'était amenuisé. Le compartiment était vide et propre.

– Vous aurait-on informée qu'il avait entamé une grève de la faim ?

– À aucun moment.

Je jetai un regard à la pendule murale et la lumière me meurtrit les rétines. J'étais à court d'aspirine, et avais oublié mon décongestionnant à la maison.

Je l'entendis feuilleter des pages.

– Je vois ici que vous avez relevé la présence de marques d'abrasion sur ses bras, plus précisément sur la face interne supérieure des deux membres.

– En effet.

– Et qu'est-ce au juste que la *face interne* ?

– Celle du bras, juste au-dessus de la fosse cubitale.

Un silence, puis :

– La *fosse cubitale* ? répéta-t-il, sidéré. Voyons voir… Voilà, je viens de tourner le bras, ma paume est face au plafond et je regarde l'intérieur de mon coude. Enfin, plus exactement la pliure de mon bras. C'est bien de cela que nous parlons, n'est-ce pas ? La face interne est celle du repliement du membre. En d'autres termes, cette fosse cubitale se situe au niveau de la pliure.

– C'est assez juste.

– Bien, bien… très bien. En ce cas, à quoi attribuez-vous les éraflures constatées sur Mr Waddell ?

– Possiblement aux sangles, répondis-je d'un ton dont l'impatience devenait manifeste.

– Aux sangles ?

– Oui, comme dans « sangles de contention en cuir » Vous n'ignorez pas leur présence sur les chaises électriques.

– Vous avez dit *possiblement*. Il est donc possible que les sangles aient abandonné ces marques ?

– Il s'agit, en effet, de mes mots.

– En d'autres termes, docteur Scarpetta, vous n'en êtes pas sûre.

– Fort peu de choses en ce monde s'accompagnent de certitudes, monsieur Grueman.

– Cela signifie-t-il qu'il ne serait pas aberrant de penser que ces marques aient été abandonnées par autre chose que des sangles ? Comme des mains d'homme, par exemple ?

– Les éraflures que j'ai constatées ne peuvent pas avoir été causées par des mains, rétorquai-je.

– Et sont-elles cohérentes avec les blessures habituellement infligées par une chaise électrique, par ses sangles ?

– C'est, en effet, mon opinion.

– Votre *opinion*, docteur Scarpetta ?

Je le contrai d'un ton sec :

– Je n'ai pas inspecté l'appareil en question.

Un long silence s'installa. Il s'agissait d'une des tactiques bien connues de Grueman lorsqu'il souhaitait souligner l'ahurissante ignorance de l'un de ses étudiants. Je l'imaginais, penché au-dessus de moi, les mains serrées dans le dos, le visage impassible, alors que les secondes s'égrenaient bruyamment de la pendule de la salle de cours. J'avais, un jour, enduré ce petit supplice durant deux interminables minutes, alors que je parcourais, affolée, les pages du polycopié ouvert devant moi. Et aujourd'hui, vingt ans plus tard, installé derrière son beau bureau de noyer massif, le médecin expert général de l'État, une femme entre deux âges dont les multiples diplômes et certificats auraient pu tapisser toute la hauteur d'un mur, se sentit rougir sous l'affront. Me revinrent comme une vague la rage et la brûlure de l'humiliation.

Nicholas Grueman mit brusquement fin à notre conversation, me quittant sur un vague salut, au moment où Susan pénétrait dans mon bureau.

– Le corps d'Eddie Heath est arrivé.

Sa blouse de chirurgie était dénouée et propre, et une sorte d'affolement se lisait dans son expression.

– Il peut attendre jusqu'à demain ? demanda-t-elle.

– Non. Il ne peut pas attendre.

Le jeune garçon paraissait encore plus menu allongé sur cette table glaciale en acier que dans les draps bien blancs de son lit d'hôpital. Nul arc-en-ciel, nul mur, ou vitre, coloré de gentils dinosaures n'existait en ces lieux pour égayer un peu les heures d'un enfant. Eddie Heath nous était arrivé nu, les aiguilles des intraveineuses, les cathéters et les bandages toujours en place, tristes évocations de l'appareillage qui l'avait un temps maintenu en vie pour le laisser partir ensuite.

Je passai près d'une heure à consigner les diverses caractéristiques de ses blessures et des marques laissées par les actes médicaux pendant que Susan mitraillait le cadavre tout en répondant au téléphone.

Nous avions verrouillé les portes de la salle d'autopsie. Pourtant, les échos étouffés de mon personnel me parvenaient, quittant un à un l'institut médico-légal pour rentrer chez eux dans l'obscurité précoce. La sonnette de la baie de déchargement retentit à deux reprises : des employés des pompes funèbres déposant ou enlevant un corps. Les plaies de l'épaule et de la cuisse d'Eddie avaient séché, prenant une couleur de vernis brun-rouge.

Susan les détailla et s'exclama :

– Mon Dieu… mon Dieu ! Mais qui peut faire un truc pareil ? Regardez toutes ces petites entailles le long des lèvres… On dirait que quelqu'un a attaqué la peau au point de croix avant d'arracher toute la zone.

– En effet, et je crois que c'est bien ainsi que les choses se sont passées.

– Vous pensez qu'on a voulu graver une sorte de motif ?

– Non, je crois qu'on a tenté d'éradiquer quelque chose. Et puis ça n'a pas marché, alors on a arraché la peau.

– Mais éradiquer quoi ?

– Une marque, une trace, que sais-je… qui ne s'y trouvait pas au départ. Le garçon n'avait ni tatouages, ni marques de naissance, ni cicatrices. En d'autres termes, s'il n'y avait rien avant, c'est qu'on a ajouté quelque chose et qu'on s'est donné ensuite beaucoup de mal afin de le faire disparaître, sans doute parce que cela risquait de constituer un indice de taille.

– Vous pensez à une morsure, un truc de ce genre.

– En effet, Susan.

La *rigor mortis* ne s'était pas encore tout à fait installée, et le corps était toujours tiède. Je réalisai des écouvillons de prélèvements, insistant à tous les endroits qu'un gant de toilette aurait pu négliger : les aisselles, le pli fessier, derrière et à l'intérieur des oreilles, le nombril. Je coupai les ongles au-dessus d'enveloppes blanches et recherchai l'éventuelle présence de fibres et autres résidus pouvant s'être mêlés aux cheveux.

Susan suivait mes moindres gestes, et sa tension était palpable. Enfin, elle demanda :

– Vous cherchez quelque chose en particulier ?

– D'abord du sperme séché.

– Sous l'aisselle ?

– Tout à fait, ainsi que dans tous les replis cutanés, tous les orifices, bref partout.

– Pourtant, d'habitude vous n'inspectez pas ces zones, insista-t-elle.

– Parce que d'habitude je ne suis pas à la poursuite de zèbres.

– Pardon ?

– C'était une de nos expressions en fac de médecine : si tu entends une cavalcade, cherche des chevaux. Mais dans un cas comme celui-ci, je sais qu'il n'y aura pas de chevaux, donc je piste les zèbres.

Je parcourus chaque centimètre carré du corps à l'aide d'une loupe. Lorsque mon regard redescendit vers ses poignets, je tournai ses mains, paumes vers le haut, puis vers le bas, m'y attardant si longtemps que Susan interrompit ce qu'elle faisait. M'aidant des diagrammes corporels pincés sur mon porte-bloc, je reliai chaque minuscule cicatrice laissée par un acte médical avec les marques que j'avais dessinées.

– Où est son dossier médical ? demandai-je en jetant un regard à la ronde.

– Ici.

Susan ramassa une pile de feuilles posée sur l'une des paillasses.

Je parcourus les différentes pièces du dossier, m'attachant surtout au conducteur établi au service des urgences, ainsi qu'au rapport rédigé par l'équipe de police d'intervention. Nulle part n'était mentionné que les mains d'Eddie Heath avaient été ligotées. Je tentai de me souvenir des mots du détective Trent lorsqu'il m'avait décrit la découverte du garçonnet. N'avait-il pas précisé que les bras de l'enfant étaient libres, pendant contre son torse ?

– Vous avez quelque chose ? finit par demander Susan.

– On ne peut le distinguer qu'à la loupe. Là... en dessous des poignets, et aussi là, sur la main gauche, à gauche de l'os. Vous voyez ce résidu caoutchouteux ? Il s'agit peut-être d'adhésif ? On dirait des traînées de poussière grise.

– Je vois à peine... Et aussi des trucs qui ressemblent à des fibres collées sur le résidu, commenta Susan, l'air étonné, son épaule s'appuyant sur la mienne pendant qu'elle scrutait la zone à l'aide de la loupe.

– Et puis l'épiderme est lisse, continuai-je en dirigeant son regard de mon doigt. Beaucoup moins de poils à cet endroit qu'ici ou là, par exemple.

– Parce que lorsqu'on a tiré sur le ruban adhésif, on les a arrachés.

– Tout juste. Nous allons prélever quelques poils des poignets. La colle et les fibres pourront nous servir à identifier le ruban, si toutefois nous mettons un jour la main dessus. Et si le morceau qui lui liait les mains est découvert, cela nous permettra peut-être de remonter jusqu'au rouleau.

Susan se redressa et me fixa.

– Je ne comprends pas… Ses perfusions étaient maintenues en place grâce à des bouts d'adhésif. Vous êtes certaine que cela n'explique pas la présence de ce résidu ?

– Aucune cicatrice de piqûre dans ces zones ne trahit l'administration de soins, lui expliquai-je. De surcroît, les sondes et cathéters étaient toujours en place lorsqu'on l'a amené. En d'autres termes, rien ne justifie la présence d'adhésif à cet endroit.

– Vous avez raison.

– Bien… Nous allons prendre quelques photographies, puis je prélèverai le maximum de résidu afin de l'envoyer au labo des traces pour voir ce qu'ils nous dénichent.

– On a retrouvé son corps en pleine rue, contre une grosse benne à ordures. Les gars du labo vont nous faire une vraie crise !

– Peut-être pas si ce reste de colle n'a pas été en contact avec le sol.

J'entrepris de gratter avec douceur l'adhésif de la pointe de ma lame de scalpel.

– Ça m'étonnerait qu'ils aient passé l'aspirateur dans le coin, regretta Susan.

– Non, c'est perdu d'avance. Cela étant, il n'est peut-être pas trop tard pour dénicher quelque chose, si nous leur demandons en y mettant les formes. De toute façon, qui ne tente rien n'a rien.

Je poursuivis l'examen scrupuleux des frêles avant-bras et des poignets d'Eddie Heath, pistant la moindre trace d'abrasion ou de contusion qui aurait pu m'échapper. En vain.

– Les chevilles semblent normales, commenta Susan de l'autre extrémité de la table. Je ne détecte rien qui ressemble à un résidu collant et pas non plus de zones imberbes. Aucune trace de blessure. On dirait que l'on n'a pas entravé ses pieds, juste ses poignets.

Des liens serrés laissent presque toujours des marques sur la peau. Personnellement, je n'avais constaté l'inverse que dans des cas rarissimes. De toute évidence, le ruban adhésif avait été au contact direct de l'épiderme d'Eddie. L'enfant aurait dû tenter de bouger ses mains prisonnières, il aurait dû se débattre dans l'espoir de contrer l'inconfort grandissant occasionné par l'amenuisement de la circulation sanguine sous ce garrot improvisé. Mais il n'avait manifesté aucune résistance. Il n'avait pas essayé de fuir. Il n'avait même pas cherché à tirer sur ses liens, ni gigoté pour se libérer.

Je repensai aux gouttes de sang parsemant l'épaule de son blouson, à la suie tombée sur le col. J'examinai à nouveau la cavité buccale, les lèvres, la langue, tout en jetant un regard à son dossier médical. S'il avait été bâillonné, je n'en voyais nulle trace, ni éraflure, ni irritation, et aucun résidu de colle. Je l'imaginais, nu dans le froid glacial, adossé contre la benne, ses vêtements pliés juste à côté de lui, sans maniaquerie particulière mais sans désinvolture non plus, rangés normalement ainsi qu'on me les avait décrits. Je tentais de ressentir ce meurtre, l'émotion qui l'avait accompagné. Il n'y avait eu ni colère, ni peur, ni panique.

Sur le qui-vive, Susan demanda d'un ton circonspect :

– On lui a tiré dessus d'abord, n'est-ce pas ? Et, ensuite, l'agresseur lui a entravé les poignets.

– J'en suis presque certaine.

– Mais enfin, c'est complètement dingue… On n'a pas besoin de ligoter quelqu'un après lui avoir tiré une balle en pleine tempe.

– Nous ignorons tout des fantasmes de cet individu.

La migraine de la sinusite avait été plus belliqueuse que prévu et ma résistance laminée. Je larmoyais pathétiquement et j'avais l'impression que mon crâne était devenu bien trop petit pour contenir mon cerveau.

Susan tira le fil électrique de la scie Stryker de son dévidoir et la brancha. Elle remplaça les lames des scalpels et vérifia le tranchant des instruments alignés sur le chariot. Elle disparut ensuite au pas de course dans la salle de radiographie pour en revenir avec les clichés d'Eddie qu'elle suspendit aux négatoscopes. Elle s'agita tant qu'un incident invraisemblable de sa part se produisit : elle heurta de plein fouet le chariot chargé des instruments médicaux qu'elle venait de contrôler, et deux erlens d'un litre de formol volèrent pour se fracasser au sol.

Elle fit un bond en arrière en étouffant un cri, tentant d'éventer de sa main les vapeurs toxiques qui frôlaient son visage. Je me précipitai sur elle. Elle glissa dans les éclats de verre, les envoyant valser dans toute la salle, manquant s'affaler par terre.

– Vous en avez reçu sur le visage ? criai-je en lui attrapant le bras afin de la tirer vers les vestiaires.

– Non, je ne crois pas. Non, oh, mon Dieu, mais j'en ai sur les jambes et les pieds, et je crois sur le bras aussi.

– Aucune éclaboussure dans les yeux ou la bouche, vous êtes certaine ?

Je l'aidai à retirer à la hâte ses vêtements de protection.

– Oui, certaine.

Je fonçai dans la douche, ouvrant grand les robinets comme elle achevait de se dévêtir en arrachant presque le reste de ses habits.

Je la contraignis à demeurer un long moment sous le jet tiède pendant que je me harnachais d'un masque, de lunettes de protection et d'épais gants de caoutchouc. J'épongeai le sol trempé par le toxique à l'aide de serviettes prévues pour les substances dangereuses, dont l'État nous avait équipés afin de parer à ce type d'accidents. Je balayai ensuite les éclats de verre avant de fourrer le tout dans des sacs-poubelles renforcés. J'aspergeai le sol au jet, puis allai me laver avant de changer de blouse et de pantalon. Susan émergea de sa longue douche, la peau rose vif et l'air effrayé.

– Docteur Scarpetta, je suis si confuse.

– J'ai surtout eu peur pour vous.

– Je me sens faible, un peu patraque, j'ai la tête qui tourne. J'ai l'impression de toujours avoir ces vapeurs dans les narines.

– Écoutez, je peux finir toute seule. Pourquoi ne pas rentrer chez vous ?

– Je crois que je ferais mieux de me reposer un peu avant. Je vais monter.

Mon ancienne blouse était suspendue au dossier d'une chaise. Je récupérai mes clés dans l'une des poches avant de proposer :

– Tenez, le mieux serait sans doute de vous allonger un petit moment sur le canapé de mon bureau. Appelez-moi par interphone si vos vertiges persistent ou si votre état empire.

Elle réapparut une heure plus tard, son gros manteau d'hiver boutonné jusque sous le menton.

– Comment vous sentez-vous ? m'enquis-je tout en suturant l'incision en Y.

– Je suis un peu secouée, mais ça va.

Elle me considéra quelques instants en silence avant de se décider :

– J'ai pensé à quelque chose, là-haut, dans votre bureau. Je préférerais que vous ne me mentionniez pas comme témoin.

Je levai les yeux, assez surprise. Il était de coutume que les noms de toutes les personnes présentes lors d'une autopsie soient portés sur la liste des témoins jointe au rapport officiel. Si la requête de Susan était, au fond, sans importance cruciale, je la trouvais étrange.

Elle insista :

– Non, je veux dire, après tout je n'ai pas vraiment participé à l'autopsie. J'ai pris part aux premières constatations externes, mais je n'étais pas présente lorsque vous êtes passée à l'autopsie à proprement parler. Ajoutez à cela que je me doute que ça sera une énorme affaire, enfin, si jamais ils coincent l'agresseur… si ça arrive jusqu'aux tribunaux. Alors, je pensais préférable de ne pas être portée comme témoin sur la liste, d'autant que, comme je vous l'ai fait remarquer, en réalité je n'étais pas présente.

– D'accord, Susan. Cela ne pose aucun problème.

Elle sortit en déposant mon trousseau de clés sur une paillasse.

Une heure plus tard, je profitai d'un ralentissement au poste de péage pour appeler Marino de mon téléphone de voiture. Il était déjà rentré chez lui.

– Connaissez-vous le directeur du pénitencier de Spring Street ?

– Ouais, Frank Donahue. Où vous êtes ?

– Je suis en voiture.

– C'est bien ce que je pensais. Du coup, une bonne moitié des routiers qui sillonnent la Virginie doivent nous écouter sur leurs CB.

– Ils n'entendront pas grand-chose.

– J'ai appris pour le gamin. Vous avez terminé avec lui ?

– Oui, je vous rappellerai une fois arrivée à la maison. En attendant, j'aimerais que vous me rendiez un service. Il faut que je vérifie au plus tôt certains détails au pénitencier.

– Le problème avec ce genre de taule, c'est que c'est un vrai mur.

– Mais c'est précisément pour cette raison que vous m'accompagnez.

Les deux épouvantables semestres passés sous la tutelle de mon ancien professeur m'avaient du moins enseigné une chose : l'atout que constituait une préparation adéquate. Le samedi après-midi, Marino et moi partîmes pour le pénitencier. L'univers tout entier semblait plongé dans une glaciale agitation, écrasé par un ciel de plomb, des bourrasques de vent malmenant les arbres qui bordaient la route. Une assez juste métaphore de mon humeur.

Marino déclara soudain :

– Ben, si vous voulez mon opinion intime, je pense que Grueman veut vous mener à la baguette.

– C'est faux.

– Alors comment que ça se fait qu'à chaque fois qu'il est impliqué dans une exécution, vous avez l'air autant à cran ?

– Et comment réagiriez-vous à ma place ?

Il enfonça l'allume-cigare avant d'admettre :

– Ben, comme vous. J'irais jeter un œil dans ce fichu couloir de la mort, examiner la chaise, tout vérifier dans le détail, rien que pour pouvoir lui balancer ensuite que c'est un gros connard. Ou alors, encore plus futé, je convoquerais la presse pour expliquer à quel point Grueman est un connard !

Les journaux du matin s'étaient fait l'écho d'une déclaration de Grueman selon laquelle Waddell n'avait pas été alimenté de manière correcte. Il ajoutait que j'étais dans l'incapacité de justifier de façon adéquate les contusions découvertes sur son client.

– Et puis, bordel, qu'est-ce qu'il veut ? reprit Marino. Il défendait déjà ces tordus quand vous étiez une de ses étudiantes à la fac de droit ?

– Non. Il y a quelques années de cela, on lui a demandé de diriger le centre de justice criminelle de Georgetown. C'est à ce moment-là qu'il a décidé de défendre des accusés qui risquaient la peine capitale sans réclamer d'honoraires.

– Ce mec doit avoir une case de vide.

– C'est un farouche opposant à la peine de mort. Il se débrouille toujours pour monter en épingle les affaires qu'il défend, transformer chacun de ses clients en cause célèbre. Notamment Waddell.

– Oh, ouais… Saint Nick, le saint patron des ordures. Si c'est pas mignon tout plein ! Pourquoi que vous lui enverriez pas des photos en couleurs d'Eddie Heath, en lui conseillant d'aller discuter un peu avec sa famille ? Juste histoire de voir ce qu'il pense du salopard qui a commis *ce* crime-là ?

– Rien n'entamera sa conviction, Marino.

– Il a des gosses ? Une femme ? Quelqu'un qui lui est vraiment cher ?

– Cela ne change rien. Je suppose que vous n'avez rien de nouveau au sujet d'Eddie.

– Non, et les flics d'Henrico non plus. On a juste ses vêtements et une balle de 22. Peut-être que les labos auront un coup de bol avec ce que vous leur avez transmis.

– Et le VICAP ? demandai-je.

Il s'agissait du *Violent Criminal Apprehension Program*, qui utilisait une base de données nationale gérée par un ordinateur capable d'établir des corrélations entre crimes en série. Marino et Benton Wesley, profileur du FBI, constituaient le binôme local.

– Trent bosse sur les formulaires. Il devrait les envoyer d'ici deux jours. J'ai téléphoné à Benton hier soir, pour lui faire un résumé de l'enquête.

– Eddie était-il le genre d'enfant qui monte dans la voiture d'un inconnu ?

– Pas d'après ses parents. À mon avis, on a affaire à une attaque surprise ou à un mec qu'a su gagner la confiance du gosse, assez pour le tirer ensuite vers sa bagnole.

– A-t-il des frères et sœurs ?

– Un frère et une sœur. Ils ont dix ans de plus que lui. Je crois qu'Eddie était une sorte d'accident sur le tard, précisa Marino comme nous arrivions en vue du pénitencier.

Un passé de négligence avait abîmé la façade plaquée de stuc, la décolorant au point qu'elle m'évoquait un pansement gastrique rosâtre. Les fenêtres étaient aveuglées par des bouts d'épais plastique déchiqueté peu à peu par le vent. Nous empruntâmes la sortie menant à Belvedere, puis bifurquâmes sur la gauche dans Spring Street, langue de bitume miteuse, liant deux univers sans aucune ressemblance. La route se poursuivait au-delà de la prison pour s'interrompre à Gambles Hill, devant le siège de briques blanches d'Ethyl Corporation, qui s'élevait en haut d'une petite colline herbue, admirablement entretenue. Étrange contraste entre ses lignes élégantes et le reste qui tenait plutôt de la décharge publique.

La bruine virait à l'averse de neige fondue lorsque nous nous garâmes. J'emboîtai le pas à Marino. Nous dépassâmes un conteneur avant de gravir une rampe menant jusqu'à un quai de livraison colonisé par une légion de chats dont l'insouciance laissait toutefois transparaître la méfiance qui naît de l'état sauvage. Nous poussâmes la porte principale, un simple battant de verre, pour nous retrouver dans ce qui tenait lieu de réception, environnée de barreaux. Nulle chaise en vue. L'air glacial sentait le renfermé. L'accueil était situé à notre droite, derrière un petit guichet protégé par une vitre coulissante qu'une femme trapue, engoncée dans un uniforme de gardien, mit un temps fou à entrouvrir.

– J'peux vous aider ?

Marino produisit son badge, lui expliquant en style

laconique que nous avions rendez-vous avec Frank Donahue, le directeur. Elle nous enjoignit de patienter. La vitre glissa en sens inverse.

– C'est Helen Attila, expliqua Marino à mon profit. Ça fait je sais pas combien de fois que je viens ici, ben elle fait toujours comme si elle me connaissait pas. Bon, c'est sûr que je dois pas trop être son genre. Vous allez avoir l'occasion de faire plus ample connaissance avec elle dans quelques minutes.

Un couloir crasseux qui desservait de petits bureaux évoquant des cages s'étendait derrière les grilles, malheureux mélange de carrelage marron clair et de parpaings. Le couloir butait soudain sur le premier groupe de cellules superposées, peintes du vert institutionnel saupoudré de rouille. Toutes étaient désertes.

– Quand les derniers détenus doivent-ils être transférés ? demandai-je.

– À la fin de la semaine.

– Qui reste-t-il ?

– Le crème des gentlemen de Virginie, toutes les ordures bouclées en quartier d'isolement. J'peux vous dire qu'ils sont verrouillés à double tour dans leur taule, et même menottés à leur plumard. C'est dans la zone C, par là, précisa-t-il en pointant l'ouest de l'index. Mais on n'a pas à la traverser... Pas la peine de vous faire du mouron. Je vous ferais jamais un truc comme ça, quand même. Certains de ces enfoirés ont pas vu de femme depuis des années et Helen Attila compte pour que dalle.

Un jeune homme à la carrure impressionnante apparut à l'autre bout du couloir, vêtu de l'uniforme bleu de l'administration carcérale. Il se dirigea dans notre direction, puis nous jeta un regard scrutateur de derrière la grille. Il avait un visage séduisant et pourtant implacable, les maxillaires carrés et un regard gris dépourvu de chaleur. Une moustache roux foncé dissimulait sa lèvre supérieure. Je l'imaginai assez bien se transformant en ligne cruelle.

Marino s'acquitta des présentations et précisa :

– On vient inspecter la chaise.

– Ouais, je m'appelle Roberts et c'est moi qui suis chargé de la visite. (Les clés heurtèrent le métal des barreaux lorsqu'il ouvrit la grille.) Donahue est absent aujourd'hui. Malade. (La grille claqua derrière nous, l'écho se propageant tout le long des murs.) Je suis désolé, mais va falloir qu'on vous fouille. Si vous voulez bien vous reculer un peu, m'dame.

Comme il brossait Marino de la tête aux pieds à l'aide de son détecteur, une autre grille s'ouvrit. « Helen » émergea de l'accueil. C'était une femme revêche, aussi solide qu'une tour. Seule la ceinture de cuir reluisant qui ceignait sa taille indiquait qu'elle en possédait bien une. Ses cheveux coupés très court et teints d'un noir aile de corbeau accentuaient son allure masculine. Elle me détailla d'un regard pénétrant. Le badge épinglé sur son imposante poitrine précisait qu'elle se nommait Grimes.

L'ordre claqua :

– Votre sac.

Je lui présentai ma mallette. Elle en fouilla le contenu, puis me tourna et me retourna sans ménagements tandis qu'elle me parcourait à l'aide de son détecteur, me tâtait, me palpait, ses doigts épais s'imprimant sur mes vêtements. Certes, ces attouchements n'excédèrent pas vingt secondes, mais ce court laps de temps lui suffit pour explorer chaque parcelle de mon corps comme elle me plaquait contre sa poitrine, caparaçonnée à la façon d'une gigantesque araignée, en respirant fort par la bouche. Soudain, elle opina d'un petit mouvement de tête : j'avais sa permission. Elle regagna sa tanière de parpaings et d'acier.

Marino et moi suivîmes Roberts le long d'interminables rangées de barreaux, franchissant porte après porte, que notre guide déverrouillait puis reverrouillait après notre passage. Un air glacial, lourd des mornes et inamicales plaintes du métal contre le métal, nous escortait. Il ne nous posa aucune question, ni ne fit aucun effort pour se montrer un tant soit peu chaleureux. Son unique priorité semblait de s'acquitter de sa mission, et, cette après-midi, celle-ci pouvait se résumer à un rôle de guide ou de chien de garde, j'hésitais encore sur la dénomination.

Nous bifurquâmes à droite et pénétrâmes dans le premier groupe de cellules, un immense volume de parpaings verdâtres, balayé par les courants d'air libérés par les fenêtres aux carreaux cassés. Quatre étages de geôles superposées montaient jusqu'à un faux plafond surmonté de rouleaux de fil de fer barbelé. D'étranges monticules – d'étroits matelas recouverts de plastique – avaient été abandonnés au milieu du sol au carrelage marron clair, des balais, des serpillières, des tabourets branlants peints en rouge traînaient un peu partout. Des chaussures de tennis en cuir, des jeans et d'autres effets personnels plus inattendus s'entassaient sur le rebord des hautes fenêtres. Des postes de télévision, des livres et des petits vestiaires restaient dans nombre de cellules. De toute évidence, les détenus n'avaient eu droit qu'à un déménagement partiel lorsqu'ils avaient été transférés, et l'abandon inévitable de certaines de leurs possessions expliquait sans doute les obscénités tartinées au feutre sur les murs.

D'autres portes s'ouvrirent devant nous, puis se refermèrent derrière notre passage, et nous débouchâmes dans une cour, un carré d'herbe pelée et roussie cerné par des rangées d'affreuses cellules. Nul arbre ne poussait ici. Des miradors étaient plantés à chaque coin du mur. Les silhouettes de gardes emmitouflés dans d'épais manteaux et armés de fusils se détachaient en haut de chacun d'eux. Nous traversâmes le carré malingre d'un pas vif, sans un mot, la neige fondue nous piquant les joues. Une volée de marches nous fit descendre vers un autre étroit couloir qui nous mena devant une nouvelle porte d'acier, encore plus massive et rébarbative que les précédentes.

– C'est le sous-sol est, précisa Roberts en introduisant une clé dans la serrure. Ça, c'est l'endroit où personne ne souhaiterait atterrir.

Nous pénétrâmes dans le couloir de la mort.

Cinq cellules bordaient le mur est, meublée chacune d'un lit à sommier métallique, d'un évier de porcelaine blanche et d'une cuvette de WC. Un grand bureau entouré de chaises trônait au centre de la salle. Les gardiens s'y installaient lorsque des détenus attendaient dans le couloir de la mort.

– Waddell avait la cellule 2, indiqua Roberts en la désignant de l'index. Un condamné doit être transféré ici quinze jours avant son exécution, c'est la loi du Commonwealth de Virginie.

– Qui avait le droit de lui rendre visite ici ? s'enquit Marino.

– Certaines personnes. C'est toujours les mêmes. Les avocats, les représentants du clergé et les membres de l'équipe de la mort.

– L'équipe de la mort ? demandai-je.

– Il s'agit d'un groupe formé d'officiers de l'administration pénitentiaire, et d'inspecteurs dont l'identité est confidentielle. L'équipe est constituée dès qu'un détenu nous est expédié de Mecklenburg. C'est eux qui le gardent, organisent tout, de A jusqu'à Z.

– Ben, c'est le genre de mission qu'on doit pas trop apprécier, commenta Marino.

– Ce n'est pas une mission mais un choix, assena un Roberts impénétrable, non sans une bonne dose de machisme.

– Et vous, ça vous gêne pas aux entournures ? insista Marino. J'veux dire, merde quoi, j'ai vu Waddell s'installer sur la chaise électrique. Enfin, je sais pas, ça devrait vous faire quelque chose.

– Pas le moins du monde. Après l'exécution, je rentre chez moi, je descends quelques bières et je vais me coucher.

Il récupéra un paquet de cigarettes dans la poche de poitrine de sa chemise réglementaire.

– Donahue m'a expliqué que vous vouliez tout savoir. Alors je vais vous raconter en détail. (Il s'assit sur le bureau et tira sur sa cigarette.) Le jour de l'exécution, le 13 décembre, Waddell a eu droit à une visite de deux heures des membres de sa proche famille, sa mère dans son cas. On lui a passé la chaîne autour de la taille, les bracelets d'acier aux chevilles et aux poignets, puis on l'a conduit au parloir à 13 heures.

«À 17 heures, il a reçu son dernier repas. Il avait établi son menu : un faux-filet, des pommes de terre en robe des champs et une salade, suivis d'une tarte aux noix de pécan. Les plats ont été préparés par Bonanza Steak House. C'est pas lui qui avait choisi ce restaurant, parce que ce privilège n'est pas accordé aux détenus. Comme il est de coutume ici, deux repas identiques ont été livrés à la prison. Le condamné en consomme un et un membre de l'équipe de la mort le second. Cette procédure nous garantit qu'un chef bourré d'un soudain enthousiasme n'assaisonnera pas les mets d'une épice un peu spéciale du genre arsenic afin d'accélérer le voyage du condamné vers le Grand Après.

– Waddell a-t-il véritablement consommé son dernier repas ? m'enquis-je en pensant à son estomac vide.

– Il n'avait pas très faim. Il nous a demandé de garder les plats pour les lui resservir le lendemain.

– Il devait penser que le gouverneur Norring allait le gracier, grogna Marino.

– Je ne sais pas ce qu'il pensait. Je me contente de vous rapporter ce qu'il a dit lorsqu'on lui a servi son dîner. Ensuite, à 19 h 30, des officiers ont pénétré dans sa cellule pour dresser l'inventaire de ses biens personnels et s'informer sur ce qu'il souhaitait que l'on en fasse. Ses affaires se résumaient à : une montre-bracelet, une bague, différents vêtements, du courrier, des livres, de la poésie. À 20 heures, nous l'avons sorti afin de lui raser le crâne, la barbe et la cheville droite. Il a ensuite été pesé, douché et revêtu de ses vêtements d'exécution. Après, il a été raccompagné jusqu'à sa cellule.

« À 22 h 45, on lui a lu la sentence de mort, en présence des membres de l'équipe de la mort. (Roberts se leva du bureau.) Il a ensuite été conduit dans la pièce attenante, sans entrave d'aucune sorte.

Roberts déverrouilla une autre porte et l'entrouvrit. Marino intervint :

– Et comment qu'il se comportait à ce moment-là ?

– Disons juste que son appartenance raciale ne lui permettait pas de virer blanc comme un linge. Sans cela, c'est la couleur qu'il aurait eue.

La pièce était de taille bien plus modeste que je l'avais imaginé. À moins de deux mètres de distance du mur du fond, plantée au milieu d'un carré de ciment d'un marron brillant, attendait la chaise, trône rude et massif de chêne sombre. De larges entraves de cuir sanglaient le haut dossier à lattes, les accoudoirs et les pieds de devant.

– Waddell a été installé. La première sangle attachée était celle de la poitrine, continua Roberts du même ton indifférent. Ensuite vinrent les deux sangles des bras, celle du bassin et enfin les sangles des membres inférieurs. (Il les tira d'un coup sec tour à tour, en poursuivant son énumération.) L'ensemble n'a pris qu'une minute. Ensuite, on a recouvert son visage du masque de cuir – je vous le montrerai dans quelques instants. Le casque a été posé sur son crâne et l'électrode enroulée autour de son mollet droit.

Je récupérai mon appareil photo, une règle et des photocopies des diagrammes corporels de Waddell dans ma mallette.

– À 23 heures et deux minutes précisément, la première décharge a été envoyée, deux mille cinq cents volts, six ampères et demi. À ce propos, il suffit de deux ampères pour tuer un être humain.

Les blessures constatées sur le corps du condamné concordaient avec l'architecture de la chaise et l'emplacement des entraves.

– Le casque est relié à ceci, précisa Roberts en désignant une gaine qui descendait du plafond pour se terminer par un écrou à ailettes en cuivre qui pendait juste au-dessus de la chaise.

Je mitraillai la chaise sous tous les angles.

– Quant à l'électrode du mollet, elle est reliée à cet autre écrou, juste là.

Était-ce les éclairs du flash de mon appareil photo ? Toujours est-il qu'une étrange sensation commença à m'envahir. Une sorte de nervosité me crispa.

– Finalement, ce type est devenu comme un gigantesque disjoncteur.

– Quand le saignement a-t-il débuté ? demandai-je.

– Dès la première décharge, m'dame. Et ça n'a pas arrêté, jusqu'à la fin. Ensuite, le rideau a été tiré pour le dissimuler à la vue des témoins. Trois des membres de l'équipe de la mort ont défait sa chemise et le médecin l'a ausculté au stéthoscope, il lui a palpé la carotide et il l'a déclaré mort. Waddell a été allongé sur une civière et poussé dans la chambre froide, que je vous fais visiter de ce pas.

– Que pensez-vous de cette hypothèse d'un mauvais fonctionnement de la chaise électrique ? demandai-je alors.

– De la pure foutaise. Waddell mesurait un mètre

quatre-vingt-dix, il pesait cent vingt kilos. Il avait dû commencer à bouillir bien avant de s'asseoir sur la chaise et sa tension artérielle devait pulvériser un record. Après que le médecin l'a déclaré mort, le sous-directeur est descendu pour l'examiner à cause de ce saignement. Ses yeux n'étaient pas sortis de leurs orbites, ses tympans n'avaient pas explosé. Waddell a eu un foutu saignement de nez, comme il peut en arriver à un mec qui pousse trop fort sur la cuvette des chiottes.

J'acquiesçai silencieusement. Une dilatation de Valsalva, c'est-à-dire une augmentation brutale de la pression intrathoracique, était à l'origine du saignement de nez. Nicholas Grueman n'apprécierait pas du tout le rapport que je comptais lui faire parvenir.

– Et quelles vérifications vous aviez faites pour vous assurer que la chaise fonctionnait correctement ? intervint Marino.

– Les mêmes qu'à l'accoutumée. D'abord, les gars de la compagnie d'électricité, Virginia Power, inspectent tout l'équipement...

Roberts désigna alors d'un geste le mur situé derrière la chaise, auquel était scellé un large boîtier protégé par des portes en métal gris, et poursuivit :

– ... Là-dedans se trouve une planche en contreplaqué sur laquelle sont vissées vingt ampoules de deux cents watts. Ça nous sert de témoins pour les tests. On fait fonctionner l'installation toute la semaine qui précède l'exécution, trois fois le dernier jour et une dernière fois devant les témoins, lorsqu'ils sont tous réunis.

– Ouais, j'me souviens, acquiesça Marino.

Il jeta un regard vers le box vitré situé à cinq mètres

de là, dans lequel on installait les témoins sur douze chaises de plastique noir, proprement alignées en trois rangées.

– Tout a marché au poil près, affirma Roberts.

– Est-ce toujours le cas ?

– Oui, à ma connaissance, c'est toujours le cas, m'dame.

– Où se trouve l'interrupteur ?

Il tendit le doigt vers un autre boîtier, situé sur le mur qui s'élevait à droite du box des témoins.

– On ouvre le circuit électrique à l'aide d'une clé. Mais le bouton se trouve dans la salle de contrôle. Le directeur, ou une personne désignée, donne un tour de clé et appuie sur le bouton. Vous voulez que je vous montre ?

– Je crois que c'est préférable.

Il n'y avait pas grand-chose à découvrir dans ce dégagement de la taille d'une penderie accolé au mur du fond de la pièce d'exécution, si ce n'était un imposant panneau électrique hérissé de cadrans permettant de réduire ou d'augmenter l'intensité du courant jusqu'à trois mille volts. Une ribambelle de petits témoins lumineux attestait que tout se passait bien ou avertissait d'un problème quelconque.

– Tout sera piloté par informatique à Greensville, ajouta Roberts.

Le casque, l'électrode du mollet et deux gros câbles étaient rangés dans un placard de bois. Notre guide récupéra ces deux derniers et nous expliqua qu'« on les fixe dans les deux écrous de cuivre que nous avons vus plus tôt, puis l'un dans l'écrou qui surmonte le casque et l'autre dans celui de l'électrode ». Du reste, il y alla d'une petite démonstration pour nous convaincre de la simplicité de la manipulation en concluant :

– C'est pas plus compliqué que de brancher un magnétoscope.

Le casque comme l'électrode étaient faits de cuivre et criblés de petits orifices dans lesquels se faufilaient des brins de coton destinés à protéger la garniture intérieure en éponge. Le casque était étonnamment léger, la jonction entre ses différentes plaques à peine ternie par une mince couche de vert-de-gris. En dépit de mes efforts, je ne parvenais pas à m'imaginer coiffée d'un tel attirail. Quant au masque noir, il s'agissait ni plus ni moins d'une large bande de cuir grossier que l'on bouclait derrière la tête du prisonnier après avoir positionné le petit triangle découpé sur son nez afin qu'il respire. Je n'aurais sans doute jamais contesté son authenticité si je l'avais entrevu dans l'un des cachots de la tour de Londres.

Nous passâmes devant un transformateur dont sortait une jungle de fils électriques montant au plafond et Roberts ouvrit une autre porte. Nous pénétrâmes dans la chambre froide.

– Donc, on a poussé le chariot de Waddell dans cette pièce et on l'a allongé sur cette table, là…

Elle était en métal, rongée de rouille par endroits.

– … on l'a laissé refroidir dix minutes après avoir posé des sacs de sable sur sa jambe. Ceux qui sont là…

Les sacs avaient été abandonnés par terre, contre un des pieds de la table.

– Ils pèsent cinq kilos chacun. Je sais pas, ça doit être un réflexe au niveau du genou, mais à chaque fois la jambe est complètement tordue. On pose les sacs dessus afin de la redresser. Quant aux brûlures, si elles nous paraissent sévères, comme dans le cas de Waddell, on les enveloppe de bandes de gaze. Quand tout ça a été terminé, nous avons à nouveau transféré Waddell sur la civière et nous l'avons sorti en empruntant le même itinéraire que celui que vous avez suivi pour arriver jusqu'ici. Sauf que, bien sûr, on n'allait pas s'embêter avec les escaliers. Pas la peine de choper une hernie. On a utilisé le monte-charge réservé aux chariots des cuisines. On est ressortis par la porte principale et on l'a chargé dans l'ambulance. Et puis on l'a transporté jusque chez vous, comme on le fait toujours lorsque nos petits pensionnaires se sont offert un beau feu d'artifice.

De lourdes portes claquèrent, des clés tintèrent, des verrous geignirent. Roberts nous raccompagna jusqu'à la réception, sans se départir de son petit ton animé et un brin exubérant. Je l'écoutai à peine. Quant à Marino, il ne desserra pas les dents. Un grésil mêlé de pluie avait abandonné des petites perles de givre sur l'herbe et contre les murs. Les trottoirs étaient détrempés, le froid pénétrant. Je me sentais nauséeuse et je ne pensais plus qu'à une chose : prendre une longue douche très chaude et me changer.

– Les nuls du genre de Roberts sont à peine un cran au-dessus des détenus, commenta Marino en mettant le contact. D'ailleurs, m'est avis que certains d'entre eux valent pas mieux que les mecs qu'ils bouclent.

La voiture marqua un arrêt quelques instants plus tard devant un feu rouge qui alluma les gouttes de pluie d'une lueur les transformant en gouttelettes de sang. Les essuie-glaces les balayèrent, mais elles furent aussitôt remplacées par une myriade d'autres. Une gangue de givre enrobait les arbres.

– Vous avez un peu de temps devant vous ? demanda soudain Marino en essuyant la buée du pare-brise de sa manche de manteau. Y a un truc que j'aimerais vous montrer.

Espérant que mon peu d'enthousiasme l'encouragerait plutôt à me raccompagner chez moi, je négociai avec mollesse :

– Eh bien, je le prendrai si c'est vraiment important.

– J'aimerais bien qu'on retrace les derniers pas d'Eddie Heath, expliqua-t-il en abaissant le clignotant. J'crois que ce serait super-important que vous voyiez par vous-même l'endroit où on a retrouvé le gosse.

La famille Heath vivait à l'est de Chamberlayne Avenue, du mauvais côté, ainsi que le fit remarquer Marino. Leur petite maison de brique s'élevait à proximité du Golden Skillet – un restaurant qui servait surtout du poulet frit – et de la petite boutique où Eddie était allé acheter la boîte de sauce aux champignons réclamée par sa mère. Plusieurs véhicules de marques américaines et de taille imposante étaient stationnés dans l'allée qui conduisait à la maison des Heath. Un ruban de fumée s'élevait de leur cheminée pour s'effilocher dans le ciel d'un gris de plomb. L'éclat métallique du cadre en aluminium de la moustiquaire précéda de peu l'apparition d'une vieille femme engoncée dans un épais manteau noir. Elle s'arrêta sur le seuil de la maison un instant pour dire quelque chose à une personne restée à l'intérieur. Cramponnée à la rambarde du perron comme si sa vie en dépendait, elle descendit les marches avec précaution, jetant un regard indifférent à notre Ford LTD blanche qui passait devant elle.

Quelques kilomètres plus loin débutaient les zones de guérilla urbaine des cités sociales construites par l'État.

– Avant, ce quartier était blanc, précisa Marino. J'me souviens que quand je suis arrivé à Richmond, c'était un super-coin pour y habiter. Plein de gens bien, travailleurs, qui entretenaient leur pelouse nickel et qu'allaient tous les dimanches à la messe. Les temps changent. Moi, j'peux vous dire que j'interdirais à mes gamins de se balader dans les parages la nuit tombée. Mais c'est vrai que quand on vit depuis pas mal de temps dans un endroit, on finit par s'y sentir à l'aise. C'était le cas d'Eddie, il se promenait sans avoir peur, il distribuait ses canards et il allait faire des emplettes pour sa mère.

« Le soir en question, il est sorti de sa baraque par la porte de devant, il a coupé pour rejoindre Azalea, puis il a obliqué à droite, comme nous. Tiens… Lucky's est sur votre gauche, à côté de la station-service…

Il désigna du doigt une de ces boutiques dans lesquelles on peut trouver à peu près tout, dont les produits de première nécessité. L'enseigne lumineuse était ornée d'un fer à cheval de couleur verte.

– … Ce coin, juste là, c'est un des petits lieux de rencontre favoris des camés. Ils dealent du crack et ensuite ils se volatilisent. On gaule ces cafards de temps en temps, mais deux jours plus tard on les retrouve à un autre coin de rue, et ça recommence.

– Pensez-vous qu'Eddie ait eu un rapport quelconque avec la drogue ?

Quelques années auparavant, ma question aurait pu sembler tirée par les cheveux. La brigade des mineurs était désormais à l'origine de près de 10 % de toutes les arrestations liées aux stupéfiants pour l'État de Virginie.

– Pour l'instant, rien ne permet de le penser. Et mon flair me dit que non, affirma Marino.

Il pénétra dans le parking de la boutique et nous restâmes assis un moment, contemplant les publicités scotchées aux vitres épaisses de la devanture et les lumières criardes qui perçaient le brouillard. Une longue file de clients était agglutinée derrière la caisse pendant que l'employé débordé s'activait sans lever le nez. Un jeune homme noir vêtu d'une redingote de cuir et chaussé de boots sortit de la boutique d'une allure nonchalante en portant un pack de bière et fixa notre voiture d'un regard insolent. Puis il pénétra dans une cabine téléphonique. Un homme au visage rubicond, son jean constellé de taches de peinture, débarrassa son paquet de cigarettes de son emballage en cellophane tout en regagnant son camion.

– J'vous parie que c'est là que le gosse a rencontré son agresseur.

– Comment cela ?

– Un plan du genre simple comme bonjour. Je crois qu'Eddie est sorti du magasin et que ce tordu l'a approché en le baratinant pour le mettre en confiance. Il a dû dire un truc et le gosse est monté dans sa bagnole.

– Il est clair que les constatations physiques iraient dans ce sens, approuvai-je. Je n'ai découvert nulle trace de blessures de défense, rien qui puisse indiquer une lutte. Personne dans le magasin ne l'a aperçu en compagnie d'un étranger ?

– En tout cas, personne à qui j'ai causé jusque-là. Mais bon, vous voyez le peuple qui entre et sort de cette taule, d'autant qu'il faisait déjà nuit. Si quelqu'un a vu un truc, il s'agissait sans doute d'un client. J'ai l'intention de demander aux médias de passer un appel à témoins pour rameuter tous ceux qui auraient pu s'arrêter ici entre 17 et 18 heures ce soir-là. Et puis ils doivent aussi faire une petite annonce lors de l'émission *Crime Stoppers.*

– Eddie était-il prudent ? Connaissait-il les dangers de la rue ?

– Oh, un tordu assez malin et engageant peut embobiner n'importe quel gamin, même méfiant. Je me souviens de cette gosse de dix ans quand j'étais encore flic à New York. Elle était allée acheter un paquet de sucre. Au moment où elle sortait de l'épicerie, ce pédophile l'a abordée. Il lui raconte que c'est son père qui lui a demandé de venir la chercher, que sa mère a été transportée aux urgences et qu'il doit l'y conduire. Elle monte dans sa bagnole... un chiffre de plus dans les statistiques. (Il me jeta un regard, puis :) Alors, blanc ou noir ?

– Pour quelle affaire ?

– Eddie Heath.

– Si je me fie à ce que vous m'avez dit, il s'agit d'un Blanc.

Marino recula et sortit du parking. Il patienta, attendant une trouée de la circulation pour se lancer.

– Ouais, le *modus operandi* colle avec l'hypothèse d'un tueur blanc. Le vieux d'Eddie aime pas les Noirs, donc Eddie s'en méfiait. Peu probable qu'un mec noir soit parvenu à gagner sa confiance. D'autant que quand les gens voient un gosse blanc en compagnie d'un type plus âgé mais de même couleur, ils pensent qu'il s'agit du père ou du grand frère, même quand le gosse en question a pas l'air aux anges. (Il obliqua vers la droite, prenant la direction de l'ouest.) Allez, Doc, quoi d'autre ?

Marino adorait ce petit jeu. Il était aussi satisfait de m'entendre conforter ses supputations que de me démontrer que je me trompais du tout au tout.

– Si l'agresseur est de type caucasien, il me paraîtrait logique qu'il ne vienne pas des cités voisines, en dépit de leur proximité.

– Bon, mais si on exclut l'appartenance raciale, pourquoi que vous concluriez que le mec en question habite pas les cités ?

– Le *modus operandi*, encore une fois, affirmai-je. Certes, tirer une balle dans la tête d'un garçon, même aussi jeune, ne serait pas incompatible avec l'hypothèse d'une fusillade de rue. Cela étant, rien d'autre ne colle dans cette histoire. L'arme utilisée contre Eddie était du 22 mm, pas du 9 ou du 10, ni un revolver de gros calibre. L'enfant était nu et son meurtrier l'a mutilé, ce qui évoque fortement une motivation d'ordre sexuel. Pour ce que nous en savons, il ne possédait rien sur lui qui vaille le coup d'être dérobé. De surcroît, il s'agissait d'un petit garçon calme dont les fréquentations habituelles semblent bénignes.

La pluie avait redoublé de violence. Les voitures roulaient bien trop vite, tous phares allumés, rendant la conduite risquée, pour ne pas dire dangereuse. Sans doute une horde pressée d'acheteurs fonçait-elle vers les centres commerciaux, ce qui me fit penser que j'étais plus qu'en retard dans mes préparatifs de Noël.

L'épicerie de Patterson Avenue se trouvait un peu plus loin, sur notre gauche. Je ne parvenais pas à me remémorer son ancien nom, et son enseigne avait disparu. Ne demeurait d'elle qu'une coquille nue de brique aux fenêtres barricadées de planches. Les alentours étaient éclairés avec parcimonie et je doutais que les policiers se soient donné la peine d'en faire le tour si d'autres commerces en activité ne s'étaient alignés un peu plus sur la gauche. J'en dénombrai cinq : une pharmacie, une cordonnerie, un pressing, une quincaillerie et un restaurant italien. Tous étaient déjà fermés la nuit où Eddie Heath avait été traîné ici et abandonné pour mort.

– Vous souvenez-vous quand cette épicerie a fermé ? demandai-je à Marino.

– À peu près à la même époque que pas mal d'autres, quand la guerre du Golfe a débuté.

Il s'engouffra dans une étroite contre-allée, les phares de la voiture léchant des murs de brique et tressautant sur des nids-de-poule qui creusaient la voie non goudronnée. Derrière la boutique, un grillage séparait une langue d'asphalte craquelé d'un bois dont la silhouette massive s'inclinait sous le vent. Au loin, au travers des branches dénudées, j'aperçus des lumières et l'enseigne éclatante d'un Burger King.

Marino arrêta la voiture, le pinceau des phares braqué sur une grande benne à ordure à la peinture écaillée, rongée par la progression de la rouille. Des rigoles d'eau de pluie dévalaient le long de ses flancs. Des gouttes s'écrasaient sur notre pare-brise, tambourinaient sur le toit de la Ford. À la radio, les répartiteurs ne cessaient d'expédier des véhicules de patrouille vers les lieux d'accidents.

Marino appliqua les mains sur le volant, voûtant les épaules. Puis il se massa la nuque en geignant :

– Bordel, je me fais vieux. J'ai un coupe-vent dans le coffre.

– Vous en avez davantage besoin que moi. Je ne vais pas fondre, rétorquai-je en ouvrant ma portière.

Marino récupéra son imperméable bleu marine d'uniforme et je remontai mon col jusqu'à mes oreilles. Une pluie glaciale s'abattit sur le haut de mon crâne, me trempant désagréablement le visage. Le froid ankylosait mes oreilles. Le gros conteneur à ordures était poussé presque contre le grillage, à la limite de la bande d'asphalte, à environ vingt mètres de l'arrière de la boutique. Je remarquai que la benne s'ouvrait sur le dessus, et non latéralement.

– Marino, le couvercle était-il ouvert ou fermé à l'arrivée de la police ?

– Fermé. (Empêtré dans sa capuche, il ne pouvait me regarder qu'en pivotant le torse d'un bloc.) Y a rien qui permette de grimper. (Il balaya la grosse benne et ses alentours du pinceau de sa torche.) En plus, c'était vide. Rien de rien, à part de la rouille et une carcasse de rat, le genre si énorme qu'on aurait pu lui mettre une selle sur le dos.

– Peut-on soulever le couvercle ?

– De quatre ou cinq centimètres, pas plus. La plupart des conteneurs de ce type sont munis de clenches de chaque côté du couvercle qui s'emboîtent dans des crémaillères fixées contre les flancs de la benne, à l'intérieur je veux dire. Si vous êtes assez grand, vous pouvez parvenir à soulever le couvercle de quelques centimètres, glisser votre main à l'intérieur par la fente jusqu'aux flancs et remonter les clenches cran après cran. Vous pouvez même l'ouvrir assez large pour y fourrer un sac d'ordures. Mais là où ça coince dans notre cas, c'est que les crémaillères de celui-ci sont bousillées. Faudrait que vous repoussiez le couvercle complètement, qu'il bascule vers l'arrière pour avoir accès à l'intérieur, et y a aucun moyen d'y parvenir si vous pouvez pas grimper sur quelque chose.

– Vous mesurez combien ? Un mètre quatre-vingt-cinq, quatre-vingt-six ?

– Ouais. Et si je peux pas ouvrir le conteneur, il pouvait pas non plus. L'hypothèse qui a nos faveurs en ce moment, c'est que le gars a sorti le gosse de sa bagnole et qu'il l'a adossé à la benne le temps de soulever le couvercle – un peu comme vous poseriez votre sac-poubelle par terre pour avoir les mains libres. Quand il s'est rendu compte qu'il y arrivait pas, il s'est tiré vite fait en abandonnant le gamin sur place, avec ses fringues à côté.

– Il aurait pu le traîner jusqu'au bois.

– Y a un grillage.

– Il n'est pas très dissuasif, un mètre cinquante de haut tout au plus. Au moins, il aurait pu tirer le corps *derrière* la benne. Souvenez-vous que l'enfant était immédiatement visible par quelqu'un passant derrière l'épicerie.

Marino jeta un regard circulaire, la lumière de sa torche léchant le terrain boisé qui s'étendait derrière le grillage. Des millions de gouttes traversaient le faisceau lumineux, comme une pluie argentée. Je ne parvenais qu'à grand-peine à replier mes doigts frigorifiés. Mes cheveux étaient trempés et une eau glacée me dégoulinait dans la nuque. Nous rejoignîmes la voiture et Marino poussa le chauffage à fond.

– Trent et ses gars sont archi sur les dents avec cette histoire de conteneur, ils s'obstinent sur son système de couvercle et tout le blabla. Ils en décrochent plus. Moi, ce que j'en dis, c'est que cette benne était qu'un foutu chevalet qui a servi à ce tordu pour exposer son œuvre.

Je fixai la nuit pluvieuse au-delà de la vitre de ma portière.

– Parce que, vous voyez, continua-t-il d'une voix mauvaise, il a pas ramené le gamin dans le coin pour planquer son corps, mais, au contraire, pour s'assurer qu'on le trouverait bien. Seulement les types du comté d'Henrico veulent pas en entendre parler. Moi, non seulement je le vois comme si j'y étais, mais je le sens… je sais pas, c'est un truc vague mais insistant.

Mon regard ne lâchait pas le conteneur. La vision du petit corps adossé d'Eddie Heath devenait si nette, si pénétrante que j'avais presque l'impression d'avoir assisté à la découverte de ce policier qui effectuait une ronde. Soudain, une évidence s'imposa, massive et sans conteste :

– Quand avez-vous parcouru le dossier consacré à l'affaire Robyn Naismith pour la dernière fois ?

– Peu importe, chaque détail, jusqu'au moindre, est incrusté dans ma tête, répondit Marino, le regard perdu. J'attendais de voir si ça vous traverserait l'esprit. Ça m'a frappé la première fois que j'ai traîné mes guêtres dans le coin.

3

Cette nuit-là, j'allumai un feu de bois et avalai une soupe de légumes devant l'âtre. La pluie glaciale virait à la neige. J'avais éteint toutes les lampes et tiré les doubles rideaux qui occultaient les baies vitrées coulissantes. Le givre crispait l'herbe, les feuilles de rhododendron se recroquevillaient et les silhouettes des arbres dénudés s'inscrivaient en ombres chinoises dans la clarté lunaire.

Cette journée m'avait exténuée, comme si un gouffre sombre avait avidement aspiré la moindre parcelle d'énergie hors de moi. Je conservais la sensation de ces mains envahissantes sur mon corps, les mains d'une gardienne de prison nommée Helen. Les remugles insupportables qui traînaient encore dans ces cellules-taudis qui avaient hébergé des hommes haineux et dépourvus de remords persistaient avec tant d'obstination que je les percevais toujours. Le souvenir d'un soir, dans le bar d'un hôtel de La Nouvelle-Orléans qui accueillait le congrès annuel de l'Académie nationale des sciences légales, me revint. J'avais approché des diapositives d'une lampe. Le meurtre de Robyn Naismith n'était toujours pas élucidé à l'époque. Discuter de ce qu'elle avait subi alors que les fêtards hilares du Mardi gras déambulaient en braillant dans les rues m'avait soudain révulsée.

Elle avait été passée à tabac et martyrisée, puis, semblait-il, achevée dans son salon à coups de couteau. Pourtant, c'étaient les actes perpétrés par Waddell après le décès de la jeune femme qui avaient le plus choqué le public, son macabre et inhabituel rituel. Il l'avait déshabillée *post mortem*. S'il l'avait alors violée, nous n'en avions retrouvé aucune trace. La préférence du tueur allait aux morsures, à cette lame qu'il avait enfoncée à maintes reprises dans les parties les plus charnues de sa victime. Quand une amie de travail était passée chez elle afin de s'enquérir de sa santé, elle avait retrouvé le corps meurtri de Robyn adossé au poste de télévision. La tête de la jeune femme était affaissée sur sa poitrine, ses bras pendaient le long de ses flancs et ses jambes étaient allongées bien droites devant elle. Ses vêtements étaient entassés non loin. Elle ressemblait à une jolie poupée grandeur nature, couverte de sang, rangée avec soin après un jeu sinistre qui aurait tourné au cauchemar.

Lors du procès, un psychiatre avait été appelé à la barre des témoins. Selon lui, une fois son meurtre accompli, Waddell avait été suffoqué par le remords au point de s'asseoir auprès du cadavre et de lui parler durant des heures. Un psychologue expert travaillant pour le Commonwealth y était allé de spéculations inverses. À l'en croire, Waddell savait pertinemment que Robyn était une star du petit écran, et la mettre en scène de la sorte contre sa télévision relevait du symbole. Ainsi, il pouvait à nouveau la contempler sur l'écran et fantasmer. Il la restituait à l'univers qui avait permis leur rencontre, ce qui, bien sûr, sous-entendait la préméditation. Toutes ces subtilités, ces arguties et ces interminables expertises et analyses n'avaient fait que croître en complexité au fil des débats.

La mise en scène du corps de cette présentatrice de vingt-sept ans, son insultant grotesque, était donc la signature spécifique de Waddell. Pourtant, un petit garçon avait été tué dix ans plus tard et quelqu'un, un autre, avait adopté cette même signature la veille de l'exécution de son modèle.

Je préparai du café que je versai dans une bouteille Thermos pour l'emporter dans mon bureau. Je m'installai à ma table de travail, allumai l'ordinateur et établis la connexion avec mon appareil à l'institut médicolégal. Je n'avais pas eu le temps de parcourir la sortie d'imprimante, résultat de la recherche effectuée par Margaret à ma demande, en dépit du fait que je la soupçonnais de faire partie du monceau de paperasse débordant déjà de mon casier à courrier dès l'après-midi du vendredi précédent. Toutefois, son fichier devait encore être sur le disque dur. Dès que le *log-in* d'UNIX s'afficha, je tapai mon nom d'utilisateur, ainsi que mon mot de passe. L'icône « courrier » clignota. Margaret, mon analyste informatique, m'avait laissé un message :

– Voir fichier « Chair », déchiffrai-je à haute voix. Oh, quel épouvantable intitulé ! marmonnai-je comme si Margaret pouvait m'entendre.

Je passai au répertoire « Chef », dans lequel elle stockait habituellement toutes les copies de fichiers ou les recherches que j'avais demandées, et ouvris le fameux « Chair ».

Le document était assez volumineux, car mon analyste avait sélectionné les différents mots-clés incluant toutes les causes de décès et les avait recoupés avec les données obtenues du département des statistiques. Rien d'étonnant, donc, à ce que la plupart des cas retenus par l'ordinateur concernent des sujets ayant perdu un membre ou subi une ablation de tissus à la suite d'un accident de la route ou de la manipulation malheureuse d'une machine quelconque. Ne restaient que quatre entrées faisant mention d'un homicide avec morsures. Deux des victimes avaient été poignardées et les deux autres étranglées. Trois étaient adultes – un homme et deux femmes –, quant à la dernière, il s'agissait d'une petite fille qui n'avait pas six ans. Je notai les références et les codes.

Je passai ensuite au crible, page d'écran après page d'écran, tous les fichiers du département des statistiques à la recherche d'affaires dans lesquelles les victimes avaient survécu assez longtemps pour être transportées à l'hôpital. Je m'attendais à des difficultés, je ne fus pas déçue. Les établissements de soins ne communiquaient leurs données qu'après les avoir aseptisées et dépersonnalisées comme pour entrer en salle d'opération. Les noms, numéros de sécurité sociale et tous autres identifiants étaient omis dans le but de préserver la confidentialité. Nul lien n'existait qui aurait pu permettre de suivre l'itinéraire d'un patient à travers la pléthorique paperasserie administrative produite par les équipes de sécurité et d'intervention, les différents départements de police, et autres administrations diverses et variées. L'effet pervers de ce système tombait sous le sens. Les renseignements concernant une victime pouvaient essaimer dans les bases de données de six services différents, sans jamais être corrélés, surtout si une erreur de saisie s'était glissée dans le dossier à un moment quelconque. En d'autres termes, il n'était pas exclu que je débusque une affaire hautement significative sans jamais avoir accès à l'identité du patient, ni parvenir à apprendre s'il était décédé.

Je griffonnai les numéros de dossiers du registre du département des statistiques dont je supputais qu'ils pouvaient se révéler pertinents dans le cadre de mon enquête, et sortis du fichier. Je décidai ensuite de taper une série de commandes afin de supprimer quelques synthèses déjà anciennes, des mémos en tout genre, dans le but de libérer un peu de mémoire sur mon disque dur. C'est alors que je tombai sur un document qui me plongea dans l'incompréhension.

Il était intitulé t-t-y-0-7 et ne comportait que dix-huit octets. Il était daté du 16 décembre, c'est-à-dire le jeudi précédent –, à 16 h 26. Le contenu se résumait à une phrase squelettique et pourtant étrangement alarmante :

C'est introuvable.

Je décrochai le téléphone et composai le numéro personnel de Margaret pour raccrocher aussitôt. Le répertoire « Chef » et ses fichiers étaient protégés. Certes, n'importe qui pouvait parvenir jusqu'à son icône, mais personne n'avait accès au-delà, à moins d'entrer mon nom d'utilisateur et mon mot de passe. En d'autres termes, nul ne pouvait lire le contenu des fichiers enregistrés dans mon répertoire. La seule autre personne à connaître mes identifiants était Margaret. Si elle avait bien pénétré dans mon répertoire, qu'y cherchait-elle qu'elle n'avait pas trouvé ? À qui l'expliquait-elle ?

Le regard collé à la phrase sibylline qui vacillait sur l'écran, je me morigénai : non, Margaret ne ferait jamais cela.

Pourtant, le doute s'était insinué en moi, et je pensai à ma nièce. Peut-être Lucy connaissait-elle le système UNIX. Je jetai un regard à ma montre. Il était plus de 20 heures. D'une certaine façon, je redoutais de trouver ma nièce à la maison un samedi soir. J'espérais qu'elle serait sortie avec des amis ou un petit fiancé. Mais elle était là.

– Salut, tante Kay.

Elle paraissait surprise de m'entendre, me rappelant du même coup que je ne lui avais pas téléphoné depuis un bout de temps.

– Comment se porte ma nièce préférée ?

– Je suis ton unique nièce et je vais bien.

– Et que fabriques-tu à la maison un samedi soir ?

– Je termine un devoir important. Et toi, qu'est-ce que tu fais chez toi un samedi soir ?

Cette repartie me cloua le bec durant quelques instants. Ma nièce de dix-sept ans n'avait pas son pareil pour me remettre à ma place.

– Je me creuse les méninges sur une énigme informatique, rétorquai-je enfin.

Lucy, que la modestie ne risquait pas d'étouffer un jour, lança :

– Ah, là tu es tombée sur la bonne personne. Attends… Il faut que je vire tous ces bouquins de mon bureau pour accéder plus aisément à mon clavier.

– Il ne s'agit pas d'un problème de PC. Je suppose que tu ne connais pas le système UNIX, n'est-ce pas ?

– Sauf que je ne dirais pas qu'UNIX est un système, tante Kay. Ce serait comme de parler de conditions météorologiques alors qu'en fait on fait référence à l'environnement, lequel inclut en effet le temps mais aussi tous les éléments en jeu, sans oublier le relief. Tu utilises A-T & T ?

– Oh, mon Dieu… mais je n'en sais rien, Lucy.

– Bon, qu'est-ce que c'est, la marque de ta bécane ?

– Un NCR mini.

– Donc, c'est bien A-T & T.

– Je me demande si quelqu'un n'a pas pénétré dans mes fichiers en dépit du système de sécurité.

– Ça arrive. Et qu'est-ce qui te fait croire ça ?

– J'ai trouvé un document étrange dans mon répertoire. Or, normalement, tout est barricadé par les systèmes de protection de données et, à moins de posséder mon mot de passe, nul ne devrait pouvoir y accéder.

– Faux. Si tu jouis d'un statut de super-utilisateur, tu peux faire tout ce que tu veux et lire ce qui te chante.

– Mon analyste informatique est la seule super-utilisatrice.

– Je ne dis pas le contraire. N'empêche qu'il peut exister une flopée d'autres utilisateurs qui ont des privilèges d'accès, des utilisateurs que tu ne connais pas mais qui sont importés avec les différents logiciels. Bon, c'est le genre de trucs qu'on peut facilement vérifier, mais d'abord raconte-moi tout au sujet de ce fichier bizarroïde. Qu'est-ce qu'il contient et quel est son nom ?

– T-t-y-0-7. Une seule phrase est inscrite : « C'est introuvable. »

L'écho précipité de touches me parvint.

– Que fais-tu, Lucy ?

– Je prends des notes en même temps que nous discutons. Bien. Commençons par le plus évident. Le gros indice n'est autre que le nom du fichier. C'est une bécane, bref un périphérique. En d'autres termes, t-t-y-0-7 correspond sans doute à l'un des terminaux utilisés par ton personnel. Remarque, c'est peut-être aussi une imprimante. En fait, je crois plutôt que quelqu'un a pénétré dans ton répertoire, et puis il a décidé d'envoyer un message au périphérique baptisé t-t-y-0-7, mais il s'est planté au cours de la manip et, du coup, il a créé un fichier.

– Ah, parce que ce n'est pas le cas à chaque fois que l'on écrit un message ? m'étonnai-je.

– Non, pas nécessairement, si tu te contentes d'envoyer un simple message clavier.

– Mais comment fait-on ?

– Facile. Tu es sous UNIX maintenant ?

– Oui.

– Tape « cat redirect t-t-y-q »...

– Attends une seconde.

– Et te prends pas la tête avec la touche *slash-dev.*

– Lucy, tu vas trop vite pour moi.

– On laisse de côté la liste des périphériques, parce que je parie que c'est exactement ce qu'a fait cette personne.

– Qu'est-ce que je fais après « cat » ?

– On veut « cat redirect » et le périphérique.

– Je t'en prie, va moins vite.

– Mais pourquoi ça prend des plombes, ton truc ? C'est lent... Tu devrais t'équiper d'un processeur 486.

– Ce n'est pas ce fichu *truc* qui est lent.

Lucy sembla sincèrement désolée lorsqu'elle souffla :

– Oh, pardon, tante Kay, j'avais oublié.

Oublié quoi ?

– Bon, reprenons. Tant que j'y pense, tu n'as aucune bécane du nom de t-t-y-q, n'est-ce pas ? Où tu en es, là ?

L'exaspération commençait de poindre en moi.

– Toujours sur « cat », ensuite c'est « redirect »... Oh, crotte à la fin ! C'est le signe d'insertion qui pointe à droite ?

– C'est cela. Maintenant, tu tapes « retour » et ton curseur d'insertion va descendre à la ligne suivante, laquelle est vierge. À ce moment-là, il ne te reste plus qu'à entrer le message que tu veux balancer sur l'écran de ce t-t-y-q.

– « Voir Spot run », tapai-je.

– Fais « retour », puis un control-C. Ensuite, tu peux faire un ls moins un et l'envoyer dans p-g, et tu devrais voir ton fichier.

Je m'exécutai et quelque chose traversa fugitivement l'écran.

– Je crois que je sais ce qui s'est passé, lâcha Lucy. Quelqu'un a pénétré dans ton répertoire. On reviendra là-dessus un peu plus tard. Peut-être que cet intrus cherchait quelque chose de précis dans tes fichiers et il n'est pas parvenu à le trouver. Il a envoyé ou tenté d'envoyer un message au périphérique baptisé t-t-y-0-7. Seulement, il était sans doute pressé et au lieu de taper

« cat redirect/d-e-v/t-t-y-0-7 », il a oublié le « d-e-v » – qui devait l'orienter vers le catalogue des périphériques – et juste entré la commande amputée « cat redirect/t-t-y-0-7 ». Au bout du compte, son message n'est pas parvenu sur l'écran du fameux t-t-y-0-7, en revanche la personne en question a créé un fichier sans s'en apercevoir.

– Si l'intrus avait sélectionné la commande adéquate et envoyé son message, y en aurait-il eu trace sur mon ordinateur ?

– Non. Le message se serait inscrit sur l'écran de t-t-y-0-7 pour y rester jusqu'à ce que l'utilisateur l'efface. En revanche, toi, tu n'aurais rien vu dans ton répertoire, nulle part d'ailleurs. Je veux dire par là qu'il n'y aurait pas eu de fichier correspondant.

– En d'autres termes, rien n'exclut que cette personne ait déjà utilisé mon répertoire pour envoyer des messages pour peu qu'elle ait tapé la bonne commande, et nous n'avons nul moyen de savoir combien de fois la chose s'est produite.

– Tout juste.

Je revins à la question de base qui m'obsédait :

– Mais enfin... comment se fait-il que quelqu'un ait pu avoir accès à mon répertoire ?

– Tu es certaine que personne ne connaît ton mot de passe ?

– Non, à part Margaret, personne, affirmai-je.

– Et il s'agit de ton analyste informatique ?

– En effet.

– Selon toi, est-il impossible qu'elle l'ait confié à une tierce personne ?

– Vraiment, ça me sidérerait, Lucy.

– D'accord... Quelqu'un peut avoir accès à ton répertoire s'il fait partie des utilisateurs privilégiés, et on va le vérifier de ce pas. Tu changes de répertoire et tu vas sous « etc. ». Là, tu repères le fichier « Groupe ». C'est là-dedans que se trouve la liste des utilisateurs privilégiés. Ah, il faut que tu tapes « r-a-c-i-n-e-g-r-p ».

Je m'exécutai à nouveau.

– Qu'est-ce que tu lis, tante Kay ?

– Je n'y suis pas encore, marmonnai-je, incapable de dissimuler l'agacement suscité par mes lenteurs.

Lucy répéta ses instructions en articulant avec netteté.

– Ah, j'ai trouvé trois noms associés à des autorisations d'accès dans le groupe « Racine ».

– Bien, tu les saisis, suivis de « : q, bang », et tu sors de « Groupe ».

– Bang ? demandai-je, perdue.

– Oui, un point d'exclamation, quoi. Maintenant, nous devons parcourir le contenu du fichier « mot de passe » – c'est-à-dire « p-a-s-s-w-d » – pour vérifier si tous ces super-utilisateurs possèdent bien un mot de passe personnel.

Mes mains restèrent en suspens au-dessus du clavier et je soufflai :

– Lucy.

– C'est facile à repérer parce que la forme codée du mot de passe suit toujours le nom de l'utilisateur privilégié. Autrement dit, si tu vois un nom juste suivi de « : : », c'est que c'est un intrus.

– Lucy...

– Je suis désolée, tante Kay. Est-ce que je vais à nouveau trop vite ?

– Lucy, je ne suis pas programmatrice sous UNIX. C'est comme si tu me parlais en swahili.

– Oh, mais tu pourrais apprendre, c'est super-marrant, UNIX.

– Je te remercie, mais en ce moment j'ai vraiment d'autres priorités. Quelqu'un a pénétré dans mon répertoire, or c'est là-dedans que je conserve des données très sensibles et des documents confidentiels. D'autant que si cette personne a eu accès à mes fichiers personnels, Dieu sait où elle a pu fouiller encore. Je voudrais vraiment savoir qui et pourquoi.

– « Qui », c'est assez simple à trouver, sauf si le pirate se connecte *via* un modem extérieur.

– Mais le message a été expédié à quelqu'un qui travaille à l'institut médico-légal, vers un périphérique qui appartient à mes bureaux.

– Ça n'exclut pas qu'un de tes employés ait eu recours à un extérieur pour se faufiler dans ton système, tante Kay. Peut-être le vilain curieux ne connaissait-il rien à UNIX et a-t-il eu besoin d'une aide pour accéder à ton répertoire… Il a donc demandé l'assistance d'un programmeur extérieur.

– C'est très sérieux.

– Ça pourrait l'être. En tout cas, ce qui me saute aux yeux, c'est que le système de sécurité qui protège ton installation informatique n'est pas génial.

– Quand dois-tu remettre ton devoir de fin de trimestre ?

– Après les vacances.

– Tu l'as terminé ?

– Presque.

– Quand commencent les vacances de Noël ?

– Lundi.

– Ça te plairait de venir passer quelques jours chez moi pour m'aider à démêler cette histoire ?

– Tu plaisantes ?

– Pas le moins du monde. J'espère que tu ne seras pas trop déçue parce que je n'ai pas fait beaucoup d'efforts en ce qui concerne les décorations de Noël. J'ai bien quelques petits poinsettias, sans oublier des bougies aux fenêtres, mais c'est à peu près tout. En revanche, je ferai la cuisine.

– Y a pas de sapin ?

– C'est grave ?

– Bof, pas vraiment. Il neige en Virginie ?

– Tout à fait.

– Je n'ai jamais vu la neige, je veux dire jamais en personne.

– Je vais parler à ta mère. Passe-la-moi.

Quelques instants plus tard, Dorothy, mon unique sœur, fit preuve d'une sollicitude anxieuse bien inhabituelle :

– Travailles-tu toujours aussi dur, Kay ? Je crois que tu es la personne la plus bosseuse que je connaisse. Tu sais, les gens sont toujours si impressionnés lorsque je leur explique que nous sommes sœurs. Quel temps fait-il à Richmond ?

– Il y a de bonnes chances pour que nous ayons un Noël blanc cette année.

– Ah, c'est extra ! J'aimerais tant que Lucy connaisse ça. Je n'ai jamais passé Noël sous la neige. Remarque, non, c'est faux… une fois, quand je suis partie faire du ski dans l'Ouest avec Bradley.

Impossible de me souvenir qui était ce Bradley. Plusieurs années plus tôt, j'avais cessé de tenir la comptabilité de la ribambelle de petits amis et de maris accumulés par ma sœur cadette.

– J'aimerais que Lucy vienne passer Noël chez moi, annonçai-je. C'est possible ?

– Tu ne peux pas descendre à Miami ?

– Non, Dorothy, pas cette année. Je suis plongée dans une succession d'affaires complexes et je suis citée comme témoin au tribunal pratiquement jusqu'à la veille de Noël.

– Je ne me vois pas passer les fêtes sans ma fille, lâcha-t-elle d'un ton plus que réticent.

– Et pourtant cela t'est déjà arrivé. Lorsque tu es partie faire du ski en compagnie de Bradley, par exemple.

– C'est exact, mais c'était dur, acquiesça-t-elle, pas le moins du monde désarçonnée. D'ailleurs, à chaque fois que nous avons passé des vacances chacune de notre côté, je me suis bien juré de ne jamais recommencer.

– Tant pis, je comprends. Ce sera pour une autre fois en ce cas, fis-je, écœurée par les petites manœuvres de ma cadette alors que j'étais bien placée pour savoir qu'elle sautait sur la moindre occasion de se débarrasser de sa fille.

Elle prit aussitôt conscience de son imprudence :

– D'un autre côté… C'est vrai que je suis terriblement en retard pour mon prochain livre. Je vais passer la majeure partie des vacances devant mon ordinateur, c'est couru d'avance. Peut-être, au fond, que ce serait mieux pour Lucy de monter te rendre visite. Je ne vais pas être d'une compagnie très rigolote. Est-ce que je t'ai dit que j'avais maintenant un agent à Hollywood? C'est un type génial qui connaît tous ceux qui comptent là-bas. Il est en train de négocier avec Disney l'achat des droits d'adaptation d'un de mes bouquins.

– Quelle bonne nouvelle ! Je suis convaincue qu'on pourrait tirer des films fabuleux de tes livres.

Dorothy écrivait d'excellents ouvrages pour la jeunesse. Du reste, elle avait déjà été récompensée par plusieurs prix prestigieux. Cela étant, ses qualités humaines frisaient le zéro pointé.

Ma sœur lança :

– Maman est à côté de moi. Elle veut te parler. Écoute, Kay, c'était vraiment sympa de discuter un moment avec toi. Il faut absolument qu'on s'appelle plus souvent. Veille à ce que Lucy avale autre chose que de la salade. En plus, je te préviens, elle fait une fixation sur la musculation, elle te rendra sans doute dingue avec ça. Ça m'inquiète un peu d'ailleurs... je ne voudrais pas qu'elle devienne masculine.

Avant que je ne puisse répondre un mot, ma mère avait pris la suite :

– Katie, mais pourquoi tu ne peux pas descendre un peu en Floride ? Il fait un soleil magnifique, et si tu voyais les pamplemoussiers !

– Je ne peux vraiment pas, maman, et ça me désole.

– Et en plus, Lucy non plus ne sera pas là ? C'est bien ce que j'ai cru comprendre, n'est-ce pas ? Que suis-je censée faire ? Avaler une dinde à moi toute seule ?

– Mais Dorothy sera avec toi.

– Quoi ? Tu plaisantes ? Elle sera avec Fred. D'ailleurs, je ne le supporte pas, celui-là !

L'été dernier, Dorothy avait ajouté un nouveau

divorce à sa liste. J'ignorais tout du Fred en question et ne demandai aucune précision.

– C'est un Iranien, je crois, ou quelque chose dans ce genre. Un radin comme j'en connais peu, et, en plus, il a du poil dans les oreilles. En tout cas, il n'est pas catholique et Dorothy n'emmène même plus Lucy à la messe. Je vais te dire, cette petite finira en enfer en moins de temps qu'il faut pour le dire !

– Maman, elles peuvent t'entendre.

– Pas du tout. Je suis seule dans la cuisine, devant un évier qui déborde d'assiettes sales. Ta sœur espère que je vais faire la plonge tant que je suis là. C'est comme lorsqu'elle débarque à la maison parce qu'elle n'a rien de prêt chez elle et qu'elle compte sur moi pour me mettre à la popote. Parce que si tu crois qu'elle propose parfois d'apporter quelque chose... Elle s'en fiche que je sois une vieille femme, presque une invalide, devrais-je dire. Je compte sur toi pour mettre un peu de plomb dans la tête de Lucy, Katie.

– Parce qu'elle en manque ? demandai-je.

– Elle n'a aucun ami, sauf cette fille, et alors, quel genre elle a ! Tu devrais voir la chambre de ta nièce. On se croirait dans un de ces films de science-fiction avec plein d'ordinateurs, d'imprimantes, de trucs et de machins. Ce n'est pas normal qu'une adolescente ne vive que dans sa tête. Elle devrait sortir avec des jeunes de son âge. Je me fais autant de souci pour elle que je m'en faisais pour toi à l'époque.

– Je n'ai pas le sentiment d'avoir si mal tourné.

– Quand même... Tu passais beaucoup trop de temps plongée dans ces bouquins de science, Katie. Et tu as vu le résultat avec ton mariage.

– Maman, je voudrais que Lucy prenne l'avion demain, si c'est possible. Je vais m'occuper des réservations et du billet. Surtout, qu'elle emporte ses vêtements les plus chauds. Si elle manquait de quelque chose, un gros manteau par exemple, nous trouverions le nécessaire à Richmond.

– Elle empruntera sans doute tes vêtements. Quand l'as-tu vue pour la dernière fois ? Noël dernier ?

– Oui, ça fait longtemps.

– Eh bien, figure-toi qu'elle a des nénés maintenant. Et si tu voyais la façon dont elle se nippe ! Et tu crois qu'elle aurait demandé conseil à sa mamie avant de faire couper ses magnifiques cheveux ? Mais non, voyons... Pourquoi se donnerait-elle la peine de...

– Maman, il faut que j'appelle la compagnie aérienne.

– J'aurais tant aimé que tu descendes en Floride. On aurait pu être réunies.

Sa voix tremblotait. Elle était proche des larmes.

– Moi aussi, j'aurais voulu.

Le dimanche, je partis pour l'aéroport en fin de matinée. La route détrempée s'enfonçait dans un scintillant univers givré qui m'éblouissait par instants. Sous l'assaut du soleil, des morceaux de glace se détachaient des lignes de téléphone, des toits, des arbres, pour exploser au sol comme de petits éclats de cristal. Le bulletin météo nous promettait un nouvel orage givrant et cette perspective me ravissait, en dépit des tracasseries diverses qu'elle suggérait. J'avais envie d'un moment paisible avec ma nièce, toutes deux installées devant un feu de cheminée. Lucy était devenue une jeune fille.

Étrange comme le temps avait passé vite. Les années

avaient filé depuis sa naissance. Je me souvenais de ses grands yeux qui surveillaient chacun de mes gestes lorsque je rendais visite à ma sœur. On avait presque l'impression qu'elle ne clignait jamais des paupières. Je me souvenais de ses invraisemblables accès de fureur ou de chagrin lorsque je la contrariais de la plus infime manière. L'adoration sans fard de ma nièce me bouleversait tout autant qu'elle m'effrayait. Grâce à elle, je m'étais découvert des réserves d'amour insoupçonnées.

Je m'acquittai des formalités avec les employés chargés de la sécurité à l'aéroport, puis me plantai devant la porte, dévisageant avec fébrilité les passagers qui apparaissaient au bout de la passerelle de débarquement. Je piaffais d'impatience, cherchant une adolescente boulotte, aux longs cheveux auburn, les dents barrées d'un appareil. Le regard d'une ravissante jeune femme croisa le mien. Elle me sourit.

– Lucy ! criai-je en la serrant contre moi. Mon Dieu, mais j'ai failli ne pas te reconnaître.

Ses cheveux courts, ébouriffés dans un artistique désordre, faisaient ressortir le vert limpide de ses yeux. Je découvris les beaux méplats de ma nièce. Son appareil dentaire avait disparu et elle avait troqué ses grosses lunettes pour une jolie monture en écaille de tortue qui lui donnait l'air d'une séduisante mais très sérieuse étudiante d'Harvard. Pourtant, ce fut la métamorphose de son corps qui me sidéra le plus. L'adolescente courtaude et trapue dont je me souvenais s'était transformée en mince jeune femme musclée toute en jambes. Elle était vêtue d'un jean délavé et très ajusté, trop court de plusieurs centimètres, retenu par une ceinture de cuir rouge tressé, d'une chemise blanche, et ses pieds nus étaient chaussés de mocassins. Elle portait une serviette, et j'entraperçus l'éclat fugace d'une délicate chaîne d'or à sa cheville. J'étais presque certaine qu'elle n'était pas maquillée, pas plus qu'elle ne portait de soutien-gorge.

Nous nous dirigeâmes vers les tapis à bagages, et je demandai :

– Où est ton manteau ?

– Il faisait vingt-six degrés lorsque j'ai décollé ce matin de Miami.

– Tu vas geler sur place le temps de récupérer la voiture.

– Il est physiquement impossible que je gèle le temps d'arriver jusqu'à ta voiture, à moins que tu ne l'aies garée à Chicago.

– Mais tu dois avoir un pull dans ta valise ?

– Ça ne t'a jamais frappée que tu me parlais exactement de la même façon que mamie s'adresse à toi ? À ce sujet, elle a décidé que j'avais l'air d'une croqueuse-punkeuse. Elle s'est un peu mélangée les pinceaux dans les appellations, ça nous donne un croisement malheureux entre rockeuse de diamants et punk-rocker.

– J'ai plusieurs anoraks, des pantalons de velours, des bonnets, des gants... Tu peux emprunter ce que tu veux.

Elle glissa son bras sous le mien et renifla mes cheveux.

– Je vois que nous n'avons pas recommencé à fumer.

– Tout juste, et je déteste que l'on me rappelle que j'ai vraiment arrêté parce que cela me donne aussitôt envie de sortir une cigarette.

– Mais tu as l'air bien plus en forme et tu n'empestes plus le vieux mégot. En plus, tu n'as pas pris un gramme. Ben, dis donc, il est nul, cet aéroport, commenta Lucy, dont le cerveau électronique renfermait quelques erreurs de formatage en matière de diplomatie. Et pourquoi ils appellent ça Richmond *International* ?

– Mais parce que nous avons même des vols à destination de Miami.

– Pourquoi mamie ne te rend-elle jamais visite en Virginie ?

– Elle n'aime pas voyager et elle refuse catégoriquement de prendre l'avion.

– Pourtant, c'est plus sûr que la voiture. Sa hanche se détériore, tu sais.

– Je sais, Lucy. Écoute, je vais te laisser récupérer tes bagages pendant que je rapproche la voiture, annonçai-je lorsque nous atteignîmes la salle de déchargement. Mais d'abord, voyons sur quel tapis ils arrivent.

– Il n'y en a que trois, tante Kay. Je devrais pouvoir me débrouiller toute seule.

Je la quittai et sortis dans l'air vif et froid, heureuse de ce court moment de solitude. J'avais besoin de réfléchir. Les bouleversements que je venais de constater chez ma nièce m'avaient prise de court, et j'étais moins sûre que jamais de la façon de me comporter vis-à-vis d'elle. Lucy n'avait jamais été une petite fille facile. Avaient cohabité en elle, et dès les tout premiers temps, une intelligence d'adulte et une émotivité d'enfant. Le mariage de sa mère avec Armando avait été le catalyseur accidentel de son extrême versatilité. Mes seuls piètres avantages sur elle étaient au nombre de deux : ma taille et mon âge. Et voilà qu'aujourd'hui Lucy était aussi grande que moi et qu'elle me parlait d'égale à égale, d'une voix grave et posée. Elle ne foncerait plus dans sa chambre, m'en claquant la porte au nez. Elle ne conclurait plus l'une de nos houleuses discussions en hurlant qu'elle me détestait et qu'elle était vraiment contente que je ne sois pas sa mère. Défilèrent dans ma tête tous les changements d'humeur que je ne saurais plus anticiper, les affrontements qui tourneraient en défaite pour moi. J'en étais au point de l'imaginer quittant froidement mais calmement ma maison, grimpant dans ma voiture pour se calmer les nerfs en balade.

L'hiver sembla fasciner Lucy pendant tout le trajet de retour, et nous n'échangeâmes que quelques mots. Le monde fondait lentement, à l'instar d'une de ces sculptures taillées dans la glace, alors qu'une bande grise, lourde de menaces, surgissait à l'horizon, présage d'un nouvel assaut du froid. Lorsque je débouchai dans le quartier où j'avais déménagé depuis sa dernière visite, Lucy détailla les grandes maisons huppées, les magnifiques pelouses, les décorations de Noël et les allées de brique. Un homme emmitouflé à la manière d'un Esquimau promenait son vieux chien bien trop grassouillet et une Jaguar noire, maculée par des éclaboussures grisâtres de sel, passa non loin de nous, comme un élégant voilier, accompagnée par une gerbe d'eau glacée.

– On est dimanche. Où sont les enfants ? Enfin, du moins s'il y a des enfants dans ce coin, lâcha-t-elle comme si elle me tenait responsable de cette carence.

J'obliquai dans ma rue.

– Il y en a, quelques-uns.

– Ni vélos, ni luges, ni cabanes dans les arbres… Les gens sortent-ils parfois de chez eux ?

– C'est un quartier très paisible.

– C'est pour cette raison que tu l'as choisi ?

– Entre autres. C'est aussi un quartier dans lequel on vit en sécurité. Ajoute à cela qu'avec un peu de chance l'avenir prouvera qu'il s'agissait aussi d'un bon investissement pécuniaire.

– Sécurité privée ?

– Oui, concédai-je comme mon malaise allait croissant.

Lucy, le regard toujours fixé vers la vitre de sa portière, contemplait les vastes demeures qui défilaient.

– Je suis sûre que tu peux rentrer chez toi, fermer la porte et n'entendre plus parler de personne… ne plus voir âme qui vive, sauf peut-être quand un voisin balade son chien. Combien de gamins se sont suspendus à ta sonnette le soir d'Halloween ?

– C'était assez calme, répondis-je d'un ton évasif.

À la vérité, le carillon de la sonnette d'entrée n'avait résonné qu'une seule fois, alors que je travaillais dans mon bureau. Quatre bambins déguisés, menaçant de farces si l'on ne leur donnait pas de friandises, s'agitaient sur l'écran de ma vidéosurveillance. J'avais décroché l'interphone, m'apprêtant à les prévenir que je descendais leur ouvrir, lorsque j'avais surpris leur conversation :

– Mais non… j'te dis qu'il n'y a pas de cadavre dans cette maison, avait murmuré une minuscule bambine déguisée en majorette de l'université de Virginie.

– Mais si, j'te dis, avait rétorqué Spiderman. Elle passe sans arrêt à la télé parce qu'elle découpe des gens morts et qu'elle met les morceaux dans des bocaux. C'est mon papa qui me l'a dit, d'abord.

Je manœuvrai dans le garage avant d'annoncer à Lucy :

– Bon, nous allons t'installer dans ta chambre et ma première priorité sera d'allumer un bon feu de cheminée et de te préparer une tasse de chocolat chaud. Ensuite, nous nous préoccuperons du déjeuner.

– Mais je ne bois pas de chocolat chaud. As-tu une machine à expressos ?

– Bien sûr.

– Génial. Surtout si tu as du décaféiné français. Est-ce que tu connais tes voisins ?

– Je sais qui ils sont. Attends, je prends ce sac, tu n'as qu'à te charger de celui-là. Il faut que j'ouvre la porte et que je désactive l'alarme. Mon Dieu, ça pèse un âne mort !

– Mamie a insisté pour que je t'apporte des pamplemousses. Ils sont assez goûteux mais bourrés de pépins...

Lucy jeta un long regard autour d'elle lorsqu'elle pénétra chez moi.

– ... Woua... Une verrière ! Et comment baptises-tu ce style architectural, en dehors de « riche » ?

Peut-être que si je feignais de ne rien remarquer, Lucy mettrait un peu d'eau dans son vin ?

– La chambre d'amis est juste là-derrière. Si tu préfères, je peux t'installer à l'étage, mais j'ai pensé que tu aimerais rester en bas, à proximité de ma chambre.

– Ça me va très bien, pourvu que l'ordinateur soit à portée.

– Il se trouve dans mon bureau. C'est la pièce située juste à côté de ta chambre.

– J'ai apporté toutes mes notes concernant UNIX, des bouquins et quelques autres babioles intéressantes...

Elle marqua un temps d'arrêt devant les doubles portes vitrées coulissantes qui menaient au salon et remarqua :

– ... Ce jardin n'est pas aussi joli que celui que tu avais.

À son ton, on aurait cru que j'avais traîtreusement abandonné tous ceux que je connaissais avant.

– Il me faudra des années de travail pour en faire ce que je veux. Après tout, c'est le genre de projet qui me stimule.

Lucy passa lentement ce qui l'environnait au crible de son regard, puis me fixa.

– Donc, des caméras surveillent tes portes, des détecteurs de mouvement protègent toutes les pièces, il y a une clôture, des grilles sécurisées, et qu'est-ce que j'oublie ? Des miradors ?

– Non, pas de miradors.

– C'est ton Fort Apache, n'est-ce pas, tante Kay? Tu as emménagé dans ce quartier parce que Mark est mort et que maintenant le monde n'est plus peuplé que d'affreuses personnes.

J'eus la sensation de tomber dans une embuscade. Sa remarque me coupa le souffle et mes yeux se brouillèrent de larmes. Je fonçai dans la chambre d'amis afin d'y déposer son sac de voyage. Je passai dans la salle de bains, dressant l'inventaire des serviettes, savon, dentifrice. Puis je revins vers la chambre, j'ouvris les rideaux, vérifiai les tiroirs de la commode, l'ordre de la penderie, et réglai le chauffage de la pièce. Durant tout ce temps, Lucy resta assise sur le lit, épiant mes moindres gestes. Plusieurs minutes me furent nécessaires pour parvenir à croiser de nouveau son regard.

– Lorsque tu auras fini de déballer, je te montrerai le placard où tu pourras trouver des affaires appropriées à la saison, lui dis-je.

– Le problème, c'est que tu ne l'as jamais vu comme il était.

– Lucy, il vaut mieux que nous parlions d'autre chose.

J'allumai la lampe et m'assurai que le téléphone était bien branché.

– Tu es bien mieux sans lui, insista-t-elle d'un ton de certitude.

– Lucy…

– Il n'était pas là pour toi, jamais comme il aurait dû l'être. Et ça n'aurait pas bougé, parce qu'il était ainsi. Et à chaque fois que les choses ont dérapé dans ta vie, tu as changé.

Plantée devant la fenêtre, je contemplai les clématites endormies et les roses gelées, accrochées à leurs claires-voies.

– Lucy, il faudrait que tu tempères ce que tu dis d'un peu de gentillesse et de tact. Tu ne peux pas sortir tout ce qui te passe par la tête.

– C'est si étrange de t'entendre dire une telle chose. Tu m'as toujours expliqué à quel point tu détestais la malhonnêteté et les stratagèmes.

– Nous sommes des êtres sensibles.

– Oh, tu as raison sur ce point.

– T'ai-je un jour blessée ?

– Comment crois-tu que je l'aie pris ?

– Je ne suis pas certaine de te comprendre.

– Parce que tu n'as pas pensé à moi, pas une seconde. C'est pour cette raison que tu ne peux pas comprendre.

– C'est faux, je pense sans cesse à toi.

– Tu sais, c'est un peu comme si tu avais tant de choses à offrir et que je n'en reçoive jamais la moindre miette. Quelle différence ça fait pour moi si tu dissimules tout ce qu'il y a au fond ?

Je ne sus que répondre.

– Tu ne m'appelles plus jamais. Tu n'es plus jamais venue me voir depuis qu'il s'est fait tuer...

Et je le sentis dans sa voix, ce chagrin qu'elle retenait depuis si longtemps.

– ... Je t'ai écrit, tante Kay, et tu n'as jamais répondu. Et puis, hier, tu m'as téléphoné et tu m'as invitée à venir parce que tu avais besoin de quelque chose.

– Je ne l'ai pas fait exprès.

– Maman agit avec moi de la même manière.

Je fermai les yeux et ma tête bascula vers l'avant, jusqu'à ce que mon front vienne reposer sur la surface glaciale de la vitre.

– Tu attends trop de moi, Lucy. Je ne suis pas parfaite.

– Oh, mais je n'espère pas la perfection... Pourtant, je pensais que tu étais différente.

– Comment pourrais-je me défendre lorsque tu me balances de telles choses ?

– Mais tu ne peux pas te défendre !

Un écureuil de Sibérie sautillait en haut de la clôture qui bordait ma propriété. Des oiseaux picoraient des graines tombées dans l'herbe.

– Tante Kay ?

Je me tournai vers elle. Je crois que jamais je ne l'avais vue si abattue, si assommée.

– Pourquoi les hommes sont-ils toujours plus importants que moi ?

– Ils ne le sont pas, murmurai-je. Je te le jure.

Lucy réclama une salade de thon et un café au lait pour le déjeuner. Profitant de ce que j'étais absorbée dans les corrections d'un article scientifique à paraître dans une revue médicale, elle fourragea dans ma penderie et mes commodes. Je m'appliquais à ne pas imaginer les mains de quelqu'un d'autre déplaçant mes vêtements, les repliant d'une manière différente de la mienne, ou suspendant une veste sur un cintre qui ne lui était pas attribué d'habitude. Lucy avait un talent unique pour me faire sentir coincée et boutonnée jusqu'au menton. Étais-je devenue ce genre d'adulte psychorigide et trop sérieux que j'aurais détesté à son âge ?

– Qu'est-ce que tu en penses ? demanda-t-elle lorsqu'elle émergea de ma chambre, à 13 h 30.

Elle avait passé un de mes survêtements de tennis.

– Que cela t'a pris un temps infini pour en arriver là, commentai-je. Mais, en effet, il te va bien.

– Il y a quelques autres petites choses sympas. Dans l'ensemble, je trouve tes vêtements trop habillés. Tous ces tailleurs d'avocate bleu marine ou noirs, ou même en soie grise à fines rayures, ce kaki, ce cachemire, et je ne sais combien de corsages blancs. Tu dois en avoir au moins vingt et autant de lavallières. Au fait, tu ne devrais pas porter de marron. En revanche, je n'ai pas vu beaucoup de rouge, or ça ferait ressortir tes yeux bleus et tes cheveux blond-gris.

– Blond cendré, rectifiai-je.

– La cendre est blanche ou grise, tu n'as qu'à jeter un œil dans la cheminée, tu verras. Tu sais, nous n'avons pas la même pointure. Remarque, ce n'est pas grave parce que, là encore, on n'aime pas les mêmes trucs. Ah, et puis j'ai trouvé un super-blouson de cuir, vraiment *cool*. Tu as été motarde dans une vie antérieure ?

– C'est de l'agneau et oui, tu peux l'emprunter.

– Et ton parfum, et tes perles? À part cela, tu n'aurais pas un jean?

Je pouffai.

– Je t'en prie, prends ce que tu veux. Et, j'ai même un jean quelque part dans un coin. Peut-être dans le garage.

– Il faut que je t'emmène faire un peu de shopping, tante Kay.

– Il faudrait que je sois folle pour accepter ce genre de proposition.

– Oh, s'il te plaît...

– On verra.

– J'irais bien faire un peu d'exercice à ton club, si ça ne t'ennuie pas. Je suis toute raide après le voyage en avion.

– Si tu as envie d'envoyer quelques balles, je demanderai à Ted, mon entraîneur, s'il peut te consacrer un peu de temps. Mes raquettes de tennis sont rangées dans le placard de gauche. Je viens tout juste de m'équiper d'une Wilson toute neuve. Tu peux propulser la balle à cent cinquante kilomètres à l'heure avec ça. Tu vas adorer.

– Non, merci. Je préfère les appareils et soulever des poids, et puis courir. Pourquoi *toi*, tu ne prendrais pas une leçon avec Ted pendant que je fais un peu de musculation? Comme ça, je t'accompagnerais.

Je m'exécutai et attrapai le téléphone pour appeler le club de Westwood. Ted était débordé jusqu'à 22 heures, aussi indiquai-je le trajet à Lucy avant de lui confier les clés de ma voiture. Après son départ, je m'installai devant le feu de cheminée pour lire un peu avant de m'assoupir.

Lorsque je rouvris les yeux, les braises agonisaient et le vent faisait doucement tinter le petit carillon d'étain suspendu à l'extérieur des baies vitrées. De gros flocons de neige tombaient avec mollesse, et le ciel avait viré au gris laiteux. Les lampadaires qui éclairaient mon jardin s'étaient allumés et un silence si complet régnait dans la maison que je percevais le tic-tac de la pendule. Il était 16 heures passées, et Lucy n'était toujours pas rentrée du club. Je composai le numéro de mon téléphone de voiture, mais personne ne répondit. Mon angoisse monta d'un cran lorsque je songeai que ma nièce n'avait jamais conduit sur des routes glissantes de neige. Pour couronner le tout, il fallait que je sorte acheter le poisson prévu pour le dîner. Je pouvais appeler le club et leur demander de localiser ma nièce. L'idée me parut soudain grotesque. Après tout, Lucy n'était absente que depuis deux heures. Ce n'était plus une petite fille. Je patientai donc une demi-heure avant de rappeler mon téléphone de voiture. En vain. À 17 heures, je téléphonai au club. Lucy était introuvable. Une vague de panique me secoua.

– Vous êtes sûre qu'elle ne se trouve pas dans la salle des appareils, ou peut-être dans le vestiaire des dames, sous la douche ? Ou peut-être même est-elle allée se restaurer un peu au gril, insistai-je à nouveau auprès de la jeune réceptionniste.

– Nous l'avons appelée à quatre reprises par haut-parleur, docteur Scarpetta, et je suis même allée la chercher. Écoutez, je vais refaire un petit tour et si je la vois, je lui demande de vous rappeler au plus vite.

– Mais savez-vous si elle est bien venue au club ? Normalement, elle aurait dû arriver aux environs de 14 heures.

– Mince, je ne peux pas vous renseigner. Je prends mon service à 16 heures.

Je m'obstinai à refaire le numéro de ma voiture: « Le correspondant de Richmond Cellular que vous tentez de joindre ne répond pas… »

J'essayai de contacter Marino, mais il n'était ni chez lui, ni au quartier général de la police. Il était 18 heures et je restai plantée devant la fenêtre de ma cuisine. Des flocons de neige striaient le halo crayeux des réverbères qui éclairaient la rue. J'arpentai la maison, tendue à l'extrême, passant d'une pièce à l'autre, m'acharnant à rappeler ma voiture. À 18 h 30, j'étais décidée : j'allais signaler la disparition de Lucy à la police. Le téléphone sonna à ce moment précis. Je me précipitai dans mon bureau et me ruai sur l'appareil. Le numéro familier qui s'affichait sur le petit écran de l'identificateur me figea. Les appels avaient cessé sitôt après l'exécution de Waddell et j'avoue qu'ils m'étaient sortis de l'esprit. Stupéfaite, je demeurai inerte quelques secondes, attendant que mon mystérieux correspondant raccroche comme à l'accoutumée après le défilement du message enregistré sur mon répondeur. Pourtant, la voix qui résonna alors me coupa les jambes :

– Bordel, je déteste quand il faut que je vous annonce ce genre de trucs, Doc…

J'arrachai presque le téléphone de son socle et m'éclaircis la gorge avant de demander d'un ton hésitant :

– Marino ?

– Ouais, j'ai de mauvaises nouvelles.

4

– Où êtes-vous ?

Mes yeux étaient rivés sur l'écran de l'identificateur.

– Dans l'East End, et cette saloperie de neige arrête pas de tomber. On a reçu un appel au sujet d'une femme blanche. Elle était morte quand on est arrivés. *A priori*, j'aurais dit qu'y s'agissait d'un suicide typique au monoxyde de carbone. Elle était dans sa bagnole, au garage, genre avec un tuyau branché pour relier le pot d'échappement à l'habitacle. Sauf que les circonstances sont assez bizarres. J'pense qu'il faudrait mieux que vous passiez.

– D'où m'appelez-vous ? insistai-je d'un ton si péremptoire qu'il parut surpris et mit quelques instants avant de me répondre :

– Ben... de chez la défunte. J'viens juste d'arriver. Bon, y a encore un truc qui me chiffonne, c'est que la baraque était pas fermée. La porte de derrière était pas verrouillée.

J'entendis la porte du garage et un incroyable soulagement m'envahit.

– Merci, mon Dieu… Une seconde, Marino…

Un froissement de sacs en papier et la porte de la cuisine qui se refermait. Plaquant ma main sur le combiné, je criai :

– Lucy, c'est toi ?

– Non, c'est le bonhomme de neige qui se gelait dehors. Si tu voyais ce qu'il tombe, c'est dingue !

J'attrapai un crayon et un bout de papier et repris ma conversation :

– Le nom et l'adresse de la défunte ?

– Jennifer Deighton, au 217 Ewing.

L'identité de la femme ne m'évoquait rien de particulier, quant à Ewing, ce n'était pas très loin après Williamsburg Road, à proximité de l'aéroport, c'est-à-dire dans un quartier que je connaissais peu.

Lucy débarqua dans mon bureau au moment où je raccrochais. Le froid avait rosi ses joues et le vert de ses yeux paraissait encore plus lumineux.

– Mais enfin, mince, où étais-tu passée ? lançai-je d'un ton sec.

Son sourire s'évanouit.

– Je faisais des courses.

– Bon, nous discuterons de cela plus tard. Pour l'instant, je dois me rendre sur une scène de crime.

Elle haussa les épaules et me lança sur un ton à peu près aussi amène que le mien :

– Ah, ça, pour une nouvelle…

– Je suis désolée, Lucy. Malheureusement, les gens qui décèdent ne me demandent pas mon avis avant.

J'attrapai au vol mon manteau et mes gants, et fonçai

jusqu'au garage. Je démarrai, bouclai ma ceinture de sécurité, réglai le chauffage et étudiai l'itinéraire avant de me souvenir du boîtier qui commandait l'ouverture de la porte, que je laissais toujours fixé à mon pare-soleil. Des gaz toxiques avaient envahi le petit espace clos en un rien de temps.

– Mince, quelle idiote..., pestai-je contre ma distraction en actionnant l'ouverture.

L'intoxication par les gaz d'échappement est un des moyens simples de mourir. Un jeune couple se cajole sur une banquette arrière, le moteur tourne, le chauffage est à fond. Ils s'endorment dans les bras l'un de l'autre. Ils ne se réveilleront pas. Des suicidaires transforment leurs véhicules en petites chambres à gaz, abandonnant à ceux qui restent le soin de régler leurs problèmes.

J'avais oublié de demander à Marino si Jennifer Deighton vivait seule.

Une couche de neige de presque dix centimètres s'était amassée, réverbérant la clarté lunaire. Nulle autre voiture ne semblait s'être risquée dehors dans mon quartier. Quant à la voie express qui menait au centre-ville, elle était étonnamment fluide. La radio enchaînait les chants de Noël. Des pensées sans suite, confuses, s'entrechoquaient dans mon esprit pour se teinter peu à peu de crainte. Jennifer Deighton avait appelé mon domicile à plusieurs reprises pour raccrocher sans laisser de message, à moins que quelqu'un d'autre n'ait utilisé sa ligne. Et ce soir, elle était morte. La bretelle qui enjambait la partie orientale du centre-ville s'incurvait, laissant entrevoir en dessous les traverses des voies de chemin de fer, hachures transformant le sol en plaies suturées. Les immenses blocs de ciment des parkings dominaient de nombreux immeubles du coin. L'énorme carcasse de la gare de Main Street se dessinait comme un mastodonte sur le ciel laiteux, son toit de tuiles blanchi de neige, sa grande horloge hagarde comme un œil de cyclope.

Une fois parvenue dans Williamsburg Road, je dépassai au ralenti un centre commercial déserté et bifurquai dans Ewing Avenue juste avant d'atteindre la limite d'Henrico County. Des pick-up et des voitures américaines de modèles déjà anciens étaient garés devant de petites maisons. Des véhicules de patrouille s'étaient entassés dans l'allée du 217 et de chaque côté de la rue. Je m'arrêtai derrière la Ford de Marino et descendis, ma mallette à la main. Je remontai l'allée de terre jusqu'à un petit garage prévu pour une seule voiture, dont l'intérieur était éclairé comme une crèche de Noël. La porte en était relevée et un groupe de policiers se massait autour d'une Chevrolet beige qui avait connu des jours meilleurs. Marino était à quatre pattes sous la portière arrière côté conducteur, examinant le bout de tuyau d'arrosage vert qui avait amené les gaz d'échappement du pot vers une vitre partiellement baissée afin de le coincer pour le maintenir en place. L'habitacle était maculé par la suie d'essence et des relents caractéristiques s'attardaient dans l'air humide et glacial.

– Le contact est encore mis, précisa Marino. Le moteur a calé parce qu'y avait plus d'essence.

La défunte semblait âgée d'une bonne cinquantaine d'années, soixante tout au plus. Coincée derrière le volant, elle avait glissé sur le flanc droit. L'épiderme de sa nuque et de ses mains avait pris une couleur rose vif. Une humeur sanglante avait foncé en séchant la garniture marron clair de son appui-tête. D'où je me tenais, je ne pouvais apercevoir son visage.

Je sortis de ma sacoche un thermomètre pour relever la température ambiante, puis enfilai une paire de gants d'examen. Je demandai à un jeune officier d'ouvrir les portières avant.

– C'est qu'on s'apprêtait à les passer à la poudre à empreintes.

– Allez-y, je peux attendre.

– Johnson, si tu commençais par saupoudrer les poignées pour que la Doc puisse monter dans la voiture ?

Il fixa sur moi des prunelles d'un noir latin et se présenta :

– Au fait, je m'appelle Tom Lucero. On est confrontés à une affaire dont certaines pièces ne s'emboîtent pas bien. Tenez, déjà, ce sang qui a coulé sur l'appui-tête, ça me paraît étrange.

– Pourtant, il existe des explications très logiques, l'une étant un phénomène de purge *post mortem*, commentai-je.

Ses yeux s'étrécirent et je complétai :

– Lorsque la pression pulmonaire expulse un liquide mêlé de sang qui finit par s'écouler par la bouche et le nez.

– Oh… mais en général ça ne se produit pas avant le début des processus de décomposition, n'est-ce pas ?

– En général.

– Or, d'après ce que nous savons, cette dame est morte il y a environ vingt-quatre heures et il fait aussi frisquet que dans la chambre froide d'une morgue dans ce garage.

– En effet, admis-je. Cela étant, si le chauffage était poussé, l'habitacle devait être chaud, d'autant que les gaz d'échappement ont contribué à l'élévation de température. Il est donc vraisemblable que le véhicule est resté à une température assez douce, jusqu'à ce que le réservoir soit vide.

Marino jeta un œil par la vitre opaque de suie et déclara :

– Ouais, on dirait que le chauffage est monté au maximum.

– L'autre possibilité, poursuivis-je, c'est que son visage ait heurté le volant, ou le tableau de bord, ou que sais-je, lorsqu'elle a perdu connaissance. Cela pouvait provoquer un saignement de nez. Elle a pu également se mordre la lèvre ou la langue, j'en saurai plus lorsque je l'aurai examinée.

Lucero ne semblait pas convaincu, il contre-attaqua :

– D'accord... Et que pensez-vous de la façon dont elle est habillée ? Moi, ça me paraît étrange qu'elle soit sortie de chez elle en chemise de nuit légère, alors qu'il fait un temps glacial, entrée dans ce garage frigorifiant, pour brancher un tuyau avant de monter dans une voiture qui devait ressembler à une glacière.

La chemise de nuit bleu pâle à manches longues qui tombait à hauteur des chevilles était faite d'un tissu synthétique très fin. Cependant, il n'existe aucun code vestimentaire en matière de suicide. Certes, il eût été logique que Jennifer Deighton passe un épais manteau et enfile des chaussures avant de s'aventurer dehors par une glaciale nuit d'hiver. Toutefois, si son but était de mettre fin à ses jours, elle savait parfaitement qu'elle ne sentirait pas longtemps la morsure du froid.

L'officier de l'identité judiciaire termina son relevé d'empreintes. Je récupérai mon thermomètre, qui affichait une température ambiante voisine de moins deux degrés.

– Quand êtes-vous arrivé sur les lieux ? demandai-je à Lucero.

– Il y a environ une heure et demie. C'est vrai qu'il faisait plus chaud dans le garage avant qu'on ouvre la porte, mais guère plus. La pièce n'est pas chauffée. En plus, le capot de la voiture était froid. Selon moi, le réservoir s'est vidé et la batterie s'est déchargée plusieurs heures avant que nous recevions l'appel.

On ouvrit les portières et je pris une série de photos avant de contourner le véhicule pour m'approcher du côté passager. Je la dévisageai quelques instants, me raidissant inconsciemment, attendant un souvenir, si vague fût-il, un détail qui m'éclaire, mais rien ne vint. Je ne connaissais pas Jennifer Deighton, je ne l'avais jamais rencontrée auparavant.

Des racines très sombres démentaient sa blondeur oxygénée. Ses cheveux étaient roulés serré dans de minces bigoudis roses dont certains de guingois. En dépit de son obésité sévère, la finesse de ses traits prouvait qu'elle avait dû être très jolie quelques années plus tôt, lorsqu'elle était encore mince. Je palpai le crâne, la nuque, à la recherche de fractures, sans en détecter aucune. Je plaçai le dos de ma main contre sa joue, puis bagarrai contre ce gros corps afin de le retourner. Il était froid, raidi, à l'exception du côté du visage qui avait reposé contre le siège et que la chaleur avait gaufré. À première vue, il semblait peu probable que le cadavre ait été déplacé après le décès, et la peau ne blêmissait plus sous la pression d'un doigt. Elle était morte depuis au moins douze heures.

Je m'apprêtais à protéger ses mains par des sacs lorsqu'un détail attira mon attention. Je détaillai l'ongle de son index droit. Je tirai une lampe torche de ma mallette, ainsi qu'un petit sachet destiné à recueillir les indices et une paire de pinces fines. Un minuscule copeau d'un vert métallique était incrusté sous son ongle. Décorations de Noël, songeai-je. Je trouvai également des fibres dorées, chaque doigt recelant une mine de débris. Une fois les sacs de papier marron passés autour des mains de la défunte, je les fermai aux poignets à l'aide d'élastiques. Je contournai à nouveau le véhicule, rejoignant le siège conducteur afin d'examiner ses pieds. La *rigor mortis* raidissait ses jambes qui refusaient de coopérer alors que je me débattais pour les dégager de sous le volant afin de les étendre sur le siège. Les fibres accrochées sous le pied de ses grosses chaussettes de laine sombre ressemblaient fort à celles que j'avais découvertes sous ses ongles. En revanche, je ne détectai pas la moindre trace de poussière ni de terre, ni même le plus infime brin d'herbe. Un signal d'alarme se déclencha dans mon esprit.

– Vous avez dégoté des trucs intéressants ? demanda Marino.

– Dites-moi… Vous n'avez retrouvé ni chaussons ni souliers dans les parages, c'est bien cela ?

Ce fut Lucero qui répondit :

– Nan… Comme je vous disais tout à l'heure, ça m'a paru étrange qu'elle sorte de sa maison par une nuit aussi froide avec rien aux pieds, sauf des…

Je l'interrompis :

– Nous avons un problème. Ses chaussettes sont bien trop nettes.

– Merde, ponctua Marino.

– Il faut la transporter en ville, déclarai-je en m'éloignant de quelques pas du véhicule.

– Je vais prévenir l'équipe, proposa Lucero.

– Je veux visiter son domicile, lançai-je à Marino.

Il avait retiré ses gants et soufflait dans ses mains jointes dans l'espoir de les réchauffer.

– Super, je voulais justement que vous y jetiez un coup d'œil.

En attendant l'équipe d'intervention, je furetai un peu dans le garage, prenant garde où je posais les pieds et à ne pas gêner le travail des policiers. Il n'y avait pas grand-chose à voir, sinon l'inévitable entassement d'outils et d'équipement pour le jardin, et toutes ces choses disparates qui finissent dans ce genre d'endroits parce qu'on ne sait pas où les ranger : des piles de journaux, des paniers d'osier, de vieux pots de peinture poussiéreux, la grille rouillée d'un barbecue dont je soupçonnais qu'elle n'avait pas été utilisée depuis fort longtemps. Enroulé de façon approximative dans un coin comme une grosse couleuvre, traînait le tuyau d'arrosage dont on avait coupé un bout pour l'emboîter sur le pot d'échappement. Je m'agenouillai à côté de l'extrémité sectionnée, prenant garde de ne pas la frôler. Le plastique ne semblait pas avoir été attaqué à la scie, mais plutôt tranché d'un seul coup puissant, légèrement en biseau. Je repérai non loin de là une mince entaille linéaire qui balafrait le ciment cru du sol. Je me relevai pour inspecter les outils suspendus contre une planche hérissée de crochets. Une hache jouxtait un maillet, tous deux couverts de rouille et festonnés de toiles d'araignées.

L'équipe de secours arriva, poussant une civière sur laquelle était posée une housse à cadavre. Me tournant vers Lucero, je m'inquiétai :

– Avez-vous trouvé à son domicile un outil quelconque grâce auquel elle aurait pu couper ce tuyau ?

– Non.

Jennifer Deighton refusait de sortir de son véhicule, la mort luttait contre les désirs des vivants. Je passai côté passager afin de les aider. Trois d'entre nous l'agrippèrent sous les aisselles et autour de la taille pendant qu'un quatrième repoussait ses jambes. Après pas mal d'efforts, le corps fut transféré dans la housse, la fermeture à glissière remontée et les sangles rabattues. Jennifer Deighton disparut dans la nuit neigeuse comme j'emboîtais péniblement le pas à Lucero pour remonter l'allée, regrettant de ne pas avoir passé des bottes. Nous pénétrâmes dans la maison de brique par la porte de derrière, laquelle ouvrait directement dans la cuisine.

La maisonnette de plain-pied paraissait avoir été redécorée depuis peu. Le noir des appareils ménagers tranchait sur le blanc des placards et des plans de travail. Les murs étaient tapissés d'un papier peint d'inspiration orientale, petites fleurs pastel sur un fond d'un bleu délicat. Nous guidant à l'écho de voix, Lucero et moi-même traversâmes un étroit couloir parqueté et nous arrêtâmes devant la porte d'une chambre. Marino et un policier de l'identification judiciaire inventoriaient le contenu des tiroirs d'une commode. Je détaillai durant un long moment les éléments de l'étrange jeu de piste qui menait à la personnalité de Jennifer Deighton. On aurait cru que sa chambre faisait office de pile solaire dans laquelle elle emmagasinait l'énergie pour la convertir en magie. Les appels sans message me revinrent et ma paranoïa grimpa d'un cran.

Les murs, les rideaux, la moquette, le linge de lit, tout était blanc. Bizarrement, une feuille de papier machine vierge était coincée sous un gros cristal en forme de pyramide abandonné sur le lit défait, tout près des deux oreillers repoussés contre la tête de lit. D'autres cristaux s'alignaient sur la commode et les tables de chevet, d'autres encore, de taille plus modeste, se balançaient aux châssis des fenêtres. Je m'imaginai la pluie d'arc-en-ciel qui devait dévaler dans la pièce, l'éclat de toutes ces facettes taillées lorsque le soleil envahissait la chambre.

– Ça décoiffe, hein ? commenta Lucero.

– Elle était médium ou quelque chose de ce genre ? m'enquis-je.

– Ben, disons qu'elle avait monté sa petite affaire. Elle recevait principalement chez elle…

Il s'approcha du répondeur posé sur une table, non loin du lit. Le témoin lumineux clignotait et sur le petit écran s'affichait en rouge le nombre 38.

– … Vous vous rendez compte… *trente-huit* messages depuis hier soir 20 heures. J'en ai écouté quelques-uns. De toute évidence, la dame faisait dans les horoscopes. Des gens l'appelaient pour savoir si leur journée serait bonne, s'ils allaient gagner au Loto ou s'ils pourraient payer le débit de leurs cartes bancaires après les fêtes.

Marino souleva le couvercle du répondeur et en

extirpa la cassette à l'aide de la lame de son canif avant de la sceller dans un petit sachet de plastique. Quelques objets abandonnés sur la table de chevet m'intriguèrent et je m'en approchai. Un verre contenant un fond de liquide incolore était posé à côté d'un petit bloc-notes et d'un stylo. Je reniflai son contenu. Inodore, de l'eau, pensai-je. Non loin traînaient deux livres de poche, le *Paris Trout* de Pete Dexter et le *Seth Speaks* de Jane Robert. Je ne découvris aucun autre ouvrage dans la pièce.

– J'aimerais jeter un coup d'œil à ces livres, dis-je à Marino.

Perplexe, il lâcha :

– *Paris Trout...* Ça parle de quoi ? De la pêche en France ?

Malheureusement, il ne s'agissait pas d'une plaisanterie de sa part.

– Ils peuvent m'aider à comprendre dans quel état d'esprit elle se trouvait juste avant sa mort, ajoutai-je.

– Pas de problème. Je demanderai au service des documents de vérifier les empreintes et on vous les enverra. Tant qu'on y est, ce serait pas plus mal qu'ils passent au crible ce papier, déclara-t-il, faisant allusion à la feuille de papier machine abandonnée sur le lit.

– Sait-on jamais... Elle a peut-être écrit un message à l'encre sympathique pour expliquer son geste, plaisanta Lucero.

– Venez, fit Marino, j'veux vous montrer quelques petites choses.

Il m'entraîna vers le salon. Un sapin de Noël artificiel était recroquevillé dans un coin, ployant sous une pléthore de décorations tapageuses et suffoqué par les guirlandes, les loupiotes et les cheveux d'ange. Des boîtes de bonbons, ou de fromages, des pots de sels de bain, un bocal qui semblait contenir du thé aux épices et une licorne en céramique aux yeux d'un bleu éclatant et à la corne dorée étaient entassés au pied de l'arbre, sur un tapis à longs poils dorés d'où je soupçonnais que provenaient les fibres que j'avais découvertes sous les chaussettes et sous les ongles de Jennifer Deighton.

Marino tira une petite torche de sa poche et s'accroupit en précisant :

– Tenez, regardez ça.

Je l'imitai. Un éclat métallique et un petit bout de ficelle dorée, perdus parmi les hautes fibres de la moquette, scintillèrent sous le faisceau lumineux, tout près du pied du sapin.

– Quand je suis arrivé, la première chose que j'ai vérifiée, c'est si y avait des cadeaux de Noël au pied de l'arbre, expliqua Marino en éteignant sa torche. De toute évidence, elle les avait ouverts plus tôt. Elle avait fait brûler les papiers d'emballage et les cartes de vœux dans la cheminée, juste là. L'âtre est plein de cendres et de petits fragments de papier aluminium qu'ont échappé aux flammes. Hier soir, la voisine d'en face a remarqué un panache de fumée au-dessus du toit, juste après la tombée de la nuit.

– C'est elle qui a prévenu la police ?

– Ouais.

– Et pour quelle raison ?

– J'sais pas encore. Faut que je passe l'interroger.

– Quand vous en saurez un peu plus, essayez d'apprendre si Jennifer Deighton avait des problèmes médicaux, d'ordre psychiatrique ou autre. J'aimerais aussi connaître le nom de son médecin traitant.

– Je vais la voir tout à l'heure. Vous avez qu'à m'accompagner, comme ça vous lui poserez la question vous-même.

Je songeai à ma nièce qui m'attendait chez moi tout en enregistrant d'autres détails. Mon regard intercepta quatre petites marques carrées creusées dans les fibres de la moquette.

– Ouais, j'avais aussi remarqué, commenta Marino. On dirait que quelqu'un a trimbalé une chaise jusqu'ici, sans doute de la salle à manger. Y en a quatre autour de la table, avec des pieds carrés.

– Il faudrait s'intéresser à son magnétoscope, réfléchis-je à haute voix. Peut-être l'a-t-elle programmé en vue d'un enregistrement. Cela pourrait nous en apprendre davantage à son sujet.

– Bonne idée.

Nous quittâmes le salon et passâmes dans la petite salle à manger. Une table en chêne autour de laquelle étaient alignées quatre chaises à haut dossier raide trônait en son centre. Le tapis tressé qui recouvrait le plancher semblait neuf, du moins rarement foulé.

– J'ai comme l'impression qu'elle passait la majeure partie de son temps dans cette autre pièce, déclara Marino lorsque nous traversâmes un couloir pour pénétrer dans ce qui ne pouvait être que le bureau de la propriétaire des lieux.

La pièce était encombrée de tout l'équipement nécessaire au fonctionnement d'une petite entreprise, sans oublier un fax que j'examinai aussitôt. Il était éteint et sa ligne branchée sur une simple prise téléphonique vissée au mur. De plus en plus désorientée, je jetai un regard circulaire. Une table et le bureau croulaient sous des paquets d'enveloppes de toutes tailles, des formulaires, un ordinateur et une machine à oblitérer. Des encyclopédies, des ouvrages traitant de parapsychologie, d'astrologie, de signes du zodiaque, de religions orientales ou occidentales s'entassaient sur des étagères. Différentes traductions de la Bible étaient réunies. Je remarquai également la présence de douzaines de registres portant des dates sur la tranche.

Une pile de prospectus s'adossait à la machine à oblitérer, de toute évidence des bulletins d'adhésion. J'en récupérai un. Une contribution de trois cents dollars vous garantissait un appel quotidien et trois minutes du temps de Jennifer Deighton qu'elle mettrait à profit pour établir votre horoscope du jour, en « se fondant sur des données personnelles, telles que l'alignement des planètes au moment de votre naissance ». Un petit extra de deux cents dollars par an et c'était une consultation hebdomadaire que l'on vous offrait en plus du forfait de base. Après s'être acquitté du montant de son adhésion, le souscripteur recevait une carte portant un numéro d'identification qui demeurait valable tant qu'il réglait sa cotisation annuelle.

– Quel paquet de foutaises ! s'exclama Marino.

– Elle vivait seule, n'est-ce pas ?

– Ben, ça m'en a tout l'air. Une femme seule qui gère un business de ce genre... C'est le meilleur moyen d'attirer les fondus.

– Marino, savez-vous de combien de lignes de téléphone elle disposait ?

– Non, pourquoi ?

Je lui racontai les appels sans message que j'avais reçus. Il me fixa, l'air mauvais, ses mâchoires se crispant.

– Son fax et son téléphone sont-ils connectés à la même ligne téléphonique ?

– Bordel !

– Si tel est bien le cas, et si son fax était branché la nuit où j'ai composé le numéro qui s'affichait sur l'écran de mon identificateur d'appels, cela expliquerait l'étrange sonorité que j'ai entendue.

– Bordel de merde ! s'exclama-t-il en extirpant sa radio portative de la poche de son manteau. Pourquoi que vous m'en avez pas parlé plus tôt ?

– Je ne tenais pas à évoquer ce problème devant d'autres gens.

Il plaqua la radio contre ses lèvres :

– 7-10. (Puis, s'adressant à moi :) Si ça vous tracassait, ces appels, ça fait des semaines que vous auriez dû m'en parler.

– Ils ne m'inquiétaient pas tant que ça.

La voix du répartiteur croassa :

– 7-10.

– 10-5, 8-21.

Le répartiteur envoya un appel au 821, le code désignant l'inspecteur, qui le contacta très vite par radio.

– J'ai besoin que tu me composes un numéro. T'as ton portable à portée de main ?

– 10-4.

Marino lui communiqua le numéro de téléphone de Jennifer Deighton et brancha le fax. Quelques fractions de seconde plus tard, il émit une série de sonneries et de bips plaintifs.

– Ça répond à votre question, Doc ?

– Ça répond à l'une d'entre elles, mais pas à la plus importante.

La voisine d'en face qui avait prévenu la police se nommait Myra Clary. J'accompagnai Marino jusqu'à sa maison aux flancs doublés de plaques d'aluminium. Un gros Père Noël en plastique planté sur la pelouse étincelait en souriant et des guirlandes lumineuses égayaient les buis. Marino n'avait pas enfoncé le bouton de la sonnette que la porte s'ouvrait déjà. Mrs Clary nous invita à pénétrer chez elle, sans même s'enquérir de notre identité. Après tout, peut-être nous avait-elle vus approcher depuis sa fenêtre.

Elle nous précéda dans un salon sinistre et sombre. Son mari était blotti contre un radiateur électrique, une couverture réchauffant ses jambes grêles, son regard vide fixé sur le poste de télévision où un homme se tartinait de savon déodorant. L'emprise pathétique et inexorable des années s'étalait dans chaque détail. Le capitonnage des fauteuils était usé jusqu'à la trame, encrassé par le contact répété des épidermes. Le bois était brouillé par l'accumulation de couches de cire, les gravures accrochées aux murs jaunies derrière le verre poussiéreux. Les relents huileux de milliers de repas préparés dans la cuisine et expédiés devant le poste de télévision s'incrustaient dans chaque recoin.

Marino expliqua l'objet de notre visite à une Mrs Clary soudain nerveuse et qui ne tenait pas en place. Elle ramassa des journaux éparpillés sur le canapé, baissa le volume de la télévision et disparut dans la cuisine chargée des assiettes sales du dîner. Son mari demeura calfeutré dans son univers intime, sa tête branlant sur son maigre cou d'échassier. La maladie de Parkinson, c'est un peu comme si une machine se mettait à trembler violemment avant de rendre le dernier soupir, comme si elle savait ce qui l'attendait et protestait de la seule façon qui lui restât.

– Non, vraiment, ça va, répondit Marino lorsque Mrs Clary nous proposa un verre ou une petite collation. Installez-vous et essayez de vous détendre un peu. Je me doute que la journée a été difficile pour vous.

– Ils ont dit qu'elle était dans sa voiture, qu'elle respirait ces fumées, mon Dieu... Parce que j'ai vu la quantité de gaz d'échappement qui s'était accumulée dans ce garage, la fenêtre en était toute brumeuse, on aurait dit que le feu avait pris dans le garage. À ce moment-là, j'ai compris qu'un malheur était arrivé.

– C'est qui, « ils » ?

– La police. Après que je les ai appelés, je suis restée à guetter leur arrivée. Quand ils sont arrivés, je me suis précipitée pour m'assurer que Jenny allait bien.

Mrs Clary semblait incapable de rester tranquille quelques secondes dans le grand fauteuil qui faisait face au canapé sur lequel Marino et moi étions installés. Des mèches de cheveux gris s'étaient échappées du chignon noué au-dessus de sa tête. Son visage était aussi ridé que celui d'une pomme d'hiver et dans ses yeux se mêlaient la peur et une avide curiosité.

– Je sais que vous avez déjà eu l'occasion de discuter avec la police, attaqua Marino en rapprochant de lui le cendrier. Seulement, je voudrais que vous nous racontiez tout à nouveau, et dans le moindre détail, en commençant par le moment où vous avez vu Jennifer Deighton pour la dernière fois.

– Je l'ai vue l'autre jour...

Marino l'interrompit:

– Quand ça?

– Vendredi. Le téléphone sonnait, alors je suis allée décrocher dans la cuisine et je l'ai aperçue par la fenêtre. Elle s'engageait dans l'allée de son garage.

– Garait-elle toujours sa voiture dans son garage? intervins-je alors.

– Oh, oui, toujours.

– Et hier? reprit Marino. Vous l'avez vue hier, ou alors sa voiture?

– Non. Mais quand je suis allée relever mon courrier – il était déjà tard, ça nous fait toujours le même coup en hiver, 3, parfois 4 heures de l'après-midi et toujours pas de facteur, enfin bref... il devait être 17h30, peut-être même un peu plus tard, quand je suis ressortie pour vérifier la boîte aux lettres. Il commençait à faire nuit et j'ai vu de la fumée sortir de la cheminée de Jenny.

– Vous êtes sûre de ça?

Elle acquiesça d'un hochement de tête.

– Un peu! Je me souviens même que j'ai songé que c'était une nuit idéale pour allumer un bon feu de bois. Mais, chez nous, c'était le boulot de Jimmy de préparer le bois. Parce que, vous comprenez, il ne m'a jamais montré comment on devait s'y prendre. Il était toujours comme ça, quand il savait faire quelque chose, c'était sa chasse gardée. Du coup, y a plus jamais eu de feu, et on a fait installer des bûches électriques.

Jimmy Clary fixait sa femme et je me demandais s'il comprenait ce qu'elle disait.

– J'adore faire la cuisine, poursuivit-elle. À cette époque de l'année, je me consacre surtout à la pâtisserie. Des tartes au sucre que j'offre aux voisins. Hier, je voulais en apporter une à Jenny. Mais, je préfère toujours appeler avant. C'est pas toujours aisé de savoir quand les gens sont chez eux, surtout quand ils bouclent leur voiture au garage. Du coup, vous laissez votre gâteau sur le paillasson et les chiens du coin l'engloutissent. Donc, j'ai téléphoné mais je suis tombée sur son répondeur. Toute la journée j'ai essayé, mais elle ne répondait pas, au point que je commençais à me faire du souci.

– Pourquoi ? demandai-je. Avait-elle des problèmes de santé, autre chose qu'elle aurait évoqué devant vous ?

– Elle avait du mauvais cholestérol et elle pesait pas loin de cent kilos, à ce qu'elle m'avait confié. Ajoutez à cela de l'hypertension, un truc familial.

Je n'avais vu chez la victime aucun médicament évoquant une prescription.

– Savez-vous quel praticien elle consultait ?

– Je me souviens pas trop. Voyez-vous, Jenny croyait aux médecines naturelles. Elle disait que lorsqu'elle se sentait un peu patraque, elle faisait de la méditation.

– J'ai l'impression que vous étiez assez proches, toutes les deux, remarqua Marino.

Mrs Clary tripotait sa jupe, incapable de discipliner ses mains nerveuses.

– Je reste chez moi toute la journée, sauf quand je sors pour faire quelques courses. (Elle jeta un regard vers son mari, à nouveau fasciné par la télévision.) Je passais la voir de temps en temps, des relations de bon voisinage, vous savez… Parfois je lui offrais un plat que j'avais cuisiné.

– C'était le genre chaleureux ? Elle recevait beaucoup ? insista Marino.

– Ben, en fait, elle travaillait surtout au téléphone. Mais, parfois, je voyais des gens arriver chez elle.

– Des gens dans le genre familiers ?

– Pas que je me souvienne.

– Et hier soir, vous avez remarqué quelqu'un ? demanda Marino.

– Non, je n'ai vu personne.

– Et quand vous êtes ressortie pour vérifier si le facteur était passé et que vous avez remarqué la fumée qui sortait de sa cheminée, est-ce que vous avez eu l'impression qu'elle avait de la compagnie ?

– Je n'ai vu aucune voiture, du coup je me suis dit qu'elle devait être seule chez elle.

Jimmy Clary s'était assoupi. De la salive lui dégoulinait le long du menton.

Je m'adressai à mon tour à notre hôtesse :

– Vous avez dit qu'elle travaillait chez elle. Avez-vous une idée de son métier ?

Mrs Clary me dévisagea avec de grands yeux. Elle pencha le torse vers moi et murmura :

– Eh bien, je sais ce que les gens en disaient.

– C'est-à-dire ?

Elle pinça les lèvres et hocha la tête en signe de dénégation. Marino ne l'entendit pas de cette oreille :

– Madame Clary, tout ce que vous pouvez nous raconter compte, et je sais bien que vous souhaitez nous aider.

– Il y a une église méthodiste, deux pâtés de maisons plus loin. On l'aperçoit d'ici. Le clocher est tout illuminé dès la tombée de la nuit. C'est pas nouveau, ça date de la construction, il y a trois ou quatre ans de ça.

– Ouais, j'l'ai vue en arrivant. Mais qu'est-ce que ça a à voir avec notre…

– Eh bien, l'interrompit Mrs Clary, Jenny a emménagé dans le coin au début du mois de septembre, si je me souviens bien… Et figurez-vous que j'ai jamais compris ce qui se passait. L'éclairage du clocher. Vous regarderez quand vous repartirez. Mais peut-être que… (Son visage s'allongea de déception.) Peut-être que maintenant ça le fera plus.

– Fera plus quoi ?

– S'éteindre et se rallumer. C'est le truc le plus étrange que j'aie vu de ma vie. Ça s'allume une minute et l'instant d'après, quand vous regardez par la fenêtre, c'est tout sombre, on dirait que l'église n'a jamais existé. Et puis encore une minute plus tard, vous regardez à nouveau et le clocher est illuminé, comme si de rien était. J'ai même chronométré. Ça reste allumé une minute et ça s'éteint durant deux, et puis ça se rallume trois minutes. Ça peut même arriver que le clocher reste éclairé une bonne heure. On dirait qu'il y a pas vraiment de logique.

– Et quel serait le rapport avec Jennifer Deighton ? demandai-je.

– Je me souviens, c'était peu de temps après qu'elle s'était installée ici, juste quelques semaines avant l'attaque cérébrale de Jimmy. Il faisait drôlement frais cette nuit-là et il avait décidé d'allumer un feu. Moi, j'étais à la cuisine, je faisais la vaisselle et, par la fenêtre, j'apercevais le clocher tout illuminé, comme à l'accoutumée. Et Jimmy est entré dans la cuisine pour se servir un verre, et je lui ai dit: « Tu sais bien que la Bible recommande de s'enivrer d'Esprit-Saint, pas de vin. » Alors il a répondu: « Je bois pas de vin, je bois du bourbon. La Bible a jamais rien dit contre le bourbon. » Et juste à cet instant précis, le clocher s'est éteint. On aurait cru que l'église venait de se volatiliser. Et Jimmy qu'était planté là, au milieu de la cuisine. J'ai dit: « Là, tu vois bien, regarde un peu... C'est la réponse de Notre-Seigneur. C'est tout ce qu'Il pense de toi et de ton bourbon. »

Il a rigolé comme si j'étais une vraie dingue, mais il n'a plus jamais bu une goutte. Et tous les soirs, il restait devant la fenêtre, celle qui est juste au-dessus de l'évier. Et pouf, tout d'un coup le clocher plongeait dans l'obscurité. J'ai réussi à faire croire à Jimmy que Dieu Se manifestait de la sorte – n'importe quoi pour lui arracher la bouteille des mains. Ça ne s'était jamais produit avant l'arrivée de Miss Deighton dans le quartier.

– Le phénomène persiste-t-il? demandai-je.

– En tout cas, hier soir ç'a continué. Bon, je sais pas si ce sera encore vrai aujourd'hui. Pour être franche, je n'ai pas vérifié.

– Ce que vous nous dites, c'est que Miss Deighton aurait eu une sorte d'influence sur l'éclairage de l'église, insista Marino d'un ton dégagé.

– Ce que je veux vous dire, c'est que pas mal des riverains se sont fait leur idée depuis un petit bout de temps!

– Qui est?

– Que c'était une sorcière, précisa Mrs Clary.

Son mari ronflait avec application. Il émettait d'écœurants chuintements étranglés que sa femme ne semblait pas remarquer.

– On dirait que l'état de votre mari s'est détérioré à peu près à l'époque où Miss Deighton a emménagé et où les lumières ont commencé à faire des leurs, résuma Marino.

La surprise la fit sursauter.

– Ah, mais oui… en effet. Il a eu son attaque à la fin septembre.

– Vous pensez pas qu'y pourrait exister un lien ? Peut-être que Jennifer Deighton avait quelque chose à voir là-dedans, comme avec le clocher ?

– Il faut dire que Jimmy l'appréciait pas trop, concéda-t-elle, son débit s'accélérant soudain.

– Vous voulez dire qu'ils s'entendaient pas, tous les deux ?

– Juste après qu'elle s'est installée, elle est venue sonner deux ou trois fois, pour demander si Jimmy pouvait lui donner un coup de main avec des petits travaux de bricolage, du boulot d'homme, quoi. Je me souviens même qu'un jour sa sonnette d'entrée s'était coincée, ça faisait un raffut épouvantable chez elle. Elle est arrivée comme une folle, paniquée parce qu'elle craignait un court-circuit. Du coup, Jimmy y est allé. Une autre fois, c'était son lave-vaisselle qui débordait. Il faut dire que Jimmy était toujours d'accord pour donner un coup de main.

Elle jeta un regard furtif à son mari qui ronflait.

– Ça nous explique toujours pas pourquoi ils s'entendaient pas bien, la recadra Marino.

– Il disait qu'il aimait pas aller chez elle. Ça lui plaisait pas… tous ces cristaux, un peu partout. Et le téléphone qui n'arrêtait pas de sonner. Mais je crois que ce qui lui a vraiment fichu la trouille, c'est quand elle lui a annoncé qu'elle lisait l'avenir des gens et qu'elle pourrait lui offrir son horoscope complet s'il continuait à l'aider avec des petits travaux. Paraît qu'il lui a répondu – et je m'en souviens comme si c'était hier : « Non, merci, mademoiselle Deighton. C'est Myra qui s'occupe de mon avenir. Elle le planifie minute par minute. »

– Je me demandais si, par hasard, vous seriez pas au courant d'un gros différend qui aurait opposé Miss Deighton à quelqu'un... quelqu'un qui lui en aurait assez voulu pour souhaiter lui faire du mal, l'atteindre d'une façon ou d'une autre, insinua Marino.

– Donc, vous croyez qu'elle a été tuée ?

– Y a beaucoup de choses qu'on ignore encore. Disons qu'on peut négliger aucune hypothèse.

Mrs Clary croisa les bras sous sa poitrine affaissée, comme si elle s'étreignait elle-même.

– Et son état d'esprit ? intervins-je. Vous a-t-elle paru déprimée ? Selon vous, était-elle confrontée à des problèmes insolubles, surtout ces derniers temps ?

– Je la connaissais pas tant que ça, biaisa-t-elle en évitant mon regard.

– A-t-elle été consulter un médecin ?

– Je sais pas.

– Avait-elle des parents, une famille ?

– J'en ai pas la moindre idée.

– Au sujet de son téléphone... Répondait-elle à ses appels lorsqu'elle était chez elle ou laissait-elle le répondeur branché en permanence ? persistai-je.

– Pour ce que j'en sais, elle répondait.

– Et, du coup, ça explique que vous vous êtes fait du souci aujourd'hui en constatant qu'elle ne décrochait pas, malgré vos appels répétés, résuma Marino.

– Exactement.

Myra Clary se rendit compte trop tard qu'elle venait de se couper.

– Intéressant, commenta le grand flic.

Une rougeur envahit le bas du visage de Mrs Clary et ses mains se figèrent enfin.

– Et comment que vous saviez qu'elle était chez elle aujourd'hui ?

Elle demeura coite. Un hoquet suffoqua son mari, lui arrachant une quinte de toux qui lui fit ouvrir les paupières.

– Ben… c'est ce que je me suis dit. Parce que je ne l'avais pas vue sortir de chez elle, je n'avais pas vu la voiture…

Elle n'acheva pas sa phrase, sa voix mourut dans un murmure.

– Et peut-être aussi que vous étiez passée chez elle un peu plus tôt ? suggéra Marino, prétendant l'aider. Histoire de lui apporter votre gâteau, lui dire un petit bonjour… et vous vous êtes dit que sa voiture était au garage.

Elle essuya les larmes qui s'étaient accumulées au bord de ses paupières avant de répondre :

– J'ai passé toute la matinée dans ma cuisine, les mains dans la farine. Elle n'est pas sortie pour ramasser son journal et je n'ai pas vu non plus la voiture. Alors, quand je suis sortie sur le coup de 10 heures, j'ai fait un saut chez elle et j'ai sonné. Elle ne m'a pas ouvert. J'ai jeté un œil par la fenêtre du garage.

– Attendez, vous êtes en train de nous dire que vous avez vu que l'intérieur était complètement enfumé et que vous n'avez pas pensé que quelque chose clochait ? demanda Marino.

– Mais je savais pas ce qui se passait, je savais pas quoi faire ! cria Mrs Clary d'une voix suraiguë. Mon Dieu, mon Dieu... si seulement j'avais appelé à ce moment-là. Peut-être qu'elle était toujours...

Marino lui coupa la parole :

– Je sais pas si elle était encore en vie à ce moment-là, lâcha-t-il en me jetant un regard évocateur.

– Lorsque vous avez jeté un œil dans le garage, avez-vous entendu un bruit de moteur ? demandai-je.

Elle secoua la tête en se mouchant.

Marino se leva, fourrant son calepin dans une poche de son manteau. Il semblait abattu, comme si les dissimulations et le manque de force de caractère de Mrs Clary le décevaient cruellement. Mais je ne m'y trompais pas. J'avais fini par reconnaître tous ses grands rôles.

S'adressant à moi d'une voix tremblante, Myra Clary bafouilla :

– J'aurais dû appeler à l'aide plus tôt.

Je restai muette. Marino détaillait la moquette à ses pieds.

– Je me sens pas bien. Il faut que j'aille m'allonger.

Marino extirpa une carte de son portefeuille et la lui tendit en précisant :

– Si quelque chose d'autre vous revient à l'esprit, n'hésitez pas à m'appeler.

– Oui, monsieur. Je vous le promets, murmura-t-elle d'une voix faible.

La porte refermée derrière nous, Marino me demanda :

– Vous faites l'autopsie dans la foulée ?

Nous nous enfoncions jusqu'aux chevilles dans la neige qui ne semblait pas vouloir s'arrêter.

– Non, demain matin, rectifiai-je en repêchant mes clés de voiture au fond de ma poche.

– Qu'est-ce que vous en pensez ?

– J'en pense que son genre d'occupation professionnelle devait la mettre en contact avec pas mal de gens, dont l'espèce la moins recommandable. De surcroît, son existence assez solitaire, si l'on ajoute foi aux dires de Mrs Clary, et le fait qu'elle a ouvert ses cadeaux de Noël de façon prématurée plaideraient en faveur d'un suicide. En revanche, je pense que les chaussettes propres constituent un élément très discordant.

– Ben, là-dessus on fait la paire.

La demeure de Jennifer Deighton était illuminée, et un camion de remorquage aux pneus équipés de chaînes avait reculé le long de l'allée menant au garage. Les voix des hommes attelés à leur tâche nous parvenaient assourdies par la neige qui recouvrait désormais d'une couche épaisse tous les véhicules de la rue, les transformant en petites mottes blanches aux angles émoussés.

Je suivis le regard de Marino fixé au-dessus du toit de la maison de Miss Deighton. L'église se dessinait sur un ciel gris perle, à quelques pâtés de maisons d'où nous nous trouvions. L'étrange silhouette de son clocher évoquait un grand chapeau de sorcière. Les cintres de façade nous considéraient, morne regard de deuil. Soudain l'édifice surgit de l'ombre dans un flot de lumière qui peignit ses surfaces et ses angles d'ocre irisé. La galerie supérieure se métamorphosa, et je crus presque y voir la forme d'un visage austère mais bienveillant flottant dans la nuit.

Je tournai la tête vers la maison des Clary, juste à

temps pour voir un rideau se rabattre contre la fenêtre de la cuisine.

– Bordel, moi je me barre.

Et Marino traversa la rue à grandes enjambées.

– Vous voulez que j'avertisse Neils au sujet du véhicule de la victime ? criai-je dans sa direction.

– Ouais, hurla-t-il à son tour. Ce serait sympa.

Ma maison était éclairée lorsque je rentrai. Des effluves appétissants provenaient de la cuisine. Un feu crépitait dans la cheminée et deux couverts avaient été dressés sur une table basse poussée juste devant. Je me débarrassai de ma sacoche sur le canapé et regardai autour de moi, tendant l'oreille. Une distante et rapide cavalcade de touches de clavier me parvint de mon bureau situé de l'autre côté du couloir.

– Lucy ? appelai-je en ôtant mes gants et mon manteau.

La cavalcade ne s'interrompit pas lorsque ma nièce me répondit :

– Je suis là.

– Qu'as-tu préparé ?

– Le dîner.

Je me dirigeai vers mon bureau pour y découvrir Lucy installée derrière ma table de travail, le regard scotché à l'écran de l'ordinateur. Je fus stupéfaite de découvrir le symbole livre sterling. Elle travaillait sous UNIX. Elle était parvenue à se connecter à l'ordinateur de mon bureau de l'institut médico-légal.

– Mais comment t'es-tu débrouillée ? Je ne t'ai pas communiqué la commande de connexion, ni mon nom d'utilisateur, et encore moins mon mot de passe.

– Pas la peine. J'ai dégoté un fichier qui expliquait à quoi servait la commande *bat.* D'autant que tu as là-dedans des programmes où sont mémorisés ton nom d'utilisateur et ton mot de passe, ce qui t'évite d'avoir à les saisir à chaque fois. C'est un chouette raccourci, chouette, mais super-risqué. Il en ressort que ton nom d'utilisateur est « Marley » et ton mot de passe « cerveau ».

– Tu es redoutable, Lucy.

Je tirai une chaise pour m'installer à côté d'elle.

– Qui est Marley ? s'enquit-elle en continuant de taper.

– En fac de médecine, nos places nous étaient attribuées par binôme de travaux pratiques. Marley Scates a été installé à côté de moi durant deux ans. Il est devenu neurochirurgien quelque part, je ne sais plus où.

– Tu étais amoureuse de lui ?

– Nous ne sommes jamais sortis ensemble.

– Et lui, il était amoureux de toi ?

– Tu es un feu roulant de questions, Lucy. Tu ne peux pas poser de la sorte toutes les questions qui te passent par l'esprit.

– Et pourquoi pas ? Les gens ne sont pas forcés de me répondre.

– C'est mal élevé et cela peut heurter la sensibilité de certains.

– Je crois que j'ai compris de quelle façon quelqu'un s'est introduit dans ton répertoire, tante Kay. Tu te souviens, je t'ai expliqué que certains super-utilisateurs sont connectés d'office dans des logiciels.

– En effet.

– Il y en a un qui s'appelle « démo ». Il a un privilège d'accès, mais aucun mot de passe ne lui est attribué. À mon avis, c'est par cette faille que la personne s'est introduite, et je vais te montrer ce qui s'est vraisemblablement produit. (Pendant qu'elle continuait de me parler, ses doigts volaient au-dessus du clavier à une allure vertigineuse pour moi.) Bon, maintenant, ce que je vais faire, c'est accéder au gestionnaire du système et afficher la liste des ouvertures de sessions. On cherche donc un super-utilisateur spécifique, dans notre cas « utilisateur privilégié ». Ensuite, on tape « g » pour *go* et boum ! Et que découvre-t-on ?...

Du bout de l'index elle suivit une ligne qui s'affichait sur l'écran et commenta :

– ... On découvre que le 16 décembre à 17 h 06 quelqu'un s'est connecté à partir d'un périphérique baptisé t-t-y-14. Cette personne jouissait d'un privilège d'accès, et nous admettrons donc que c'est bien elle qui a fouiné dans ton répertoire. J'ignore quels fichiers elle a pu ouvrir. Toujours est-il que vingt minutes plus tard, le pirate en question a essayé d'envoyer un message stipulant « c'est introuvable » à la bécane t-t-y-0-7 en créant par mégarde un fichier. L'intrus s'est ensuite déconnecté, à 17 h 32, soit une session d'une durée totale de vingt-six minutes. Tant que j'y pense, *a priori*, il ne semble pas qu'il y ait eu une requête d'impression. J'ai parcouru la liste des sorties papier sur le rapport d'émission de l'imprimante. Rien de particulier.

– Attends... Si j'ai bien compris, quelqu'un a tenté d'envoyer un message à un périphérique t-t-y-0-7 depuis t-t-y-14 ?

– Tout juste. J'ai vérifié. Ces deux périphériques sont des terminaux.

– Et comment peut-on savoir dans quels bureaux ils sont installés ?

– Ça m'étonne qu'il n'existe pas une liste complète des périphériques quelque part là-dedans. Pourtant, je ne suis pas encore parvenue à mettre la main dessus. Bon, si jamais on se plantait, tu pourrais toujours inspecter les câbles de liaison qui arrivent aux terminaux. Ils sont le plus souvent identifiés. Et puis, si mon avis t'intéresse, je ne crois pas que ton analyste informatique soit notre espionne. D'abord, parce qu'elle connaît ton nom d'utilisateur et ton mot de passe, en d'autres termes pourquoi irait-elle s'ennuyer à se connecter *via* « démo » ? Ensuite, je suppose que le mini est dans son bureau et que donc elle utilise le terminal système.

– C'est exact.

– Or le nom de ton terminal système est t-t-y-b.

– Ça me soulage.

– Un autre moyen d'en avoir le cœur net serait de fliquer les bureaux de tes employés lorsqu'ils se sont absentés mais qu'ils sont toujours connectés. Tout ce qu'il te resterait à faire à ce moment-là, c'est entrer sous UNIX et taper « qui suis-je ? », parce que le système te le dirait.

Elle repoussa sa chaise et se leva.

– Passons aux choses sérieuses : j'espère que tu as faim. Le chef propose des escalopes de poulet accompagnées d'une salade de riz sauvage aux poivrons et aux noix de cajou, le tout assaisonné d'huile de graines de sésame. Sans oublier le pain. Ton gril fonctionne-t-il ?

– Lucy, il est 23 heures passées et il neige.

– Je n'ai jamais suggéré que nous dînions dehors. J'ai juste dit que j'aimerais faire griller le poulet.

– Et où as-tu appris à cuisiner ?

Je lui emboîtai le pas jusqu'à la cuisine.

– Pas avec ma mère, c'est sûr. Pourquoi crois-tu que j'étais un vrai petit pot à tabac quand j'étais petite ? À force de manger toutes les cochonneries qu'elle achetait. Des amuse-bouches, des sodas, des pizzas au goût de vieux carton. Mes adipocytes vont me rendre la vie infernale toute ma vie, à cause de ma mère. Je ne lui pardonnerai jamais.

– J'aimerais que nous reparlions de cette après-midi, de ton retard, Lucy. Si tu n'étais pas enfin rentrée, j'étais à deux doigts d'alerter la police et de lui demander de partir à ta recherche.

– Je me suis entraînée durant une heure et demie, et ensuite j'ai pris une douche.

– Mais tu es restée absente plus de quatre heures et demie !

– Je voulais passer à l'épicerie et aussi faire quelques autres courses.

– Et pourquoi n'as-tu pas décroché le téléphone de voiture ? J'ai appelé je ne sais combien de fois.

– Parce que je me suis dit que quelqu'un cherchait à te joindre. D'autant que je n'ai jamais utilisé de téléphone de voiture. Et en plus, tante Kay, je n'ai plus douze ans.

– Bien sûr, mais tu ne connais pas la ville et encore moins sa circulation. J'étais très inquiète.

– Je suis désolée.

Nous dînâmes seulement éclairées par le feu de cheminée, assises à même le sol devant la table basse. J'avais éteint les lampes. Des flammes s'affolaient par instants dans l'âtre et des ombres dansaient comme pour célébrer le moment magique que nous partagions.

Je tendis la main vers mon verre de vin en demandant :

– Que veux-tu pour Noël ?

– Des leçons de tir.

5

Lucy travailla devant l'ordinateur fort tard dans la nuit. Aucun son ne provenait de sa chambre lorsque le réveil me tira du sommeil, très tôt ce lundi matin. J'écartai les rideaux de ma chambre, contemplant quelques instants le spectacle des flocons de neige poudreuse qui tourbillonnaient dans le faisceau des lampes éclairant le patio. Une épaisse couche blanche recouvrait le quartier et tout alentour semblait plongé dans un profond coma. J'expédiai une tasse de café et parcourus rapidement le journal avant de m'habiller. Je m'apprêtais à sortir lorsque je pilai. Peu importait que ma nièce n'eût plus douze ans. Je ne pouvais pas m'en aller sans avoir vérifié que tout allait bien.

Je me faufilai sans bruit dans sa chambre. Elle dormait sur le flanc, empêtrée dans un désordre de draps, sa couette à moitié repoussée par terre. Une étrange émotion m'envahit lorsque je constatai qu'elle portait comme pyjama un des survêtements qu'elle avait dénichés dans mes tiroirs. Personne n'avait jamais souhaité se pelotonner dans l'un de mes vêtements pour dormir. Je rajustai ses couvertures, prenant garde de ne pas l'éveiller.

Le trajet jusqu'au centre-ville fut un tel cauchemar que j'en vins à envier les gens dont les employeurs avaient décidé d'accorder une journée de congés en raison des intempéries. Ceux qui n'avaient pas eu la bonne surprise d'un jour de vacances inattendu se traînaient à une allure d'escargot le long de l'autoroute, patinant au moindre coup de freins, scrutant la chaussée par les occasionnelles trouées ménagées sur nos pare-brise par des essuie-glaces de plus en plus laborieux. Je me demandais comment j'allais expliquer à Margaret que mon adolescente de nièce avait jugé notre système informatique bien peu hermétique. Qui s'était frayé un chemin virtuel jusqu'à mon répertoire et pourquoi Jennifer Deighton m'avait-elle appelée à plusieurs reprises pour raccrocher aussitôt sans prononcer un mot ?

Il était 8 h 30 passées lorsque j'atteignis enfin mes bureaux. En entrant dans la morgue, je m'immobilisai en plein milieu du couloir, intriguée. Un chariot sur lequel était allongé un cadavre recouvert d'un drap était poussé contre la porte en acier de la chambre froide. Je déchiffrai l'étiquette qui pendait au gros orteil : Jennifer Deighton. Mon regard balaya le couloir. Personne, ni dans le bureau, ni dans la salle de radiographie. Je poussai la porte de la salle d'autopsie. Susan s'y trouvait déjà, vêtue de ses vêtements de protection. Elle composait un numéro de téléphone. Elle raccrocha d'un geste vif à mon entrée et m'accueillit d'un « bonjour » assez nerveux.

Je déboutonnai mon manteau en la détaillant, un peu étonnée.

– Je suis contente de voir que vous êtes bien arrivée.

– Ben m'a déposée, expliqua-t-elle.

Ben Stevens, mon administrateur, conduisait une Jeep quatre-quatre.

– Jusqu'ici, nous ne sommes que trois, poursuivit-elle.

– Vous avez aperçu Fielding ?

– Il a appelé, il y a quelques minutes seulement, pour prévenir qu'il ne parvenait pas à se dégager de son allée. Je l'ai informé que nous n'avions qu'une autopsie de prévue, mais que dans le cas où d'autres suivraient, Ben pourrait aller le chercher chez lui.

– Susan, savez-vous que notre autopsie est garée au beau milieu du couloir ?

Elle hésita, rosissant un peu avant de répondre :

– Je suis désolée. J'étais en train de pousser le chariot en salle de radiographie quand le téléphone a sonné.

– Avez-vous eu le temps de la mesurer et de la peser ?

– Non.

– Eh bien, commençons par là.

Elle se précipita hors de la salle d'autopsie avant que j'aie pu formuler d'autres remarques. Les secrétaires et les scientifiques qui travaillaient dans les labos situés aux étages empruntaient souvent la morgue pour aller et venir parce qu'il s'agissait du plus court chemin vers le parking. Les employés chargés de la maintenance également. Abandonner un corps sans surveillance dans un couloir constituait une brèche sévère du protocole et était de nature à sérieusement compromettre un procès si un avocat mettait en doute la cohérence de nos procédures internes, donc la fiabilité des indices collectés.

Elle revint en poussant le chariot et nous nous mîmes au travail sans plus tarder, l'odeur de la chair en décomposition nous soulevant le cœur. J'attrapai des gants et un tablier de protection en plastique d'une des étagères avant de pincer plusieurs formulaires sur mon porte-bloc. Susan était silencieuse, tendue également. Lorsqu'elle leva le bras pour étalonner la bascule électronique de sol, je remarquai le tremblement de ses mains. Peut-être une de ces nausées matinales de femme enceinte.

– Tout va bien ? demandai-je pourtant.

– Je suis juste un peu fatiguée.

– Vous êtes sûre ?

– Tout à fait. Elle pèse exactement quatre-vingt-un kilos.

Je passai ma blouse et mon pantalon verts de chirurgie, puis nous poussâmes le chariot vers la salle de radiographie située de l'autre côté du couloir. Il nous fallut alors transférer le corps sur une table. J'écartai le drap et glissai une cale de bois sous la nuque de la femme afin d'éviter que sa tête ne ballotte. L'épiderme qui recouvrait sa gorge était net, vierge de tout dépôt de suie ou marque de brûlure, indiquant que son menton touchait presque son cou une fois qu'elle avait été installée dans le véhicule avec le moteur en marche. Je ne vis trace d'aucune blessure, d'aucun hématome, ni même d'ongles cassés. Le nez n'était pas fracturé. Les lèvres n'étaient pas entaillées et elle ne s'était pas mordu la langue.

Susan fit une série de radios et les plaça dans le développeur pendant que j'examinais la face ventrale du cadavre à l'aide d'une loupe binoculaire. Je récoltai quelques fibres blanchâtres à peine visibles – provenant sans doute du drap qui avait recouvert la défunte, voire de son linge de lit – ainsi que quelques autres similaires à celles que j'avais retrouvées sous ses chaussettes. Elle ne portait aucun bijou et était nue sous sa longue chemise de nuit. Je me remémorai le désordre de son lit, les oreillers poussés contre la tête de lit, le verre d'eau abandonné sur la table de chevet. Le soir de sa mort, elle avait posé ses bigoudis, elle s'était déshabillée. Peut-être une fois couchée avait-elle lu quelques pages d'un ouvrage.

Susan émergea de la petite pièce de développement et se laissa aller contre le mur, ses mains appuyées contre ses reins.

– C'est quoi, l'histoire de cette dame ? demanda-t-elle. Elle était mariée ?

– De toute évidence, elle vivait seule.

– Elle travaillait ?

– Elle avait monté une petite entreprise et travaillait chez elle.

Quelque chose attira mon regard.

– Quel genre d'entreprise ?

– C'était une sorte de voyante-astrologue.

La plume était minuscule, souillée de suie. Elle s'était accrochée à la chemise de nuit de Jennifer Deighton, au niveau de la hanche gauche. J'attrapai un petit sachet de plastique tout en tentant de me souvenir si j'avais aperçu des plumes au domicile de la défunte. Peut-être provenait-elle d'une garniture d'oreiller ?

– Mais avez-vous trouvé des preuves qu'elle pratiquait les sciences occultes ?

– Certains de ses voisins étaient convaincus qu'il s'agissait d'une sorcière.

– Ah… et pour quelle raison ?

– L'histoire de cette église non loin de chez elle. Il semblerait que l'éclairage du clocher a commencé de fonctionner par à-coups dès après son emménagement dans le coin.

– C'est une plaisanterie ?

– En fait, j'ai vu l'édifice s'allumer d'un coup, juste au moment où je quittais la scène. Le clocher était plongé dans l'obscurité et l'instant d'après tout illuminé.

– Étrange.

– Le qualificatif est approprié.

– Il s'agit peut-être d'un système de minuterie.

– Cela m'étonnerait. Des lumières qui s'éteignent et s'allument la nuit durant seraient particulièrement dispendieuses. Enfin, du moins s'il est exact qu'elles fonctionnent de façon discontinue. Après tout, je n'ai assisté au phénomène qu'une seule fois.

Susan demeura silencieuse.

Je continuai tout en réfléchissant à ce problème :

– Si ça se trouve, c'est peut-être un court-circuit.

En fait, plus j'y réfléchissais, plus je me disais que le mieux serait que j'appelle l'église afin de le leur signaler. S'étaient-ils seulement rendu compte du dysfonctionnement de leur installation électrique ?

– Vous avez trouvé des trucs bizarres chez elle ?

– Des cristaux et des ouvrages assez inhabituels.

Un autre silence accueillit ma réponse.

Puis Susan lâcha :

– J'aurais préféré que vous me préveniez.

– Pardon ?

Je levai les yeux vers elle. Elle fixait le cadavre d'un regard étrange et ses joues avaient perdu leur couleur.

– Vous êtes certaine que vous vous sentez bien? demandai-je.

– Je n'aime pas ce genre de trucs!

– Quel genre de trucs?

– C'est comme quand l'un d'eux a le sida ou autre chose. On devrait me renseigner au préalable. Surtout en ce moment.

– Je doute que cette femme soit porteuse du virus du sida ou de...

– Vous auriez dû me le dire. Avant que je la touche.

– Susan...

– Quand j'étais à l'école, il y avait cette fille qui était une sorcière.

Je suspendis mon geste. Susan était figée contre le mur, protégeant son ventre de ses deux mains.

– Elle s'appelait Doreen. Elle appartenait à une sorte de société secrète. En dernière année, elle a jeté un sortilège sur ma sœur jumelle, Judy. Judy s'est tuée dans un accident de voiture deux semaines avant la remise des diplômes.

La stupéfaction me cloua sur place. Je la dévisageai. Elle poursuivit:

– Vous savez bien que tout ce qui concerne l'occulte me terrorise! Comme il y a deux mois, cette langue de bœuf criblée d'épingles que les flics nous ont apportée, celle qui avait été retrouvée sur une tombe. Elle était enroulée autour d'une liste de personnes décédées.

– Il s'agissait d'une mauvaise blague de potache, lui rappelai-je aussi calmement que possible. La langue avait été achetée au supermarché. Quant à la liste en question, elle était dépourvue de sens. Les noms qui y figuraient provenaient de pierres tombales.

– Blague idiote ou pas, il ne faut jamais traiter le satanisme à la légère, assena-t-elle d'une voix tremblante. Pour moi, le diable, c'est aussi sérieux que Dieu.

Susan était fille de pasteur. Pourtant, elle avait abandonné la religion depuis bien longtemps. Je ne l'avais jamais entendue mentionner le diable ou évoquer Dieu que de façon bien irrévérencieuse. En tout cas, jamais je n'aurais soupçonné que cette jeune femme puisse être superstitieuse ou démontée par quoi que ce soit de ce genre. Il n'en demeurait pas moins qu'elle était au bord des larmes.

Je proposai d'une voix douce :

– Écoutez, puisqu'il semble se confirmer que je vais être en sous-effectif aujourd'hui, pourquoi ne pas monter et vous charger de répondre aux appels téléphoniques ? Je me débrouillerai en bas.

Ses yeux se liquéfièrent et je me précipitai vers elle. Je passai mon bras autour de ses épaules et la poussai gentiment vers la sortie.

– Là, c'est fini, tout va bien (Elle se laissa aller contre moi et éclata en sanglots.) Vous préférez que Ben vous raccompagne chez vous ?

Elle acquiesça d'un hochement de tête, bafouillant dans un murmure :

– Je suis désolée, si désolée…

– Vous avez besoin d'un peu de repos, c'est tout.

Je la fis asseoir sur l'un des sièges du bureau de réception de la morgue et décrochai le téléphone.

Jennifer Deighton n'avait inspiré ni monoxyde de carbone ni résidu de suie, parce que, lorsqu'elle avait été installée derrière le volant, elle ne respirait déjà plus. L'hypothèse de l'homicide ne faisait plus de doute, et je laissai donc plusieurs messages impatients à Marino au cours de l'après-midi. J'essayai également de joindre Susan à plusieurs reprises afin de prendre de ses nouvelles, sans succès. Son téléphone sonnait dans le vide, au point que je finis par m'inquiéter et m'en ouvris à Ben Stevens :

– Susan ne répond pas au téléphone, ça commence à me préoccuper. Lorsque vous l'avez ramenée chez elle, vous a-t-elle dit si elle comptait s'absenter ?

– Non, elle voulait se mettre au lit.

Ben était installé derrière son bureau, parcourant des kilomètres de sorties d'imprimante. Sa radio posée sur l'une des étagères de la bibliothèque diffusait en sourdine des airs de rock, et il buvait un verre d'eau minérale aromatisée à la mandarine. Stevens était jeune, intelligent et beau garçon, dans un sens assez adolescent. Il travaillait dur et, si j'en croyais les rumeurs, fréquentait avec une belle régularité les bars pour célibataires. Je ne doutais pas que son poste d'administrateur de l'institut médico-légal ne soit à ses yeux qu'un tremplin vers des débouchés plus prestigieux.

– Peut-être qu'elle a débranché pour pouvoir dormir tranquille, proposa-t-il en rapprochant sa machine à calculer.

– C'est possible.

Il s'immergea dans une nouvelle évaluation de nos misères budgétaires.

En fin d'après-midi, alors que l'obscurité s'installait, Stevens m'appela :

– Susan vient de téléphoner pour prévenir qu'elle ne viendrait pas travailler demain. De surcroît, j'ai en ligne un certain John Deighton, qui affirme être le frère de Jennifer Deighton.

Il me passa la communication.

– Euh… bonjour… Ils disent que c'est vous qui avez autopsié ma sœur, marmonna une voix d'homme. Euh… je suis le frère de Jennifer Deighton.

– Et votre nom, s'il vous plaît ?

– John Deighton. J'habite Columbia, en Caroline du Sud.

Je levai les yeux lorsque Marino pénétra dans mon bureau et lui désignai une chaise d'un signe de main.

– Ils ont dit qu'elle aurait branché un tuyau sur le pot d'échappement et qu'elle se serait suicidée.

– Qui cela, « ils » ? Et pourriez-vous parler un peu plus fort, je vous prie ?

D'abord une hésitation, puis :

– J'ai oublié le nom. J'aurais dû le noter, mais j'étais sous le choc.

Mon correspondant ne me paraissait pas « sous le choc », et sa voix me parvenait si étouffée que j'avais peine à saisir ses mots.

– Je suis désolée, monsieur Deighton, commençai-je. Il vous faudra faire par écrit toute demande d'informations concernant le décès de votre sœur. De plus, vous serez assez aimable de joindre à votre requête une preuve de vos liens familiaux avec la défunte.

Le mutisme soudain de mon interlocuteur m'étonna.

– Allô ? Allô…

La tonalité me répondit.

– Bizarre… Avez-vous entendu parler d'un certain John Deighton, qui se prétend le frère de Jennifer Deighton ? demandai-je à Marino.

– C'était lui ? Merde, on a essayé de le joindre.

– Il affirme que quelqu'un l'a déjà prévenu du décès de sa sœur.

– Et d'où il appelait ?

– De Columbia, Caroline du Sud. Enfin, c'est ce qu'il a dit. Il m'a raccroché au nez.

Marino ne parut guère intéressé.

– Je sors tout juste du bureau de Vander, attaqua-t-il, faisant allusion à Neils Vander, le responsable du laboratoire d'empreintes digitales. Il a passé le véhicule de Jennifer Deighton au peigne fin, sans oublier les deux bouquins qui traînaient à côté de son lit et un poème retrouvé plié dans l'un d'eux. Il a pas eu le temps d'analyser la page de papier machine qu'on a retrouvée sur le pieu.

– Il a quelque chose ?

– Quelques empreintes. Il les balancera dans l'ordinateur si besoin est. La plupart appartiennent sans doute à la victime. Tenez, ajouta-t-il en déposant un petit sachet de papier sur mon bureau. Bonne lecture.

– Marino, je crois que vous allez être très impatient que nous comparions les empreintes grâce à l'ordinateur, déclarai-je d'un ton sombre.

Une ombre passa dans son regard et il se massa les tempes.

– Jennifer Deighton ne s'est certainement pas suicidée, annonçai-je. Le taux de monoxyde de carbone retrouvé n'excède pas 7 %. Je n'ai retrouvé aucune trace de suie dans les voies aériennes. Quant à la coloration rose vif de l'épiderme, elle était due au froid, et pas à une intoxication au gaz.

– Bordel, siffla-t-il.

Je farfouillai dans les tas de papiers qui envahissaient mon bureau pour lui tendre des diagrammes corporels, puis extirpai quelques Polaroid d'une mince enveloppe. Des clichés du cou de Jennifer Deighton.

– Ainsi que vous le voyez, on ne constate aucune blessure externe.

– Ben, et le sang qui avait dégouliné sur le siège ?

– Il s'agit d'un artefact *post mortem*, un phénomène de purge. Le processus de décomposition avait débuté. Je n'ai relevé aucune égratignure, aucune ecchymose, pas de contusion à l'extrémité des doigts. En revanche, ici (je lui montrai un cliché du cou de Jennifer Deighton pris au cours de l'autopsie)... ce que vous apercevez correspond à des hémorragies irrégulières bilatérales des muscles sterno-cléido-mastoïdiens. J'ai aussi repéré une fracture de la corne droite de l'os hyoïde. La mort est consécutive à une asphyxie provoquée par la pression exercée sur le cou...

L'éructation de Marino m'interrompit net :

– Attendez, vous suggérez qu'elle a été étranglée ?

Je lui passai un autre cliché en expliquant :

– On constate la présence de pétéchies faciales, en d'autres termes des micro-hémorragies ponctiformes. Alors, en effet, ces signes sont cohérents avec l'hypothèse d'une mort par étranglement. En résumé, il s'agit d'un meurtre et, si je puis me permettre un avis personnel, il serait souhaitable de retarder aussi longtemps que possible toute divulgation aux médias.

Il fixa sur moi ses yeux injectés de sang et grogna :

– Franchement, j'avais pas besoin de ça. Je me retrouve déjà avec huit meurtres non élucidés sur les bras. Les flics d'Henrico ont pas l'ombre de quoi que ce soit sur Eddie Heath et son paternel m'appelle tous les jours. Sans compter qu'on se colle une saloperie de guerre de la came à Mosby Court. Bordel de joyeux super-Noël de merde ! Non, j'avais pas besoin de ça !

– Marino... Jennifer Deighton non plus n'avait pas besoin de ça.

– Tant qu'on y est, continuez. Qu'est-ce que vous avez d'autre ?

– L'hypertension qu'avait évoquée Mrs Clary, la voisine, est confirmée.

Il tourna le regard et grommela :

– Ah, ouais ? Et comment que vous pouvez savoir ?

– Grâce à l'hypertrophie ventriculaire gauche que j'ai remarquée, en d'autres termes un épaississement du côté gauche du cœur.

– Et l'hypertension peut en être responsable ?

– En effet. Normalement, ce diagnostic devrait être corroboré par un début de néphrosclérose. Je devrais donc trouver des altérations de la fibrinoïde vasculaire dans les capillaires rénaux. Il n'est pas exclu que d'autres organes concourent aussi à étayer cette conclusion. Le cerveau, par exemple, devrait avoir été affecté, je veux dire les artérioles cérébrales. Cela étant, il me faudra recourir au microscope pour en avoir le cœur net.

– Vous voulez dire que les cellules des reins et du cerveau peuvent se faire bousiller par l'hypertension ?

– On pourrait le résumer comme cela.

– Et quoi d'autre ?

– Rien de très significatif.

– Et le contenu de l'estomac ?

– De la viande, des légumes, le tout partiellement hydrolysé.

– De l'alcool, de la came ?

– Pas d'alcool. Quant aux stupéfiants, les analyses toxicologiques sont en cours.

– Elle aurait pas été violée, des fois ?

– Aucune blessure ou signe évoquant une agression sexuelle. J'ai réalisé des écouvillons pour vérifier la présence éventuelle de sperme. Nous n'aurons pas les résultats avant quelque temps. De toute façon, même s'ils sont négatifs, on ne peut jamais être catégorique.

Marino me fixait, le visage impénétrable.

– Et si vous me disiez ce que vous avez derrière la tête ? demandai-je alors.

– D'accord... Ce qui me chiffonne, c'est toute cette mise en scène. Quelqu'un s'est vraiment donné un mal fou pour nous faire gober qu'elle s'était suicidée dans sa bagnole. Mais, en fait, la dame était morte avant même qu'il la traîne jusqu'au garage. Ce que je me demande, c'est si y a pas eu une bavure. Genre, il voulait pas la buter chez elle. Il lui a serré la gorge, juste une clé pour l'immobiliser, mais il a appuyé trop fort, et elle claque. Peut-être même qu'il ignorait que sa santé n'était pas florissante et c'est comme ça qu'il l'a étranglée.

Je hochai la tête, peu convaincue.

– Cela n'a rien à voir avec son hypertension.

– Ah, ouais ? Alors dites-moi comment elle est morte.

– Supposons que l'agresseur soit droitier. Il passe son bras gauche autour du cou de la victime et de sa main droite il tire son poignet gauche vers la droite, expliquai-je en joignant le geste à la parole. C'est une façon de décentrer la pression appliquée sur la gorge, dont le résultat est la fracture de la grande corne droite de l'os hyoïde. La pression engendrée provoque un affaissement des voies aériennes supérieures et malmène les artères carotides. Le sujet passe en hypoxie, c'est-à-dire que la concentration d'oxygène sanguin baisse de façon spectaculaire. De temps en temps, une pression sur le cou provoque une bradycardie, une diminution du rythme cardiaque donc, et la victime passe en arythmie.

– Est-ce que l'autopsie peut vous permettre de déduire si l'agresseur a commencé par une simple clé d'immobilisation au niveau du cou, et qu'en fait il a fini par l'étrangler ? Genre, il voulait juste la maîtriser mais il n'y a pas été avec le dos de la cuiller ?

– Mes diverses investigations ne me permettraient pas de trancher.

– Ouais, mais c'est possible d'avoir une idée ?

– C'est dans le domaine du possible.

– Oh, allez, Doc ! s'exclama un Marino assez exaspéré. Descendez un peu du box des témoins, d'accord ? Y a quelqu'un de planqué dans votre bureau et qui nous surveille en ce moment même en prenant des notes ?

Il marquait un point. Cependant, j'étais au bout de ma résistance. La plupart de mon personnel ne s'était pas présenté au travail, quant à Susan, elle se comportait de bien étrange manière. Jennifer Deighton, une complète inconnue, m'avait téléphoné à plusieurs reprises avant de se faire assassiner, et un homme qui se prétendait son frère venait de me raccrocher au nez. Pour couronner le tout, Marino était d'une humeur de dogue. Je réagissais toujours de la même façon lorsque je sentais que je perdais le contrôle d'une situation : je devenais clinique.

– En effet, il est possible qu'il ait commencé par tenter de maîtriser sa victime et qu'il ait mal évalué sa force, ne se doutant pas qu'il était en train de l'étrangler. Tenez, j'irais même jusqu'à dire qu'il a cru qu'elle s'était simplement évanouie et qu'il ignorait qu'elle était morte lorsqu'il l'a installée dans le véhicule.

– Auquel cas, on a affaire à un foutu abruti.

– Je ne m'avancerais pas jusque-là. Cela étant, il risque d'avoir la surprise de sa vie en découvrant demain matin dans le journal le meurtre de Jennifer Deighton. Selon moi, il va se demander comment une telle chose a pu se produire. C'est la raison pour laquelle je pense qu'il vaudrait mieux se montrer très discret vis-à-vis des médias.

– Ça me va super. Ah, à ce propos, c'est pas parce que vous connaissiez pas Jennifer Deighton que la réciproque était vraie.

J'attendis qu'il s'explique.

– J'ai repensé aux messages muets sur votre répondeur. On vous voit partout, à la télé, dans les canards. Peut-être qu'elle savait que quelqu'un la pistait, qu'elle avait personne vers qui se tourner et qu'elle a essayé de vous appeler au secours. Et puis elle est tombée à chaque fois sur votre répondeur, ça lui a collé les boules et elle a raccroché sans laisser de message.

– C'est ce que j'appelle une bien déprimante supposition.

– Ouais, comme à peu près tout ce qui nous traverse la tête dans cette taule, conclut-il en se levant.

– Marino, rendez-moi un petit service. Fouillez un peu chez elle, essayez de trouver si elle utilisait des oreillers garnis de plumes, ou si elle avait des vêtements fourrés en duvet, des plumeaux, que sais-je… bref, tout ce qui est fabriqué à partir de plumes.

– Pourquoi ?

– J'ai découvert une petite plume accrochée dans sa chemise de nuit.

– D'ac. J'vous tiens au courant. Vous partez, là ?

J'entendis le chuintement des portes de l'ascenseur et jetai un regard par-dessus l'épaule de Marino en demandant :

– C'était Stevens qui s'en allait ?

– Ouais.

– Il me reste quelques petites choses à terminer avant de rentrer.

Après le départ de Marino, je fonçai à l'autre bout du couloir, jusqu'à la fenêtre qui surplombait le parking situé à l'arrière du bâtiment. Comme je l'espérais, la Jeep de Ben Stevens avait disparu. J'attendis que Marino émerge à son tour et le regardai s'éloigner en avançant avec prudence sur la pellicule de neige tassée que léchait la lumière des réverbères. Il parvint enfin à sa voiture et secoua avec vigueur ses pieds pour déloger la neige prisonnière de ses semelles, un peu à la manière de ces chats qui ont marché dans l'eau. Il s'installa ensuite derrière son volant. La pureté désodorisée de son petit sanctuaire personnel devait être préservée de la plus infime souillure ! Avait-il des projets pour le réveillon ? Je m'en voulais de ne pas avoir songé à l'inviter à partager notre dîner. Ce serait son premier Noël solitaire depuis que son divorce avec Doris avait été prononcé.

Tout en parcourant le couloir en sens inverse, je passai la tête dans chaque bureau pour vérifier chaque terminal. Malheureusement, aucun n'était en session. Le seul câble étiqueté reliait l'ordinateur de Fielding, et il ne s'agissait ni de t-t-y-0-7 ni de t-t-y-14. Déçue, je déverrouillai la porte du bureau de Margaret et allumai le plafonnier.

Comme à l'accoutumée, on eût cru qu'un ouragan avait balayé la pièce, dispersant des monceaux de papier sur son bureau, renversant la plupart des livres sur les étagères, en jetant d'autres carrément par terre. Des rames de sorties d'imprimante gisaient en bâillant comme des accordéons, et une légion de notes, de papillons autocollants couverts de gribouillis indéchiffrables et de numéros de téléphone étaient collés un peu partout, sur les murs ou au-dessus des écrans des moniteurs. Le mini-ordinateur ronronnait comme une petite bête électronique et des lumières sillonnaient par saccades la rangée de modems alignée sur une des étagères. Je m'installai devant le terminal système, dans le fauteuil de Margaret, et ouvris un des tiroirs situés à ma droite. Je parcourus les étiquettes identifiant les fichiers. Certains titres me parurent prometteurs : « utilisateurs », « réseaux », mais leur lecture ne me révéla rien d'intéressant. Je me concentrai, laissant vaguer mon regard dans la pièce. C'est alors que je remarquai un épais faisceau de câbles qui remontait le long du mur situé derrière l'ordinateur pour se perdre au plafond. Chacun d'entre eux portait une étiquette.

T-t-y-0-7 et t-t-y-14 étaient directement reliés à l'ordinateur. Je débranchai d'abord t-t-y-0-7, puis passai en revue tous les terminaux de mes services afin de découvrir celui que cette manipulation priverait de connexion. Il s'agissait du terminal de Ben Stevens. Il se ralluma dès que je remis le câble en place. Je suivis ensuite la trace de t-t-y-14, mais, à ma surprise, la déconnexion du câble correspondant ne provoqua rien de particulier. Les terminaux des bureaux de mon personnel continuaient leur travail comme si de rien n'était. Soudain, je me rappelai que le bureau de Susan se trouvait au rez-de-chaussée, à la morgue.

Deux détails me frappèrent lorsque j'y pénétrai. Ce lieu n'abritait rien qui eût une connotation un peu personnelle, ni photos, ni bibelots, rien. Une autre particularité me troubla : le long d'une étagère scellée au-dessus de son bureau se tassait un nombre impressionnant de manuels d'utilisation d'UNIX, SQL et Word Perfect. Je crus me souvenir que Susan s'était inscrite dans divers stages de formation à l'informatique au printemps précédent. J'allumai son moniteur, bien décidée à lancer une session. Je constatai à ma plus grande stupéfaction que le système répondait. Son terminal était toujours connecté, il ne pouvait donc s'agir du fameux t-t-y-14. Et soudain un éclair de compréhension me frappa de plein fouet. C'était tellement évident que j'aurais pu en rire si je n'avais pas été si horrifiée.

De retour à l'étage, je marquai une pause sur le pas de la porte de mon bureau, jetant un regard furtif à l'intérieur comme si j'étais une intruse dans les lieux d'une inconnue. Des rapports de labo, des messages d'appel, des certificats de décès et même les épreuves d'un ouvrage de pathologie légale que je coordonnais s'étalaient autour de mon plan de travail, dont l'extension, encombrée d'un gros microscope, n'avait pas l'air plus dégagée. Trois hauts classeurs à dossiers se serraient contre l'un des murs. En face se trouvait le canapé, assez distant des étagères de ma bibliothèque pour permettre de se faufiler derrière afin d'atteindre les ouvrages rangés en bas. Une petite crédence en chêne – que j'avais dénichée des années auparavant dans l'un des dépôts où l'Administration reléguait ses surplus – était poussée derrière ma chaise. Ses tiroirs étaient munis de verrous, la transformant en excellent coffre-fort pour mon sac à main, ainsi que pour les dossiers concernant des enquêtes particulièrement sensibles. J'en cachais la clé sous mon téléphone. C'est à cet instant que je repensai au jeudi précédent, lorsque Susan avait envoyé au sol deux flacons de formol pendant que je pratiquais l'autopsie d'Eddie Heath.

N'en ayant jamais eu besoin, j'ignorais le numéro d'identification de mon terminal. Je m'installai à mon bureau et fis glisser le clavier vers moi. Je tentai d'ouvrir une session, mais les commandes que je tapai furent systématiquement ignorées. Le retrait du câble t-t-y-14 avait déconnecté mon périphérique.

Une vague glacée dévala dans mes veines.

– Merde, murmurai-je. Merde alors !

Or je n'avais expédié aucun message à destination du terminal de mon administrateur. Or ce n'était pas moi qui avais tapé « c'est introuvable ». Au demeurant, lorsque ce fichier avait été créé par mégarde dans l'après-midi du jeudi précédent, je me trouvais à la morgue. Pas Susan. Je lui avais tendu les clés de mon bureau et conseillé d'aller se reposer un peu sur mon canapé afin de se remettre de l'incident survenu avec les deux erlens de formol fracassés au sol. Était-il possible qu'elle ait pénétré dans mon répertoire et qu'en plus elle ait fouiné dans mes fichiers et dans les papiers étalés sur mon bureau ? Avait-elle envoyé ce message à Ben Stevens pour le prévenir qu'elle ne trouvait pas les informations qui les intéressaient ?

Un des scientifiques spécialisés dans l'analyse de traces, dont le laboratoire était logé dans les étages supérieurs, se matérialisa soudain sur le seuil de mon bureau, me faisant sursauter.

– Bonsoir, marmonna-t-il en consultant le tas de papiers qu'il serrait contre lui, sa blouse de labo boutonnée jusqu'au menton.

Il tira un épais rapport de son chargement et s'approcha de mon bureau pour me le tendre.

– J'allais glisser cela dans votre casier à courrier, mais puisque vous êtes toujours dans nos murs, autant que je vous le donne tout de suite. J'ai terminé l'analyse des résidus de colle que vous avez prélevés des poignets d'Eddie Heath.

– Des matériaux de construction ? m'enquis-je en parcourant la première page du rapport.

– Exact. De la peinture, du plâtre, du bois, du ciment, de l'amiante, du verre. En général, on trouve surtout cet assortiment dans les enquêtes portant sur des cambriolages, souvent piégé dans les vêtements des suspects, dans les revers de pantalon, les poches, les chaussures, ce genre de choses.

– Et les vêtements d'Eddie Heath ?

– Certains de ces résidus étaient également présents.

– Et la peinture, dites-m'en un peu plus.

– J'ai identifié cinq origines différentes. Les résidus de trois d'entre elles sont superposés, c'est-à-dire qu'ils proviennent d'un support qui a été peint et repeint à plusieurs reprises.

– S'agit-il de peintures véhiculaires ou domestiques ?

– L'une provient, en effet, d'un véhicule, une laque à base acrylique, en général utilisée comme couche superficielle des voitures manufacturées par General Motors.

Peut-être était-ce la peinture de la carrosserie du véhicule dans lequel on avait poussé l'enfant ? Toutefois, elle pouvait provenir de n'importe quoi d'autre.

– Quelle couleur ?

– Bleu.

– En couches ?

– Non.

– Et qu'en est-il des débris divers collectés sur le trottoir, à l'endroit où le garçon a été retrouvé ? J'avais demandé à Marino de faire procéder à des aspirations et de vous transmettre leur récolte.

– Du sable, de la poussière, des fragments du revêtement du trottoir, sans oublier tous les déchets infimes que l'on s'attend à ramasser autour d'un conteneur à ordures. Du verre, du papier, de la cendre, du pollen, de la rouille et des débris végétaux.

– Et, donc, cette répartition de traces est différente des résultats obtenus avec l'analyse du résidu d'adhésif collé aux poignets ?

– C'est cela. Selon moi, le ruban a été collé, puis arraché des poignets de l'enfant dans un endroit différent... Un endroit où l'on peut rencontrer des restes de matériaux de construction et des oiseaux.

– Des oiseaux ?

– C'est indiqué à la page 3 du rapport. J'ai trouvé de nombreux fragments de plumes.

Lorsque je rentrai chez moi, je découvris une Lucy assez énervée et passablement irritable. De toute évidence, elle n'avait pas trouvé assez d'occupations pour rassasier son besoin d'activité puisqu'elle s'était mis en tête de réaménager mon bureau. Tout avait été chamboulé, l'imprimante laser, le modem, sans oublier mes manuels d'informatique.

– Qu'est-ce qui t'a pris ? demandai-je.

Installée dans mon fauteuil, elle me tournait le dos. Elle me répondit sans lâcher l'écran des yeux ni même ralentir la valse de ses doigts sur le clavier :

– C'est plus rationnel de cette façon.

– Lucy, tu ne peux pas débouler dans le bureau de quelqu'un comme cela et tout changer à ton idée ! Enfin, que penserais-tu si je faisais la même chose avec tes affaires ?

– Mais tu n'aurais aucune raison de revoir l'agencement de mon bureau... Tout y est rangé de façon extrêmement sensée. (Ses doigts s'immobilisèrent et elle pivota vers moi.) Regarde, maintenant tu peux atteindre ton imprimante sans avoir à te lever de ta chaise. Tes ouvrages de référence sont à portée de main. Quant au modem, je l'ai dégagé de ton chemin. Petit conseil : tu ne devrais pas poser de livres, de tasses à café ou quoi que ce soit dessus, d'ailleurs !

– Tu as passé la journée à la maison ?

– Et où pouvais-je aller ? Tu avais la voiture. En fait, j'ai fait un peu de jogging dans le quartier. Tu as déjà couru dans la neige ?

J'approchai une chaise et extirpai de la sacoche le sachet de papier que m'avait donné Marino.

– Tu veux dire que tu as besoin d'un véhicule ?

– Je me sens pas mal isolée ici.

– Et où voudrais-tu aller ?

– À ton club de sport. Je ne connais aucun autre endroit dans le coin. J'aimerais juste pouvoir choisir. Qu'est-ce qu'il y a dans ce sac ?

– Des livres et un poème que m'a confiés Marino.

– Oh, parce que maintenant il se pique de littérature ? (Elle se leva et s'étira.) Je vais aller me préparer une tisane, tu en veux ?

– J'opte pour un bon café, s'il te plaît.

– C'est mauvais pour toi, lança-t-elle en franchissant le seuil.

– Oh, mince…, pestai-je lorsqu'un nuage de poudre fluorescente rouge s'envola du sac comme j'en tirais les livres pour se répandre sur mes mains et mes vêtements.

À son habitude, Neils Vander s'était livré à un examen minutieux et j'avais oublié sa dévorante passion pour son nouveau jouet. Quelques mois auparavant, il s'était offert une source de lumière alternative qui avait relégué son laser aux oubliettes. La Luma-Lite, avec sa « lampe 350 watts, lumière bleue de haute intensité, à arc à vapeur de métal », ainsi qu'il la décrivait avec gourmandise à chaque fois qu'il pouvait le placer dans une conversation, colorait en orange vif des poils ou des fibres sans cela pratiquement indétectables. Les taches de sperme et les infimes traces de drogues vous sautaient soudain aux yeux comme des éruptions volcaniques et, surtout, le faisceau lumineux révélait des empreintes digitales que les techniques traditionnelles auraient ignorées.

Vander n'avait rien négligé. Les livres de poche de

Jennifer Deighton avaient été passés au crible de sa vigilance. Ils avaient été inondés de vapeurs de Super Glue dans un becher de verre, puisque l'ester de cyanoacrylate réagit avec certains des composants de la sueur véhiculée par la peau humaine. Ensuite, Vander avait balayé les couvertures nappées de vapeurs avec la poudre rouge qui me maculait maintenant les mains. Enfin, le faisceau bleu glacé de la Luma-Lite avait caressé chaque millimètre des livres et Vander avait conclu son examen en les badigeonnant du pourpre de la ninhydrine. J'espérais que ses tenaces efforts seraient récompensés par une trouvaille. Quant à moi, il ne me restait plus qu'à foncer dans la salle de bains pour me nettoyer avec un gant humide.

Je survolai *Paris Trout* sans rien y trouver de révélateur. Le roman racontait le meurtre révoltant d'une jeune Noire, et si cette histoire avait un lien avec celle de Jennifer Deighton, il me demeurait mystérieux. *Seth Speaks* se voulait documentaire, le récit assez angoissant d'un être dans une autre vie qui s'exprimait par l'intermédiaire de l'auteur. Je ne fus pas le moins du monde surprise que l'appétence pour le surnaturel de Jennifer Deighton lui fasse apprécier ce genre de lectures. En revanche, le poème m'intéressa vivement.

Il était tapé sur une feuille de papier blanc souillée de violet par la ninhydrine et protégé dans un sachet en plastique.

JENNY

Tant des baisers de Jenny
ont tiédi le penny de cuivre

qu'une cordelette de coton
retient à son cou.

Il l'avait trouvé au printemps
sur un chemin poussiéreux
qui longeait une prairie
et le lui avait offert.

Nul mot de passion
échangé.
Juste son amour
pour un penny.

Mais la prairie s'est desséchée
Et les ronces l'ont prise d'assaut.
Il est parti.

Le penny s'est assoupi.
Il est glacé
au fond du lit
de l'étang aux vœux
dans une vaste forêt.

Ni date, ni nom d'auteur. La feuille conservait la cicatrice de ses pliures. Je me levai et rejoignis le salon. Lucy avait servi le café et la tisane, et elle s'activait devant la cheminée.

– Tu n'as pas une petite faim ? demanda-t-elle.

– Justement, si…

Mon regard revenait sans cesse vers la feuille. Que signifiait ce poème ? Cette « Jenny » désignait-elle Jennifer Deighton ?

– … Qu'est-ce qui te ferait plaisir ?

– Tu ne vas pas le croire, mais je mangerais bien un steak. Enfin, je veux dire un bon steak, d'un bœuf qui n'a jamais ingurgité de cochonneries chimiques, précisa Lucy. Est-ce que tu pourrais emprunter une des voitures de service de l'institut médico-légal, comme ça j'utiliserais la tienne cette semaine ?

– Je ne réserve jamais la voiture de service, sauf lorsque j'ai un impératif professionnel, expliquai-je.

– Hier soir, tu t'es rendue sur une scène alors que tu n'étais théoriquement pas de service, tante Kay. En fait, tu es toujours sur le pont.

– Bon, c'est entendu, temporisai-je. Voici ce que je propose : nous allons nous rassasier dans le meilleur restaurant de steaks de la ville. Ensuite, nous irons récupérer le break de la morgue et tu pourras emprunter ma voiture. Il y a encore des plaques de verglas par endroits et il faut me promettre d'être très prudente, Lucy.

– Je n'ai jamais visité tes bureaux.

– Je te les montrerai, si tu veux.

– En pleine nuit ? Certainement pas !

– Les morts ne peuvent pas te faire de mal.

– Oh, si, ils le peuvent, rétorqua-t-elle. Papa m'a bien fait du mal en mourant. Il m'a lâchée et c'est ma mère qui m'a élevée.

– Allez, on enfile nos manteaux.

– Explique-moi un truc… Comment se fait-il que, à chaque fois que j'évoque notre famille pour le moins dysfonctionnelle, tu changes aussitôt de sujet ?

Je me dirigeai vers ma chambre, lançant :

– Tu veux mon blouson de cuir noir ?

– Tu vois? Tu recommences! hurla-t-elle.

Nous nous disputâmes durant tout le trajet jusqu'à la Ruth's Chris Steak House, au point que lorsque je me garai, j'avais un mal de tête affreux et j'étais dégoûtée de moi-même. Lucy m'avait agacée jusqu'à me faire hausser le ton, et c'était à peu près la seule personne au monde – à l'exception de ma mère – qui parvenait à me faire perdre régulièrement mon sang-froid.

– Pourquoi es-tu si difficile? murmurai-je à son oreille comme on nous conduisait à notre table.

– Je veux te parler, mais tu ne me laisses pas faire, déclara-t-elle.

Un serveur surgit aussitôt pour prendre nos commandes de boissons.

– Un Dewar allongé.

– De l'eau minérale gazeuse avec une rondelle de citron, dit Lucy. Tu ne devrais pas boire d'alcool avant de prendre le volant.

– Je ne boirai qu'un verre. Cela étant, tu as raison sur ce point. Je ferais mieux de m'abstenir tout à fait. Tu es terriblement critique, Lucy. Comment peux-tu espérer avoir des amis si tu parles aux gens de la sorte?

– Qui te dit que je souhaite me faire des amis? (Son regard s'évada vers la salle.) Ce sont les autres qui veulent que j'en aie. D'ailleurs, peut-être que je ne cherche pas d'amis parce que la plupart des gens m'ennuient.

Une vague de désespoir me suffoqua.

– Lucy, je crois que tu as plus envie d'avoir des amis que n'importe qui d'autre.

– Oh... Alors ça, ça ne m'étonne pas du tout venant

de toi. Et tu crois sans doute aussi que je devrais me marier d'ici deux-trois ans.

– Tu te trompes. À la vérité, j'espère bien que tu ne te marieras pas.

– Tout à l'heure, quand je me baladais dans ton ordinateur, je suis tombée sur un fichier baptisé « Chair ». Pourquoi as-tu créé un document affublé d'un nom pareil ?

– Parce que je suis plongée dans une affaire extrêmement complexe et difficile.

– C'est au sujet de ce petit garçon, Eddie Heath ? J'ai vu son rapport dans le dossier des enquêtes. Il a été découvert appuyé à une benne à ordures, nu. On avait découpé des morceaux de sa peau.

– Lucy, tu ne dois pas parcourir les fichiers consacrés aux affaires, assenai-je au moment où mon *pager* se déclencha.

Je le détachai de la ceinture de ma jupe et déchiffrai le numéro qui s'affichait.

Je me levai comme le serveur nous apportait nos boissons.

– Excuse-moi quelques instants.

Je dénichai un téléphone. Il n'était pas loin de 20 heures.

– Il faut que je vous voie, attaqua Neils Vander, qui n'avait pas quitté sa paillasse. Pourriez-vous m'apporter la fiche d'empreintes digitales de Ronnie Waddell ?

– Pourquoi cela ?

– Nous venons de tomber sur un os sans précédent. Je me proposais aussi de contacter Marino.

– Entendu. Je vous rejoins à la morgue dans une demi-heure.

Lorsque je réapparus à notre table, Lucy comprit à mon expression que j'allais encore gâcher une de nos soirées.

– Écoute, je suis vraiment désolée..., commençai-je.

– Et où va-t-on ?

– D'abord à mon bureau, et ensuite je dois faire un saut au Seaboard Building.

– C'est quoi, le Seaboard Building ?

– L'endroit où ont récemment déménagé les labos de sérologie, de typage ADN et d'empreintes digitales. Marino doit nous rejoindre. Cela fait un bout de temps que tu ne l'as pas vu.

– Les abrutis de cet acabit restent toujours des abrutis, le temps ne les améliore pas.

– Ce n'est vraiment pas chouette, ce que tu dis, Lucy. Marino n'est pas un abruti.

– Vraiment ? Il l'était pourtant la dernière fois que je l'ai rencontré.

– On ne peut pas dire que tu te sois montrée particulièrement agréable avec lui.

– En tout cas, ce n'est pas moi qui l'ai traité de sale gamine prétentieuse.

– Tu ne t'es pas gênée pour lui balancer quelques autres amabilités de ton cru et tu as mis un point d'honneur à souligner toutes ses fautes de grammaire.

Une demi-heure plus tard, j'abandonnai Lucy dans la petite pièce de réception de la morgue et me ruai à l'étage, jusqu'à mon bureau. Je récupérai le dossier de Waddell, que j'avais bouclé dans la crédence, et repartis au pas de charge vers l'ascenseur. Les portes de la cabine ne s'étaient pas refermées que la sonnette de la baie de déchargement retentit. Marino patientait, vêtu d'un jean et d'une parka bleu marine, son crâne dégarni protégé par une casquette de base-ball à la gloire de l'équipe des Richmond Braves.

– Les présentations sont superflues, je suppose, déclarai-je. Lucy est venue passer les fêtes de Noël en ma compagnie et elle m'aide à résoudre un problème informatique, expliquai-je comme nous sortions dans la nuit glaciale.

Le Seaboard Building s'élevait de l'autre côté de la rue jouxtant le parking arrière de l'institut médico-légal, juste en diagonale de la façade de l'ancienne gare de Main Street, lieu d'exil temporaire des services administratifs du département de la santé durant le désamiantage des anciens locaux. L'horloge de la tour de la gare flottait au-dessus de nos têtes comme une pleine lune et des lumières rouges clignotaient sur un rythme paresseux pour signaler les toits des hauts immeubles aux avions volant à faible altitude. L'écho lourd et lointain d'un train nous parvint dans l'obscurité environnante et la terre sous nos pieds l'accompagna d'un faible grondement.

Marino nous précédait, le bout de sa cigarette rougeoyant par instants. La présence de Lucy lui déplaisait et celle-ci en était consciente. Nous atteignîmes le Seaboard Building. Au temps de la guerre de Sécession, c'était de là que partaient les fourgons de ravitaillement pour les troupes. Je sonnai et Vander apparut presque aussitôt.

Il ne s'embarrassa pas de saluer Marino, ou même de demander qui était la jeune fille qui m'accompagnait. Si une personne en qui il avait placé sa confiance se présentait flanquée d'une créature extraterrestre, j'étais certaine que Vander ne poserait aucune question, ni ne chercherait à connaître l'identité de l'inconnu. Il nous précéda dans l'escalier qui conduisait au premier étage. Les vieux couloirs et les bureaux décrépit avaient été repeints de nuances gris acier et meublés de tables de travail, de bibliothèques teintées merisier et de sièges capitonnés en gris-bleu.

– Quelle urgence vous a coincé ici? demandai-je comme nous pénétrions dans la pièce réservée à l'AFIS, le système automatisé d'identification des empreintes digitales.

– L'affaire Jennifer Deighton.

– En ce cas, pourquoi avez-vous besoin du relevé d'empreintes digitales de Waddell? insistai-je, perplexe.

– Je tiens à m'assurer que c'est bien lui que vous avez autopsié la semaine dernière, lâcha Vander sans prendre de gants.

La stupéfaction se peignit sur le visage de Marino, qui vociféra:

– Quoi? Mais qu'est-ce que vous racontez?

– Je vous montre ça dans une petite minute.

Vander s'installa devant un terminal qui, à première vue, ressemblait comme deux gouttes d'eau à un PC normal. Pourtant, celui-ci était connecté par modem à l'ordinateur de la police de l'État de Virginie, qui gérait une banque de données dans laquelle plus de six millions d'empreintes digitales avaient été enregistrés. Il frappa quelques touches, allumant l'imprimante laser.

– Les correspondances parfaites sont assez rares, mais en voici une...

Vander sélectionna quelques commandes et une empreinte d'un blanc brillant envahit l'écran.

– … Là… Index droit, un tourbillon bien net…

Il pointa la volute de lignes qui s'enroulaient sur l'écran et conclut :

– … Une jolie empreinte partielle retrouvée chez Jennifer Deighton.

– Où cela, chez elle ? demandai-je.

– Sur une des chaises de sa salle à manger. D'abord, je me suis dit qu'il s'agissait d'une erreur, mais, apparemment, tel n'est pas le cas. (Vander ne quittait pas l'écran des yeux. Il recommença à taper.) D'après l'ordinateur, il s'agit de l'empreinte de Ronnie Joe Waddell.

– Mais c'est aberrant, rétorquai-je, sous le choc.

– Du moins, ça devrait l'être, répliqua Vander d'un ton distrait.

– Avez-vous découvert quelque détail que ce soit chez Jennifer Deighton qui permettrait de penser qu'elle connaissait Waddell ? demandai-je à Marino tout en consultant le dossier du condamné.

– Non.

– Si vous nous avez apporté les empreintes de Waddell relevées à la morgue après son décès, expliqua Vander, nous allons bien voir si elles sont similaires à celles enregistrées dans l'AFIS.

Je tirai deux enveloppes molletonnées et un détail me troubla sur l'instant : l'une était bien plus lourde et épaisse que l'autre. Le sang me monta au visage lorsque, les décachetant, je découvris le paquet attendu de photographies, rien d'autre. Le relevé des dix empreintes digitales de Waddell ne se trouvait dans aucune des deux enveloppes. Lorsque je levai les yeux, trois regards étaient rivés sur moi, dont celui de ma nièce, visiblement mal à l'aise et inquiète.

– Je n'y comprends rien, avouai-je.

– Vous avez pas ses empreintes ? insista Marino comme s'il n'en croyait pas ses yeux.

Je feuilletai à nouveau le dossier.

– Le relevé n'est pas là-dedans.

– C'est le boulot de Susan d'habitude, non ? remarqua-t-il.

– Oui, toujours. Elle devait en réaliser deux, l'un pour l'administration carcérale, le second pour nos archives. Peut-être les a-t-elle transmis à Fielding et il aura omis de me les rendre.

Je sortis mon répertoire téléphonique et composai le numéro de mon adjoint. Fielding était bien chez lui, en revanche il n'avait aucune idée d'où se trouvaient les relevés dactyloscopiques.

– Non, en fait j'ignore si elle a bien effectué les relevés. Remarquez, je ne vois pas la moitié de ce que font les gens à la morgue. Je dois dire que je ne me suis pas posé de questions, je pensais qu'elle vous les avait remis.

Je composai ensuite le numéro de Susan, me creusant la tête dans l'espoir de me souvenir de ses gestes à ce moment-là. Avait-elle préparé le matériel nécessaire, la cuiller, la carte et le tampon encreur pour y rouler les doigts de Waddell ?

De l'autre côté de la ligne, le téléphone sonnait dans le vide. M'adressant à Marino, je vérifiai :

– Avez-vous assisté à la prise d'empreintes de Waddell par Susan ?

– Ben, en tout cas, si elle l'a fait, j'étais pas dans les parages, parce que, sans ça, je lui aurais proposé un coup de main.

– Ça ne répond pas, annonçai-je en raccrochant.

– Waddell a été incinéré, remarqua Vander.

– Je sais, fis-je.

Le silence tomba durant quelques instants.

Puis Marino s'adressa à Lucy, ordonnant d'un ton à la brusquerie injustifiée :

– Si ça t'ennuie pas... Faut qu'on cause un peu tous les trois.

– Tu peux aller t'installer dans mon bureau, proposa Vander. C'est au bout du couloir, la dernière porte sur la droite.

Marino attendit le départ de ma nièce pour reprendre :

– Waddell a été bouclé dix ans, l'empreinte que nous avons découverte sur la chaise de Jennifer Deighton a pas pu être abandonnée y a dix ans de ça. D'autant qu'elle avait emménagé dans le Southside quelques mois auparavant et que les meubles de sa salle à manger avaient l'air neuf. Ajoutez ces marques en creux sur le tapis du salon qui indiquent qu'on y avait transporté une des chaises de la salle à manger, peut-être même la nuit où elle est morte. D'ailleurs, c'est pour cette raison que j'ai demandé aux gars de passer de la poudre sur les chaises.

– Une déroutante charade, résuma Vander. Le problème, c'est que maintenant on ne peut même plus être certains que l'homme qui a été exécuté la semaine dernière était bien Ronnie Joe Waddell.

– Enfin, il doit exister une autre explication à la présence d'une empreinte du condamné sur une des chaises de Jennifer Deighton, rétorquai-je. Par exemple, si mes souvenirs sont exacts, le pénitencier possède un atelier de menuiserie, lequel produit des meubles.

– Ouais, c'est pas mal tiré par les cheveux, contra

Marino. D'abord, les détenus du couloir de la mort font pas de meubles, ni de plaques minéralogiques. Et puis, même si c'était le cas, y a pas beaucoup de meubles fabriqués en taule qui se retrouvent chez des civils.

– Il n'en demeure pas moins qu'il serait intéressant de remonter la piste de ces meubles, savoir à qui et où la victime les a achetés, insista Vander.

– Vous faites pas de bile, c'est ma top-priorité.

– Le dossier juridique complet de Waddell, dont ses empreintes, doit être archivé au FBI, ajouta Vander. Je demanderai une copie de celles-ci et récupérerai la photographie de celle de son pouce, celle qu'ils ont retrouvée dans la maison de Robyn Naismith. Où Waddell a-t-il été arrêté, à part chez nous ?

– Nulle part, précisa Marino. La seule juridiction où vous pourrez trouver son dossier, c'est Richmond.

– Neils, vous n'avez identifié que l'empreinte retrouvée sur la chaise de la salle à manger ? demandai-je alors.

– Bien sûr que non. Parmi les autres, pas mal étaient celles de Jennifer Deighton, surtout sur les livres qui traînaient sur la table de chevet et sur le poème plié dans l'un d'eux. Rien d'étonnant. Deux autres, des empreintes partielles inconnues, ont été relevées sur son véhicule, comme vous pouviez vous en douter. Elles appartiennent sans doute à la personne qui l'a aidée à ranger ses courses dans son coffre ou à celle qui a fait le plein de la voiture. Rien d'autre pour l'instant.

– Du nouveau en ce qui concerne Eddie Heath ? demandai-je.

– Il n'y avait pas beaucoup de matériel à notre disposition, à part le sac en papier et la boîte de conserve. J'ai passé la Luma-Lite sur ses chaussures et ses vêtements. Échec total.

Vander nous raccompagna un peu plus tard jusqu'à la baie. Derrière les portes des congélateurs cadenassés que nous longeâmes étaient stockés les prélèvements de sang d'une horde de criminels, échantillons en attente de leur intégration dans la banque d'empreintes ADN du Commonwealth de Virginie. La voiture de Jennifer Deighton était garée non loin de la porte, épave encore plus pathétique que dans mon souvenir. Elle avait été très malmenée depuis le meurtre de sa propriétaire. Ses flancs étaient cabossés à force d'être cognés par les portières des autres véhicules. La peinture était rongée de rouille par endroits ou s'écaillait par plaques lorsqu'elle n'était pas rayée, et la capote en vinyle se soulevait en cloques. Lucy s'approcha de la vitre noircie de suie pour jeter un regard dans l'habitacle.

– Hé, touche à rien ! beugla Marino.

Elle le fixa sans ciller, puis nous repartîmes sans qu'elle prononce un mot.

Lucy emprunta ma voiture pour rentrer à la maison. Elle démarra sans nous attendre. Lorsque Marino et moi arrivâmes à notre tour, elle s'était déjà enfermée dans mon bureau.

– Je suppose qu'elle rafle tous les prix de camaraderie, lâcha Marino.

– Vous ne vous qualifiez pas non plus pour le prix d'excellence, ce soir, le rembarrai-je.

Je fis coulisser l'écran de la cheminée pour ajouter quelques bûches.

– Elle se répandra pas sur ce que nous avons raconté ce soir, hein ?

– Bien sûr que non, répondis-je d'un ton las.

– Ouais, c'est normal que vous lui fassiez confiance, après tout, vous êtes sa tante... Mais je suis pas convaincu que c'était une bonne idée qu'elle entende notre conversation.

– En effet, j'ai confiance en Lucy. Elle représente beaucoup pour moi. Vous aussi, d'ailleurs. J'aimerais vraiment que vous vous entendiez. Bien, le bar est ouvert, à moins que vous ne préfériez que je prépare un peu de café.

– Ouais, du café, ce serait super.

Il s'installa contre la cheminée et sortit son couteau suisse de sa poche. Profitant de ce que je m'activais dans la cuisine, il entreprit de se curer les ongles, jetant les rognures dans le feu. Je tentai à nouveau de joindre Susan, toujours sans succès.

Je posai le plateau chargé de tasses sur la table basse. Marino commenta :

– Moi, je crois que Susan a pas pris les empreintes. Ça m'a trotté dans la tête pendant que vous prépariez le café... En tout cas, je suis certain que je l'ai pas vue le faire pendant que j'étais à la morgue cette nuit-là, et j'ai presque tout le temps été présent. Alors, de deux choses l'une : ou elle a encré les doigts du macchabée dès l'arrivée du corps, ou alors c'est passé aux oubliettes.

Le découragement me gagnait :

– Non... Lorsque le corps est arrivé, les employés du pénitencier n'ont pas traîné. Ils sont repartis presque aussitôt. Tout était si perturbant, confus. Il était tard, nous étions épuisés. Non, Susan a oublié de les relever et comme j'étais plongée dans autre chose, je ne l'ai pas remarqué.

– Enfin, du moins, vous espérez qu'elle a oublié.

Je pris ma tasse de café comme il poursuivait :

– Si je me fie à ce que vous m'avez raconté, y a un truc qui cloche avec elle. Je suis loin d'avoir une confiance absolue en elle.

J'en étais arrivée au même point.

– Faudrait qu'on en cause à Benton, Doc.

– Enfin, vous avez vu comme moi Waddell allongé sur la table. Vous avez assisté à son exécution. Ce serait ahurissant qu'on ne puisse pas affirmer qu'il s'agissait bien de lui.

– Ahurissant, mais c'est comme ça. Même si vous compariez les photos d'identité prises par les flics à vos clichés de la morgue, ce serait toujours pas convaincant. Je l'avais pas revu depuis son incarcération, y a de ça dix ans. Le mec qu'ils ont installé sur la chaise devait bien faire trente-cinq kilos de plus. Ils lui avaient rasé la barbe, la moustache et le crâne. Alors, c'est sûr que la ressemblance était suffisante pour que je me pose pas de questions à ce moment-là. Mais je jurerais pas qu'il s'agissait bien de Waddell.

Je me souvins de l'instant précis où Lucy avait débarqué de son avion. Je l'avais à peine reconnue. Pourtant, il s'agissait de ma nièce et je l'avais vue l'année précédente. J'étais bien placée pour connaître la fiabilité fluctuante des identifications visuelles.

– Admettons qu'il y ait eu un échange de détenus, que Waddell se balade en toute liberté et que sa doublure ait été exécutée à sa place. Toutefois, il va falloir que vous m'expliquiez la raison de cette substitution, Marino.

Marino versa une autre cuillerée de sucre dans son café.

– Une raison logique, Marino ! Pourquoi aurait-on fait ça ?

Il leva le regard vers moi.

– J'en sais rien.

La porte de mon bureau s'ouvrit à cet instant précis et nous tournâmes la tête vers Lucy. Elle nous rejoignit au salon et s'installa elle aussi contre la cheminée, dans le coin opposé à Marino, qui se chauffait le dos, les coudes appuyés sur les genoux.

– Que peux-tu me raconter au sujet de l'AFIS ? me lança-t-elle comme si le grand flic était devenu invisible.

– Que veux-tu savoir ?

– Quel langage utilise-t-il ? Et est-ce qu'il tourne sur une unité centrale ?

– J'ignore les détails techniques. Pourquoi ?

– Parce que je pourrais déterminer si les fichiers ont été bidouillés.

Je sentis le regard de Marino peser sur moi.

– Lucy, tu ne peux pas t'introduire dans l'ordinateur de la police de Virginie et pirater les données.

– Oh, je le pourrais sans doute, mais ce n'est pas nécessairement ce que je préconiserais. Il doit exister d'autres moyens d'accéder à leurs fichiers.

Marino se tourna vers elle et demanda :

– Attends, tu prétends que tu pourrais savoir si le dossier AFIS de Waddell a pas été modifié ?

– Tout à fait. Je prétends que je pourrais savoir si son dossier *n*'a pas été modifié.

Les muscles des mâchoires de Marino se crispèrent.

– Ouais, ben, si un mec est assez malin pour bidouiller des fichiers de ce genre, j'me dis qu'il doit aussi l'être pour éviter qu'une fondue d'ordinateur le remarque.

– Je ne suis pas une fondue d'ordinateur. Je ne suis une fondue d'aucune sorte.

Un silence soudain s'installa après cet échange. Ils demeurèrent tassés chacun dans leur coin de cheminée, si dissemblables.

– Tu ne peux pas pénétrer dans l'AFIS, Lucy..., déclarai-je enfin.

Impassible, elle me dévisagea.

– ... En tout cas, pas toute seule et certainement pas par des biais risqués. Et même si un accès sûr existe, je préférerais que tu te tiennes en dehors de cette histoire.

– Tante Kay, je ne crois pas qu'en l'occurrence ce soit ce que tu préférerais. Et si quelqu'un a modifié un fichier, tu sais bien que je parviendrai à le découvrir.

– Cette gamine a le complexe de la supériorité divine, diagnostiqua Marino en se levant.

Lucy lâcha :

– Pourriez-vous atteindre le chiffre 12 de cette pendule, là-bas, contre le mur ? Si vous dégainiez maintenant, le pourriez-vous ?

– J'ai pas l'intention de bousiller la baraque de ta tante juste pour te prouver que je peux réussir un truc.

– Mais pourriez-vous atteindre le 12 d'où vous vous tenez ?

– Je veux !

– C'est une certitude ?

– Ouais, massive.

S'adressant à moi, ma nièce déclara alors :

– Le lieutenant nous fait un gros complexe de supériorité divine.

Marino se tourna vivement vers l'âtre, pas assez cependant pour me dissimuler le mince sourire qui étirait ses lèvres.

– En réalité, tout ce dont dispose Neils Vander est un terminal et une imprimante, résuma Lucy. Il est relié à l'ordinateur central de la police par un modem. Ç'a toujours été le cas ?

– Non, expliquai-je. Avant qu'il déménage dans le nouveau bâtiment, il disposait d'un matériel largement plus conséquent.

– Décris-le-moi.

– Eh bien, il y avait plusieurs modules, mais l'ordinateur par lui-même était assez similaire à celui dont Margaret dispose. (Me rendant compte que Lucy n'avait jamais mis les pieds dans le bureau de mon analyste informatique, je précisai :) Un mini.

Les flammes de la cheminée dessinaient des ombres fugaces sur son visage. Elle réfléchit :

– Je parie que l'AFIS est une unité centrale qui n'en est pas une. Je parie qu'il s'agit en réalité d'une série de petites unités en réseau grâce à UNIX, ou tout autre environnement multi-utilisateurs et multi-tâches. Si tu me procurais l'accès au système, je pourrais sans doute m'infiltrer dans les mémoires depuis le terminal installé ici, dans ton bureau, tante Kay.

– Je ne veux surtout pas que l'on puisse ensuite retracer ton intervention et remonter jusqu'à chez moi, argumentai-je, assez inquiète.

– Mais non, je recouvrirai toutes mes traces. Je me connecterai à ton terminal de l'institut médico-légal, ensuite je me faufilerai à travers tout un circuit de points d'entrée, j'établirai un lien archi-compliqué. Au bout du compte, il serait vraiment très ardu de me retrouver dans ce dédale.

Marino nous quitta pour se rendre aux toilettes.

– Il se conduit comme s'il vivait ici, déclara ma nièce.

– Pas tout à fait.

Quelques minutes plus tard, je raccompagnai le lieutenant à la porte. La neige s'était tassée sur la pelouse, formant une croûte d'où une lumière semblait irradier. L'air était glacial et revigorant, dévalant dans mes poumons comme une bouffée mentholée.

– Je serais ravie si vous acceptiez de vous joindre à nous pour le dîner de Noël, proposai-je à Marino une fois sur le seuil.

Il hésita, jetant un regard incertain vers sa voiture garée le long du trottoir.

– C'est vachement sympa de votre part, mais je vais pas pouvoir, Doc.

– Je voudrais vraiment que vous cessiez de la prendre en grippe, répliquai-je, froissée, déçue aussi.

– J'en ai ras la frange qu'elle me traite comme un demeuré à peine sorti de son étable.

– Pourtant, parfois vous vous conduisez comme un demeuré à peine sorti de son étable. D'autant que vous n'avez pas fait beaucoup d'efforts pour gagner son respect.

– C'est rien qu'une sale gamine pourrie-gâtée de Miami.

– Lorsqu'elle avait dix ans, je vous accorde que le qualificatif de « sale gamine de Miami » lui allait comme un gant. Mais elle n'a jamais été gâtée. En réalité, le problème serait plutôt inverse. Je voudrais tant que vous vous entendiez. En fait, c'est même le cadeau de Noël qui me plairait le plus.

– Qui a dit que j'avais l'intention de vous faire un cadeau pour Noël ?

– Je l'espère bien ! Et vous allez m'offrir ce dont j'ai envie. D'autant que je sais précisément comment m'y prendre.

– Comment ? demanda-t-il, un air soupçonneux sur le visage.

– Lucy voudrait apprendre à tirer et vous venez d'affirmer que vous pourriez dégommer le 12 d'une pendule. Pourquoi ne pas lui servir de professeur pour une ou deux leçons ?

– Ça va pas ? Jamais, de toute ma vie !

6

Les trois jours qui suivirent furent assez typiques d'une période de congés. Les bureaux s'étaient vidés, ou, du moins, nul ne donnait suite aux appels. On parvenait même à dénicher des places de parking et les pauses déjeuner s'étiraient en longueur. Les rendez-vous professionnels à l'extérieur fournissaient un parfait alibi à de petites percées clandestines vers les magasins, la banque ou la poste du coin. Les activités du Commonwealth étaient passées au point mort avant même le début officiel des vacances. Mais, décidément, Neils Vander échappait aux normes. Il semblait avoir perdu toute notion de date et de lieu lorsqu'il me téléphona ce matin-là, la veille de Noël.

– Je suis en train de lancer un agrandissement d'image et je me disais qu'il devrait vous intéresser, m'annonça-t-il. Ça concerne l'affaire Jennifer Deighton.

– J'arrive.

Je traversai le couloir, manquant percuter Ben Stevens qui sortait des toilettes.

– J'ai rendez-vous avec Vander, lui lançai-je. Ça ne devrait pas être long et vous pouvez me joindre sur mon *pager.*

– J'allais justement vous voir.

Je patientai donc, à contrecœur, attendant d'entendre ce qu'il avait à me dire. Pouvait-il percevoir les efforts considérables que je fournissais pour me comporter de façon cordiale à son égard? Opérant depuis le terminal de mon domicile, Lucy avait maintenu sa surveillance de l'ordinateur de l'institut médico-légal. Si quelqu'un tentait à nouveau de s'infiltrer dans mon répertoire, elle le découvrirait. Jusque-là, le fouineur ne s'était plus manifesté.

– J'ai eu Susan ce matin, commença Stevens.

– Comment se porte-t-elle?

– Elle ne réintégrera pas son poste chez nous, docteur Scarpetta.

La nouvelle ne me surprit pas vraiment, cependant je fus vexée que ma collaboratrice n'eût pas jugé bon de m'en avertir en personne. J'avais tenté une bonne demi-douzaine de fois de la joindre chez elle. Lorsque, parfois, son mari avait décroché, c'était toujours pour me servir un prétexte vaseux expliquant que Susan ne pouvait prendre la communication.

– Et c'est tout? Elle ne revient pas, point à la ligne? A-t-elle au moins expliqué pour quelle raison?

– Selon moi, elle supporte beaucoup moins bien sa grossesse qu'elle l'avait prévu. Je crois que ce boulot est vraiment trop pour elle en ce moment.

– Elle devra nous envoyer une lettre de démission, déclarai-je, incapable de dissimuler la colère qui tendait ma voix. Vous vous chargerez des détails avec la direction des ressources humaines. De surcroît, il va falloir se mettre en quête d'un remplaçant dans les plus brefs délais.

– Vous n'ignorez pas que le recrutement est gelé, me rappela-t-il comme je m'éloignais dans le couloir.

Dehors, la neige balayée par les engins de déneigement s'était figée en congères grisâtres et crasseuses le long des chaussées, interdisant toute tentative pour se garer et tout espoir de les escalader. Le soleil brillait avec parcimonie, perçant par intermittence des nuages de sinistre augure. Un tramway dans lequel s'entassait un orchestre de cuivres passa dans la rue et je gravis les marches de granit aux échos d'*Il est né, le divin enfant*, le sel crissant sous mes semelles. Un officier de la police scientifique me fit pénétrer dans le Seaboard Building. Je découvris Vander dans une pièce illuminée par les moniteurs couleurs et les lampes à ultraviolets. Installé devant le processeur d'images, Vander fixait l'écran tout en jouant de la souris.

Ne s'embarrassant d'aucune formule de bienvenue, il attaqua :

– La page n'est pas vierge. Quelqu'un a écrit quelque chose sur une autre feuille posée au-dessus de celle-ci. Si vous détaillez avec attention, vous pouvez apercevoir, quoique à peine, l'empreinte des lettres.

Je finis par comprendre où il voulait en venir. Une feuille de papier blanc était étalée au centre d'un caisson lumineux situé à sa gauche. Je me penchai en avant pour tenter de distinguer ce qu'il me désignait. Les traces étaient si légères qu'elles semblaient presque imaginaires.

Pourtant, une vague d'excitation me tendit et je demandai aussitôt :

– S'agit-il du papier que nous avons retrouvé sur le lit de Jennifer Deighton, coincé sous un cristal ?

Il acquiesça d'un mouvement de tête, tout en promenant sa souris sur le petit tapis afin d'ajuster les nuances de gris.

– C'est en temps réel ?

– Non, marmonna-t-il. La caméra vidéo a déjà enregistré toutes ces traces et elles sont sauvegardées sur le disque dur. Mais ne touchez pas la feuille. Je n'ai pas encore scanné les empreintes digitales. Je commence tout juste l'analyse, alors croisez les doigts. Allez, on se dépêche ! intima-t-il au processeur. Je sais bien que la caméra les a détectées. Allez, on y va, on donne un coup de main !

L'amélioration d'image informatisée est une acrobatie de contrastes et une véritable énigme optique. Une caméra peut discriminer entre plus de deux cents nuances de gris, l'œil humain doit se contenter d'une petite quarantaine. Pourtant, ce n'est pas parce que l'on ne voit pas une chose qu'elle n'existe pas.

– Dieu merci, avec le papier on n'est pas enquiquiné par les parasites, poursuivit Vander sans lâcher sa recherche. Parce que ça ralentit considérablement les manipulations lorsque l'on doit s'en préoccuper. Je me suis arraché les cheveux la semaine dernière avec de sacrés parasites… une empreinte ensanglantée sur un drap de lit… Les vagues dues au tissage, vous voyez… Il n'y a pas si longtemps que ça, on n'aurait rien pu en tirer, de cette empreinte… OK… (Un autre voile gris se répandit sur la zone de l'écran qui l'occupait.) Bien, on arrive à quelque chose. Vous voyez ?

Il pointa du doigt en direction de formes minces,

presque fantomatiques, ramassées dans la moitié supérieure de l'écran.

– À peine.

– En fait, nous tentons d'augmenter l'intensité des ombres plutôt que de faire ressortir les vestiges de lettres puisque rien n'a été écrit sur cette feuille… ou a été effacé, d'ailleurs. L'ombre a été générée lorsqu'une lumière oblique est tombée sur la surface plane du papier et sur ses reliefs… Enfin, du moins la caméra les a-t-elle perçues à la perfection, alors que vous et moi n'y parviendrions jamais sans aide technologique. Allez, on va un peu intensifier la définition des verticales. (Il déplaça la souris.) On fonce les horizontales, juste un chouia. Bien… Ça vient. 2, 0, 2 et un tiret. Tiens donc, un fragment de numéro de téléphone.

Je tirai une chaise pour m'installer à son côté et traduisis :

– Il s'agit de l'indicatif de la ville de Washington.

– Ensuite, je déchiffre un 4 et un 3… à moins qu'il ne s'agisse d'un 8 ?

Je clignai des yeux.

– Moi, je distingue plutôt un 3.

– Ah, là c'est plus clair… En effet, vous avez raison, c'est bien un 3.

Il s'acharna encore un moment, faisant apparaître chiffres et lettres sur l'écran. Puis il soupira d'exaspération en marmonnant :

– Ah, les rats… Je n'arrive pas à voir le dernier chiffre. D'ailleurs, c'est comme s'il n'existait pas. En revanche, jetez un œil à ce truc, juste avant l'indicatif de Washington. On distingue un « à » suivi du signe « : ». En dessous, un « de » suivi également de deux points puis d'un nombre. 8, 0, 4. C'est un numéro du coin. Le numéro est très peu lisible. Un 5, peut-être un 7, ou alors un 9 ?

– Je parie qu'il s'agit du numéro personnel de Jennifer Deighton, fis-je. Son fax et son téléphone sont regroupés sur la même ligne. La machine était dans son bureau, un de ces appareils qui n'acceptent qu'une alimentation feuille à feuille, du papier machine. Selon moi, elle a rédigé un fax sur cette feuille-là. Qu'a-t-elle bien pu envoyer ? Un document joint ? Aucun texte n'apparaît.

– Oh, mais je n'ai pas dit mon dernier mot. Attendez, là... on dirait une date. 11 ? Non, c'est un 7. Le 17 décembre. Bien, je vais descendre un peu.

La souris avança et le curseur glissa le long de l'écran. Une touche clavier permit à Vander d'agrandir la surface sur laquelle il souhaitait travailler. D'étranges formes, désordre de courbes et de points, se matérialisèrent, jusqu'à ce qu'apparaissent des « t » aux barres transversales appuyées. Vander travaillait en silence et nous osions à peine respirer ou cligner des yeux. Nous demeurâmes ainsi immobiles durant plus d'une heure. Enfin, des mots se détachèrent peu à peu, une nuance de gris après l'autre, molécule par molécule, lettre après lettre. Vander les encourageait, les domptait, les contraignait à surgir du néant. Je n'en croyais pas mes yeux, pourtant tout était là devant moi.

Une semaine plus tôt, deux jours à peine avant d'être assassinée, Jennifer Deighton avait expédié un fax à un numéro de Washington :

D'accord, je coopérerai, mais il est trop tard, bien trop tard. Il serait préférable que vous veniez. Tout ceci est inacceptable !

Vander lança l'impression et je relevai la tête. Je me sentais au bord du vertige. Ma vision resta brouillée quelques instants et l'adrénaline dévala dans mes veines.

– Il faut que Marino voie cela au plus vite. Avec un peu de chance, nous devrions découvrir à quel abonné de Washington correspond ce numéro de fax. Il ne nous manque que le dernier chiffre. Combien peut-il y avoir dans cette ville de fax commençant par la même séquence numérique ?

Vander haussa la voix pour couvrir le vrombissement de l'imprimante :

– Dix tout au plus. Le dernier chiffre est nécessairement compris entre 0 et 9. Cela représente dix numéros de téléphone, ou de fax, ou autres, identiques à l'exception du dernier chiffre.

Il me tendit une sortie papier en précisant :

– Je vais encore affiner la définition de l'image et je vous enverrai une copie bien meilleure. Ah, tant que j'y pense... je n'ai pas eu beaucoup de chance jusqu'ici pour me procurer la photo de l'empreinte de Ronnie Waddell... vous savez, celle de pouce ensanglanté retrouvée chez Robyn Naismith. À chaque fois que j'appelle les archives, je m'entends répondre qu'ils cherchent toujours son dossier.

– N'oublions pas que c'est la période des fêtes. Je suis certaine qu'ils sont largement en sous-effectif, le consolai-je.

Pourtant, je ne parvenais pas à me défaire d'un sombre pressentiment.

Une fois de retour dans mon bureau, je parvins à joindre Marino et lui relatai ce que le processeur d'images avait déniché.

– Oh, bordel... Inutile de compter sur la compagnie de téléphone. Le contact que je possède là-bas est parti en congés et personne se fera chier avec une recherche la veille de Noël.

– Et nous ? Nous sommes toujours sur le pont, non ? Ne pouvons-nous parvenir à trouver le destinataire du fax par nous-mêmes ?

– Ah, ouais ? Et comment ça ? On balance un fax dans les limbes avec un message du genre « Qui vous êtes ? » et on croise les doigts pour que quelqu'un nous réponde, genre « Salut les gars, je suis le meurtrier de Jennifer Deighton » ?

– Tout dépend si le destinataire en question possède un fax avec en-tête programmable, argumentai-je.

– Hein ?

– Les fax les plus sophistiqués permettent maintenant d'entrer en mémoire votre nom ou l'en-tête de votre entreprise. Cette espèce de logo sera imprimée sur chaque fax que vous enverrez. Mais là où cela devient encore plus intéressant, c'est que l'en-tête du destinataire s'affiche également sur le petit écran du fax expéditeur. En d'autres termes, si par exemple je vous envoyais un fax, « Département de la police de Richmond » clignoterait sur l'écran de mon fax, juste en dessous du numéro que je viendrais de composer.

– Ben, dites donc, vous ne vous refusez rien rapport

aux super-bécanes. Le fax qu'on a au poste est un vieux clou pourri.

– En effet, j'en ai un dans mon bureau.

– Bon, ben, vous me direz ce que vous avez dégoté. Faut que je sorte en patrouille.

J'établis rapidement une liste de dix numéros d'appel, tous commençant par les six chiffres que Vander et moi avions découverts sur la feuille récupérée du lit de Jennifer Deighton. Chacun se terminait par un chiffre allant de 0 à 9. Je passai ensuite à l'expérimentation. Un seul répondit par la stridulation caractéristique d'un fax.

Le fax se trouvait dans le bureau de mon analyste informatique. Malheureusement, Margaret était déjà partie en vacances de Noël. Je refermai la porte et m'installai à son bureau, me concentrant, bercée par le ronronnement de son ordinateur et le clignotement des témoins lumineux du modem. Dès que je lancerais l'émission de mon message, l'en-tête de mon bureau s'inscrirait dans la petite fenêtre du fax destinataire. Il me faudrait donc interrompre la communication très rapidement, avant même la fin de l'émission. Il ne me restait plus qu'à espérer que personne ne s'approcherait de la machine que je contactais avant que ne disparaisse l'intitulé « Bureaux du médecin expert général » suivi de notre numéro de téléphone.

J'insérai une feuille vierge dans le bac d'alimentation et composai le numéro de Washington. La transmission débuta. Rien ne s'afficha sur le petit écran de mon appareil. Mince... Le fax que je tentais de joindre ne disposait pas d'une fonction d'en-tête programmable. Raté, de bout en bout. Je mis un terme brutal à la communication et regagnai mon bureau, le moral en berne.

Je ne m'étais pas assise à ma table de travail quand mon téléphone sonna.

– Dr Scarpetta, m'annonçai-je.

– Nicholas Grueman à l'appareil. J'ignore ce que vous essayiez de me faxer, mais le document n'est pas passé.

La stupeur me fit presque bafouiller.

– Pardon ?

– Non, je n'ai reçu qu'une feuille blanche portant juste l'intitulé de vos services et… euh… un message d'erreur, un code « 0-0-1 » suivi d'« Opération nulle. Veuillez réitérer ».

– Je vois, dis-je, et un frisson déplaisant me hérissa.

– Peut-être s'agissait-il d'un complément à votre rapport ? J'ai cru comprendre que vous étiez allée inspecter la chaise électrique.

Je demeurai muette.

– C'était particulièrement consciencieux de votre part, docteur Scarpetta. Auriez-vous de nouveaux éléments permettant d'éclairer l'origine des blessures que portait Mr Waddell, ces égratignures sur la face interne des bras ? La fosse cubitale ?

– Pourriez-vous me rappeler votre numéro de fax ? biaisai-je d'un ton posé.

Il me le dicta. Il coïncidait avec celui de ma liste.

– Cette machine se trouve-t-elle dans votre bureau, monsieur Grueman, ou la partagez-vous avec des confrères ?

– Elle se trouve juste à côté de mon bureau. En d'autres termes, nul besoin d'une page de garde à mon attention. Envoyez directement le document et, je vous prie, *faites vite*, docteur Scarpetta. Je ne comptais pas m'éterniser ici davantage. Je rentre chez moi.

Je quittai mon bureau peu après cet échange, l'exaspération le disputant à un sentiment de frustration. Je ne parvenais pas à joindre Marino et, même en cherchant bien, je ne voyais plus quoi tenter d'autre. Je me sentais piégée au centre d'un faisceau de liens, sans la moindre idée de leur point de convergence.

Je me garai sur un coup de tête dans Cary Street, devant l'échoppe d'un vieil homme qui vendait des sapins et des couronnes de Noël. Assis sur un tabouret au milieu de sa petite forêt de conifères qui embaumait l'air vif, il m'évoquait toujours l'un de ces bûcherons de conte de fées. Peut-être en avais-je assez de fuir l'effervescence des préparatifs de Noël, ou peut-être avais-je simplement besoin d'un petit moment de distraction. Pour avoir tant tardé, la sélection qui m'était offerte manquait de panache, et j'allais devoir faire mon choix entre les arbres dédaignés, rabougris ou desséchés, petits rebuts de la saison, à l'exception, bien sûr, de celui sur lequel je jetterais mon dévolu. Il aurait pu être joli, n'eût été la scoliose dont il était affligé. Sa décoration releva davantage de la correction orthopédique que du rituel festif. Au bout du compte, une fois chargé d'ornements de toutes sortes, de guirlandes électriques placées aux points stratégiques et de fil de fer destiné à redresser ses difformités, il avait plutôt fière allure, planté dans mon salon.

– Là ! m'exclamai-je en me reculant de quelques pas pour contempler mon œuvre. Qu'en penses-tu, Lucy ?

– C'est quand même bizarre que tu te sois décidée à acheter un sapin juste la veille de Noël. Depuis quand n'en avais-tu pas pris ?

– Depuis mon mariage, je crois.

– C'est de là que proviennent les décorations ?

– À cette époque, je me donnais un mal fou pour préparer les fêtes.

– Ce qui explique que tu n'y tiennes plus.

– C'est surtout que je suis beaucoup plus occupée maintenant.

Lucy arrangea les bûches dans la cheminée en les poussant à l'aide du tisonnier.

– Vous passiez Noël ensemble, Mark et toi ?

– Enfin, tu n'as pas oublié, quand même ? Nous sommes descendus te rendre visite à Noël dernier.

– Non, c'est faux. Vous êtes arrivés après, pour rester trois jours et repartir le Jour de l'An.

– Il avait passé Noël avec sa famille.

– Et tu n'étais pas invitée ?

– Non.

– Pourquoi cela ?

– Mark était d'une vieille famille bostonienne. Ils avaient une façon particulière de voir le monde. Alors, qu'as-tu décidé de porter ce soir ? Ma veste avec le col en velours noir te va-t-elle ?

– Je n'ai encore rien essayé. Pourquoi faut-il que nous allions chez tous ces gens, tante Kay ? Je ne connaîtrai personne.

– Oh, ce n'est pas si terrible. Il faut juste que je passe offrir un cadeau à l'une de mes assistantes. Elle est enceinte et ne reviendra sans doute pas travailler pour moi. Ensuite, je dois me montrer un peu à la soirée de voisinage. J'avais accepté l'invitation avant de savoir que tu passerais les fêtes en ma compagnie. Après tout, tu n'as pas à m'accompagner.

– Je préfère rester à la maison. Ce qui serait génial, ce serait que j'attaque l'AFIS.

– Patience, conseillai-je en dépit de ma propre impatience.

Tard dans l'après-midi, je tentai à nouveau ma chance avec le répartiteur du département de police et finis par conclure que le *pager* de Marino était en panne, ou alors que ce dernier était si occupé qu'il n'avait pas le temps de se mettre en quête d'une cabine téléphonique pour me rappeler. Une lune en forme d'amande brillait très haut au-dessus de la cime des arbres, imitée par la constellation de bougies dont les flammes luisaient sur le rebord des fenêtres de mes voisins. Je m'offris un petit récital de refrains de Noël, chantés par Pavarotti accompagné par l'orchestre philharmonique de New York, tentant de me mettre dans l'humeur appropriée en prenant une douche avant de m'habiller. La réception à laquelle j'étais conviée ne débuterait pas avant 19 heures, ce qui me laissait assez de temps pour rendre une petite visite à Susan, lui offrir le cadeau que j'avais préparé et aussi discuter un peu.

À ma grande surprise, elle répondit en personne à mon appel. Pourtant, je sentis sa tension et sa réticence lorsque je lui demandai si je pouvais passer chez elle quelques instants.

– Jason est sorti, m'annonça-t-elle comme si ce détail avait une importance majeure. Il est allé faire des courses au centre commercial.

– J'ai quelques petites choses pour vous, Susan.

– Quelles choses ?

– Oh, des babioles de Noël. Cela ne vous dérange pas que je passe en coup de vent ?... Je dois ensuite me rendre à une soirée.

– Euh, non... Enfin, je serais ravie.

J'avais totalement oublié qu'elle habitait le Southside, un quartier que je connaissais assez mal et où il n'était pas rare que je me perde. La circulation était encore plus horrible que je le redoutais. Des hordes d'acheteurs de dernière minute, prêts à forcer le passage quitte à vous pousser sur le bas-côté pour mener à bien leurs emplettes de Noël, se tassaient en bouchons le long de l'autoroute Midlothian. Les parkings fourmillaient de voitures et les éclairages tapageurs des boutiques et des centres commerciaux devenaient presque accablants. En revanche, le quartier dans lequel vivait Susan était plongé dans l'obscurité, au point que je dus m'arrêter à deux reprises pour lire à la lumière du plafonnier les indications d'itinéraire qu'elle m'avait fournies. Après de nombreux tours et détours, je finis par découvrir sa petite maison de plain-pied, blottie entre deux autres habitations qui lui ressemblaient comme des jumelles.

Elle m'apparut sur le seuil, au travers des feuilles du grand poinsettia rose auquel je me cramponnais.

– Bonjour, Susan.

Elle verrouilla nerveusement la porte derrière moi et me conduisit vers le salon. Elle débarrassa la table basse encombrée de magazines et de livres pour y poser la plante.

– Comment vous sentez-vous ? demandai-je.

– Mieux. Je vous offre quelque chose à boire ? Laissez-moi vous débarrasser de votre manteau.

– Merci, non, ne vous dérangez pas. Je ne peux pas m'attarder très longtemps. (Je lui tendis un paquet-cadeau.) Tenez, c'est une bricole que j'avais achetée à San Francisco l'été dernier, précisai-je en m'installant sur le canapé.

– Waou... Vous vous y prenez drôlement à l'avance pour les cadeaux, commenta-t-elle en se lovant dans un fauteuil, son regard évitant le mien. Vous préférez que je l'ouvre maintenant ?

– Comme vous le sentez.

Elle coupa le bout de ruban adhésif de l'ongle de son pouce et défit avec soin le ruban de satin avant de plier avec minutie le papier cadeau, comme si elle comptait le réutiliser. Elle posa le rectangle sur ses genoux et ouvrit la pochette cadeau noire.

– Oh ! murmura-t-elle en découvrant le foulard de soie rouge.

– Je me suis dit qu'il irait à merveille avec votre manteau noir. Je ne sais pas si vous êtes comme moi, mais je n'aime pas le contact de la laine sur la peau.

– Il est vraiment magnifique. C'est si attentionné de votre part, docteur Scarpetta. En plus, c'est la première fois que l'on me rapporte un souvenir de San Francisco.

Quelque chose dans son expression me serra le cœur. Ce n'est qu'à cet instant-là que je pris conscience de ce qui m'entourait. Susan portait un peignoir d'éponge jaune élimé aux poignets et une paire de chaussettes noires qui semblaient appartenir à son mari. Les meubles de qualité médiocre étaient assez fatigués, rayés par endroits, quant à la garniture des sièges, l'usure la lustrait. Le malingre arbre de Noël artificiel poussé non loin du poste de télévision était décoré à l'économie et plusieurs de ses branches manquaient. Fort peu de cadeaux patientaient près de son socle. Un lit d'enfant pliant, de toute évidence d'occasion, était adossé au mur.

Susan avait suivi mon regard circulaire et je la sentis mal à l'aise.

– Tout est tellement bien rangé, m'excusai-je.

– Oh, vous me connaissez… Mon petit côté compulsif et obsessionnel.

– Quel atout ! Si tant est que ce qualificatif puisse s'appliquer à une morgue, la nôtre resplendit grâce à vous.

Elle replia le foulard avec un luxe de précautions et le replaça dans son enveloppe avant de serrer son peignoir contre elle, le regard perdu vers le poinsettia.

J'attaquai d'un ton doux :

– Susan, pouvons-nous évoquer un peu ce qui se passe ?

Les yeux obstinément baissés, elle demeura muette. J'insistai :

– Cela ne vous ressemble pas d'être si impressionnable. Cela ne vous ressemble pas de déserter le travail, puis de donner votre démission sans même m'en parler.

Elle inhala avec effort avant de se lancer :

– Je suis désolée. Je réagis de façon complètement disproportionnée en ce moment, et je perds le contrôle de moi-même. Je réagis sans réfléchir. Comme lorsque je vous ai parlé de Judy.

– Je me doute que le décès de votre sœur a dû être un choc épouvantable pour vous.

– Nous étions jumelles, de fausses jumelles… Judy

était beaucoup plus jolie que moi. C'était d'ailleurs en grande partie le nœud du problème. Doreen était jalouse d'elle.

– Doreen, c'était bien cette fille qui prétendait être sorcière ?

– C'est cela. Et, vraiment, je suis désolée, mais je ne veux pas être confrontée à ce genre d'histoires, surtout pas en ce moment.

– Écoutez, Susan, peut-être cela vous réconfortera-t-il d'apprendre que j'ai téléphoné à cette église, non loin de chez Jennifer Deighton. On m'a expliqué que le clocher était illuminé avec des lampes à vapeur de sodium qui ont commencé à fonctionner de façon assez erratique il y a quelques mois. Mais, de toute évidence, personne à l'église ne se doutait que la réparation avait été mal faite, ce qui explique que les lumières continuent de s'allumer et de s'éteindre.

– Quand j'étais petite, je fréquentais beaucoup l'église. Parmi les fidèles de notre congrégation, il y avait ces pentecôtistes. Ils étaient convaincus que l'on peut extirper les démons qui contaminent l'âme de certains êtres et qu'il existe des gens qui ont le don de s'exprimer dans des langues inconnues. Je me souviens de cet homme qui était venu dîner un soir chez nous. Il avait raconté sa rencontre avec les forces du mal. Il disait que cette nuit-là, alors qu'il était couché, il avait entendu quelque chose respirer à son côté et que, tout d'un coup, les livres s'étaient envolés des étagères pour se fracasser contre les murs. Ce genre de trucs me terrorisait. Je me souviens, lorsque *L'Exorciste* est sorti au cinéma, je n'ai même pas pu aller le voir.

– Susan, nous pratiquons un métier qui exige une

grande objectivité et une totale rationalité de notre part. Nous ne pouvons pas permettre que nos craintes, nos phobies, nos croyances ou même notre passé interfèrent.

– Oui, mais vous n'êtes pas fille de pasteur.

– J'ai été élevée dans le catholicisme.

– On ne peut pas comparer. Vous ne savez pas ce que c'est, un père pasteur fondamentaliste, rétorqua-t-elle en refoulant ses larmes.

Je n'argumentai pas.

Elle poursuivait avec difficulté :

– Parfois, je me persuade que je me suis enfin débarrassée de tout cela, et puis soudain ça me revient, ça me suffoque. C'est comme si un autre être habitait en moi, à seule fin de me gâcher la vie.

– Qu'est-ce qui a été gâché, Susan ?

– Des choses… plein de choses ont été gâchées.

J'attendis qu'elle s'explique, mais elle n'en avait pas l'intention. Elle contemplait ses mains, le regard désespéré.

– La pression est insupportable, finit-elle par marmonner.

– Mais qu'est-ce qui vous oppresse de la sorte ?

– Le travail.

– En quoi est-il devenu différent ou pire qu'avant ?

Je m'attendais à ce que la venue de ce futur bébé soit l'explication. Au lieu de cela, elle répondit :

– Jason pense que ce n'est pas bon pour moi. Du reste ce n'est pas nouveau.

– Je vois.

– Quand je rentre à la maison et que je lui raconte ma journée de travail, je sens qu'il le supporte très mal. Souvent, il me dit : « Enfin, tu ne te rends pas compte à quel point c'est monstrueux ? Comment veux-tu qu'un boulot comme ça te fasse du bien ? » Il a raison. J'éprouve de plus en plus de difficultés à conserver mes distances, à décompresser. J'ai eu ma dose de corps en décomposition, de victimes de viol, de gens abattus par balle, torturés... J'en ai marre de voir défiler des bébés morts, des accidentés de la route. Je ne supporte plus l'étalage de la violence. (Elle me fixa soudain. Sa lèvre tremblait.) Je ne veux plus de mort.

Je songeais aux difficultés que nous aurions à lui trouver un remplaçant, aux lenteurs consécutives à la formation d'une nouvelle recrue, à l'inévitable ralentissement du travail. Pire que tout, il allait falloir passer en revue les candidats au poste, détecter les fondus de tout poil. Il est clair que les postulants souhaitant travailler dans une morgue ne sont pas tous des parangons de normalité. J'appréciais beaucoup Susan. Son attitude me blessait, mais elle me perturbait aussi. Je sentais qu'elle ne se montrait pas totalement honnête à mon égard.

L'épinglant du regard, j'insistai :

– N'y aurait-il pas autre chose que vous souhaiteriez me dire ?

La peur assombrit ses yeux.

– Non... je ne vois pas.

Le claquement d'une portière dans la rue.

– Tiens, c'est Jason, remarqua-t-elle d'un ton à peine audible.

L'arrivée de son mari mettait un terme à notre conversation. Je me levai, précisant d'un ton doux :

– Surtout, n'hésitez pas à m'appeler si vous avez besoin de quelque chose. Je ne sais pas... une lettre de référence pour un prochain emploi ou juste l'envie de papoter un peu. Vous savez où me trouver.

J'échangeai quelques mots avec son mari que je croisai sur le seuil. C'était un homme de grande taille, de belle carrure, aux cheveux châtains bouclés et au regard évasif et distant. En dépit de sa courtoisie, il était évident que ma visite ne l'enchantait pas. Quelques instants plus tard, comme je franchissais le pont enjambant le fleuve, je me rendis brutalement compte de l'image que je devais donner à ce jeune couple tirant le diable par la queue. J'étais la *patronne*, vêtue de son tailleur de grande marque, qui arrivait au volant de sa Mercedes pour distribuer ses petits cadeaux de Noël. Je m'étais aliéné Susan, sa loyauté, et cet éloignement réveillait mon sentiment de profonde insécurité. J'en venais à douter de la réalité de mes relations, de ce que les autres percevaient de moi. Je craignais d'avoir échoué à une sorte d'examen confidentiel, après la mort de Mark, comme si ma réaction à cette perte constituait une réponse à la question existentielle que se posait mon entourage. Après tout, n'étais-je pas supposée me dépêtrer de la mort mieux que quiconque ? Dr Kay Scarpetta, médecin expert. Au lieu de cela, je m'étais refermée sur moi-même, et je savais pertinemment que les autres percevaient cette nouvelle froideur, en dépit de tous mes efforts pour rester cordiale, voire attentionnée. Les confidences que me réservait mon personnel auparavant s'étaient raréfiées, puis évanouies. Pour couronner le tout, la sécurité qui devait protéger nos activités avait volé en éclats, et Susan me lâchait.

J'empruntai la sortie de Cary Street et tournai sur la gauche pour regagner mon quartier. Je me rendais chez Bruce Carter, juge au tribunal de district. Il habitait dans Sulgrave Street, à quelques pâtés de maisons de chez moi. Et soudain, la fillette de Miami reprit ses droits, comme je contemplais ces maisons qu'à l'époque je prenais pour de véritables manoirs. J'allais de porte en porte, traînant derrière moi un petit chariot débordant de citrons, consciente que ces jolies mains élégantes qui me tendaient un dollar appartenaient à une race d'inaccessibles élus qui éprouvaient de la pitié pour la petite fille plantée devant eux. Et lorsque je rentrais chez moi, les poches alourdies de pièces, l'odeur de maladie qui flottait dans la chambre d'agonisant de mon père me prenait à la gorge.

La richesse du quartier de Windsor Farms s'étalait sans tapage dans ses vastes demeures de style Tudor ou géorgien, semées avec tact le long de rues baptisées de noms à consonance britannique. Les propriétés étaient nichées à l'ombre de parcs boisés, protégées de murs de brique aux courbes douces. Le personnel de sécurité veillait d'un œil d'épervier sur ces privilégiés pour lesquels un système d'alarme était aussi élémentaire qu'un asperseur de pelouse. Les conventions tacites qui gouvernaient le voisinage étaient beaucoup plus imprescriptibles que des décrets. Il eût été ahurissant de contrarier un voisin en étendant son linge dans le jardin ou en débarquant chez lui sans invitation. Nul n'était besoin de posséder une Jaguar, mais si l'on conduisait un pick-up ou la fourgonnette de la morgue, on avait la décence de les dissimuler aux yeux de tous en les fourrant au plus vite dans son garage.

Lorsque je me garai derrière une longue file de voitures stationnées devant une maison de brique peinte en blanc, au toit d'ardoises, il était 19 h 15. Des guirlandes de petites lampes scintillaient dans les buis et les sapins, et une couronne de Noël odorante de fraîcheur ornait la porte principale d'un beau rouge. Nancy Carter m'accueillit avec un adorable sourire, tendant les bras vers moi pour me débarrasser de mon manteau. Son intarissable bavardage parvenait à couvrir le brouhaha confus de la foule réunie en ces lieux. Les lumières arrachaient des éclats aux sequins de sa longue robe rouge. L'épouse du juge était une femme d'une cinquantaine d'années que l'argent avait polie pour la transformer en œuvre d'art bien élevée. Sans doute n'avait-elle pas été une très jolie femme dans sa jeunesse. Elle jeta un regard circulaire et déclara :

– Bruce ne doit pas être très loin... Le buffet est de l'autre côté.

Elle me conduisit au salon. Les vêtements chamarrés des invités se mariaient à la perfection avec les teintes vives d'un immense tapis persan dont je supputais qu'il avait sans doute coûté plus cher que la maisonnette que je venais de quitter, de l'autre côté du fleuve. J'aperçus le juge, plongé dans une conversation avec un homme que je ne connaissais pas. Je passai en revue visages et silhouettes, identifiant quelques médecins, des avocats, un politicien et le directeur de cabinet du gouverneur. Quelques instants plus tard, je me retrouvai avec un verre de scotch à la main. Un homme me frôla le bras. Il se présenta d'une voix de stentor :

– Docteur Scarpetta ? Je suis Frank Donahue. Très joyeux Noël !

– À vous aussi.

Le directeur du pénitencier, prétendument malade

le jour où Marino et moi nous étions rendus à la prison, était un homme de taille très modeste, aux traits grossiers et aux épais cheveux gris. Il était vêtu comme une parodie d'animateur de banquets, avec une queue-de-pie rouge vif, une chemise blanche à jabot serrée au cou par un nœud papillon rouge égayé de minuscules loupiotes clignotantes. Son verre de whisky tassé tressauta de bien dangereuse manière lorsqu'il me tendit la main en se penchant à mon oreille.

– J'étais vraiment désolé de ne pouvoir vous accueillir et vous guider en personne lors de votre visite au pénitencier.

– L'un de vos employés s'en est acquitté avec beaucoup de professionnalisme, et je vous en remercie.

– Ah, ce devait être Roberts.

– En effet, je crois bien qu'il s'agissait de ce nom-là.

– Toujours est-il que c'était un tracas superflu pour vous. (Son regard balayait la pièce et il adressa un clin d'œil amical à quelqu'un derrière moi.) Quelles foutaises, toutes ces histoires ! Vous savez, ce n'était pas la première fois que Waddell saignait du nez. Il avait beaucoup de tension. De toute façon, il se plaignait toujours de quelque chose, des migraines, des insomnies...

Je me penchai vers lui, tendant l'oreille pour l'entendre.

– Les détenus bouclés dans le couloir de la mort sont des comédiens de haut vol. Et pour être tout à fait franc, Waddell était sans doute le plus doué de tous.

– C'est le genre de choses que l'on ne porte jamais à ma connaissance, biaisai-je en relevant la tête.

– Oui et c'est bien le problème, personne ne sait. Vous avez beau vous épuiser en explications, personne ne sait jamais rien, sauf des gens comme nous qui côtoyons ces types quotidiennement.

– J'en suis certaine.

– Waddell le réformé, métamorphosé en cœur pur. Il faudra que je vous raconte tout cela un de ces jours, docteur Scarpetta, il faudra que je vous explique comme il se vantait auprès des autres prisonniers de ce qu'il avait fait subir à cette pauvre Naismith. Une vraie parade de coq de basse-cour parce qu'il s'était *explosé* une célébrité…

La pièce était surchauffée, comme vidée de son air, et je sentais son regard évaluateur peser sur tout mon corps.

– … Cela étant, je suppose que peu de choses vous surprennent encore, ajouta-t-il.

– En effet, monsieur Donahue. Si peu de choses me surprennent.

– Si je peux me permettre cette remarque, je me demande comment vous parvenez à supporter ce que vous voyez tous les jours. Surtout à cette époque de l'année, tous ces gens qui s'entre-tuent ou qui se suicident, comme cette pauvre femme dans son garage qui met fin à ses jours juste après avoir ouvert ses cadeaux de Noël.

Sa dernière phrase me coupa le souffle. Ce matin, un court entrefilet citant une source policière était paru dans un quotidien. On y relatait que Jennifer Deighton avait, en effet, défait ses présents, ce détail pouvant impliquer qu'elle s'était suicidée. Toutefois, rien ne le précisait de façon formelle.

– À qui faites-vous allusion ? demandai-je.

– Je ne me souviens plus de son nom…, prétendit

Donahue en sirotant son verre, son visage virant peu à peu au cramoisi, ses yeux brillants balayant sans répit la pièce et les gens qui s'y massaient. Triste, vraiment triste. Mais il faudra un jour que vous veniez nous rendre visite dans nos nouveaux locaux de Greensville.

Il se fendit d'un large sourire et me quitta au bras d'une femme à l'impressionnante poitrine, toute vêtue de noir. Il l'embrassa sur la bouche et tous deux s'esclaffèrent.

Je m'éclipsai à la première occasion pour découvrir un grand feu crépitant dans la cheminée de mon salon et ma nièce vautrée sur le canapé, plongée dans un livre. De nouveaux cadeaux s'étaient ajoutés au pied du sapin.

– Comment était-ce ? me demanda-t-elle en bâillant.

– Disons que tu as eu raison de ne pas m'accompagner. Marino a-t-il appelé ?

– Non.

Je tentai à nouveau de le joindre. Il répondit après quatre sonneries – très irrité, semblait-il.

– J'espère qu'il n'est pas trop tard, offris-je en guise d'excuse.

– Ben, j'espère aussi. Qu'est-ce qui va pas ?

– Beaucoup de choses ne vont pas. J'ai rencontré votre ami, Mr Donahue, à une réception ce soir.

– Quelle veinarde vous faites !

– Pour tout vous dire, il ne m'a pas vraiment impressionnée et, peut-être vais-je vous paraître un brin paranoïaque, mais j'ai trouvé bizarre qu'il mette la mort de Jennifer Deighton sur le tapis.

Un silence me répondit.

– L'autre petit rebondissement, c'est que la défunte

a envoyé un fax à l'avocat Nicholas Grueman deux jours avant sa mort. Le texte laisse supposer qu'elle était tendue, peut-être même mécontente ou inquiète, et j'ai eu l'impression que Grueman souhaitait la rencontrer. Elle lui suggérait un rendez-vous à Richmond.

Le silence de Marino perdura.

– Vous êtes toujours en ligne ? demandai-je.

– Ouais, je réfléchis.

– J'en suis fort aise. Cela étant, peut-être serait-il souhaitable que nous réfléchissions ensemble. Vous êtes sûr de ne pas avoir envie de dîner avec nous demain ?

Je perçus sa profonde inspiration. Il hésita :

– J'aimerais vraiment, Doc, mais je…

Une voix féminine claqua en arrière-plan :

– C'est dans quel tiroir ?

Marino dut appliquer sa paume sur le combiné puisque je l'entendis grommeler quelque chose. Il s'éclaircit ensuite la gorge.

– Je suis désolée… Je vous croyais tout seul.

– Ouais.

– Mais je serais ravie si vous et votre amie vous joigniez à nous demain, proposai-je.

– Ben, le Sheraton organise ce buffet… On comptait y aller.

– Il y a un petit quelque chose qui vous attend au pied de notre sapin. Si jamais vous changez d'avis, je vous en prie, n'hésitez pas à me donner un coup de fil demain matin.

– J'arrive pas à y croire. Alors vous avez craqué ? Vous avez finalement acheté un sapin ? J'parie qu'il est moche comme les sept péchés capitaux.

– Bien au contraire, mon arbre fait l'envie de tout le quartier, figurez-vous. Souhaitez un très joyeux Noël à votre amie de ma part.

7

Le lendemain, je m'éveillai à la volée des cloches de l'église. Le soleil dorait les doubles rideaux qui occultaient mes fenêtres. En dépit de ma grande modération de la veille, je me sentais un peu la gueule de bois. Je traînassai au lit, m'endormis à nouveau pour rêver de Mark.

Lorsque, enfin, je décidai de me lever, des arômes de vanille et d'orange me parvinrent de la cuisine. Lucy moulait du café.

– Tu vas finir par me pourrir à force de me gâter, déclarai-je. Et qu'est-ce que je deviendrai lorsque tu seras repartie ? Joyeux Noël !

Je l'embrassai sur le front et remarquai une inhabituelle boîte de céréales posée sur le plan de travail.

– Et qu'est-ce que c'est ? m'enquis-je.

– Du muesli du Cheshire. Une gâterie exceptionnelle. Je l'ai apportée de Miami. C'est encore meilleur avec du yaourt nature, enfin si tu en avais, ce qui n'est pas le cas. Nous devrons donc nous contenter de lait écrémé et de rondelles de banane. Le chef vous propose également du jus d'orange et du décaféiné français à la vanille. Je crois que nous devrions appeler maman et mamie.

Pendant que je composais le numéro sur le poste de téléphone de la cuisine, Lucy rejoignit mon bureau afin de suivre la conversation du combiné qui y était installé. Ma sœur était déjà arrivée chez ma mère, et bientôt nous discutâmes toutes ensemble, ma mère s'étendant sur les intempéries de Floride. Des pluies torrentielles s'abattaient sur Miami, soutenues par un vent violent depuis la veille au soir. Ce matin même, d'inquiétants éclairs avaient zébré le ciel.

– En ce cas, il vaudrait mieux que vous vous absteniez de téléphoner, leur conseillai-je. Je vous rappellerai un peu plus tard.

– Tu es tellement parano, Kay, me reprocha ma sœur. Il faut toujours que tu imagines le pire, si possible avec un cadavre à la fin.

– Lucy, qu'as-tu eu à Noël ? interrompit ma mère.

– Je n'ai pas encore ouvert les paquets, mamie.

– Hou là... Il n'est pas passé loin, celui-là, commenta ma sœur, sa voix déformée par les parasites qui crachotaient sur la ligne. La lumière a vacillé.

– J'espère que tu as sauvegardé tous tes fichiers, maman, intervint Lucy. Sans cela, tu peux dire adieu à celui sur lequel tu travaillais.

– Dorothy, tu n'as pas oublié le beurre, n'est-ce pas ? interrogea ma mère.

– Mince... Je savais bien qu'il y avait un truc...

– Ah, non, vraiment... je t'ai demandé à trois reprises hier soir d'en ramener.

– Maman, je t'ai déjà expliqué que je ne me souviens jamais de rien lorsque je suis plongée dans la rédaction d'un roman.

– C'est invraisemblable ! C'était le réveillon, tu aurais pu m'accompagner à la messe de minuit, mais non, au lieu de cela tu restes chez toi, scotchée devant ton livre, et, en plus, tu oublies d'apporter du beurre.

– Je vais aller en chercher.

– Parce que tu crois vraiment que tu vas trouver un magasin ouvert aujourd'hui ?

– Tout à fait.

Je levai les yeux lorsque Lucy me rejoignit dans la cuisine.

– J'hallucine..., murmura-t-elle pendant que ma mère et ma sœur continuaient à se chamailler à l'autre bout de la ligne.

Après que j'eus raccroché, Lucy et moi nous installâmes au salon, pour profiter à nouveau d'une paisible matinée d'hiver virginien, de l'immobilité tranquille des arbres dépouillés et de la pureté étincelante des plaques de neige qui persistaient dans leurs ombres. Au fond, je doutais de pouvoir un jour revivre à Miami. La ronde des saisons, aussi obstinée que les cycles de la lune, était devenue fondamentale pour moi. Cette force me poussait vers l'avant, modifiant à bon escient mon opinion des choses et des êtres. J'avais besoin de la pleine lune, de la nouvelle lune et de toutes ses métamorphoses intermédiaires. Il fallait que les jours raccourcissent, qu'ils apportent le froid, afin que je profite pleinement des premiers matins de printemps.

Ma mère avait offert un chèque de cinquante dollars

à sa petite-fille. Dorothy, elle aussi, avait opté pour un cadeau en argent. Un pincement de honte me vint lorsque ma nièce ouvrit l'enveloppe que je lui avais préparée pour en tirer un chèque qui rejoignit les deux précédents.

– J'avoue que ce n'est pas très personnel, commentai-je en manière d'excuse.

– C'est tout à fait personnel à mes yeux puisque c'est ce que je souhaitais. Vous venez juste de m'offrir un méga de mémoire supplémentaire pour mon ordinateur.

Elle me tendit un petit paquet, assez lourd, enveloppé dans un papier rouge et argent. J'ouvris la boîte, dépliai les feuilles de papier de soie, et ma nièce ne put retenir sa satisfaction joyeuse lorsqu'elle constata l'expression qui se peignait sur mon visage.

– J'ai pensé que cela te permettrait de noter toutes tes comparutions au tribunal. Ça va avec ton blouson de moto.

– Lucy, c'est magnifique.

Je caressai la couverture en agneau de l'agenda, puis l'ouvris avec soin, écartant ses jolies feuilles crème. Je repensai au dimanche de son arrivée à Richmond. Je lui avais prêté ma voiture pour se rendre au club de sport et elle était rentrée si tard à la maison. La finaude avait dû mettre sa balade à profit pour foncer dans les magasins.

– Et cet autre cadeau... eh bien, c'est juste un répertoire de rechange et l'agenda de l'année prochaine.

Elle déposait le mince paquet sur mes genoux au moment où résonna la sonnerie du téléphone.

Marino tenait à me souhaiter un excellent Noël et demandait à passer afin de m'offrir « mon cadeau ».

– Et dites à Lucy qu'elle a intérêt à se passer un truc super-chaud sur le dos et rien de moulant, ajouta-t-il d'un ton agacé.

– Mais de quoi me parlez-vous ? demandai-je en pleine incompréhension.

– Genre : pas de jean serré parce que, sans ça, elle arrivera jamais à tirer les balles de sa poche. Vous m'avez bien dit qu'elle voulait apprendre à tirer, non ? Ben, la première leçon a lieu ce matin, juste avant le déjeuner. Si elle sèche son cours, c'est pas mon problème. À quelle heure qu'on mange ?

– Entre 13 h 30 et 14 heures. Je croyais que vous étiez pris.

– Ouais, ben, maintenant je suis « dépris ». J'arriverai chez vous dans une vingtaine de minutes. Dites à la sale gamine qu'on se les pèle méga dehors. Vous voulez nous accompagner ?

– Une autre fois. Je vais en profiter pour faire la popote.

L'humeur de Marino n'avait pas évolué vers l'embellie lorsqu'il débarqua à la maison. Il nous fit son grand numéro, vérifiant le fonctionnement d'un de mes revolvers, un Ruger 38 à crosse équipée de patins de caoutchouc. Abaissant le chien, il fit basculer le barillet, inspectant une à une toutes les chambres vides. Puis il rabattit le chien et fit jouer la détente. Lucy le fixait, muette de curiosité. J'eus ensuite droit à une leçon, au cours de laquelle il pontifia sur le résidu qu'avait déposé le solvant de nettoyage dont je me servais, et diagnostiqua que mon arme devait avoir des « éperons » qu'il faudrait limer. Puis il partit au volant de sa Ford en compagnie de Lucy.

Lorsqu'ils revinrent, quelques heures plus tard, le visage rosi par le froid vif, Lucy arborait – non sans fierté – une magnifique ampoule à l'index.

– Comment s'en est-elle tirée ? m'enquis-je en m'essuyant les mains à mon tablier.

– Pas mal, répondit Marino dont le regard s'évadait en direction de la cuisine. Ça sent comme du poulet frit, non ?

– Tout faux, répliquai-je en récupérant leurs manteaux. J'ai préparé des *cotolettas di tacchino alla bolognese.*

– J'ai fait bien mieux que « pas mal », rectifia Lucy. Je n'ai raté la cible que deux fois.

– Tu dois continuer à tirer à blanc, jusqu'à ce que tu arrêtes de crisper le doigt sur la détente. Et n'oublie pas d'accompagner doucement le chien vers l'arrière.

– Je suis plus couverte de suie que le Père Noël après sa descente dans les conduits de cheminée, déclara une Lucy euphorique. Je vais prendre une douche.

De retour dans la cuisine, je nous servis du café pendant que Marino passait en revue le plan de travail sur lequel s'alignaient du marsala, du parmesan fraîchement râpé, du jambon cru en fines tranches, des truffes blanches, des filets de dinde revenus à la poêle et divers autres ingrédients destinés à la préparation de notre repas. Nous rejoignîmes ensuite le salon où ronronnait un bon feu de bois.

– C'est vraiment très gentil de votre part, Marino. J'apprécie votre geste à un point que vous n'imaginez pas.

– Une seule leçon, ça suffit pas. Peut-être qu'on aura le temps de remettre ça une ou deux fois avant qu'elle rentre en Floride.

– Merci. J'espère juste que cela ne vous a pas trop embêté ou que vous n'avez pas bouleversé vos plans pour nous.

– Y a pas de quoi en faire un plat, répondit-il d'un ton assez cassant.

– Si je comprends bien, vous n'allez plus dîner au Sheraton, insistai-je. Votre amie aurait pu se joindre à nous.

– Y a eu un changement de dernière minute.

– Peut-on connaître son prénom ?

– Tanda.

– C'est un nom peu usuel.

Le visage de Marino s'empourpra.

– Et comment est-elle ? persistai-je.

– Ben, si vous voulez tout savoir, elle vaut même pas qu'on se donne la peine de l'expliquer.

Il se leva brutalement et fonça vers les toilettes situées au bout du couloir.

J'avais toujours mis un point d'honneur à ne pas interroger Marino au sujet de sa vie privée, à moins qu'il ne m'y invite. Pourtant, cette fois-ci, la tentation avait été trop forte.

– Et comment avez-vous rencontré Tanda ? m'obstinai-je dès qu'il fut de retour.

– Au bal de l'amicale des policiers.

– Je trouve cela très bien que vous sortiez un peu pour rencontrer des gens.

– Ouais ? Ben, c'est merdeux si vous voulez tout savoir. J'ai pas filé de rencard à une femme depuis plus de trente ans. C'est comme si je sortais d'hibernation pour me réveiller aujourd'hui. Les femmes sont plus ce qu'elles étaient.

– Que voulez-vous dire ?

Je fournissais un gros effort pour ne pas sourire car, de toute évidence, Marino ne goûtait pas l'humour de la situation.

– Elles sont plus aussi simples qu'avant.

– Simples ?

– Ouais, comme Doris. Je veux dire, ce qu'on partageait avait rien de compliqué. Au bout de trente ans de vie commune, elle me laisse choir et il faut que je recommence tout à zéro. Du coup, je me rends à ce foutu bal parce que les copains arrivent à me persuader. Je demandais rien à personne et voilà que cette Tanda débarque devant ma table. Deux bières plus tard, elle veut que je lui file mon numéro de téléphone. C'est dingue, non ?

– Et vous le lui avez donné ?

– Je lui ai répondu : « Si tu veux qu'on se revoie, c'est toi qui me files ton numéro. Je suis assez grand pour appeler. » À ce moment-là, elle me demande de quel zoo je me suis échappé et puis elle m'invite pour une partie de bowling. C'est comme ça que ç'a commencé. Ça s'est terminé quand elle m'a expliqué qu'elle avait percuté un mec en bagnole par l'arrière quelques semaines plus tôt et qu'elle avait écopé d'une super-amende pour conduite irresponsable. Elle voulait que j'arrange le coup.

– Oh, je suis désolée pour vous. (Je m'accroupis près de l'arbre pour lui tendre le paquet-cadeau qui lui était destiné.) J'ignore si cela facilitera votre vie sociale.

Il déballa la paire de bretelles rouge vif et la cravate en soie assortie.

– C'est vachement chouette de votre part, Doc. (Il se

leva et marmonna d'un air dégoûté :) Foutus diurétiques.

Il prit à nouveau la direction des toilettes. Lorsqu'il réapparut, je demandai :

– De quand date votre dernier contrôle ?

– Y a deux semaines de ça.

– Et ?

– Et qu'est-ce que vous supposez ?

– Que vous avez de l'hypertension.

– Sans blague !

– Que vous a dit au juste le médecin ?

– Seize-dix. Et ma foutue prostate est gonflée. C'est pour ça que je dois prendre ces pilules à flotte. J'ai pas le temps de me rasseoir qu'il faut que je me relève. J'ai envie, mais les trois quarts du temps j'y arrive pas. Si ça s'améliore pas, il m'a dit qu'il faudrait me « rétuper ».

« Rétup » est l'acronyme désignant une résection transurétrale de la prostate. Bien que désagréable, l'intervention est assez bénigne. En revanche, l'hypertension de Marino me tracassait. Il devenait un candidat de choix pour l'hémiplégie ou la crise cardiaque.

– En plus, j'ai les chevilles qui enflent, poursuivit-il. Mes pieds me font mal et j'ai ces foutues migraines. Faudrait que j'arrête la clope, que je renonce au café, que je perde une petite vingtaine de kilos et que je stresse moins.

– En effet, ce programme me paraît adéquat, approuvai-je d'un ton ferme. Pourtant, je n'ai pas remarqué que vous l'appliquiez, même partiellement.

– Parce que, en fait, ça signifierait tout changer dans ma façon de vivre. Et puis ça vous va bien de dire ça !

– Je ne souffre pas d'hypertension, de surcroît j'ai cessé de fumer il y a exactement deux mois et cinq jours. Quant au régime alimentaire, si je perdais vingt kilos, on ne me verrait plus.

Il fixa le feu sans répondre.

– Écoutez, Marino, pourquoi ne pas prendre les problèmes à bras-le-corps, tous les deux ? On pourrait réduire notre dose quotidienne de café et pratiquer un sport de façon régulière.

– Ouais, j'vous vois vachement bien faire de l'aérobic, bougonna-t-il d'un ton amer.

– J'opte pour le tennis et je vous laisse l'aérobic.

– Si y en a un qui me tend une paire de collants, je me l'explose.

– Vous n'êtes pas très coopératif.

Agacé, il changea de conversation de but en blanc :

– Vous avez une photocopie du fax dont vous m'avez parlé ?

Je passai dans mon bureau pour y récupérer ma serviette. J'en tirai la sortie papier du message que Vander était parvenu à matérialiser à l'aide du processeur d'images.

– Et ça, ça se trouvait sur la feuille vierge qu'on a dénichée sur le lit de Jennifer Deighton, c'est bien ça ? demanda-t-il.

– Tout à fait.

– Bon, j'arrive toujours pas à comprendre pourquoi y avait cette feuille sur son lit, coincée sous un cristal. Qu'est-ce qu'ils foutaient là ?

– Je l'ignore. Avez-vous du nouveau concernant les messages enregistrés sur son répondeur ? N'importe quoi ?

– On est toujours en train de les passer au crible. Ça fait une flopée de gens à interroger...

Il tira un paquet de Marlboro de sa poche de poitrine, puis exhala un profond soupir avant de jeter ses cigarettes sur la table basse.

– ... Merde ! Est-ce que vous allez me prendre la tête à chaque fois que j'en grille une ?

– Non. Je me contenterai de la dévorer du regard, mais je ne dirai rien.

– Vous vous souvenez de l'interview que vous avez donnée sur PBS, y a de ça à peu près deux mois ?

– Vaguement.

– Jennifer Deighton l'avait enregistrée et la bande était dans son magnétoscope. On a constaté que c'était bien vous dès qu'on l'a fait défiler.

– Pardon ? demandai-je, ahurie.

– C'est certain qu'y avait pas que vous dans cette émission. Y avait aussi un machin au sujet de fouilles archéologiques et à propos d'un film que les gars d'Hollywood avaient réalisé ici.

– Pour quelle raison m'aurait-elle enregistrée ?

– Pour l'instant, c'est encore un de ces morceaux du puzzle qui s'emboîte dans rien d'autre. Sauf, bien sûr, les appels passés depuis son téléphone, quand elle raccrochait systématiquement. On dirait bien que Deighton pensait à vous lorsqu'elle s'est fait dégommer.

– Qu'avez-vous découvert d'autre à son sujet ?

– Il me faut une clope, là. Vous préférez que je sorte ?

– Bien sûr que non.

– C'est là que les choses deviennent encore plus déjantées. On a découvert un jugement de divorce en fouillant dans son bureau. Elle s'était mariée en 1961.

Deux ans plus tard, elle divorçait et reprenait son nom de jeune fille, Deighton. Elle a déménagé de Floride à Richmond. Son ex s'appelle Willie Travers, c'est un de ces choucroutés de la forme, du bien-être, voyez le genre, la *santé intégrale.* Bordel, j'arrive plus à me souvenir du nom.

– La médecine holistique ?

– Voilà. Lui, il vit toujours en Floride, à Fort Myers Beach. Je lui ai causé au téléphone. C'était pas de la tarte de lui tirer quelque chose, mais j'ai quand même appris des petits trucs. Il m'a raconté que Miss Deighton et lui étaient parvenus à maintenir des relations amicales après leur séparation et qu'ils se voyaient toujours.

– Il lui a rendu visite à Richmond ?

– D'après Travers, c'était elle qui descendait en Floride pour le voir. Ça leur rappelait le « bon vieux temps », c'est les mots exacts. La dernière fois qu'elle a fait le voyage, c'était en novembre dernier, aux alentours de Thanksgiving. J'ai aussi réussi à lui tirer les vers du nez au sujet du frère et de la sœur de Jennifer Deighton. La sœur est beaucoup plus jeune qu'elle. Elle vit dans l'Ouest avec son mari. L'aîné, c'est le frère. Il a dans les cinquante-cinq ans et il tient une épicerie. Il a été atteint d'un cancer de la gorge il y a quelques années et on lui a enlevé le larynx.

– Attendez...

– Ouais... et donc vous auriez reconnu le genre de voix que ça donne si c'était bien lui qui vous avait téléphoné. En d'autres termes, y a aucune chance que le mec qui vous a appelé à la morgue soit John Deighton. C'était quelqu'un d'autre avec des raisons toutes personnelles de s'intéresser aux résultats de l'autopsie de la victime. Il en savait assez pour se présenter sous le nom du frère. Même qu'il savait qu'il devait prétendre résider à Columbia, en Caroline du Sud. Le hic, c'est qu'il ignorait tout des problèmes de santé du vrai John Deighton et qu'il aurait dû transformer sa voix pour faire comme s'il parlait avec une machine.

– Travers est-il au courant que la mort de son ex-femme est un meurtre ? demandai-je.

– Je lui ai dit que le médecin expert n'avait pas reçu tous les résultats des tests.

– Se trouvait-il en Floride lorsqu'elle est morte ?

– C'est ce qu'il prétend. Ce que j'aimerais savoir, c'est où qu'était votre bon pote Nicholas Grueman à ce moment-là.

– Il n'a jamais été mon ami. Comment comptez-vous l'approcher ?

– Pour l'instant, je me tiens tranquille. Y a jamais de deuxième essai avec des types comme Grueman. Quel âge qu'il a ?

– Dans les soixante ans.

– C'est un mec baraqué ?

Je me levai pour tisonner et feu et expliquai :

– Je ne l'ai pas revu depuis mes années de droit. À l'époque il était plutôt mince, pour ne pas dire chétif. De taille moyenne.

Marino garda le silence.

– Jennifer Deighton pesait dans les quatre-vingts kilos, lui rappelai-je. Or, selon toute vraisemblance, son assassin est parvenu à la transporter jusqu'au garage après l'avoir étranglée.

– D'accord. Mais peut-être que Grueman était pas tout seul. Tiens, je vais vous expliquer mon scénario, et j'admets qu'il est pas mal tiré par les cheveux. Allez, on y va. Grueman défendait Ronnie Waddell, qu'était pas vraiment le genre mauviette. Ou peut-être qu'on devrait plutôt dire qu'*est* pas une mauviette puisque son empreinte a été découverte chez Jennifer Deighton. Alors, peut-être que Grueman est allé rendre une petite visite à la victime, sauf qu'il était accompagné.

Je contemplai les braises. Marino poursuivit :

– À ce propos, y a rien chez Jennifer Deighton qui explique la présence de la plume que vous avez retrouvée. Vous m'aviez demandé de vérifier.

La sonnerie de son *pager* se déclencha à cet instant précis. Il saisit l'appareil pendu à sa ceinture et consulta le numéro qui s'affichait sur le mince écran.

– Ah merde, geignit-il en se levant pour se diriger vers la cuisine.

Je l'entendis hurler au téléphone :

– Mais qu'est-ce qui... Quoi ? Oh, bordel... Vous êtes sûr ?

Il se tut quelques instants et, lorsqu'il reprit, sa voix était étonnamment tendue.

– Vous inquiétez pas. Elle est dans la pièce à côté.

Marino grilla un feu rouge à l'angle de West Cary et de Windsor Way, puis obliqua vers l'est. Les puissants phares de la Ford blanche étaient allumés et les témoins lumineux du scanneur dansaient en clignotant. Les codes 10 crachotaient à la radio. Je revoyais Susan, lovée dans son fauteuil, serrant contre elle son peignoir pour se défaire d'un frisson qui ne devait rien à la température ambiante. Je me souvenais de l'expression mouvante de son visage, de ses yeux qui me dissimulaient tant de secrets.

Je tremblais sans parvenir à récupérer mon souffle. Mon cœur me remontait dans la gorge. La police avait retrouvé la voiture de Susan abandonnée dans une contre-allée donnant dans Strawberry Street. Elle était au volant, morte. Nul ne savait ce qu'elle venait faire dans ce quartier, et encore moins les motivations de son agresseur.

– Qu'est-ce qu'elle vous a raconté d'autre lorsque vous avez discuté avec elle hier soir ? demanda Marino.

Rien de très révélateur ne me revint en mémoire.

– Elle était si tendue. Quelque chose la tracassait.

– Mais quoi ? Vous pensez à un truc en particulier ?

– Non.

J'inspectai à nouveau le contenu de ma mallette d'une main tremblante. L'appareil photo, les gants, rien n'y manquait. Je me souvins qu'un jour Susan m'avait confié que si quelqu'un tentait de l'enlever ou de la violer, il devrait d'abord la tuer.

Nous avions passé tant de débuts de soirée, seules à la morgue, à terminer de nettoyer ou à remplir la paperasse habituelle. Nous avions, à maintes reprises, échangé des conversations assez personnelles, évoqué, par exemple, ce que signifiait être une femme et, qui plus est, une femme amoureuse d'un homme. Nous nous étions interrogées sur la maternité. Une fois, nous avions même abordé le sujet de notre mort, et Susan m'avait confessé en avoir peur.

– Il ne s'agit même pas de ces histoires d'enfer ou de vapeurs de soufre qui émaillaient les prêches de mon père… Non, cela, ça ne me fait pas peur, avait-elle déclaré d'un ton péremptoire. Ce qui me terrorise en revanche, c'est qu'il n'y a rien derrière.

– Il y a quelque chose, avais-je contré.

– Comment pouvez-vous en être certaine ?

– Parce que quelque chose est parti. Il suffit de regarder leurs visages pour s'en convaincre. Leur énergie s'en est allée. L'esprit ne meurt pas, au contraire de la chair.

– Mais comment le savez-vous ? avait-elle insisté.

Marino relâcha la pédale d'accélérateur et obliqua dans Strawberry Street. Je jetai un regard dans le rétroviscur latéral. Une autre voiture de police nous suivait, les gyrophares rouge et bleu de son toit lançant des pulsations lumineuses. Nous dépassâmes des restaurants et une petite épicerie. Tout était fermé, et les seuls automobilistes qui s'étaient aventurés dehors se rabattaient afin de nous laisser le passage. La rue était encombrée de voitures de patrouille ou de véhicules banalisés aux abords du Strawberry Street Café, et une ambulance garée en épi bouchait l'accès à la contre-allée. Deux fourgonnettes de télévision stationnaient un peu plus loin. Des journalistes arpentaient nerveusement le périmètre délimité par un ruban jaune. Marino s'arrêta et nous ouvrîmes nos portières. Aussitôt une jungle de caméras se braqua dans notre direction.

Je suivis Marino, presque collée à son dos. Les obturateurs claquèrent, les pellicules s'enroulèrent en ronronnant et les micros se levèrent vers nous. Marino avançait à grandes enjambées, indifférent, sans se donner la peine de répondre à qui que ce soit. Je détournai le visage. Nous contournâmes l'ambulance et plongeâmes sous le ruban. La vieille Toyota bordeaux était garée à mi-chemin, au milieu de la ruelle dont les pavés étaient grisâtres d'une neige piétinée et boueuse.

Des murs de brique sinistres s'élevaient de chaque côté de la contre-allée, refoulant le peu de lumière dispensée par un soleil rasant. Des policiers mitraillaient l'endroit de leurs appareils photo, discutaient, fouillaient du regard les alentours. De l'eau dégoulinait mollement des toits, des échelles d'incendie rouillées. Des bouffées d'air alourdies par l'odeur des détritus nous parvenaient par intermittence.

Il me fallut quelques instants pour me souvenir que j'avais récemment rencontré le jeune officier de police à l'allure latino qui parlait, la bouche collée contre sa radio portative. Nous remarquant, Tom Lucero marmonna encore quelques mots avant de mettre fin à sa conversation. D'où je me tenais, je n'apercevais par la portière ouverte de la voiture qu'une hanche et un bras gauches. L'émotion me tétanisa une fraction de seconde lorsque je reconnus le manteau de laine noire, l'alliance en plaqué or brossé et le bracelet de montre en plastique noir. La plaque rouge de l'institut médico-légal était coincée entre le pare-brise et le tableau de bord.

– D'après le service d'immatriculation, le véhicule appartient à un certain Jason Story. Je suppose qu'il s'agit du mari, déclara Lucero à Marino. On a retrouvé ses papiers d'identité dans son sac. Le permis est établi au nom d'une Susan Dawson Story, sexe féminin, race blanche, vingt-huit ans.

– Et l'argent?

– Il y avait onze dollars dans son portefeuille et quelques cartes de crédit. Pour l'instant rien n'indique le vol. Vous la reconnaissez?

Marino se pencha vers le véhicule et les muscles de ses mâchoires se contractèrent.

– Ouais, j'la reconnais. Vous avez trouvé la bagnole comme ça ?

– On a juste ouvert la portière côté conducteur, rectifia Lucero en fourrant sa radio dans une poche.

– Le moteur était coupé, les portières déverrouillées ?

– Tout juste. Comme je vous l'ai expliqué au téléphone, Fritz a repéré la voiture lors d'une patrouille de routine. Euh… aux environs de 15 heures. Il a tout de suite remarqué la plaque de l'institut médico-légal apposée contre le pare-brise. (Il me jeta un bref coup d'œil.) Si vous regardez par la vitre côté passager, vous verrez une coulure de sang au niveau de l'oreille droite. Le mec a fait du boulot soigné.

Marino recula de quelques pas et scruta la neige maculée.

– Ben, pour relever des empreintes de pas, ça va être coton.

– Vous avez raison. Ça a fondu, c'était comme ça lorsqu'on est arrivé sur les lieux.

– Des douilles ?

– Que dalle.

– La famille est prévenue ?

– Pas encore, répondit Lucero. Je me suis dit que vous voudriez vous en charger.

– Je compte sur vous pour éviter les fuites. Je veux pas que les médias apprennent qui c'était ni où elle bossait avant qu'on appelle la famille. Mon Dieu… (Puis Marino s'adressa à moi :) Qu'est-ce que vous voulez voir ?

– Je ne veux pas intervenir dans l'habitacle, marmonnai-je.

Je jetai un regard circulaire tout en récupérant mon

appareil photo. J'étais sur le qui-vive, en pleine possession de mes moyens intellectuels, l'esprit clair, et pourtant je ne parvenais toujours pas à contrôler le tremblement qui agitait mes mains. Je poursuivis :

– Laissez-moi une minute. Je veux jeter un coup d'œil, ensuite nous la transférerons sur une civière.

– Bon, les gars, la Doc va commencer, déclara Marino au profit de Lucero.

– Nous sommes prêts.

Susan portait un jean délavé et une paire de bottes lacées au cuir éraflé. Elle avait boutonné son manteau noir jusque sous le menton. Une douleur aiguë m'électrisa lorsque j'aperçus un coin du foulard de soie rouge qui dépassait de son col. Elle avait chaussé ses lunettes de soleil et reposait adossée contre le siège, comme si elle avait souhaité se détendre un peu avant de sombrer dans le sommeil. Une tache rouge s'était élargie juste derrière son cou, assombrissant la garniture gris clair. Je contournai le véhicule et distinguai la trace sanglante que Lucero avait mentionnée un peu plus tôt. Je pris quelques photos, puis me penchai vers son visage. Les effluves légers d'une eau de Cologne masculine étaient encore perceptibles. Sa ceinture de sécurité n'était pas bouclée.

Je ne palpai son crâne qu'après que l'équipe d'intervention eut poussé la civière alourdie du corps de Susan au fond de l'ambulance. J'y grimpai à mon tour, puis inspectai pendant quelques minutes sa tête, à la recherche d'orifices d'entrée de balles. Le premier était localisé à la tempe droite et le second au niveau de la nuque, juste sous la ligne d'implantation. Je passai mes doigts protégés de gants dans ses cheveux châtains, vérifiant l'éventuelle présence d'effusions de sang sans en découvrir d'autres.

Marino me rejoignit à l'arrière de l'ambulance.

– Combien de projectiles ?

– J'ai trouvé deux points d'entrée, mais les balles ne sont pas ressorties. D'ailleurs, je sens nettement les contours d'une d'entre elles bloquée sous la peau, dans la zone temporale gauche.

Il jeta un coup d'œil nerveux à sa montre.

– Les Dawson habitent pas très loin d'ici. À Glenburnie.

Je retirai mes gants et demandai :

– Les Dawson ?

– Ouais, ses parents. Va falloir que j'aille leur parler. Je veux dire maintenant. Avant qu'un débile bavasse et qu'ils finissent par l'apprendre à la radio ou à la télé. Je vais demander à une voiture de patrouille de vous raccompagner chez vous.

– Non. Je viens avec vous. Je dois le faire.

Les réverbères s'allumaient lorsque nous abandonnâmes la contre-allée. Marino fixait la route devant lui d'un air mauvais, le visage écarlate.

– Merde ! éructa-t-il soudain en assenant un coup de poing au volant. Bordel de merde ! Lui tirer une balle en pleine tête. *Tirer sur une femme enceinte !*

Le visage tourné vers la vitre de ma portière, je ne parvenais plus à ordonner le chaos de mes pensées hachées. Je m'éclaircis la gorge avant de m'enquérir :

– A-t-on localisé le mari ?

– Personne répond à leur domicile. Il est peut-être chez ses beaux-parents. Bordel, je déteste ce boulot. Seigneur… Pas envie d'aller chez eux. Putain de joyeux

Noël. Je frappe à votre porte et vous êtes baisé parce que ce que je m'apprête à vous annoncer va bousiller votre vie.

– Vous n'avez jamais démoli la vie de personne.

– Ah, ouais? Ben, préparez-vous parce que ça commence dans deux minutes.

Il tourna dans Albemarle. Les grosses poubelles étaient alignées au bord du trottoir, débordant d'énormes sacs à feuilles gonflés de déchets de Noël. Une lumière douce éclairait la plupart des fenêtres, derrière lesquelles on devinait parfois la silhouette illuminée et multicolore d'un sapin. Un jeune père tirait son petit garçon installé dans une luge. Ils nous sourirent et nous adressèrent un signe de la main lorsque nous les dépassâmes. Glenburnie était un de ces quartiers prisés par les familles de la classe moyenne et les jeunes cadres, qu'ils soient célibataires, mariés ou gays. Les gens s'installaient dehors sous leur porche ou fourbissaient leur barbecue dès la belle saison revenue. Ils organisaient des petites soirées de voisinage et se saluaient d'un jardinet ou d'un trottoir à l'autre.

La modeste demeure qu'occupaient les Dawson était de style Tudor. Elle avait agréablement vieilli, subissant les intempéries avec coquetterie. De beaux conifères soigneusement taillés se dressaient dans le jardin qui la précédait. Les fenêtres du rez-de-chaussée et de l'étage étaient éclairées, et un vieux break était stationné le long du trottoir.

Quelques secondes après notre coup de sonnette, une voix de femme nous parvint de derrière la porte :

– Qui est là ?

– Mrs Dawson ?

– Oui ?

– Lieutenant Marino, de la police de Richmond. Il faut que je vous parle, fit-il d'une voix puissante en exhibant son badge à hauteur d'œilleton.

Un bruit de verrous que l'on repousse et mon cœur s'emballa. J'avais bien souvent été confrontée à des patients hurlant de douleur, suppliant que je les garde en vie, au cours de mes multiples stages hospitaliers. Je les avais calmés de réconfortants mensonges : « Mais non, vous allez vous en sortir », alors qu'ils glissaient dans la mort, toujours agrippés à ma main. J'avais exprimé mes regrets et mes condoléances à des proches dévastés, figés dans de petites pièces étouffantes, où même les aumôniers se sentaient déplacés. Pourtant, jamais encore je n'avais été messagère de mort un jour de Noël, l'apportant jusqu'au seuil d'une maison.

Lorsque Mrs Dawson nous ouvrit, la seule ressemblance que je lui trouvai avec sa fille était cette ligne ferme des mâchoires. Mrs Dawson était anguleuse et des cheveux gris coupés court encadraient son visage maigre. Elle ne devait guère peser plus de quarante-cinq kilos et m'évoquait un fragile oiseau. Lorsque Marino me présenta, la panique envahit son regard.

– Que se passe-t-il ? parvint-elle à articuler avec difficulté.

Marino se décida :

– Je suis porteur d'une très mauvaise nouvelle, madame Dawson. Il s'agit de votre fille Susan. Elle a été tuée.

Un écho de pas menus résonna dans la pièce voisine et une fillette apparut à notre droite. Elle pila et nous dévisagea d'un grand regard bleu.

– Hailey… où est papy?

La voix de Mrs Dawson tremblait et le sang avait déserté son visage, laissant place à une couleur de cendres.

– En haut.

Hailey ressemblait à un petit garçon manqué avec son jean et ses mocassins de cuir qui semblaient tout juste sortis de leur boîte. Elle devait avoir à peine huit ans. Ses cheveux blonds brillaient de santé et elle portait des lunettes pour corriger un léger strabisme.

– Demande-lui de descendre, dit Mrs Dawson. Quant à toi, reste avec Charlie à l'étage. Je viendrai vous chercher plus tard.

La petite fille hésita quelques instants sur le pas de la porte, deux doigts fourrés dans sa bouche. Elle nous fixait avec circonspection.

– Hailey, tu m'as entendue?

Elle pirouetta et fonça.

Nous nous installâmes dans la cuisine en compagnie de la mère de Susan. Elle resta assise bien droite sur sa chaise, son dos ne frôlant pas le dossier. Elle ne pleura pas, du moins pas avant l'arrivée de son mari quelques minutes plus tard.

D'une voix presque inaudible, elle murmura alors:

– Mack… *Oh, Mack…*

Les sanglots noyèrent le reste.

Il entoura les épaules de sa femme de son bras, la serrant contre lui. Il était livide et garda les lèvres serrées tout le temps de l'explication de Marino. Enfin, il desserra les mâchoires:

– Oui, je sais où se trouve Strawberry Street. Cela étant, j'ignore pour quelle raison Susan s'y est rendue. Je ne crois pas qu'elle connaissait ce quartier. Aucune boutique ne devait être ouverte aujourd'hui. Je ne sais pas...

– Savez-vous où nous pourrions contacter son mari, Jason Story ?

– Il est ici.

– Ici ? répéta Marino en jetant un regard autour de lui.

– À l'étage. Il s'est endormi. Il se sentait un peu patraque.

– À qui sont les enfants ?

– À Tom et Marie. Tom est notre fils. Ils sont venus passer les fêtes chez nous, mais ils se sont absentés en début d'après-midi. Ils comptaient rendre visite à des amis, à Tidewater. Ils ne devraient plus tarder maintenant. (Il serra la main de sa femme.) Millie, je crois que ces gens ont des tas de questions à nous poser. Tu devrais réveiller Jason.

Marino intervint :

– C'est-à-dire que je préférerais lui parler seul à seul une petite minute. Vous pourriez peut-être me conduire jusqu'à lui ?

Le visage enfoui dans les mains, Mrs Dawson acquiesça d'un hochement de tête.

– Millie, ce serait bien que tu montes t'occuper de Charlie et d'Hailey, reprit son mari. Essaie t'appeler ta sœur, peut-être qu'elle peut venir.

Le regard bleu pâle de Mr Dawson escorta le départ de sa femme et de Marino. Le père de Susan était un homme de belle taille, aux traits fins. Son abondante chevelure châtain foncé était parsemée de quelques rares cheveux blancs. L'économie de ses gestes, son parfait contrôle me firent penser que Susan tenait beaucoup de lui, jusqu'à son caractère sans doute.

Il me dévisagea, cherchant à lire sur mon visage, avant de déclarer :

– Elle conduisait une vieille voiture, et je doute qu'elle ait eu quelque chose d'une quelconque valeur sur elle. Rien qui puisse tenter un voleur. D'autre part, je suis certain qu'elle n'avait aucune fréquentation douteuse. Quant à la drogue, ce genre de choses, c'est exclu.

– Nous ignorons ce qui a pu se produire, révérend Dawson.

– Elle était enceinte, déclara-t-il, les mots s'étranglant au fond de sa gorge. Comment peut-on faire une chose pareille ?

– Je ne sais pas. Je ne sais pas comment une telle chose est possible.

Il toussota.

– Elle ne possédait pas d'arme.

Sur le moment, je ne compris pas où il voulait en venir. Puis le sens de sa remarque s'éclaircit et je le rassurai :

– Non. La police n'a rien retrouvé de tel. Rien ne peut permettre de supposer qu'elle se soit donné la mort.

– La police ? Parce que vous n'en faites pas partie ?

– Je suis le médecin expert général de Virginie. Kay Scarpetta.

Il me regarda, assommé.

– Votre fille travaillait pour moi.

– Oh… Oh, oui, bien sûr, je suis confus.

– Je ne sais pas quoi vous dire, articulai-je avec peine. Je n'arrive pas moi-même à y croire. Mais je puis vous assurer que je ferai tout mon possible pour comprendre ce qui a pu se passer. Il est important pour moi que vous en soyez convaincu.

– Susan parlait de vous. Elle avait toujours souhaité devenir médecin.

Il détourna le regard, luttant contre les larmes.

– Je l'ai vue hier soir. En coup de vent. Je suis allée lui rendre visite à son domicile...

J'hésitai, redoutant de les blesser davantage. Pourtant je poursuivis :

– ... Elle semblait très tendue. Pour tout vous dire, elle n'était plus la même au travail.

Il déglutit, les doigts croisés si fermement contre le rebord de la table que ses jointures avaient blanchi.

– Nous devons prier. Voulez-vous prier avec moi, docteur Scarpetta ? (Il me tendit la main.) S'il vous plaît.

Ses doigts se refermèrent sur les miens, et je ne pus m'empêcher de penser à l'indifférence de Susan vis-à-vis de son père, à sa méfiance pour les idées qu'il professait. Les fondamentalistes m'effrayaient, moi aussi. Une certaine appréhension m'envahit lorsque je fermai les paupières, mes mains jointes à celles du révérend qui remerciait Dieu pour une miséricorde que j'avais peine à distinguer, et des bienfaits promis qu'il était trop tard pour distribuer. J'ouvris les yeux en retirant ma main des siennes. Durant un embarrassant moment, je craignis que le père de Susan ne perçoive mon scepticisme et ne s'interroge sur l'intensité de ma foi. Néanmoins, le salut de mon âme n'était pas sa priorité.

Une voix forte claqua à l'étage, suivie par une protestation étouffée dont je ne saisis pas le sens. Les pieds d'une chaise raclèrent le sol. Le téléphone sonna encore et encore, et la voix s'éleva à nouveau pour finir en hurlement de rage et de douleur. Le pasteur Dawson ferma les yeux, marmonnant de façon inaudible une phrase dont l'étrangeté me frappa. Je crus en effet entendre : « Reste dans ta chambre. »

– Jason n'a pas quitté la maison, lâcha-t-il soudain, une grosse veine battant contre sa tempe. Certes, il est assez grand pour vous le dire lui-même, mais je tenais à vous le certifier.

– Il ne se sentait pas très bien, avez-vous dit.

– Il s'est réveillé avec un rhume, enfin un début de rhume. Susan lui a pris la température et elle est parvenue à le convaincre de se coucher un peu. Il ne ferait jamais de mal à... Enfin... (Il toussota à nouveau.) Je n'ignore pas que la police doit poser des questions, s'interroger sur des mobiles d'ordre domestique, mais ce n'est pas le cas.

– Révérend Dawson, à quelle heure Susan a-t-elle quitté votre domicile ? A-t-elle dit où elle se rendait ?

– Elle est sortie après le déjeuner, juste quand Jason est allé se coucher. Il devait être 13 h 30, 14 heures peut-être. Elle a dit qu'elle avait envie de rendre une petite visite à une amie.

– A-t-elle précisé son nom ?

Son regard s'évada vers un point situé dans mon dos.

– Une ancienne amie de collège. Dianne Lee.

– Savez-vous où habite cette personne ?

– Dans le Northside, juste à côté du séminaire.

– La voiture de Susan a été retrouvée non loin de Strawberry Street, pas dans le Northside.

– Mais si quelqu'un... enfin, je veux dire, on pouvait la retrouver n'importe où.

– Cela nous aiderait si nous étions certains qu'elle

s'est bien rendue chez son amie et si nous savions qui a proposé cette visite, insistai-je.

Il se leva et fouilla le contenu des tiroirs de la cuisine. Il découvrit l'annuaire dans le troisième. Ses mains tremblaient en feuilletant les pages et il dut faire un effort pour composer le numéro. Il se racla la gorge à plusieurs reprises avant de parvenir à demander à parler à Dianne.

– Je vois. Je vous demande pardon ? (Il écouta en silence durant quelques instants.) Non... Non, nous n'allons pas bien, précisa-t-il, sa voix mourant dans un souffle.

Je demeurai assise, sans un mot, l'écoutant. Quelques années plus tôt, il avait déjà prié, déjà téléphoné, après le décès de son autre jumelle, Judy. Lorsqu'il me rejoignit à la table, il ne fit que confirmer mes soupçons. Susan ne s'était jamais rendue chez son amie, au demeurant nulle visite n'était prévue puisque Dianne s'était absentée.

– Elle est chez ses beaux-parents, en Caroline du Nord. Ils sont arrivés là bas il y a déjà plusieurs jours. Mais pourquoi Susan a-t-elle menti ? Elle n'en avait nul besoin. Je lui ai toujours répété que quoi qu'il se passe, elle n'avait pas à nous mentir.

– Sans doute n'avait-elle pas envie que l'on sache où elle allait ni qui elle comptait rencontrer, révérend Dawson. Il est certain que cela suscite des interrogations douloureuses, mais il nous faut les affronter, ajoutai-je d'un ton doux.

Il baissa la tête, s'absorbant dans la contemplation de ses doigts.

– Le couple qu'elle formait avec Jason marchait-il bien ?

L'espace d'un instant, je sentis qu'il luttait pour se ressaisir.

– Je l'ignore, docteur Scarpetta. Doux Jésus, pas à nouveau. (Il murmura à nouveau de manière déroutante :) « Va dans ta chambre. S'il te plaît, va dans ta chambre. » (Il leva vers moi ses yeux injectés de sang.) Elle avait une sœur jumelle. Judy est morte lorsqu'elles étaient encore au collège.

– Dans un accident de voiture, je sais. Susan me l'avait confié. Je suis désolée.

– Susan ne s'en est jamais remise. Elle en voulait à Dieu. Elle m'en voulait.

– Ce n'est pas le sentiment que j'ai eu. Selon elle, la coupable était une certaine Doreen.

Dawson tira un mouchoir de sa poche et se moucha discrètement avant de demander :

– Qui cela ?

– Une des filles de leur collège qui prétendait être sorcière.

Il secoua la tête comme je poursuivais :

– Elle aurait jeté un sort à Judy.

Je compris qu'il était superflu d'insister. Le révérend n'avait pas la moindre idée de cette histoire. Nous tournâmes la tête en direction de la porte lorsque Hailey pénétra dans la cuisine. Elle serrait contre elle un gros gant de base-ball, les yeux agrandis d'effroi.

– Qu'est-ce que tu as là, ma chérie ? demandai-je en forçant un sourire.

Elle s'approcha de moi et l'odeur du cuir neuf me parvint. Le gant était cousu grâce à une cordelette et sur la paume reposait une de ces balles d'entraînement, comme une grosse perle au creux d'une huître.

– C'est tante Susan qui me l'a donné, expliqua-t-elle d'une petite voix. Il faut que le cuir se fasse. C'est pour ça que je dois le fourrer sous mon matelas tous les soirs. Tante Susan dit qu'il sera prêt dans une semaine.

Son grand-père la souleva et l'installa sur ses genoux, la serrant contre lui en enfouissant son visage dans ses jolis cheveux blonds.

– Mon ange, je voudrais que tu retournes un peu dans ta chambre, juste encore un peu. Est-ce que tu veux bien faire cela pour moi ? Je dois m'occuper de certaines choses. Juste un court moment, d'accord ?

Elle hocha la tête, le regard toujours rivé sur moi.

– Tu sais ce que font mamie et Charlie ?

– Non, je sais pas.

Elle se laissa glisser de ses genoux et nous quitta sans enthousiasme.

– Vous avez déjà dit cela, soulignai-je.

Il semblait perdu.

– Vous lui avez déjà demandé d'aller dans sa chambre. Il y a quelques minutes, je vous ai entendu le murmurer… j'ai cru comprendre : « Va dans ta chambre. » À qui vous adressiez-vous ?

Ses yeux rejoignirent ses mains.

– L'enfant, c'est nous-mêmes, c'est ce qu'il existe de plus profond, c'est le soi. Le soi ressent avec une effroyable intensité, le soi pleure, le soi ne parvient pas à contrôler ses émotions. Parfois, il est préférable de renvoyer le soi dans sa chambre, comme je viens de le faire pour Hailey. Ainsi, le soi peut se reprendre. C'est un petit truc que j'ai appris il y a fort longtemps. Lorsque j'étais encore un garçonnet. Il le fallait. Mon père ne supportait pas que je pleure.

– Les larmes sont un processus normal, révérend Dawson.

Ses yeux devinrent liquides. J'entendis le pas lourd de Marino descendre les marches de l'escalier. Il nous rejoignit à la cuisine, et le pasteur Dawson répéta sa phrase dans un souffle, un soupir d'angoisse.

Marino le considéra, de toute évidence déconcerté.

– Je crois que votre fils vient de rentrer, annonça-t-il.

Des portières claquèrent dans la nuit glaciale et des rires s'élevèrent, se rapprochant du porche. Le père de Susan éclata en sanglots.

Le repas de Noël partit à la poubelle. Je passai la soirée à aller et venir dans la maison, pendue au téléphone. Lucy s'était enfermée dans mon bureau. Il fallait parer au plus pressé, tout organiser. Le meurtre de Susan bouleversait de fond en comble mes services. On devrait conserver son dossier sous scellés, dissimuler les clichés pris du corps à ceux qui avaient fréquenté la jeune femme. La police fouillerait son bureau et son vestiaire. Ils interrogeraient les membres de mon personnel.

– Je ne peux pas venir, me répondit Fielding, mon adjoint, lorsque je l'appelai à son domicile.

– Je comprends, fis-je en sentant une boule se former au creux de ma gorge. Je n'espère ni ne veux voir personne à la morgue.

– Et vous ?

– Il le faut.

– Seigneur... Je n'arrive pas à croire qu'une telle chose se soit produite. Je n'y arrive pas.

Le Dr Wright, un de mes légistes adjoints de Norfolk,

accepta avec beaucoup de gentillesse de se déplacer à Richmond dès les premières heures, le lendemain. Nous étions dimanche. Personne d'autre ne se trouvait à l'institut médico-légal, à l'exception de Vander, venu nous assister à l'aide de sa Luma-Lite. Même si j'avais été émotionnellement capable de procéder à l'autopsie de Susan, j'en aurais confié le soin à un confrère. Il ne fallait sous aucun prétexte qu'un avocat de la défense puisse mettre en doute l'objectivité et la fiabilité d'un témoin expert qui se trouvait être également la patronne de la jeune femme. Je devais cela à mon ancienne assistante. Je m'installai donc derrière le bureau de la salle d'autopsie pendant que Wright officiait. Il me destinait de temps en temps un commentaire, couvrant quelques instants le cliquetis métallique des instruments de chirurgie et l'incessant tambourinement de l'eau dans les éviers. Je l'écoutais, le regard rivé aux murs de béton. Je ne remplis aucun formulaire, n'étiquetai aucun tube de prélèvement. Je ne tournai pas une fois la tête vers la table en inox. Pourtant, à un moment, je demandai :

– Avez-vous senti une sorte de parfum sur elle ou sur ses vêtements ? Cela évoque une eau de Cologne.

Il s'interrompit et je l'entendis faire quelques pas.

– Ah oui… en effet. C'est tout à fait perceptible sur le col de son manteau et sur son foulard.

– Pourrait-il s'agir d'une eau de Cologne masculine, selon vous ?

– Hum… c'est possible. Oui, il est très possible qu'il s'agisse d'essences plutôt masculines. Son mari se parfume peut-être ?

Le Dr Wright était proche de la retraite. C'était un homme bedonnant, à la calvitie galopante, qui s'exprimait avec l'accent de la Virginie occidentale. Excellent anatomo-pathologiste, il savait exactement où je voulais en venir.

– Bonne question, commentai-je. Je vais demander à Marino de vérifier ce point. Toutefois, son mari était un peu souffrant hier et il est allé s'allonger sitôt après le déjeuner. Cela étant, ça ne signifie pas qu'il n'utilise pas d'eau de Cologne. Cela ne signifie pas que son père ou son frère n'en portaient pas lorsqu'ils ont embrassé la jeune femme.

– Ça m'a tout l'air d'un petit calibre. Pas de point de sortie.

Je fermai les yeux, l'écoutant avec attention.

– La blessure à la tempe fait quatre millimètres soixante, avec une zone de tatouage de treize millimètres – d'ailleurs incomplète – due à la suie et aux gaz. Je distingue un peu de grenure et de la poudre, mais je suppose que la majeure partie a dû se perdre dans sa chevelure. Également un résidu de poudre adhérant au muscle temporal. Pas grand-chose dans l'os ou la dure-mère.

– Et la trajectoire ?

– La balle pénètre par la face postérieure du lobe frontal droit, chemine au travers de la face antérieure et rejoint le ganglion sphéno-palatin du nerf vidien, puis percute l'os temporal gauche avant d'être immobilisée par le tissu musculaire, juste sous la peau. Nous avons affaire à une balle de plomb, chemisée de cuivre, sans blindage.

– Elle ne s'est pas fragmentée ? demandai-je alors.

– Non. Et puis, il y a ce second orifice, à la base de la nuque. Noirâtre, berges de plaie carbonisées avec abrasions, marque de la gueule du canon. Une petite lacération d'environ un millimètre et demi sur le bord. Dépôt important de poudre sur les muscles occipitaux.

– Bout touchant ?

– Sans aucun doute. J'ai l'impression que le meurtrier a appuyé fermement le canon contre sa nuque. La balle a pénétré à la réunion du foramen ovale de Pacchioni et de la première cervicale. Elle a détruit la jonction cervico-médullaire et terminé sa course dans la protubérance cérébrale.

– Quel angle de trajectoire ?

– Ascendant, pas mal. Selon moi, si elle a reçu cette balle alors qu'elle se trouvait installée derrière son volant, cela implique qu'elle était affaissée vers l'avant ou alors qu'elle avait la tête inclinée.

– Lorsque la police l'a découverte, elle était, au contraire, adossée contre son siège, tête relevée.

– En ce cas, il a dû la redresser après l'avoir abattue, conclut Wright. À première vue, je dirais que ce coup de feu a été tiré après celui qu'elle a reçu à la tempe. La jeune femme devait déjà être dans l'incapacité de réagir, peut-être avachie vers l'avant.

Je parvenais le plus souvent à supporter les commentaires de mon confrère, comme si nous discutions d'une totale inconnue. Pourtant, parfois, une effroyable peine me prenait d'assaut, et il me fallait lutter pied à pied contre des larmes tenaces. À deux reprises, je dus sortir de la salle d'autopsie, rester quelques minutes dans le froid glaçant du parking. Lorsque Wright en arriva au fœtus de dix semaines – une fille –, je battis en retraite vers mon bureau situé à l'étage. La loi virginienne était formelle sur ce point : un enfant non né n'était pas considéré comme une personne, en conséquence de quoi un fœtus ne pouvait pas être assassiné.

Lorsque je le joignis un peu plus tard, Marino résuma d'un ton amer :

– Et donc, on en a deux pour le prix d'une.

– Je sais, dis-je en fouillant mon sac à main à la recherche d'un flacon d'aspirine.

– Parce que ces fichus jurés sauront même pas qu'elle était enceinte. Ce sera irrecevable. Ça compte pas qu'il se soit explosé une femme qui attendait un bébé.

– Je sais, Marino, répétai-je. Wright a presque terminé. L'examen clinique n'a rien donné jusque-là, aucune trace, aucun indice, rien qui ressorte. Et de votre côté ?

– Susan traversait une passe difficile.

– Des problèmes avec son mari ?

– Ben, à l'en croire, c'était plutôt avec vous qu'elle en avait. Il prétend que votre attitude vis-à-vis de sa femme était inacceptable, que vous n'arrêtiez pas de l'appeler à son domicile, genre que vous la harceliez moralement et que vous faisiez des tas d'histoires. Il raconte que parfois Susan rentrait du boulot à moitié dingue, qu'elle avait une trouille bleue de quelque chose.

– Je n'avais aucun problème avec Susan.

J'avalai trois cachets d'aspirine d'un coup, les faisant passer à l'aide d'une gorgée de café froid.

– Je me contente de vous rapporter ce que le mari m'a affirmé. Ah, autre chose – et je suis sûr que ça devrait vous intéresser –, on a dégoté une autre plume. Attention, Doc, c'est pas que ça établit un lien à coup sûr entre le meurtre de Jennifer Deighton et celui de

Susan, et je dis pas non plus que c'est ma nouvelle hypothèse d'enquête... Mais merde, c'est quand même un peu fort ! Peut-être qu'on a affaire à un tordu qui porte des gants ou un anorak fourrés en duvet. J'sais pas. Ce que je veux dire, c'est que ce genre d'indices se découvre pas tous les jours. La seule autre occasion où ça m'est arrivé, c'est quand ce glandu avait pénétré dans une baraque qu'il comptait cambrioler en cassant une fenêtre. Un éclat de verre avait déchiré sa doudoune...

Ma migraine empirait, me donnant la nausée.

– ... Ce qu'on a retrouvé dans la bagnole de Susan est vachement petit, genre une minuscule plume blanche de duvet. Elle s'était accrochée à la garniture de la portière côté passager, paroi intérieure, à quatre ou cinq centimètres de l'accoudoir.

– Pourriez-vous me la confier ?

– Pas de problème. Qu'est-ce que vous comptez faire ?

– Appeler Benton.

– Ouais, ben, j'ai déjà essayé. Bordel ! Il a dû partir avec sa femme pour les fêtes.

– Il faut que je lui demande si Minor Eider peut collaborer avec nous.

– Vous parlez d'une personne ou d'une marque d'assouplissant ?

– Minor Eider, un analyste des fibres et des poils qui travaille pour le FBI. Sa grande spécialité, ce sont les plumes.

– Attendez, là, et son nom c'est vraiment *Eider*? C'est pas des blagues ? insista Marino d'un ton incrédule.

– C'est tout à fait sérieux.

8

Je m'obstinai, et la sonnerie du téléphone dut longuement résonner dans les couloirs de l'unité des sciences du comportement du FBI, nichée dans les sous-sols profonds de l'Académie de Quantico. Je me remémorai ce morne dédale, la succession de bureaux encombrés des souvenirs et trophées amassés par des guerriers raffinés, Benton Wesley n'étant pas des moindres. On m'annonça que ce dernier était parti aux sports d'hiver.

– D'ailleurs je suis le seul qui reste en ce moment, précisa l'agent courtois qui me répondit.

– Je suis le Dr Kay Scarpetta. Il faut que je le joigne de toute urgence.

Il ne s'écoula que quelques instants avant que Benton Wesley ne me rappelle.

– Mais où vous trouvez-vous, Benton ? dis-je en élevant la voix dans l'espoir de couvrir l'épouvantable crachotement qui sévissait sur la ligne.

– Dans ma voiture. Connie et moi avons passé Noël

chez ses parents, à Charlottesville. Nous sommes en route pour Hot Springs. J'ai appris la nouvelle au sujet de Susan Story. Mon Dieu… je suis navré. Je comptais vous passer un coup de téléphone ce soir.

– La communication est de plus en plus mauvaise. Je ne vous entends presque plus.

– Ne quittez pas.

Une bonne minute d'impatience s'écoula. Enfin, Benton fut de nouveau audible.

– Voilà qui est mieux. Nous traversions une sorte de cuvette. Que puis-je faire pour vous ?

– J'ai besoin de l'aide du FBI pour une analyse de plumes.

– Pas de problème. Je vais contacter Eider.

Surmontant ma réticence, puisque j'étais bien consciente de l'acculer, je finis par lâcher :

– Je dois m'entretenir avec vous… J'insiste parce que je pense que tout retard serait une grave erreur.

– Une seconde, Kay.

Cette fois-ci, l'interruption n'était pas motivée par les interférences qui troublaient la ligne. Il s'entretenait avec son épouse.

– Comment vous débrouillez-vous sur une paire de skis ? me demanda-t-il.

– Tout dépend de la personne à qui vous posez la question.

– Connie et moi comptons passer quelques jours à l'Homestead Hotel. Vous pourriez nous rejoindre là-bas, du moins si vous parvenez à vous libérer.

– Faites-moi confiance… je suis bien décidée à remuer ciel et terre pour y parvenir. Lucy m'accompagnera.

– C'est parfait. Ainsi Connie et elle feront connaissance pendant que nous discuterons. Je vous réserverai une chambre dès notre arrivée à l'hôtel. Pouvez-vous amener des dossiers, des documents ?

– Tout à fait.

– Sans oublier tout ce que vous pourrez glaner sur l'affaire Robyn Naismith. Il faut repartir de zéro, passer toutes les hypothèses au crible, même les plus contestables.

– Merci, Benton, soupirai-je de gratitude. Et remerciez également Connie de ma part, s'il vous plaît.

Je décidai de quitter mes bureaux sur-le-champ, sans m'embarrasser de longues explications.

– Ça vous fera le plus grand bien, déclara Rose, ma secrétaire, en griffonnant le numéro de l'Homestead où elle pourrait me joindre.

Peut-être crut-elle que je m'offrais quelques jours de détente et de repos dans un époustouflant cinq-étoiles. Je lui recommandai de transmettre mes coordonnées à Marino si quoi que ce soit de nouveau émergeait dans l'affaire concernant le meurtre de Susan et, durant un fugace instant, ses yeux s'emplirent de larmes.

En revanche, j'insistai :

– Surtout, ne communiquez ce numéro de téléphone à personne.

– Trois journalistes ont déjà appelé en moins d'une demi-heure, dont un du *Washington Post*.

– Je ne ferai aucune déclaration au sujet de la mort de Susan pour l'instant. L'explication classique devrait suffire : nous attendons les résultats des labos. Racontez-leur que je suis en déplacement et injoignable.

Des images me hantaient, tournant en boucle dans

mon esprit comme nous roulions vers l'ouest, en direction des montagnes. Je revoyais Susan dans son pantalon verdâtre de chirurgie trop ample pour elle, et les visages de son père et de sa mère lorsque Marino leur avait annoncé la mort de leur fille.

Lucy, qui n'avait cessé de me jeter des regards furtifs depuis que nous avions quitté la maison, me demanda enfin :

– Ça va ?

– Je suis un peu préoccupée, rien de grave, la rassurai-je en me concentrant sur ma conduite. Tu vas adorer le ski et j'ai le pressentiment que tu t'en sortiras à merveille.

Le regard fixé devant elle, au-delà du pare-brise, elle demeura silencieuse. La silhouette des montagnes saupoudrées de neige se découpait sur le ciel d'un bleu délavé.

– Je suis vraiment désolée, Lucy. Il semble qu'à chaque fois que tu me rends visite quelque chose survienne qui m'empêche de me consacrer pleinement à toi.

– Mais je n'ai pas besoin que tu te consacres pleinement à moi.

– Un jour tu comprendras.

– D'ailleurs, peut-être que je réagis de la même façon en ce qui concerne mon travail. En fait, je crois bien que je tiens de toi dans ce domaine. Et sans doute que je réussirai aussi bien professionnellement.

Il me sembla qu'une effroyable lourdeur s'abattait sur moi. Je me félicitai de porter des lunettes de soleil. Je n'avais nulle envie que Lucy aperçoive mes yeux.

– Je sais que tu m'aimes et c'est le plus important. Je sais que ma mère ne m'aime pas.

– Dorothy t'aime autant qu'elle est capable d'aimer quelqu'un.

– Comme tu as raison ! Autant qu'elle en est capable, ce qui ne représente pas grand-chose puisque je ne suis pas un homme. Ma mère n'aime que les hommes.

– Tu as tort, Lucy. Ta mère n'aime pas véritablement les hommes. Ils ne sont que des symptômes visibles de sa quête obsessionnelle. Elle cherche désespérément la personne qui lui permettra de se réaliser. Ce qu'elle ne comprend pas, c'est qu'il n'y a qu'elle qui puisse y parvenir.

– Eh bien, pour le moment, le seul terrain où elle se « réalise », c'est quand elle choisit ses mecs. Elle sélectionne à chaque fois un vrai connard.

– J'admets que son score moyen est assez piteux.

– Je ne vivrai jamais de cette façon-là. Je ne veux pas lui ressembler, en rien.

– Tu n'as rien de commun avec elle.

– J'ai lu dans la brochure que l'hôtel où nous allons a un stand de tir aux pigeons d'argile.

– Ils organisent des tas d'activités.

– Tu as pensé à emporter l'un des revolvers ?

– On ne tire pas le pigeon d'argile avec un revolver, Lucy.

– Ah, mais si ! Enfin, du moins à Miami.

– Et puis arrête de bâiller, c'est affreusement communicatif.

– Pourquoi n'as-tu pas apporté d'arme ? s'obstina-t-elle.

J'avais fourré le Ruger dans ma valise, mais préférais ne pas le lui avouer.

– Pourquoi cela t'inquiète-t-il tant ?

– J'entends bien devenir une tireuse experte. Si géniale que je pourrai dégommer le 12 de la pendule à tous les coups, expliqua-t-elle d'une voix que le sommeil gagnait.

Mon cœur se serra tandis qu'elle tamponnait sa veste pour s'en faire un oreiller. Elle se roula en boule à côté de moi, son crâne frôlant ma cuisse, et s'endormit. Sans doute ignorait-elle à quel point j'avais envie de la renvoyer sur-le-champ à Miami. Pourtant, j'étais convaincue qu'elle percevait ma peur.

Niché dans les Allegheny Mountains, au milieu de six mille hectares de forêts et de torrents, s'élevait l'Homestead. Le corps principal du bâtiment était de brique rouge sombre, soutenu par des colonnades blanches. Chaque face de la coupole, blanche elle aussi, était ornée d'une horloge visible de fort loin et les quatre mécanismes donnaient l'heure avec un bel ensemble. Les courts de tennis et les terrains de golf étaient recouverts d'une épaisse couverture neigeuse.

– Tu as de la chance, annonçai-je à Lucy comme des grooms affables en livrée grise se pressaient vers nous. C'est un temps rêvé pour skier.

Benton Wesley s'était acquitté de sa promesse. Une réservation nous attendait à la réception. Les portes-fenêtres de la chambre double ouvraient sur un balcon qui donnait sur le casino. Un magnifique bouquet de fleurs offert par Connie et Wesley trônait sur une table. La petite carte jointe précisait : « Rejoignez-nous sur les pentes. Nous avons retenu une leçon pour Lucy à 15 h 30. »

– Nous avons intérêt à nous dépêcher, conseillai-je à ma nièce alors que nous ouvrions en hâte nos valises.

Ta première leçon de ski débute dans quarante minutes exactement. Tiens, essaie cela…

Je lui jetai un fuseau rouge qui fut vite rejoint par un anorak, des chaussettes, des mitaines et un pull qui volèrent au travers de la pièce pour atterrir sur son lit.

– Et n'oublie pas de prendre ta banane. Si tu avais besoin d'autre chose, nous l'achèterions sur place.

– Je n'ai pas de lunettes de soleil, se plaignit-elle en enfilant un pull à col roulé bleu vif. Je risque de m'abîmer les yeux.

– Je te prête les miennes, de toute façon le soleil ne tardera pas à décliner.

Il fallut ensuite prendre la navette qui conduisait jusqu'aux pentes, louer l'équipement de Lucy et rejoindre son moniteur au remonte-pente. Il était 15 h 29. Les skieurs ressemblaient à de petits points colorés et brillants dévalant les pentes neigeuses, et l'on ne découvrait qu'il s'agissait d'êtres humains que lorsqu'ils se rapprochaient assez. Les skis fermement calés, un peu penchée vers l'avant, ma main en visière afin de protéger mes yeux, je scrutai les files d'attente et les télésièges. Le soleil couchant caressait maintenant la cime des arbres, et la neige étincelait. Pourtant, les ombres s'allongeaient et la température baissait rapidement.

Le couple arrêta mon regard. Leurs deux courses parallèles étaient si parfaites, si élégantes. Leurs bâtons se soulevaient avec grâce, frappant à peine la neige alors qu'ils fonçaient, viraient, légers comme des oiseaux. Je reconnus la chevelure argentée de Benton Wesley et agitai le bras. Il jeta un regard derrière lui, criant quelque chose à Connie que je ne pus entendre, puis fila vers moi tout schuss, les skis presque jointifs.

Il stoppa net dans une gerbe de neige une fois parvenu à ma hauteur et rabattit ses lunettes sur son front. Je me rendis soudain compte qu'il aurait aimanté mon regard même si je ne l'avais pas connu. Son fuseau noir moulait des jambes musclées, habituellement dissimulées sous le pantalon de ses costumes austères, et l'anorak qu'il portait m'évoquait un coucher de soleil à Key West. Son visage rosi de froid et ses yeux lumineux rendaient ses traits racés plus étonnants qu'impressionnants. Connie s'arrêta à son côté.

– C'est fabuleux que vous soyez parvenue à nous rejoindre, me lança-t-il.

Étrange comme je ne pouvais pas regarder cet homme ou même entendre le son de sa voix sans que le souvenir de Mark me revienne aussitôt. Ils avaient été collègues, mais surtout meilleurs amis. En fait, on aurait pu les croire frères.

– Où est Lucy? demanda alors Connie.

– En chemin pour la conquête des pentes, dis-je en désignant ma nièce qui patientait un peu plus loin à hauteur du remonte-pente.

– J'espère que vous ne m'en voulez pas de l'avoir inscrite d'office pour une leçon.

– Vous en vouloir? Bien au contraire, je vous remercie d'avoir eu cette magnifique idée. Elle s'amuse comme une petite folle.

– Eh bien, je crois que je vais m'arrêter un peu et rester là à la regarder, déclara Connie. Ensuite, il sera grand temps d'aller boire quelque chose de chaud et je soupçonne que Lucy en aura besoin, elle aussi. En revanche, toi, Ben, j'ai l'impression que tu remettrais bien ça.

– Kay, vous êtes prête pour quelques petites descentes ? me demanda-t-il.

Nous bavardâmes de choses et d'autres pendant que nous faisions la queue, ne nous interrompant que lorsque le télésiège vira pour nous permettre de nous asseoir. Wesley abaissa la barre de sécurité comme l'engin nous soulevait doucement vers les sommets. L'air était engourdissant de pureté, si parfaitement léger, bruissant du chuintement des skis filant sur la neige ou de l'écho sourd que leur morsure arrachait aux plaques verglacées. Au-dessus des bosquets d'arbres qui séparaient les pentes s'élevait une brume de neige crachée par les canons.

– J'ai discuté avec Eider, commença Wesley. Il vous rencontrera au quartier général dès que vous pourrez vous y rendre.

– Bonne nouvelle. Que vous a-t-on raconté au juste, Benton ?

– Marino et moi avons été en relation à plusieurs reprises. Si j'ai bien compris, vous seriez en ce moment plongés dans plusieurs affaires qui, bien que ne partageant pas nécessairement d'indices évocateurs, sont reliées par une coïncidence chronologique assez dérangeante.

– Je crois qu'il s'agit de bien plus qu'une simple coïncidence. Êtes-vous au courant de l'empreinte de Ronnie Waddell que nous avons retrouvée chez Jennifer Deighton ?

– Tout à fait. (Son regard se perdit vers un bosquet de sapins que le soleil couchant semblait avoir embrasé.) Ainsi que je l'ai dit à Marino, j'espère que nous trouverons une explication logique.

– Ladite explication logique pourrait s'avérer être que Waddell est bien passé à un moment quelconque au domicile de Jennifer Deighton.

– En ce cas, Kay, nous sommes confrontés à une situation défiant le bon sens : un condamné à mort qui se retrouve en liberté et tue à nouveau. D'autant qu'une telle hypothèse reviendrait à admettre qu'un autre prisonnier a pris sa place sur la chaise électrique le soir du 13 décembre. Franchement, je doute que les volontaires se soient précipités.

– C'est en effet ce que je pense, admis-je.

– Que connaissez-vous du pedigree criminel de Waddell ?

– Fort peu de choses.

– Je l'ai interrogé à Mecklenburg, il y a des années.

Je lui jetai un regard attentif.

– Au préalable, sachez qu'il s'est montré fort peu coopératif, dans le sens où il a refusé d'évoquer le meurtre de Robyn Naismith. Il affirmait que s'il était bien l'auteur du meurtre, il n'en conservait aucun souvenir. Cela étant, ce type de défense n'est pas exceptionnel. La plupart des criminels que j'ai rencontrés clament haut et fort qu'ils sont innocents des crimes dont on les accuse, ou alors optent pour la théorie d'une amnésie au moins partielle. Peu avant votre arrivée, j'ai demandé que l'on me faxe une copie du protocole d'évaluation de Waddell. Nous l'étudierons après le dîner.

– Benton, décidément je suis contente d'être venue.

Son regard demeurait fixé devant lui et nos épaules se frôlaient à peine. La pente, en dessous de nous, devenait plus raide. Nous gardâmes un moment le silence. Enfin, il demanda :

– Comment allez-vous, Kay?

– Mieux. Certes, il y a encore des périodes difficiles.

– Je sais. Il y en aura toujours. Elles devraient s'amenuiser avec le temps, du moins je l'espère. Peut-être viendront des jours où la douleur disparaîtra.

– Elle disparaît certains jours, c'est exact.

– Nous avons une piste très sérieuse au sujet du groupe terroriste en cause. Nous pensons savoir qui a placé la bombe.

Nous nous soulevâmes à l'aide de nos bâtons, glissant vers l'avant lorsque le siège nous libéra. J'avais les jambes glacées et raidies par l'ascension, et les traces des skieurs qui nous avaient précédés profitaient de la pénombre descendante pour geler en traîtresses plaques de verglas. Les longs skis blancs de Wesley se confondaient avec la neige, réverbérant le soleil comme deux lames étincelantes. Il fila avec l'élégance d'un danseur, arrachant à la pente des gerbes irisées de poussière de neige, s'arrêtant parfois pour jeter un coup d'œil derrière lui. Je lui adressai un salut timide, en osant à peine soulever mon bâton, l'engageant à ne pas m'attendre, puis me lançai dans une série de courbes poussives, décollant au-dessus de mottes de neige. À mi-parcours, je sentis enfin mes muscles se réchauffer et se dénouer, et l'inertie qui engourdissait mon cerveau me lâcha.

La nuit était presque tombée lorsque je réintégrai ma chambre. Marino avait laissé un message m'informant qu'il resterait au quartier général jusqu'à 17 h 30 et insistant pour que je le rappelle sitôt mon retour.

– Que se passe-t-il? demandai-je dès qu'il décrocha.

– Rien qui devrait vous occasionner de jolis rêves.

D'abord, Jason Story dégoise des insanités à votre sujet – et à fond les manettes – auprès de tous ceux qui acceptent de lui prêter une oreille attentive, et ça inclut les journalistes.

La nouvelle sapa ma bonne humeur. Pourtant je rétorquai :

– Il faut bien qu'il trouve un exutoire à sa colère.

– Ouais... ben, en attendant, c'est pas une bonne chose, mais c'est pas le plus épineux de nos problèmes. On arrive pas à mettre la main sur le relevé des dix empreintes digitales de Waddell.

– Attendez, vous voulez dire *nulle part* ?

– Gagné ! On a retourné tous ses dossiers, ceux conservés par la police de Richmond, la police de l'État et même le FBI, donc les trois juridictions qui devaient les archiver. La tasse complète. Ensuite, j'ai contacté Donahue au pénitencier pour lui demander s'il pouvait localiser les effets personnels de Waddell, genre livres, lettres, brosse à dents ou à cheveux, n'importe quoi qui pourrait se révéler source d'empreintes latentes. Et devinez quoi ? D'après lui, la mère de Waddell a rien voulu que la montre et la bague de son fils. Tout le reste a été incinéré par l'administration carcérale.

Je me laissai choir sur le bord du lit.

– Bon, et je vous ai gardé le meilleur pour la fin, Doc. Le labo de balistique a décroché le gros lot, seulement ça risque de vous sonner : la balle extraite d'Eddie Heath et celle qui a descendu Susan proviennent de la même arme : un 22.

– Mon Dieu !

Un petit orchestre jouait du jazz lorsque je descendis à l'Homestead Club. L'assistance était assez clairsemée et les musiciens assez discrets pour ne pas nous contraindre à hurler afin de nous entendre. Connie avait accompagné Lucy au cinéma, et Wesley et moi nous étions attablés dans un coin préservé de la piste de danse. Nous sirotions nos cognacs. Il ne semblait pas aussi exténué physiquement que moi, en revanche la tension avait repris possession de ses traits.

Il se retourna pour récupérer une autre bougie sur la table située derrière et l'ajouta aux deux qui brûlaient déjà devant lui. Bien que ténue et fluctuante, la lumière était suffisante, et quelques personnes nous jetèrent des regards étonnés. À leur décharge, l'endroit n'était pas des plus habituels pour une session de travail, mais le manque d'anonymat du hall de réception ou de la salle de restaurant nous avait rebutés, d'autant que Wesley était bien trop prudent pour s'inviter dans ma chambre ou m'accueillir dans la sienne.

– Un certain nombre d'éléments peuvent sembler incohérents, commença-t-il, mais le comportement humain n'est pas gravé dans l'airain. Waddell a donc été emprisonné durant dix ans, et nous ignorons si sa personnalité a évolué. Je serais tenté de qualifier les motivations qui entourent le meurtre d'Eddie Heath de sexuelles, alors qu'à première vue celles qui soustendent celui de Susan relèvent de l'exécution, presque du contrat.

– Comme s'il y avait deux assassins, traduisis-je en faisant tourner le cognac dans mon verre.

Il se pencha vers l'avant, feuilletant mécaniquement

le dossier de Robyn Naismith, avant de remarquer sans lever les yeux :

– C'est intéressant. On vous rebat les oreilles du fameux *modus operandi*, bref de la signature du tueur. Il sélectionne un type spécifique de victimes, ou préfère opérer sur un terrain bien particulier, c'est un amoureux des lames ou autres... À la vérité, ce mode de classification n'est pas toujours adéquat, pas plus, d'ailleurs, que l'émotion derrière le crime n'est toujours évidente. Je viens de vous assener qu'à *première vue* le mobile du meurtre de Susan n'était pas sexuel. Mais, en y réfléchissant, je n'en suis plus aussi convaincu. Je crois qu'il existe un élément sexuel sous-jacent, que nous sommes vraisemblablement confrontés à un cas de piqueurisme.

– Robyn Naismith a été poignardée à plusieurs reprises, rappelai-je.

– En effet, et, selon moi, ce type de mise à mort peut s'apparenter à un cas d'école. Aucun indice ne permet d'envisager une hypothèse de viol. Certes, rétorquerez-vous, cela ne signifie pas pour autant qu'il n'a pas eu lieu. Néanmoins, aucune trace de sperme n'a été retrouvée. Plonger de façon répétée sa lame dans un abdomen, des fesses, des seins, devient un substitut de pénétration pénienne. La quintessence du piqueurisme. La morsure est d'essence moins flagrante, certainement pas liée aux composantes orales de l'acte sexuel – c'est du moins mon opinion. Cela étant, c'est également un substitut à la pénétration. Des mâchoires qui se referment sur la chair humaine – le cannibalisme – à l'instar de John Joubert, qui déchirait à pleines dents les petits livreurs de journaux dans le Nebraska. *A priori*, un meurtre par balles semblerait antinomique d'un cas de piqueurisme, sauf si on y réfléchit un peu mieux. Quelque chose pénètre dans la chair. Une des plus éclatantes illustrations demeure le Fils de Sam.

– Rien n'évoque le piqueurisme dans le cas de Jennifer Deighton, argumentai-je.

– C'est exact, ce qui me ramène à ce que je vous disais plus tôt. Le schéma n'est pas toujours évident. De fait, aucune structure spécifique commune ne se dégage des meurtres d'Eddie Heath, de Jennifer Deighton et de Susan, pourtant un élément précis les relie. Tous les trois sont organisés.

– Pas si organisé que cela dans le cas de Jennifer Deighton, contrai-je. Selon toute vraisemblance, le tueur a tenté de déguiser sa mort en suicide, mais il a échoué. Ou peut-être même n'avait-il nulle intention de la tuer, mais une mauvaise prise au cou a dégénéré et elle a suffoqué.

– Je vous l'accorde volontiers : ce meurtre-là n'était pas prémédité initialement, du moins tant qu'elle n'a pas été installée dans sa voiture. Pourtant, le meurtrier, même accidentel, suivait bien un plan. Pour preuve, l'absence sur les lieux de l'outil très tranchant ayant permis de découper le bout de tuyau d'arrosage branché sur le pot d'échappement. Deux possibilités, donc : le tueur a apporté son propre outil ou son arme avec lui, ou alors il a eu recours à un objet présent sur place qu'il a ensuite fait disparaître. Cela relève du comportement organisé. Mais avant de nous enfoncer plus avant, permettez-moi de vous rappeler que nous n'avons à notre disposition aucune balle de 22, ni aucun autre indice apparentant le meurtre de Jennifer Deighton à ceux du petit Eddie Heath et de Susan.

– Je ne suis pas d'accord avec vous, Benton. L'empreinte digitale de Ronnie Waddell a été relevée sur une des chaises de la salle à manger de Jennifer Deighton.

– Mais nous n'avons aucune certitude quant au fait que Waddell a bien tiré sur les deux autres victimes.

– Le corps d'Eddie Heath était mis en scène d'une façon évoquant fortement la position dans laquelle la police a retrouvé le cadavre de Robyn Naismith. Le garçon a été attaqué la nuit de l'exécution de Ronnie Waddell. Et, selon vous, tout cela ne tisserait pas un déroutant fil conducteur ?

– Disons que je préfère ne pas y penser, lâcha Wesley.

– Et vous n'êtes pas le seul, croyez-moi. Mais que vous suggère votre instinct ?

Il tourna la tête pour faire signe à la serveuse de nous apporter deux autres cognacs, et durant un fugitif instant la lueur vacillante des bougies caressa la ligne racée de sa pommette et de son menton.

– Mon instinct ? Bon… disons qu'il sonne l'alarme en ce qui concerne toute cette affaire. Je suis certain, au fond de moi, que Ronnie Waddell en est le dénominateur commun, même si j'ignore ce que cela sous-entend. Or donc, une empreinte latente lui appartenant est découverte récemment sur une scène de crime, pourtant on ne parvient plus à localiser son relevé dactyloscopique ou toute autre chose permettant une identification formelle. On oublie d'encrer ses doigts à la morgue et la personne responsable de cette erreur est abattue avec la même arme que celle qui a servi au meurtre d'Eddie Heath. Nick Grueman, le conseil représentant Waddell, connaissait de toute évidence Jennifer Deighton, laquelle lui a faxé un message quelques jours avant d'être assassinée, elle aussi. Enfin, ne nous leurrons pas, il existe une similarité sans doute ténue mais indéniable entre les morts d'Eddie Heath et de Robyn Naismith. Très franchement, je ne peux pas m'empêcher de me demander si l'agression d'Eddie Heath n'était pas fortement chargée d'une valeur symbolique, quelle qu'en soit la raison.

Il patienta jusqu'à ce que nous soyons servis pour décacheter l'enveloppe molletonnée jointe au dossier de Robyn Naismith. Ce geste si bénin réveilla quelque chose dans mon esprit.

– Il a fallu que je m'adresse aux archives pour obtenir ces photographies, précisai-je.

Wesley me destina un bref regard tout en chaussant ses lunettes.

– Les documents papier concernant ces vieilles affaires sont transférés sur microfilm, expliquai-je. Ce que vous voyez, ce ne sont que des tirages. Les pièces originales du dossier sont détruites, à l'exception des photos que nous stockons aux archives.

– Et c'est quoi ? Une salle particulière de votre bâtiment ?

– Oh, non, Benton. Il s'agit d'un hangar situe non loin de la bibliothèque de l'État. Nous partageons d'ailleurs l'endroit avec le bureau des sciences légales, qui y entrepose toutes les pièces à conviction des enquêtes bouclées.

– Et, donc, Vander n'a toujours pas retrouvé la photographie prise de l'empreinte ensanglantée découverte chez Robyn Naismith ?

– C'est cela.

Nos regards se croisèrent. Nous savions l'un et l'autre que ladite photo était perdue à jamais.

– Mince. Qui a été chercher les photos de Robyn Naismith ?

– L'administrateur de l'institut médico-légal, Ben Stevens. Il s'est rendu aux archives environ une semaine avant l'exécution de Waddell.

– Pour quelle raison ?

– Il s'agit là d'une routine interne. De très nombreuses questions sont soulevées lorsque la cour parvient aux étapes ultimes des jugements en appel. J'aime avoir tous les dossiers à portée de main afin d'y répondre. Cependant, la situation était un peu différente cette fois, puisque je n'ai pas eu à demander à Ben Stevens de se rendre à l'entrepôt pour récupérer les photos. Il l'a proposé lui-même.

– C'est inhabituel ?

– À la réflexion, oui.

– Impliqueriez-vous que votre administrateur se serait porté volontaire parce qu'il était intéressé par le dossier de Waddell, ou plus spécialement par la photo de son empreinte sanglante qui devait se trouver à l'intérieur ?

– Tout ce que je peux affirmer avec certitude, c'est que si Stevens avait l'idée d'altérer le contenu d'un dossier conservé aux archives, il ne pouvait pas s'y rendre à moins d'un prétexte légitime. En effet, en l'absence de requête émanant d'un des légistes, une visite de sa part était totalement injustifiée. Elle pouvait m'être rapportée et m'aurait semblé suspecte.

J'expliquai alors à Wesley l'espèce de piratage informatique dont avait été victime le système informatique de l'institut médico-légal, insistant sur le fait que les deux terminaux concernés étaient celui de Stevens et le mien. Benton griffonnait des notes tout en m'écoutant avec attention. Lorsque je me tus, il leva le regard vers moi.

– En d'autres termes, ils n'auraient pas trouvé ce qu'ils cherchaient, résuma-t-il.

– C'est, en effet, ce que je crois.

– Ce qui amène la question suivante : que cherchaient-ils au juste ?

Je fis tournoyer l'alcool dans mon verre, qui se parait de nuances d'ambre liquide sous la lueur des bougies. Chaque gorgée me brûlait délicieusement.

– Peut-être est-ce en rapport avec la mort d'Eddie Heath. J'avais fait une recherche sur les autres affaires dans lesquelles les victimes avaient été mordues, ou portaient des blessures évocatrices d'actes de cannibalisme. Un fichier spécial avait été créé dans mon répertoire personnel. En dehors de cela, je ne vois pas très bien ce que quelqu'un aurait pu souhaiter consulter.

– Conservez-vous des notes de service ou des documents intra-département dans ce répertoire ?

– Dans le traitement de texte, il s'agit d'un sous-répertoire.

– Et on y accède par le même mot de passe ?

– En effet.

– Je suppose que vous stockez également vos rapports d'autopsie et d'autres pièces relatives aux affaires en cours dans le traitement de texte ?

– Bien sûr, mais lors de cette effraction rien de particulièrement sensible n'y était enregistré, si j'ai bonne mémoire.

– Mais l'intrus l'ignorait peut-être.

– Cela semble être le cas, en effet.

– Et le rapport concernant l'autopsie de Ronnie Waddell, Kay? Avait-il déjà été saisi sur ordinateur lorsque quelqu'un s'est introduit dans votre répertoire?

– Cela fait peu de doutes. Waddell a été exécuté le lundi 13 décembre. La tentative de piratage s'est produite le jeudi, c'est-à-dire le 16 décembre, alors que je pratiquais l'autopsie d'Eddie Heath et que Susan s'était retirée dans mon bureau, prétendument pour s'y reposer un peu sur le canapé, après cet incident survenu avec des fioles de formol.

– Déroutant, fit-il en fronçant les sourcils. Admettons que Susan soit notre espionne et qu'elle ait profité de ce moment pour fouiner dans vos fichiers. Pourquoi le rapport de l'autopsie de Ronnie Waddell l'aurait-il intéressée à ce point, si c'est bien de cela qu'il s'agit? Elle était *présente* à vos côtés lorsque vous l'avez réalisée. Qu'aurait-elle pu apprendre de nouveau en lisant le rapport qu'elle ne sache déjà?

– J'ai beau réfléchir, je ne vois pas.

– Formulons les choses autrement. Y a-t-il quelque chose en rapport avec cette autopsie que Susan – bien que vous ayant assistée la nuit où le corps de Waddell a été transféré à la morgue – aurait pu vouloir impérativement découvrir? Enfin, je devrais plutôt dire: la nuit où *un* corps a été transféré puisque nous ne sommes plus certains que l'individu en question était bien Waddell, rectifia-t-il d'un ton sinistre.

– Elle n'avait pas eu connaissance des résultats de laboratoire, expliquai-je. Cela étant, les analyses n'étaient toujours pas achevées lorsque mon répertoire a été fouillé.

Les examens de toxicologie ou même la mise en évidence du virus HIV prennent des semaines.

– Susan ne l'ignorait pas.

– C'est exact.

– Pas plus que Ben Stevens.

– Tout à fait.

– Il doit donc y avoir une autre explication.

Tel était bien le cas. Pourtant, alors même que l'idée prenait substance dans mon esprit, je ne parvenais pas à en trouver la signification.

– Une enveloppe était fourrée dans la poche arrière du jean de Waddell, ou du détenu de substitution. Il souhaitait qu'elle soit enterrée avec lui. Fielding ne l'a pas ouverte avant d'être remonté avec tous les formulaires, une fois l'autopsie achevée.

L'intérêt de Benton fut immédiat :

– Susan n'a donc pas pu avoir connaissance de son contenu cette nuit-là, à la morgue.

– C'est cela.

– Que renfermait-elle d'important, cette enveloppe ?

– Il n'y avait rien d'autre que quelques notes de restaurant et des reçus de péage.

Le front de Wesley se crispa de concentration. Il répéta :

– Des notes de restaurant ? Mince, mais que pouvait-il bien en faire ? Vous les avez apportées ?

– Elles sont jointes au dossier. (Je sortis les photocopies.) La date sur tous ces reçus et factures est la même. Le 30 novembre.

– C'est à peu près à cette période qu'il a été transféré de Mecklenburg à Richmond.

– C'est exact. Il a été transféré quinze jours avant son exécution.

– Il va falloir éplucher ces reçus afin de déterminer d'où ils proviennent. Cela pourrait s'avérer important, crucial même si l'on songe à l'hypothèse que nous ne pouvons exclure.

– Que Waddell serait toujours en vie ?

– Oui. Qu'une substitution aurait été opérée, d'une façon qui demeure à déterminer, et qu'il aurait été libéré. Qui dit que l'homme qui a fini sur la chaise n'a pas placé ces factures dans sa poche juste avant de mourir à seule fin de nous révéler quelque chose ?

– Mais d'où les tiendrait-il ?

– Peut-être au cours du transfert de Mecklenburg à Richmond. C'était le meilleur moment pour réaliser la supercherie, répliqua Wesley. Peut-être y avait-il deux hommes dans le fourgon, Waddell et sa doublure.

– Croyez-vous qu'ils se soient arrêtés en cours de route pour manger ?

– Les gardiens ont interdiction de s'arrêter, pour quelque raison que ce soit, pendant le transport d'un condamné à mort. Néanmoins, si l'on admet l'existence d'un complot, tout devient possible. Peut-être sont-ils descendus du véhicule pour s'acheter des plats à emporter, et que c'est à ce moment que Waddell a été libéré ? L'autre détenu a été conduit à Richmond et bouclé dans la cellule réservée à Waddell. Réfléchissez un instant. Comment voulez-vous que les gardes – ou quiconque à Spring Street – doutent que le condamné qu'on leur amenait était bien Ronnie Waddell ?

– Peut-être l'a-t-il dit, mais nul ne l'aura cru.

– En effet, je doute qu'on l'ait écouté.

– Oui, mais la mère de Waddell ? réfléchis-je. Elle lui aurait rendu visite quelques heures avant son exécution.

Elle n'aurait pas manqué de se rendre compte que le prisonnier installé en face d'elle n'était pas son fils.

– Nous devons nous assurer que cette visite a bien eu lieu. Quoi qu'il en soit, on peut supposer que n'importe quel plan épargnant la vie de son fils devait la combler.

– Si je comprends bien, vous êtes persuadé qu'un autre homme a été exécuté à la place de Waddell, résumai-je avec une évidente réticence.

Il s'agissait probablement de la théorie qui me rebutait le plus.

Pour toute réponse, Wesley décacheta l'enveloppe contenant les photos en couleur de Robyn Naismith et en tira une épaisse liasse de clichés. Je savais déjà que leur vue ne me laisserait jamais indifférente, même après les avoir étudiées des centaines de fois. Il parcourut sans hâte les images relatant le martyre enduré par Robyn Naismith.

Après quelques instants, il déclara :

– Si l'on songe aux trois récents homicides, le profil de Waddell ne colle pas.

– Que voulez-vous dire, Benton ? Que sa personnalité a évolué en dix ans d'emprisonnement ?

– Tout ce que je peux affirmer, c'est que des cas de tueurs très organisés, décompensant en perdant les pédales, existent. C'est à ce moment-là qu'ils commettent des erreurs. Bundy en est un exemple typique. À la fin de sa carrière meurtrière, il s'est transformé en véritable forcené. En revanche, je ne crois pas avoir jamais rencontré de cas inverse, c'est-à-dire un individu désorganisé, psychotique, se métamorphosant en sujet structuré, méthodique, rationnel, bref organisé.

Lorsque Wesley faisait allusion aux Ted Bundy ou aux

Fils de Sam de ce monde, c'était toujours à fin d'illustration, de façon très impersonnelle, comme si ses analyses et théories émanaient de sources indirectes. Il ne se vantait pas. Wesley n'était pas homme à émailler sa conversation de noms de criminels notoires, ou à insinuer qu'il les avait personnellement rencontrés. En cela, son attitude était délibérément trompeuse.

Il avait, en réalité, passé tant d'heures en tête-à-tête avec les congénères de Theodore Bundy, David Berkowitz, Sirhan Sirhan, Richard Speck ou Charles Manson, sans oublier les autres trous noirs de moindre notoriété qui avaient, eux aussi, contribué à dérober un peu plus de la lumière de ce monde. Je me souvins que Marino m'avait confié un jour que lorsque Wesley rentrait de ses descentes dans les pénitenciers de haute sécurité du pays, il était livide et comme vidé de son énergie vitale. Le poison que distillaient ces hommes et qu'il était contraint d'absorber le rendait presque physiquement malade. S'y ajoutait cette sorte d'attachement pathologique que certains détenus lui témoignaient et qu'il devait tolérer. Quelques-uns des pires sadiques de la terre lui écrivaient régulièrement, n'oubliant pas de lui envoyer une carte de vœux pour la nouvelle année, s'enquérant de la santé de sa famille. Qui se serait donc étonné du sombre fardeau qui semblait peser en permanence sur cet homme, ou des silences dans lesquels il s'égarait parfois ? Il offrait à ces monstres ce que nul d'entre nous n'aurait supporté : il leur permettait de tisser un lien avec lui, en contrepartie des informations qu'ils lâchaient.

– A-t-on diagnostiqué avec certitude que Waddell était psychotique ? demandai-je.

– Il a été établi qu'il était en pleine possession de ses moyens intellectuels lorsqu'il a assassiné Robyn Naismith. (Il sélectionna une photo qu'il fit glisser dans ma direction.) Cela étant, j'en doute fort.

Mon regard balaya le cliché. Je m'en souvenais avec une précision maniaque. Tout en le détaillant, je me demandais quelle aurait été la réaction d'une personne non avertie en pénétrant chez la victime

Le salon de Robyn Naismith était meublé de façon très sobre. Peu de meubles, juste quelques chaises capitonnées à haut dossier robuste et coussin vert foncé, et un canapé de cuir chocolat. Un petit tapis Boukhara était étalé au centre du parquet et les larges lambris qui couvraient les murs avaient été teints couleur merisier ou peut-être acajou. La console de télévision était poussée contre la cloison faisant face à la porte d'entrée, exposant l'effroyable œuvre d'art abandonnée par Ronnie Joe Waddell aux yeux de ceux qui entreraient dans la pièce.

Lorsque l'amie de Robyn avait poussé la porte d'entrée en appelant la jeune femme, elle avait découvert un corps nu, assis à même le parquet, adossé à l'écran de la télévision, la peau si maculée de sang coagulé que la nature exacte de ses blessures n'avait pu être déterminée qu'après, une fois la victime allongée sur une des tables de la morgue. Sur la photo, la nappe de sang figé cernait les fesses de Robyn, évoquant une sorte d'épaisse laque rouge sombre. Des serviettes de toilette ensanglantées avaient été abandonnées non loin du cadavre. L'arme du crime n'avait jamais été retrouvée. Toutefois, la police avait établi qu'un des couteaux à steak en acier inoxydable de fabrication allemande manquait à la série accrochée dans la cuisine. Les particularités du dessin de sa lame concordaient avec les blessures infligées à la jeune femme.

Wesley tira du dossier d'Eddie Heath le plan des lieux dressé par l'officier de police du comté d'Henrico qui avait découvert l'enfant mortellement blessé derrière l'épicerie désaffectée. Il le déposa contre le cliché de scène de crime pris chez Robyn Naismith. Nous étudiâmes durant quelques instants silencieux les deux documents, nos regards passant de l'un à l'autre. Les similitudes étaient plus frappantes que je ne l'avais d'abord imaginé, la position de leurs corps presque identique, depuis leurs bras ballants contre leurs flancs jusqu'aux tas de vêtements approximativement empilés à proximité de leurs pieds nus.

– J'avoue qu'il y a de quoi vous filer la chair de poule, remarqua Wesley. On dirait presque que la scène de meurtre d'Eddie Heath a été décalquée sur l'autre, ajouta-t-il en caressant du doigt le cliché de la maison de Robyn. Des corps mis en scène comme des poupées de chiffon, appuyés contre des objets en forme de cube, une console de télévision et un conteneur à ordures marron.

Il étala d'autres clichés en éventail devant lui et en choisit un deuxième, comme s'il sélectionnait une carte à jouer. Il s'agissait d'un gros plan du cadavre de Robyn allongé sur une des tables de la morgue. Des blessures circulaires à bord déchiqueté, typiques des morsures d'origine humaine, suppliciaient son sein et sa hanche gauches.

– Une autre ressemblance : les marques de dents ici et là correspondent de façon troublante aux morceaux de chair arrachés de l'épaule et de la cuisse d'Eddie Heath. (Il ôta ses lunettes et me considéra quelques instants avant d'ajouter:) En d'autres termes, le garçonnet a probablement été mordu et la chair a ensuite été excisée afin de faire disparaître les traces de sévices.

– Ce qui sous-entendrait que le tueur n'est pas totalement profane en matière de sciences légales, conclus-je.

– N'importe quel criminel incarcéré un moment en apprend l'essentiel. Même en admettant que Waddell n'en ait eu aucune notion lorsqu'il a assassiné Robyn Naismith, il s'y prendrait tout autrement après dix ans de prison.

– Et voilà que vous en parlez à nouveau comme s'il était bien le tueur du petit garçon, relevai-je. Pourtant, vous venez d'affirmer que son profil psychologique était peu compatible avec ce meurtre.

– Non, ce que j'ai affirmé, c'est que son profil d'il y a dix ans ne correspond pas au meurtre d'Eddie Heath.

– Puisque vous avez récupéré son protocole d'évaluation psychologique, pouvons-nous en discuter ?

– Bien sûr.

Le protocole en question consistait en une quarantaine de pages de questionnaire, remplies à la prison par le FBI lors d'un entretien en tête-à-tête avec un criminel violent.

Wesley poussa le rapport devant moi en conseillant:

– Feuilletez-le. J'aimerais connaître vos réactions sur le vif, sans plus d'interférences de ma part.

L'entrevue entre Wesley et Waddell avait eu lieu six ans plus tôt, dans le couloir de la mort de la prison du Mecklenburg County. La synthèse que j'avais sous les yeux commençait par les inévitables précisions descriptives. L'attitude du condamné, son état émotionnel, sa façon de parler et ses manies indiquaient qu'il était agité, voire en état de confusion mentale. Lorsque, ensuite, Wesley lui avait offert la possibilité de poser des questions, Waddell n'en avait formulé qu'une : « Tout à l'heure, quand on est passés devant une fenêtre, j'ai aperçu des petits flocons blancs. Est-ce qu'il neige ou est-ce que c'est des cendres qui proviennent de l'incinérateur ? »

La rencontre avait eu lieu au mois d'août.

Toutes les questions dont le but était de cerner de quelle façon le meurtre aurait pu être empêché avaient abouti à une impasse. Waddell aurait-il quand même tué sa victime dans une zone fréquentée ? L'aurait-il assassinée s'il avait craint la présence de témoins ? Quelque chose aurait-il pu l'arrêter ? Pensait-il que la peine capitale était dissuasive ? Waddell avait affirmé qu'il ne se souvenait pas d'avoir tué la « dame de la télé ». Il ignorait ce qui aurait pu l'empêcher de commettre un acte qu'il ne se rappelait pas avoir perpétré. Le seul souvenir qui demeurait était cette sensation « gluante ». Il l'avait même comparée à ces moments où il se réveillait au beau milieu d'un rêve érotique. À ceci près que ce n'était pas le sperme qui collait à sa peau mais le sang de Robyn Naismith.

– L'énumération des difficultés qu'il a pu rencontrer plus jeune me semble bien banale, marmonnai-je. Des migraines, une timidité pathologique, une propension à la rêverie, l'abandon du foyer familial à l'âge de dix-neuf ans. Je ne vois rien là-dedans qui s'apparente aux habituels signaux d'alerte. Pas de cruauté envers les animaux, pas de pyromanie, pas d'agressions, vraiment rien.

– Poursuivez, je vous prie.

Je parcourus encore quelques pages avant de lire à haute voix :

– Consommation de drogues et d'alcool.

– S'il n'avait pas été emprisonné, il serait devenu junkie ou se serait fait descendre en pleine rue, diagnostiqua Wesley. Toutefois, un point est intéressant dans son addiction. Elle n'a commencé qu'à l'âge adulte. Je me souviens que Waddell m'avait révélé qu'il n'avait jamais bu une goutte d'alcool avant ses vingt ans, c'est-à-dire une fois qu'il avait quitté sa famille.

– Il a grandi dans une ferme ?

– À Suffolk. Une exploitation de belle taille, principalement axée sur la culture d'arachide, de maïs et de soja. Toute la famille Waddell y vivait et travaillait pour les propriétaires. Il y avait quatre enfants, Ronnie Joe était le plus jeune. La mère était très dévote, elle les emmenait chaque dimanche à la messe. L'alcool, les cigarettes, les jurons étaient proscrits. Il a vécu une enfance très protégée. Il n'a jamais quitté la ferme avant le décès de son père, lorsqu'il a décidé de partir. Il a pris le car jusqu'à Richmond, où il a vite trouvé du travail. Sa carrure et sa force physique étaient des atouts majeurs. Il a été employé par une entreprise de terrassement, comme livreur, ce genre de boulots. Selon moi, il n'était pas armé pour résister à la tentation dès qu'elle s'est présentée. Ç'a commencé par la bière et le vin, puis la marijuana. En moins d'un an, il est tombé dans la cocaïne et l'héroïne, il dealait ou il achetait. Et puis il s'est mis à voler tout ce qui lui tombait sous la main.

« Lorsque je lui ai demandé combien d'actes criminels non répertoriés il avait commis avant d'être arrêté, il m'a avoué qu'il était incapable de les compter. Il cambriolait des maisons, des voitures – bref, il s'agissait de vols, jamais de crimes de sang. Et puis il a pénétré par effraction dans la maison de Robyn Naismith. La malchance a voulu qu'elle le surprenne.

– Il n'a jamais été décrit comme un individu violent, Benton.

– C'est juste. Son profil ne correspond pas à ce que l'on attendrait d'un criminel violent. La défense a prétendu que l'abus de drogue et d'alcool l'avait temporairement rendu irresponsable de ses actes. Pour être tout à fait honnête, je pense que c'est la vérité. Peu de temps avant d'assassiner Robyn Naismith, il avait commencé à consommer du PCP. Il n'est donc pas ahurissant de penser que lorsqu'il a été soudain confronté à la jeune femme, il avait d'ores et déjà perdu les pédales et qu'il n'ait eu ensuite aucun souvenir ou presque de ce qu'il lui avait fait subir.

– Mais a-t-il emporté un objet quelconque ? Je veux dire : a-t-il dérobé quelque chose ? La question que je me pose est la suivante : peut-on affirmer avec certitude que son intention était le cambriolage lorsqu'il s'est introduit chez la victime ?

– La maison était sens dessus dessous, tout était retourné. Nous savons que des bijoux de la victime ont disparu. L'armoire de toilette avait été dévalisée de son contenu et le portefeuille de Robyn vidé. Difficile de savoir avec certitude si autre chose manquait puisque la jeune femme vivait seule.

– Aucune relation un peu durable ?

Wesley suivait du regard un couple âgé qui dansait en s'endormant presque au son rauque d'un saxophone. Il répondit :

– Un détail est fascinant. On a trouvé des traces de sperme sur l'un des draps et sur l'alèse qui recouvrait le matelas. Les taches du drap devaient être assez récentes, à moins d'imaginer que Robyn ne changeait pas souvent son linge de lit. Ce qui est certain, c'est que le sperme ne provenait pas de Waddell, il ne concordait pas avec son groupe sanguin.

– Une de ses connaissances a-t-elle mentionné l'existence d'un amant ?

– Non, personne. Vous vous doutez bien que l'identité d'une éventuelle liaison nous intéressait au plus haut point. Mais la police n'a reçu aucun appel et on a fini par se convaincre que l'amant en question était sans doute un homme marié, un collègue, voire même un de ses informateurs.

– Ce n'est pas exclu. Mais il ne l'a pas tuée.

– Non, en effet, Kay. Ronnie Joe Waddell est le tueur. Bien, allons-y.

J'ouvris le dossier de Waddell pour en extraire les photos du condamné exécuté que j'avais autopsié durant la nuit du 13 décembre.

– Reconnaissez-vous l'homme que vous avez interviewé il y a six ans ?

Impassible, Wesley passa en revue tous les clichés, les étudiant un à un. Il s'arrêta sur les gros plans du visage et de l'arrière de la tête, ne s'attardant pas sur les photos du torse et des mains. Il détacha ensuite le petit portrait d'identité judiciaire agrafé au protocole d'évaluation afin de le comparer aux autres.

– On ne peut pas nier qu'il existe une ressemblance, dis-je.

– Certes, mais c'est à peu près tout ce que l'on peut affirmer, rétorqua-t-il. Cette photo d'identité date d'il y a dix ans. Waddell portait la barbe et une moustache. Il était très musclé mais mince. Son visage était presque émacié. Ce type-là, poursuivit-il en désignant une des photos prises à la morgue, est rasé et beaucoup plus lourd. Son visage est plus plein. En d'autres termes, la comparaison de ces clichés ne me permet pas d'assurer qu'il s'agit bien du même homme.

Je ne m'y serais pas risquée non plus. Assez de vieilles photos de moi, sur lesquelles personne n'aurait pu me reconnaître, traînaient à mon domicile.

– Benton, avez-vous la moindre idée sur la façon dont nous pourrions procéder afin de résoudre ce problème ?

– Quelques petites, admit-il en ramassant les photos pour en faire une pile nette qu'il aligna contre le rebord de la table. Votre vieil ami Nick Grueman est une pièce non négligeable dans cette partie, et je me suis creusé la tête pour déterminer quelle serait la meilleure façon de l'aborder sans pour autant nous griller dans la seconde. Si Marino ou moi le rencontrons, il se doutera immédiatement qu'il y a anguille sous roche…

Je compris aussitôt où il voulait en venir, mais en dépit de mes efforts pour l'interrompre il s'obstina :

– … Marino a évoqué vos difficultés avec Grueman. Il semble qu'il ne vous appelle que dans l'espoir de vous faire tourner en bourrique ou de vous casser les reins. Sans oublier, bien sûr, votre passé commun, vos années d'études à Georgetown. Néanmoins, peut-être faudrait-il que vous discutiez avec lui.

– Je ne veux pas le rencontrer, Benton.

– Peut-être a-t-il des photos ou des lettres de Waddell en sa possession. Bref, un document quelconque sur lequel on pourrait retrouver une empreinte digitale de ce dernier. Peut-être même lâchera-t-il une information précieuse pour nous en cours de conversation. Ce que je veux dire, Kay, c'est que vous pouvez légitimement entrer en contact avec lui en raison de votre position, pas nous. D'autant que vous devez déjà vous rendre à Washington afin d'y rencontrer Eider.

– N'insistez pas.

– C'est juste une idée qui m'est venue. (Il se détourna pour faire signe à la serveuse de lui amener l'addition.) Combien de temps Lucy reste-t-elle chez vous ?

– Les cours ne reprennent que le 7 janvier, répondis-je.

– Je crois me souvenir qu'elle se débrouille assez bien avec les ordinateurs.

– Elle fait mieux que se débrouiller.

Un mince sourire éclaira le visage de Wesley, qui ajouta :

– C'est en effet ce que Marino m'a raconté. Selon lui, Lucy serait convaincue qu'elle peut nous donner un précieux coup de main avec l'AFIS.

Sa remarque raviva aussitôt l'inextricable conflit dont je ne parvenais pas à me sortir. J'étais ballottée entre l'envie de la réexpédier sur-le-champ à Miami, à seule fin de la protéger, et, au contraire, celle de la garder près de moi.

– Il ne fait aucun doute qu'elle meurt d'envie d'essayer.

– Je ne sais pas si vous vous souvenez que Michele travaille pour le département de justice criminelle, lequel assiste la police de l'État en ce qui concerne la maintenance de l'AFIS.

Je terminai mon cognac avant de souligner :

– Voilà qui doit vous inquiéter quelque peu en ce moment.

– Il ne se passe pas un seul jour sans que je m'inquiète, Kay.

Le lendemain matin, une neige légère et fine commença de tomber alors que Lucy et moi passions nos tenues de ski, si discrètes qu'on pouvait sans doute nous apercevoir depuis les sommets des Alpes suisses.

– Je ressemble à une balise routière, se lamenta ma nièce en détaillant sa silhouette orange fluo dans le miroir.

– La comparaison est assez juste. Mais au moins, si tu t'égares hors des pistes, nous n'aurons aucune difficulté à te repérer, commentai-je en avalant un cachet de vitamines et deux d'aspirine avec un peu d'eau gazeuse trouvée dans le minibar.

Lucy détailla ma tenue, d'une couleur à peu près aussi toxique que la sienne, et secoua la tête.

– C'est étonnant qu'une femme aussi classique que toi ait une telle propension à se déguiser en paon psychédélique lorsqu'elle fait du sport.

– Ah, mais c'est que je tente parfois d'être un peu branchée ! Tu as faim ?

– Je meurs de faim.

- Benton doit nous rejoindre dans la salle à manger

de l'hôtel à 8h30. Mais, si tu préfères, nous pouvons descendre maintenant.

– Je suis prête. Connie ne petit-déjeune pas avec nous ?

– Nous la retrouverons sur les pentes. Benton veut un peu discuter boutique.

– Ça doit l'ennuyer d'être toujours mise à l'écart, non ? demanda Lucy. On dirait qu'elle est systématiquement exclue des conversations que son mari peut avoir avec d'autres gens.

Je fermai la porte de la chambre derrière nous et nous avançâmes dans le couloir désert.

– Oh, j'ai le sentiment que Connie n'a pas envie d'être impliquée, remarquai-je à voix basse. Ce serait sans doute un sacré poids pour elle d'être informée de chaque détail du métier de son mari.

– Et, donc, c'est à toi qu'il parle.

– Lorsqu'il s'agit de travail, oui.

– De travail. Et le travail est ce qui compte le plus à vos yeux.

– En effet, le travail domine un peu tout le reste.

– Est-ce que tu vas avoir une liaison avec Mr Wesley ?

Je ne pus m'empêcher de sourire.

– Non, en revanche nous n'allons pas tarder à partager un petit déjeuner.

Le buffet proposé par l'Homestead ne dérogeait pas à la règle commune à ce genre d'établissements de luxe : il était impressionnant. De longues tables couvertes de nappes blanches croulaient sous le jambon ou le bacon fumé de Virginie, toutes les préparations possibles d'œufs, les pâtisseries, les scones et les pains. De toute évidence réfractaire à la tentation, ma nièce fila droit vers les céréales et les paniers de fruits frais. En dépit de l'envie que j'aurais eu d'y succomber, sa conduite irréprochable et le souvenir du sermon que j'avais infligé à Marino au sujet de sa santé me contraignirent à délaisser tout ce qui me tentait, dont une tasse de café.

– Les gens te dévisagent, tante Kay, me souffla Lucy.

J'accusai tout d'abord nos tenues pour le moins voyantes de motiver cette attention, jusqu'à ce que j'ouvre le *Washington Post* du matin. Le portrait de moi qui s'étalait en première page me causa un choc, tout comme le titre qui l'accompagnait: « MEURTRE À LA MORGUE ». Suivait un long article relatant le meurtre de Susan, encadrant une photo me représentant arrivant sur les lieux, le visage tendu. À n'en point douter, la source du journaliste n'était autre que Jason, le mari désespéré de Susan. L'article s'attardait ensuite sur les circonstances de la démission de la jeune femme moins d'une semaine avant son meurtre, circonstances particulières, pour ne pas dire suspectes.

Le journaliste affirmait que Susan avait eu maille à partir avec moi lorsque j'avais tenté de l'inscrire contre son gré sur la liste des témoins de l'autopsie d'un jeune garçon assassiné, alors même qu'elle n'avait pas assisté à l'autopsie en question. Lorsque Susan était tombée malade à la suite d'une contamination résultant d'un « bris de bouteilles de formol », j'avais multiplié mes appels à son domicile, la harcelant au point qu'elle avait fini par redouter de décrocher le téléphone. Pour couronner le tout, j'avais débarqué chez elle la nuit précédant son meurtre, avec un poinsettia et de vagues promesses d'aide.

« Quand je suis rentré à mon domicile après mes courses de Noël, j'ai trouvé le médecin expert général installé dans mon salon, déclarait le mari. Elle [le Dr Kay Scarpetta] est partie aussitôt et la porte n'était pas refermée derrière elle que ma femme, Susan, a fondu en larmes. Quelque chose la terrifiait mais elle a refusé de m'en parler. »

Certes, l'offensive publique de Jason Story contre moi me secoua. Pourtant, c'était peu de chose comparé au véritable raz de marée qui me coupa les jambes lorsque je lus les révélations du journaliste au sujet des récentes transactions financières réalisées par Susan. Il semblait que quinze jours avant sa mort mon assistante avait dépensé plus de trois mille dollars par cartes bancaires après avoir déposé trois mille cinq cents dollars sur son compte courant. Cette soudaine manne pécuniaire était incompréhensible. Son mari avait été licencié de son emploi de vendeur durant l'automne et Susan ne gagnait que vingt mille dollars par an.

– Mr Wesley vient d'arriver, annonça ma nièce en me prenant le journal des mains.

Il était vêtu d'un fuseau noir et d'un pull à col roulé, son anorak d'un rouge vif coincé sous son bras. À l'expression peinte sur son visage, à la crispation de ses mâchoires, il était évident qu'il avait déjà appris la nouvelle.

– Le *Post* a-t-il tenté de vous joindre ? (Il tira une chaise pour s'installer.) Je n'arrive pas à croire qu'ils aient pu rédiger ce fichu papier sans vous accorder un droit de réponse.

– Un de leurs journalistes a appelé au moment où je

quittais mes bureaux hier. Il souhaitait me poser des questions sur le meurtre de Susan et j'ai jugé préférable de ne pas prendre la communication. Il s'agissait sans doute de mon « droit » de réponse.

– En d'autres termes, vous étiez dans l'ignorance de l'angle sous lequel ils comptaient présenter l'affaire ?

– J'étais dans le noir total jusqu'à ce que je lise cet article.

– Ces ragots se sont répandus à la vitesse de l'éclair, Kay, lâcha-t-il en me fixant. Je les ai entendus ce matin à la télévision. Marino a appelé. La presse de Richmond en fait ses choux gras. Ils sous-entendent que l'assassinat de Susan pourrait avoir un rapport avec les bureaux du médecin expert général, donc que vous pourriez être impliquée et que vous avez brusquement quitté la ville.

– Mais c'est grotesque !

– Qu'est-ce qui est exact dans ce papier ?

– Tous les faits ont été déformés. J'ai, en effet, appelé Susan chez elle lorsqu'elle ne s'est pas présentée à son travail. Je voulais surtout m'assurer qu'elle s'était remise, mais aussi vérifier si elle avait bien réalisé le relevé dactyloscopique de Waddell lorsqu'il était arrivé à la morgue. Je lui ai rendu visite à son domicile un soir, la veille de Noël pour être précise, afin de lui remettre un cadeau que j'avais pour elle et je lui ai offert un poinsettia. Quant à mes « promesses d'aide », lorsqu'elle m'a confirmé qu'elle souhaitait démissionner, je lui ai proposé de rédiger une lettre de recommandation pour l'aider à postuler à un futur emploi, et j'ai même ajouté qu'elle pouvait m'appeler si elle avait besoin de moi.

– Et qu'est-ce que c'est que cette histoire de liste de

témoins de l'autopsie d'Eddie Heath dont Susan ne voulait pas faire partie ?

– Cela s'est produit l'après-midi où elle a heurté un chariot et fait tomber des fioles de formol qui se sont fracassées au sol. Elle est ensuite montée s'allonger un peu dans mon bureau. C'est la routine de faire figurer les noms des assistants et des techniciens sur la liste des témoins lorsqu'ils ont assisté à une autopsie. Susan n'a collaboré qu'à l'examen externe du petit garçon, et elle a catégoriquement refusé que je la cite dans le rapport de son autopsie. Je ne vous cacherai pas que j'ai pensé que son attitude et cette exigence de sa part étaient assez étranges, mais il n'y a jamais eu d'altercation, ni même de difficultés entre nous.

– Quand on lit cet article, on a l'impression que tu l'achetais, remarqua Lucy. Enfin, c'est du moins ce que j'en conclurais si j'étais une simple lectrice du journal.

– Je peux te garantir que je n'ai jamais soudoyé Susan. En revanche, j'ai bien l'impression que quelqu'un d'autre rétribuait ses services, rétorquai-je.

– Cela commence à s'éclaircir un peu dans ma tête, dit Wesley. Si les informations concernant les mouvements financiers sur son compte sont fondées, Susan avait récupéré une somme d'argent substantielle, ce qui signifie qu'elle avait été grassement payée pour un service rendu. C'est à peu près à la même époque que l'on a piraté votre ordinateur et que l'attitude de la jeune femme a changé du tout au tout. Elle est devenue nerveuse et peu fiable. Elle tentait de vous éviter autant que faire se peut. Selon moi, elle ne pouvait plus vous regarder en face parce qu'elle était parfaitement consciente qu'elle vous trahissait, Kay.

Je hochai la tête, luttant pour conserver mon sang-froid. Susan s'était laissé entraîner dans quelque chose dont elle ne parvenait plus à sortir. Peut-être était-ce là la véritable explication de ses dérobades lors de l'autopsie d'Eddie Heath, puis de celle de Jennifer Deighton. La sorcellerie, les vapeurs de formol n'avaient rien à voir dans ses sautes d'humeur et son émotivité à vif. Elle était paniquée. Elle ne voulait pas assister à leurs autopsies.

Je fis part de ma théorie à Wesley, qui commenta d'un :

– Intéressant. Posons-nous la question suivante : que possédait Susan Story qui puisse être monnayé ? La réponse est simple : des informations. Or, si elle n'assistait pas aux autopsies, elle n'avait pas d'informations. Et je pense que la personne qui lui achetait des renseignements est également celle qu'elle avait l'intention de rencontrer le jour de Noël.

– Quelle information pourrait être assez précieuse pour que quelqu'un offre de la payer plusieurs milliers de dollars et n'hésite pas ensuite à abattre une femme enceinte ? demanda sans détour Lucy.

Nous n'en étions pas certains, pourtant nous avions une petite hypothèse. Le fameux dénominateur commun, une fois de plus, semblait être Ronnie Joe Waddell.

– Susan n'a pas oublié de relever les empreintes de Waddell... enfin, de l'homme exécuté, lâchai-je. Elle a délibérément omis de le faire.

– Cela m'en a tout l'air, approuva Wesley. Quelqu'un lui a demandé une petite amnésie bien arrangeante. Ou alors d'égarer la carte des dix empreintes dans l'éventualité où vous ou un autre membre de votre personnel se serait chargé de les relever...

Je pensai aussitôt à Ben Stevens. L'ordure.

– Ce qui nous ramène à notre conclusion d'hier soir, Kay. Il nous faut revenir à la nuit de la supposée exécution de Waddell et tenter de savoir qui a été sanglé sur la chaise électrique à sa place. Un excellent point de départ, à mon sens, est l'AFIS. Il nous faut découvrir si des rapports ont pu être altérés et, le cas échéant, lesquels. (Il s'adressait maintenant à ma nièce.) Je me suis arrangé pour que tu puisses remonter dans le détail des transactions informatiques, si tu es toujours partante.

– Je suis partante. Quand souhaitez-vous que je m'y mette ?

– Dès que tu seras prête, puisque la première étape n'implique qu'un poste de téléphone. Il te faut appeler Michele. Elle est analyste au département de la justice criminelle et travaille pour le quartier général de la police d'État. Elle s'occupe de l'AFIS et t'expliquera en détail comment le système fonctionne. Ensuite, elle te donnera accès au journal des transactions.

– Et cela ne l'embête pas que je me mêle de ça ? demanda Lucy d'un ton presque méfiant.

– Au contraire, elle est ravie. Le journal des transactions n'est rien d'autre qu'une liste d'interventions, une sorte d'énumération de toutes les modifications apportées à la base de données de l'AFIS. En d'autres termes, elles sont indéchiffrables. Je crois me souvenir que Michele les a appelées des « dépotoirs hex », peut-être cela t'évoque-t-il quelque chose ?

– Hexadécimaux, en base 16, quoi. Autrement dit des hiéroglyphes, traduisit Lucy. Il faudra que je décrypte les données et que je crée un programme capable de recherchercher toutes les opérations qui ont pris pour cible les numéros d'identification des dossiers qui vous intéressent.

– Et tu peux le faire ?

– Dès que j'aurai découvert le code et l'architecture du dossier. Pourquoi cette analyste de votre connaissance ne le fait-elle pas elle-même ?

– Nous devons nous montrer aussi discrets que possible. Si Michele lâchait ses occupations habituelles pour passer dix heures par jour à dépouiller un journal de transactions informatiques, nul doute que nous attirerions l'attention. En revanche, toi, tu peux travailler clandestinement depuis l'ordinateur qui se trouve chez ta tante. Il te suffira de te connecter grâce à la ligne réservée à la maintenance.

– Tant qu'il est impossible de remonter jusqu'à mon domicile, insistai-je.

– C'est garanti, affirma Wesley.

– Vous êtes certain que personne ne s'apercevra qu'un intrus se connecte à l'ordinateur de la police d'État et consulte le journal des transactions ?

– Michele est formelle. Elle se débrouillera pour que nul ne s'en rende compte. (Il tira la fermeture à glissière d'une des poches de son anorak et récupéra une carte de visite qu'il tendit à Lucy.) Voici ses numéros de téléphone professionnel et personnel.

– Et comment pouvez-vous être certain qu'elle mérite votre confiance ? Après tout, si ces dossiers ont bien été modifiés, qui vous dit qu'elle n'est pas impliquée ? demanda Lucy à Wesley.

– Michele a toujours été une menteuse calamiteuse. Ça ne date pas d'hier. Déjà quand elle était petite fille, elle regardait la pointe de ses chaussures en virant à l'écarlate.

La stupéfaction se peignit sur le visage de ma nièce.

– Vous la connaissiez déjà lorsqu'elle était petite ?

– Oh, même avant. Michele est ma fille aînée.

9

Après de longues discussions, nous finîmes par mettre sur pied un plan qui réunit nos suffrages. Lucy resterait à l'Homestead en compagnie des Wesley jusqu'au mercredi, ce qui me donnerait le temps de m'attaquer à mes problèmes sans me ronger les sangs à son sujet.

Je repris la route peu après le petit déjeuner. Une neige discrète tombait. Elle virait à la pluie lorsque je parvins à Richmond.

Je passai la journée à faire la tournée des labos. Je discutai un peu avec Fielding et quelques autres de mes scientifiques en parvenant à éviter Ben Stevens. Je ne rappelai aucun des journalistes qui avaient laissé des messages à mon secrétariat, et ignorai résolument mon courrier électronique. Si le commissaire à la Santé m'avait envoyé un mail, je ne voulais surtout pas en apprendre le contenu.

Il était 16 h 30 lorsque je m'arrêtai à la station Exxon de Grove Avenue pour faire le plein. Une Ford LTD blanche se gara contre mon pare-chocs arrière. Marino en descendit, remonta son pantalon à deux mains et se dirigea vers les toilettes. Lorsqu'il en ressortit quelques instants plus tard, il balaya discrètement du regard les alentours comme s'il redoutait que quelqu'un l'ait surpris dans une situation si triviale. Puis il me rejoignit.

– Je passais et je vous ai vue, déclara-t-il en fourrant les mains dans les poches de son blazer bleu.

– Qu'avez-vous fait de votre manteau ? demandai-je en attaquant le nettoyage de mon pare-brise.

Il courba la tête et haussa les épaules dans une piètre tentative pour se protéger de l'air vif et glacial en expliquant :

– Dans ma bagnole. Ça me gêne pour conduire. Si des fois vous aviez pas envisagé de faire cesser les rumeurs qui courent, je vous suggère de vous y mettre, genre tout de suite.

Agacée, je balançai la raclette à vitres dans son récipient de produit nettoyant.

– Ah, oui ? Eh bien, pourquoi ne pas me faire profiter de vos suggestions, Marino ? Que dois-je faire, selon vous ? Téléphoner à Jason Story pour lui assurer que je suis vraiment désolée que sa femme et son bébé à venir soient morts, mais que je lui serais extrêmement reconnaissante de bien vouloir laisser libre cours à sa colère et à sa rage en choisissant une autre cible que moi ?

– Enfin, Doc, c'est vous qu'il rend responsable de ce qui s'est passé.

– Eh bien, je suppose qu'après la lecture de l'article paru dans le *Washington Post* pas mal d'autres personnes m'en veulent aussi. Ils ont réussi un remarquable portrait de salope machiavélique.

– Vous avez faim ?

– Non.

– Ben, pourtant, vous avez l'air de quelqu'un qu'a faim.

Je le clouai du regard. Avait-il perdu la tête ?

– Et quand j'ai un soupçon de cet ordre, c'est mon devoir de m'assurer de quoi y retourne. Donc, je vous donne le choix. Soit je vais chercher diverses cochonneries et des canettes de soda aux distributeurs qui sont là-bas et on les avale dehors, en se gelant les fesses et en inhalant les fumées de pot d'échappement des autres bagnoles, et, en plus, en empêchant des pauvres mecs de s'approcher des pompes parce qu'on les bloque avec nos caisses. Soit on va chez Phil. Dans les deux cas, c'est ma tournée.

Dix minutes plus tard, nous étions installés dans un box d'angle, examinant avec le plus grand sérieux les cartes illustrées en carton glacé qui offraient une pléthore de mets allant des spaghettis jusqu'aux filets de poisson frit. Marino faisait face à la porte en verre fumé, m'ayant offert avec courtoisie une vue imprenable sur celle des toilettes. Il fumait, à l'instar de la plupart des autres clients attablés, inutile rappel de ma difficulté cauchemardesque à me débarrasser de la cigarette. En réalité Marino n'aurait pu choisir de meilleur endroit, vu les circonstances. Philip's Continental Lounge était un de ces vieux établissements de quartier où les habitués, qui se connaissaient depuis des lustres, se croisaient régulièrement autour d'un bon repas sans chichis et de quelques bouteilles de bière. L'affamé type était un client toujours d'humeur paisible et sociable. Il y avait fort peu de chances que l'un d'entre eux me reconnaisse ou me prête attention, sauf à imaginer que ma photo ait fait la une des rubriques sportives d'hebdomadaires.

Marino referma la carte avant de déclarer :

– C'est comme ça. Jason Story est convaincu que Susan serait toujours en vie si elle avait pas bossé à l'institut médico-légal. D'autant qu'il a peut-être pas tort sur ce point. En plus, c'est un pauvre type, un perdant quoi, le genre de trou du cul égocentrique qui se persuade que tout est toujours de la faute des autres. Si vous voulez mon avis, il est probablement plus responsable de la mort de sa femme que n'importe qui d'autre.

– Vous n'insinuez tout de même pas qu'*il* l'a tuée ?

La serveuse se planta devant notre table et nous passâmes commande : poulet grillé accompagné de riz pour Marino et un chili casher pour moi, sans oublier deux sodas version *light*.

– Attendez, reprit Marino à voix basse, je suggère pas que Jason a buté sa femme. Mais au fond, c'est lui qui l'a poussée à se foutre dans la situation – quelle qu'elle soit – qui lui a coûté la vie. C'est Susan qui réglait les factures, et elle s'est retrouvée dans une embrouille financière du genre inextricable.

– Cela ne m'étonne pas, commentai-je. Son mari venait de perdre son emploi.

– Ouais, ben, c'est vachement dommage qu'il ait pas perdu ses goûts de luxe dans la foulée. Je parle de ses liquettes Polo, de ses falzars Britches of Georgetown et de ses cravates en soie. Deux semaines après s'être fait foutre à la porte de sa boîte, ce connard claque sept cents dollars pour s'offrir un équipement de ski, puis se barre en week-end à Wintergreen. Ça, ça venait à la suite de la veste en cuir de deux cents dollars qu'il s'était offerte un peu plus tôt et du vélo qui coûtait le double. Pendant ce temps, Susan bossait comme une dingue à la morgue et de toute façon son salaire suffisait pas à couvrir les dépenses de son mari.

– Oh, mince, je n'avais aucune idée de ce qui se passait, soufflai-je.

Une peine soudaine m'envahit. Je revis Susan installée à sa table de travail. Elle avait pour habitude de ne jamais sortir déjeuner. Je la rejoignais parfois dans son bureau durant la pause de midi pour discuter un peu. Je me souvins des paquets de chips bas de gamme et des bouteilles de soda en promotion qui constituaient son menu habituel. Je ne l'avais jamais vue manger ou boire quoi que ce soit qu'elle n'eût pas apporté de chez elle.

– Bref, la folie des grandeurs de Jason explique les emmerdements qu'il vous cause. Il vous couvre de saloperies auprès de tous ceux qui veulent bien l'écouter parce que vous êtes la toubib-avocate-grand chef indien qui conduit une Mercedes et qui habite une super-baraque dans Windsor Farms. Je me demande si ce connard s'est pas raconté sa petite histoire, genre que s'il parvenait à vous coller la mort de sa femme sur le dos, peut-être bien qu'il pourrait en tirer une jolie compensation en fric.

– Eh bien, il peut toujours essayer !

– Vous pouvez compter sur lui.

La serveuse déposa nos boissons en face de nous et je changeai de sujet :

– Je dois rencontrer Eider demain matin…

Marino leva le regard vers le poste de télévision installé derrière le bar.

– … Lucy va bientôt pénétrer dans l'AFIS. Quant à Ben Stevens, je ne sais pas trop comment m'en dépêtrer.

– Vous avez qu'à le virer.

– Marino, on ne licencie pas un fonctionnaire juste en claquant des doigts.

– Ouais, il paraît que ce serait plus facile de virer Jésus-Christ, je sais. Sauf s'il s'agit d'un fonctionnaire nommé et d'un grade hors classe. Comme vous, quoi. N'empêche, faudrait quand même que vous trouviez un moyen de balancer cet enfoiré.

– Lui avez-vous parlé ?

– Oh, ouais… À l'en croire, vous êtes arrogante, ambitieuse et bizarre. Bref, vous êtes un vrai clou à la fesse et c'est la galère de bosser sous vos ordres.

La surprise me pétrifia et je m'exclamai :

– Il a vraiment prétendu cela ?

– Tout comme.

– J'espère vivement que l'on va mettre le nez dans ses finances. Je serais curieuse de savoir si d'importants dépôts n'ont pas alimenté récemment son compte. Susan ne s'est pas embringuée toute seule dans cette histoire.

– On est d'accord. Je suis sûr que Stevens sait un paquet de choses et qu'il se démène comme un dingue pour recouvrir ses traces. Ah, tant que j'y suis, je suis allé rendre visite à la banque de Susan. Un des caissiers se rappelle quand elle a déposé les trois mille cinq cents dollars sur son compte. Il s'agissait de *liquide.* Tout en billets de vingt, cinquante et cent dollars qu'elle avait fourrés dans son sac à main.

– Et qu'a raconté Stevens au sujet de Susan ?

– Qu'en fait il la connaissait pas tant que ça, mais qu'il avait l'impression que ça se passait plutôt mal avec vous. En conclusion, il en rajoute une couche sur ce que dégoise la presse.

Nos plats arrivèrent. J'étais si furieuse que je parvins à peine à grignoter une bouchée de mon chili.

– Et Fielding ? Pense-t-il, lui aussi, que je suis une horreur au travail ?

Le regard de Marino s'évada de nouveau.

– Il dit que vous êtes totalement absorbée par votre boulot et qu'il n'est jamais parvenu à vous comprendre.

– Je ne l'ai pas recruté pour qu'il me comprenne, et il est certain qu'en comparaison de lui je dois paraître très absorbée par mes responsabilités ! Fielding est un désenchanté. Cela fait plusieurs années que la médecine légale a cessé de le fasciner. Il préfère réserver son énergie aux salles de musculation.

Le regard de Marino revint sur moi.

– Donc vous êtes archi-impliquée dans ce que vous faites, comparée à *n'importe qui*, et c'est vrai que la majorité des gens vous comprend pas. Vous vous baladez pas avec le cœur en bandoulière. Moi, ça m'étonne pas que certains pensent que vous êtes plutôt du genre froid. C'est tellement difficile de percer qui vous êtes vraiment que ceux qui vous cernent pas – et ça fait un paquet – se disent qu'au fond rien ne vous touche. Y a plein de flics ou d'avocats qui me demandent parfois ce que je pense de vous. Ils veulent que je leur explique qui vous êtes, comment vous pouvez faire votre boulot, ce qui vous motive. Ils vous perçoivent comme quelqu'un de très distant.

– Et que leur répondez-vous, Marino ?

– Que dalle.

– Avez-vous enfin terminé de me psychanalyser ?

Il alluma une cigarette, puis :

– Bon, je vais vous dire un truc, et ça vous fera sans doute pas plaisir. Vous êtes le genre de dame très réservée, très professionnelle. Le genre qui réfléchit longtemps avant de tolérer que les autres approchent d'elle. Mais une fois que vous avez accepté qu'on vous rejoigne, c'est pour de bon. Et cette personne-là peut se vanter de s'être fait une super-amie qui serait prête à aller au bout du monde pour lui donner un coup de main en cas de besoin. Pourtant, vous avez changé cette année. Vous vous êtes blindée depuis la mort de Mark. Pour ceux d'entre nous qui vous connaissent bien, c'est comme si brusquement vous nous repoussiez en dehors de votre existence. Et le pire, c'est que je crois pas que vous vous en rendiez compte.

« Du coup, ça explique que si peu de gens se sentent encore proches de vous. Peut-être même qu'ils vous en veulent un peu parce qu'ils se sentent devenir transparents à vos yeux, ou même carrément jetés. Peut-être que certains d'entre eux vous ont jamais appréciée tant que ça, ou alors ils sont simplement indifférents. Faut savoir un truc à propos des autres : que vous soyez installée sur un trône ou le cul collé à la chaise électrique, de toute façon y en a toujours qui essayeront de vous utiliser à leur avantage. Alors si en plus il existe aucun lien, aucune affection entre eux et vous, ça leur rend juste les choses plus faciles. Ils peuvent tirer de vous ce qui les intéresse sans se préoccuper une seconde de ce qui va vous arriver. C'est là que vous en êtes. Y a plein de gens qui attendent depuis des années de vous voir plonger.

– Je n'ai nulle intention de plonger, assenai-je en repoussant mon assiette.

Il exhala un nuage de fumée avant de reprendre :

– Doc... Vous avez déjà plongé. Et ma grande théorie, c'est que quand on plonge dans une eau infestée de requins et qu'on commence à saigner, il faut sortir de la flotte, et plus vite que ça.

– Serait-il possible de discuter un peu sans aligner les clichés les uns derrière les autres ?

– Mais je pourrais tout aussi bien vous le chanter en portugais ou en chinois que ça changerait rien. Vous n'écoutez pas.

– Si vous optez pour le chinois ou le portugais, je vous assure que je serai tout ouïe. Cela étant, même l'anglais vous vaudra ma totale attention, c'est une promesse.

– Ouais, ben, justement, ce genre de persiflage devrait pas augmenter votre fan-club. D'ailleurs, c'est de ça que je vous cause.

– Marino, je l'ai dit avec le sourire.

– Je vous ai vue découper des cadavres avec un sourire.

– Certainement pas, j'utilise toujours un bistouri.

– Des fois, y a pas tant de différence que ça entre les deux. Moi, j'ai vu votre sourire faire saigner des avocats de la défense.

– Si je suis si odieuse que cela, comment pouvez-vous rester mon ami ?

– Parce que mon blindage de protection est encore plus épais que le vôtre. Ce monde grouille d'ordures et l'eau est infestée de requins. Et chacun d'entre eux veut vous arracher un bout de barbaque.

– Marino, vous versez dans la paranoïa.

– Je veux, Doc ! C'est d'ailleurs pour cette raison

que je préférerais que vous fassiez profil bas pendant quelque temps. Vraiment.

– Cela m'est impossible.

– Si vous voulez savoir la vérité, tout le monde va croire qu'en vous impliquant dans ces affaires c'est vos intérêts perso que vous cherchez à protéger. À tous les coups, vous allez y laisser encore davantage de plumes que maintenant. Ils vont saccager votre réputation.

– Susan est morte, Eddie Heath est mort et Jennifer Deighton est morte. La corruption se fraye un chemin dans mes services et nous ne sommes même plus certains de l'identité du détenu qui a fini sur la chaise électrique. Et vous suggérez que je me terre quelque part en attendant que les choses s'arrangent d'elles-mêmes par magie ?

Marino tendit le bras pour s'emparer de la salière, mais je fus plus rapide que lui.

– C'est non, ordonnai-je en faisant glisser le poivrier vers lui. En revanche, vous pouvez tartiner votre assiette de poivre si le cœur vous en dit.

– Ces foutaises de trucs santé vont me faire la peau un de ces quatre ! Parce qu'un jour je vais en avoir tellement ma claque que je ferai tout d'un coup. Cloper cinq cigarettes à la fois avec un bourbon dans la main droite et une tasse de café dans la gauche, attablé devant un énorme steak, des patates inondées de beurre, de crème fraîche et de sel. Je ferai péter tous les fusibles.

– Il est exclu que vous fassiez cela. Vous allez apprendre à vous respecter et à vous aimer un peu, et vivre aussi longtemps que moi.

Nous demeurâmes silencieux un long moment, jouant avec le contenu de nos assiettes sans grand appétit.

– Sans vouloir vous offenser, Doc, qu'est-ce que vous espérez tirer de ces foutues plumes ?

– Leur origine, avec un peu de chance.

– Oh, je peux vous éviter ce tracas. Ça vient des oiseaux.

Il était presque 19 heures lorsque je quittai Marino pour regagner le centre-ville. La température avait monté, plafonnant à cinq degrés. Des averses si violentes qu'elles décourageaient les automobilistes striaient l'obscurité dense. Derrière la morgue, les lumières des réverbères à vapeur de sodium formaient des halos jaunes qui évoquaient de petites nuées de pollen. Les portes de la baie de déchargement étaient verrouillées et le parking désert. Mon pouls s'accéléra dès que j'eus pénétré dans le bâtiment. Je suivis le couloir baigné de la lumière crue des néons, dépassai la salle d'autopsie pour m'arrêter devant la porte du petit bureau qu'occupait Susan.

Je poussai le battant, incapable de préciser ce que je venais chercher en ces lieux. Pourtant, une impulsion me poussa vers son placard, les tiroirs de son bureau, chacun des livres alignés sur les étagères et aussi ses anciens messages téléphoniques. Je fouillai tout. Rien ne semblait avoir été déplacé depuis son décès. Marino était passé maître dans l'art de retourner le petit univers privé des autres sans pour autant altérer le désordre naturel des objets. Le poste de téléphone reposait toujours de travers sur le coin droit de la table de travail, son cordon complètement tirebouchonné. Une paire de ciseaux et deux crayons à papier à la mine cassée patientaient sur son grand buvard vert, sa blouse de laboratoire était repliée sur le dossier de la chaise. Un petit papillon adhésif était collé à l'écran de son ordinateur, rappel d'un futur rendez-vous chez son médecin. Je contemplai les courbes timides et l'inclinaison sans hargne de son écriture soignée et une sorte de vertige me coupa les jambes. Comment Susan avait-elle dérivé ? Était-ce le résultat de son mariage avec Jason Story ? Les germes de sa future destruction préexistaient-ils depuis bien plus longtemps que cela, lorsqu'elle n'était encore que la petite fille d'un pasteur austère, la jumelle abandonnée par une sœur morte ?

Je m'installai dans le fauteuil de bureau monté sur roulettes et le propulsai d'un élan de jambes jusqu'au classeur à dossiers suspendus. J'en sortis une à une toutes les chemises, parcourant leur contenu. La presque totalité des documents que j'examinai consistait en brochures ou en informations au sujet du matériel chirurgical utilisé à la morgue. Rien ne me déconcerta jusqu'à ce que je constate que si elle avait scrupuleusement conservé toutes les notes de service émanant de Fielding, aucune ne provenait de Ben Stevens ou de moi-même. Je savais pourtant que lui et moi en avions rédigé un nombre conséquent. Je fouillai à nouveau les tiroirs et les bibliothèques sans trouver aucun dossier me concernant ou concernant mon administrateur. Une seule conclusion s'imposa à moi : quelqu'un les avait fait disparaître.

Ma première réaction fut de penser que Marino les avait peut-être confisqués à fin d'enquête. Soudain, une idée me traversa l'esprit et je fonçai à l'étage. J'ouvris la porte de mon bureau et me précipitai vers le meuble à tiroirs dans lequel j'ensilais toute la paperasserie administrative de moindre importance, papillons de notification d'appels téléphoniques, notes de service, sorties d'imprimante de mes messages électroniques, brouillons de ventilations budgétaires, projets de stratégies à long terme. Je fouillai les tiroirs, retournant chaque classeur. La couverture de l'épais dossier que je cherchais portait la simple mention « Notes de service ». J'y conservais depuis des années une copie de toutes les notes que j'avais adressées à mon personnel, mais également aux agents d'autres institutions. Je poursuivis ma fouille dans le bureau de Rose, puis m'acharnai à nouveau dans le mien, passant en revue chaque recoin. Rien. Le dossier s'était volatilisé.

– Espèce d'enfoiré, sifflai-je entre mes dents en traversant le couloir au pas de charge, poussée par la fureur. Espèce de salopard d'enfoiré !

Le bureau de Ben Stevens était rangé avec un soin impeccable, si judicieusement meublé qu'on eût cru la création de l'étalagiste d'un quelconque magasin *discount* de meubles. Une reproduction de bureau Williamsburg avec poignées de tiroir en cuivre et plateau plaqué acajou trônait au centre de la pièce éclairée par des lampadaires en cuivre surmontés d'abat-jour vert foncé. Un tapis persan industriel recouvrait le sol. Quant aux murs, une profusion de photos ou de gravures de skieurs, de cavaliers chevauchant des montures écumantes et brandissant leur maillet de polo, de marins bravant des océans turbulents les décorait. Je tirai d'abord le dossier personnel de Susan et y trouvai l'habituel *curriculum vitae*, sa fiche de poste, ainsi que d'autres documents. En revanche, les diverses appréciations élogieuses que j'avais rédigées à son sujet et placées moi-même dans la chemise manquaient à l'appel. J'ouvris ensuite plusieurs tiroirs et découvris dans l'un une petite trousse de toilette en plastique marron renfermant une brosse à dents, un tube de dentifrice, un rasoir, de la crème à raser et un petit flacon d'eau de Cologne.

Installée à la table de travail de Ben Stevens, je rebouchai la petite bouteille d'eau de Cologne Rouge. Peut-être fut-ce le subtil mouvement de l'air lorsque la porte s'entrouvrit en silence. Peut-être un instinct animal me prévint-il d'une soudaine présence. Je levai les yeux. Ben Stevens était figé dans l'embrasure de la porte. Nos regards se soutinrent durant ce qui me parut une glaciale et silencieuse éternité. Je n'avais pas peur et je me contrefichais qu'il m'ait surprise furetant dans ses affaires. La rage me portait.

– Il est inhabituel de vous croiser si tard, Ben, attaquai-je d'une voix délibérément calme.

Je refermai la trousse de toilette et la rangeai dans le tiroir sans hâte avant de croiser mes doigts sur son sous-main.

– Voyez-vous, ce que j'ai toujours adoré dans le fait de rester au bureau le soir, c'est que tous les autres sont rentrés chez eux, poursuivis-je, toujours impavide. Aucun risque d'être dérangé. Aucun risque qu'un collègue ne déboule inopinément dans votre bureau et interrompe ce que vous êtes en train de faire. Plus d'oreilles, plus d'yeux. Plus de bruit, sauf parfois, lorsque le gardien effectue sa ronde, ce qu'il ne consent à faire que contraint et forcé, comme nous le savons tous, parce qu'il a une trouille bleue de pénétrer dans la morgue. Au demeurant, je n'ai jamais connu de gardien qui s'y serait résolu de bon cœur. Même chose pour le personnel de nettoiement. Il ne descend jamais et en fait le minimum dans les étages. Et puis quelle importance, n'est-ce pas? Il n'est pas loin de 21 heures, or il termine son travail à 19 h 30 tous les soirs.

« En réalité, la grande question que je me pose en ce moment, c'est: pourquoi n'y ai-je pas pensé plus tôt? Ahurissant, n'est-ce pas, que cela ne m'ait jamais traversé l'esprit? Peut-être est-ce une des conséquences des préoccupations qui m'ont encombré le cerveau ces derniers temps. Or, donc, vous avez raconté à la police que Susan n'était qu'une vague relation de travail? Pourtant vous la raccompagniez fréquemment chez elle, quand vous n'alliez pas aussi la chercher le matin, comme ce jour de tempête de neige, lorsque j'ai autopsié Jennifer Deighton. Elle était si distraite ce matin-là. Je me souviens qu'elle avait abandonné le corps dans le couloir et s'apprêtait à téléphoner à quelqu'un. Elle a raccroché avec précipitation quand j'ai pénétré dans la salle d'autopsie. Je doute fort qu'il s'agissait d'un appel d'ordre professionnel, pas à 7 h 30 le matin, surtout ce jour-là. Les conditions météorologiques étaient si désastreuses que la plupart des gens avaient décidé de rester chez eux. Ajoutons à cela que la seule personne déjà arrivée à l'institut médico-légal, en dehors de moi, c'était vous. Mais si c'était bien vous qu'elle appelait, pourquoi me le dissimuler? Sauf à croire que vous représentiez davantage pour elle qu'un supérieur hiérarchique immédiat?

« Certes, nos rapports sont tout aussi intrigants. J'avais l'impression que nous nous entendions très bien et voilà que, soudain, vous vous répandez sur le fait que je suis une patronne insupportable. Du coup, j'en viens à me demander si Jason Story est le seul à s'épancher auprès des journalistes. C'est stupéfiant, cette réputation que l'on me fait. Le portrait type d'une névrosée, d'un tyran qui, d'une certaine façon, serait responsable du meurtre d'un de ses assistants. Susan et moi avions une excellente relation de travail, cordiale même, et il en allait de même entre vous et moi encore récemment, Ben. Cela étant, force est d'admettre que ce sera ma parole contre la vôtre, surtout maintenant que tous les documents susceptibles de prouver ce que j'affirme se sont providentiellement volatilisés. Si je me laissais aller à un petit pronostic, je serais prête à parier que vous vous êtes déjà ouvert à une oreille complaisante de votre inquiétude concernant la disparition d'importantes notes de service du bureau. Quelle meilleure stratégie pour insinuer que je suis coupable de cet escamotage ? D'autant que lorsque des dossiers s'évanouissent dans la nature, on peut raconter ce que l'on veut sur leur contenu, n'est-ce pas ?

– Je ne vois vraiment pas de quoi vous parlez, lâcha Ben Stevens.

Il abandonna le chambranle de la porte et fit quelques pas dans le bureau sans pour autant s'approcher de moi ou faire mine de s'asseoir. Le sang lui était monté au visage et une haine perceptible glaçait son regard. Il reprit :

– J'ignore tout de cette histoire de dossiers volatilisés, de notes de service disparues. Cependant, si cette information s'avère exacte, je ne pourrai pas prendre sur moi de la dissimuler aux instances compétentes, tout comme je serai contraint de révéler que je vous ai surprise ce soir fouillant dans mon bureau alors que je repassais prendre quelque chose que j'avais oublié.

– Qu'aviez-vous oublié, Ben ?

– Je n'ai pas à répondre à vos questions.

– Vous vous trompez sur ce point. Je vous rappelle que vous travaillez sous mon autorité. Si je découvre que vous revenez à l'institut à une heure tardive, je suis parfaitement fondée à vous demander des explications.

– Allez, virez-moi, essayez donc de me licencier ! Avouez que ça ferait plutôt désordre en ce moment, et que ça n'arrangerait pas vos affaires.

– Vous êtes un type répugnant.

Ses yeux s'agrandirent et il passa la langue sur ses lèvres sèches.

– Vous me faites penser à une sorte de pieuvre, Ben. Votre stratégie consiste à diriger la meute vers moi, comme un poulpe crache son encre à seule fin de se dissimuler à ses prédateurs. Vous paniquez. Avez-vous abattu Susan ?

– Mais merde, vous perdez les pédales ! cracha-t-il d'une voix tremblante.

– Elle est sortie de chez ses parents en début d'après-midi, le jour de Noël, sous prétexte d'aller rendre visite à une amie. En réalité, c'était vous qu'elle comptait rencontrer, n'est-ce pas ? Savez-vous quelle est la première remarque que je me suis faite lorsque je l'ai découverte morte dans sa voiture ? Le col de son manteau et son foulard avaient gardé les effluves d'un parfum, ou plutôt d'une eau de Cologne masculine… L'odeur de ce Rouge dont vous conservez un flacon dans le tiroir de votre bureau afin de vous rafraîchir avant de faire la tournée des bars du Slip.

– J'ignore où vous voulez en venir.

– Qui rétribuait ses services ?

– Vous, peut-être.

– C'est grotesque, rétorquai-je avec calme. Susan et vous magouilliez dans une combine très juteuse. Selon moi, c'est vous qui l'avez convaincue d'y participer parce que vous connaissiez ses points de vulnérabilité. Sans doute s'était-elle confiée à vous. Vous l'avez persuadée de vous donner un coup de main et Dieu sait que vous aviez besoin de cette manne financière. Vos notes de bars doivent lourdement grever votre budget. Faire la fête revient très cher, et je connais votre salaire.

– Vous ne connaissez rien du tout !

– Ben, insistai-je, la voix basse, retirez-vous de cette histoire. Arrêtez tant qu'il est encore temps. Dites-moi qui est derrière tout cela.

Son regard me fuyait. Je persistai :

– Des gens en sont morts, les enjeux deviennent beaucoup trop graves. Si c'est vous qui avez assassiné Susan, pensez-vous vraiment que vous allez vous en tirer ?

Il ne répondit rien.

– Si quelqu'un d'autre l'a tuée, vous croyez-vous intouchable ? Comment pouvez-vous imaginer que la même chose ne vous arrivera pas ?

– Vous me menacez.

– Ne soyez pas ridicule.

– Vous ne pouvez pas prouver que l'eau de Cologne que vous avez sentie sur les vêtements de Susan est bien la mienne. Aucune analyse ne le permet. On ne met pas une *odeur* dans un tube à essais. On ne peut pas la conserver.

– Je vais vous demander de partir, maintenant, Ben.

Il tourna les talons et quitta son bureau. Lorsque j'entendis les battants de la cabine d'ascenseur se refermer, je fonçai à l'autre bout du couloir pour me coller contre une fenêtre donnant sur le parking situé à l'arrière du bâtiment. Je ne regagnai ma voiture que lorsque celle de Stevens eut disparu.

Le siège du FBI, véritable forteresse de béton, s'élève au cœur de Washington, à l'angle de la 9e Rue et de Pennsylvania Avenue. J'y débarquai le lendemain matin, dans le sillage d'une bonne centaine d'écoliers vociférants. En les voyant prendre d'assaut les marches, foncer vers les bancs et s'attrouper autour des énormes buissons et des arbres en pot, je ne pus m'empêcher d'évoquer Lucy au même âge. Elle aurait adoré visiter les labos. Elle me manqua soudain jusqu'au malaise.

Le babillage de voix aiguës d'excitation s'éloigna comme balayé par le vent. J'avançai d'un pas vif et sans hésitation. Les lieux m'étaient assez familiers pour que je m'y oriente sans peine. Me dirigeant vers le cœur du bâtiment, je traversai la cour, puis un parking privé, dépassai un poste de garde avant de parvenir devant un panneau vitré. Derrière s'étendait un hall de réception décoré de meubles brun-roux, de drapeaux et de miroirs. La photographie souriante du président était accrochée à un mur, face aux portraits des dix criminels les plus recherchés du pays.

Je présentai mon permis de conduire au bureau d'accueil, derrière lequel était installé un jeune agent au maintien aussi sévère que la coupe de son costume gris.

– Je suis le Dr Kay Scarpetta, médecin expert général de Virginie.

– Avec qui avez-vous rendez-vous ?

Je le lui expliquai.

Il détailla successivement la photographie d'identité de mon permis, puis mon visage, vérifia que je n'étais pas armée, passa un coup de fil et me tendit un badge. L'ambiance du quartier général était bien différente de celle de la base de Quantico, le genre qui vous amidonne l'âme et vous raidit l'épine dorsale.

Je n'avais jamais rencontré l'agent Minor Eider auparavant. Certes, j'avoue que la trompeuse ironie de son nom m'avait fait venir à l'esprit des images injustes. Je me représentai un homme frêle, à l'allure un brin décadente. Un fin duvet blond devait recouvrir tout son épiderme, à l'exception, bien sûr, de son crâne. Sans doute était-il affligé d'énormes problèmes de vision, et sa peau livide trahissait un manque de goût pour l'extérieur et le soleil. À n'en point douter, ce devait être le genre d'individu qui peut entrer et sortir d'une pièce sans que personne lui prête la moindre attention. J'étais totalement dans l'erreur, non que ma bévue m'étonnât. Je me levai à l'arrivée d'un homme bien charpenté, en chemise à manches courtes, qui me fixa droit dans les yeux.

– Vous devez être Mr Eider, commençai-je.

– Docteur Scarpetta, dit-il en me serrant la main. Je vous en prie, appelez-moi Minor.

Il devait avoir tout au plus quarante ans. Il était assez séduisant, dans un genre universitaire, avec ses petites lunettes dépourvues de monture, ses cheveux châtain foncé coupés avec soin et sa cravate à fines rayures bordeaux et bleu marine. Il se dégageait de lui une sorte d'intensité intellectuelle mais également de précellence sans arrogance, perceptibles par quiconque avait subi d'éprouvantes années d'études supérieures. En effet, je ne me souvenais pas d'avoir rencontré un seul professeur de Georgetown ou du Johns Hopkins qui n'ait tissé de liens étroits avec tout ce qui se singularisait, sans toutefois parvenir à communiquer avec le pauvre pékin moyen.

– Pourquoi cet intérêt pour les plumes ? lui demandai-je comme nous pénétrions dans la cabine d'ascenseur.

– Une de mes amies est ornithologue au Smithsonian's, le musée d'histoire naturelle. Il y a quelque temps, elle a été contactée par des officiels de l'aéronautique au sujet du danger que représentaient les oiseaux pour les avions. Du coup, les choses ont commencé à me fasciner. Voyez-vous, les volatiles se font happer par les moteurs et quand vous inspectez les débris au sol, vous découvrez souvent des fragments de plumes. La question qui se pose alors est de savoir quel genre d'oiseau a provoqué l'accident. En effet, lorsqu'un oiseau se fait mouliner dans un réacteur, il n'en reste plus grand-chose. Une seule mouette peut provoquer le crash d'un bombardier B-1. Si vous êtes à bord d'un gros-porteur bourré de passagers et qu'un volatile quelconque soit avalé par un des réacteurs, je vous assure que vous avez un gros problème. Nous avons aussi eu le cas de ce canard grand-plongeon qui a fracassé le pare-brise du cockpit d'un Lear Jet et décapité le pilote. Voilà ma spécialité. Je travaille sur les « happements» d'oiseaux. Nous testons différentes turbines et hélices en balançant des poulets dedans. Le but est de savoir si l'avion résistera à une ou deux volailles.

«Cela étant, les oiseaux sont mêlés à plein d'autres choses. C'est, par exemple, du duvet de pigeon collé à un caca de chien qu'on retrouvera sous les semelles d'un suspect et qui pourra permettre de déterminer si l'individu en question est bien passé dans la contre-allée où on a retrouvé le cadavre. C'est aussi ce gars qui a volé un perroquet du genre *Amazona* lors d'un cambriolage, et puis vous retrouvez des fragments de plumes dans le coffre de sa voiture, plumes dont l'expertise révèle qu'elles proviennent bien d'un *Amazona* à front jaune. Ou encore cette plume de duvet qui adhérait à la peau d'une femme, violée et assassinée. Elle avait été fourrée dans le carton d'emballage de haut-parleurs Panasonic et balancée dans un conteneur à ordures. Je me suis rendu compte que la plume en question ressemblait fort à du duvet de malard, admirablement similaire à celui de la couette du suspect. L'affaire a été bouclée grâce à une plume et deux cheveux.

Le deuxième étage du bâtiment n'était qu'une gigantesque fourmilière de laboratoires. Des techniciens y analysaient des explosifs, des éclats de peinture, des grains de pollen, des traces de pneu, bref une pléthore de débris et de résidus retrouvés sur diverses scènes de crime. Détecteurs de chromatographie en phase gazeuse, microspectrophotomètres et énormes ordinateurs fonctionnaient jour et nuit, et des pièces entières étaient réservées au stockage des collections de référence de peintures de carrosserie automobile, de rubans adhésifs et de plastiques divers et variés. Je suivis Eider le long de couloirs blancs. Nous dépassâmes le labo d'empreintes ADN pour parvenir jusqu'à son antre : l'unité d'analyse des fibres et cheveux. Son bureau faisait également office de laboratoire. S'y côtoyaient des meubles de bois sombre, des bibliothèques et des paillasses semées de microscopes. Les murs et la moquette étaient du même beige et les dessins au crayon punaisés contre un panneau de liège m'apprirent que cet expert en plumes de notoriété internationale était également papa.

Je sortis trois petits sachets en plastique d'une grosse enveloppe molletonnée. Deux d'entre eux protégeaient les plumes retrouvées sur Jennifer Deighton et Susan Story. Le dernier renfermait un échantillon du résidu collant prélevé sur les poignets d'Eddie Heath, monté sur une lame de microscope.

– Celle-ci devrait être la plus significative, annonçai-je en désignant du doigt la petite plume que j'avais décrochée de la chemise de nuit de Jennifer Deighton.

Il l'extirpa du sachet et déclara :

– C'est du duvet, provenant sans doute du bréchet ou du dos. Il s'agit d'une plumule huppée. C'est une bonne chose. Plus on a d'échantillons à se mettre sous la dent, mieux c'est.

Il arracha quelques barbes à l'aide d'une pince fine et s'installa devant le microscope binoculaire. Il les lâcha sur une lame, puis les recouvrit d'une goutte de xylène. Le procédé permettait de différencier les minces filaments de plume en les inondant. Lorsque Eider fut satisfait de l'écartement en éventail des barbes, il absorba l'excédent de xylène à l'aide d'un coin de buvard vert. Il détrempa alors la préparation grâce à une solution de montage, puis recouvrit l'échantillon d'une lamelle avant de le glisser sur la platine d'un microscope à comparaison connecté à une caméra vidéo.

– Tout d'abord, il faut savoir que les plumes en général ont la même structure de base. Elles sont formées d'une hampe creuse, le rachis en d'autres termes, et de barbes latérales accrochées entre elles par des barbules fines comme des cheveux. Ensuite, vous avez une partie inférieure un peu plus épatée, au bout de laquelle se trouve un orifice baptisé ombilic inférieur. Les barbes sont responsables de l'aspect plumeux, et si vous les observez à un fort grossissement, vous constaterez qu'elles ressemblent, elles aussi, à de minuscules plumes plantées dans la hampe. (Il alluma l'écran avant de proposer :) Tenez, voici une barbe.

– Cela ressemble à une fougère, commentai-je.

– À bien des égards. Bien, maintenant nous allons augmenter le grossissement afin de pouvoir distinguer nettement les barbules. Ce sont les caractéristiques des barbules qui permettent l'identification de la plume, donc de l'oiseau. En réalité, ce qui nous intéresse vraiment, ce sont les nodosités.

– Attendez, voyons si je m'y retrouve : les nodosités sont des structures des barbules, elles-mêmes constituant des barbes qui forment les plumes, lesquelles recouvrent les oiseaux ?

– Vous avez tout compris. Ajoutez à cela que chaque famille d'oiseaux est caractérisée, entre autres, par l'architecture de sa plume.

Ce que je détaillais sur l'écran ressemblait un peu à tout et à rien, et aurait aussi bien pu représenter la vague silhouette d'une chose longue et raide, d'un brin d'herbe folle à la patte d'un insecte. Des petites lignes étaient reliées en segments par des structures triangulaires tridimensionnelles dont Eider m'assura qu'il s'agissait des fameuses nodosités.

– Ce sont la taille, le nombre, la forme et la pigmentation des nodosités ainsi que leur répartition le long de la barbule qui permettent le diagnostic, m'expliqua-t-il en faisant de louables efforts de pédagogie. Ainsi, lorsque vous avez affaire à des nodosités en forme d'étoile, le propriétaire de la plume est un pigeon Celles qui présentent une forme circulaire désignent les poulets et les dindons. En revanche, les nodosités entourées d'une sorte de renflement vous dirigent vers le coucou. Celles-ci, continua-t-il en désignant l'écran du bout de l'index, sont à l'évidence de forme triangulaire. J'en conclus donc sans l'ombre d'une hésitation que la plume provient d'un canard ou d'une oie. Remarquez, il ne s'agit pas vraiment d'une grosse surprise. Dans l'écrasante majorité des cas de cambriolage, viol, homicide, les plumes retrouvées proviennent d'oreillers, de couettes, de gilets-doudounes, d'anoraks ou de gants. La garniture est le plus généralement constituée d'un mélange de plumes hachées et de duvet d'oie ou de canard, avec un peu de plumes de poulet si l'on s'intéresse à des objets ou vêtements bon marché. Mais, dans le cas qui nous occupe, la candidature du poulet est exclue. De surcroît, je crois pouvoir affirmer que cette plume ne provient pas d'une oie.

– Et pourquoi cela ? demandai-je.

– Il est clair que la distinction serait beaucoup plus aisée si je disposais d'une plume entière. C'est plus compliqué avec les plumules de duvet. Cela étant, je dirais que les nodosités sont trop clairsemées dans ce que vous m'avez apporté. De plus, elles ne sont pas réparties sur toute la barbule, mais regroupées dans sa partie la plus distale, c'est-à-dire l'extrémité. Et cela, voyez-vous, c'est caractéristique du canard.

Il ouvrit un placard et en tira plusieurs présentoirs à lames.

– Voyons voir. Je dois avoir une collection d'une soixantaine de lames préparées avec des plumes de canard. Je vais toutes les passer en revue, pour plus de sécurité, et nous les éliminerons au fur et à mesure.

Il les plaça successivement sur la platine du microscope à comparaison, sorte de combinaison de deux microscopes composés en unité binoculaire. Une mire lumineuse circulaire apparut sur l'écran, divisée en deux demi-cercles par une mince ligne verticale. Dans l'un des demi-cercles apparaissait le spécimen connu, dans l'autre celui que nous espérions parvenir à identifier. Des plumes de colvert, de canard musqué de Barbarie, de macreuse, de garrot albéole, d'érismature rousse, de canard siffleur d'Amérique et de bien d'autres se succédèrent. Un seul regard suffisait à Eider pour s'assurer que le spécimen qui s'affichait à l'écran ne s'apparentait pas à notre canard, lequel se montrait bien retors.

– Cette plume n'est-elle pas plus délicate ? demandai-je. Ou bien est-ce mon imagination ?

– Non, vous avez raison, elle est plus fine, plus effilée. Avez-vous remarqué comme les structures triangulaires s'évasent moins ?

– Maintenant que vous le précisez, cela saute aux yeux.

– Ce détail nous offre un renseignement précieux au

sujet de l'oiseau. Et c'est là que les choses deviennent fascinantes. La nature ne crée rien sans d'excellentes raisons et, dans le cas qui nous occupe, la raison en question, c'est l'isolation. Le but du duvet est d'emprisonner l'air. Plus les barbules sont fines, plus les nodosités sont effilées. De surcroît, plus elles sont localisées en portion distale, plus la capacité du duvet à piéger l'air augmente. Et lorsque l'air est prisonnier, c'est-à-dire inerte, c'est un peu comme si vous vous retrouviez dans une petite chambre isolée et dépourvue de ventilation. Vous avez chaud.

Il déposa une nouvelle lame sur le chariot du microscope et je sentis que nous touchions au but. Les barbules étaient délicates, les nodosités effilées et localisées à l'extrémité.

– De quoi s'agit-il ?

– J'ai gardé les principaux suspects pour la fin, déclara-t-il d'un ton ravi. Les canards marins. Les stars de cette séance d'identification seront les eiders. Allez, on va pousser le grossissement à quatre cents. (Il fit basculer un nouvel objectif et affina la mise au point avant de poursuivre la valse des lames de spécimens.) Il ne s'agit pas de l'eider à tête grise, lequel est le roi de la famille, ni de l'eider à lunettes. L'eider de Steller ne semble pas non plus se qualifier en raison de cette pigmentation brunâtre entourant la base de la nodosité. Elle est absente de votre plume, vous voyez ?

– En effet.

– Bien, nous allons donc tenter notre chance avec l'eider à duvet, c'est-à-dire l'eider commun. On y va. La pigmentation est cohérente, déclara-t-il, le regard rivé sur l'écran. Et voyons… une moyenne de deux nodosités en position distale de chaque barbule. Nous avons aussi l'effilement idéal pour une isolation thermique optimale, et je vous garantis que ça fait la différence lorsque vous devez barboter dans les eaux glaciales de l'océan Arctique. Eh bien, je crois que nous avons trouvé notre candidat : *Somateria millissima,* surtout répandu en Islande, Norvège, Alaska, et sur les rives de Sibérie. De toute façon, je vais valider ce résultat en microscopie électronique à balayage.

– Vous en espérez quoi ?

– Mettre en évidence d'éventuels cristaux de sel.

– Comment n'y avais-je pas pensé ? m'exclamai-je, fascinée. Car les eiders sont des oiseaux de mer !

– Tout juste. Il convient d'ajouter à cela qu'ils sont très intéressants puisqu'ils font maintenant l'objet d'un bel exemple d'exploitation respectueuse. Leurs colonies et leurs terrains de nidification sont protégés des prédateurs ou des enquiquineurs de tout poil en Islande et en Norvège. Cela permet ensuite aux citoyens de ramasser le duvet dont les femelles se servent pour capitonner l'intérieur de leurs nids et recouvrir leurs œufs. Le duvet est alors lavé et vendu aux usines.

– Des usines de quoi ?

– Oh, surtout des fabricants de sacs de couchage et de couettes.

Il préparait, tout en discutant, une lame de microscope, déposant en surface quelques barbes duveteuses prélevées sur la plume retrouvée dans la voiture de Susan Story.

– Rien chez Jennifer Deighton ne peut expliquer la présence de cette plume, expliquai-je. La police n'a trouvé aucun objet garni de duvet.

– En ce cas, nous sommes très probablement confrontés à un transfert secondaire ou tertiaire. La plume a été transmise au tueur, qui l'a, à son tour, passée à sa victime.

L'échantillon apparut sur l'écran.

– C'est également de l'eider, conclus-je.

– Selon toute vraisemblance. Comparons avec cette lame. C'est bien celle qui concerne le petit garçon, n'est-ce pas ?

– Tout à fait. Il s'agit d'une préparation réalisée à partir d'un résidu collant retrouvé sur les poignets d'Eddie Heath.

– Je ne peux pas le croire ! s'exclama-t-il soudain.

Les débris microscopiques s'étalèrent sous nos yeux, éblouissante explosion de couleurs, de formes, de fibres, mais surtout de barbules et de nodosités triangulaires que je reconnaissais maintenant fort bien.

– S'il s'agit bien de trois homicides, commis à des endroits différents et séparés dans le temps, j'avoue que cela met à mal ma petite théorie personnelle, lâcha Eider.

– C'est, en effet, le cas.

– Si une seule de ces plumes était de l'eider, je serais tenté d'opter pour l'existence d'une contamination. C'est toujours pareil, les étiquettes vous affirment que le tissu que vous venez d'acheter est constitué à 100 % d'acrylique, alors qu'en réalité il n'en renferme que 90 %, le reste s'avérant du nylon. Il ne faut pas croire les étiquettes. Supposons qu'avant votre pull en acrylique ait été confectionné au même endroit un lot de vestes en nylon. Les premiers pulls en acrylique contiendront nécessairement des contaminants de nylon. Certes, au bout d'un certain nombre de pulls, la contamination va peu à peu disparaître.

– Je résume : admettons qu'une personne porte un anorak – ou possède une couette – garni d'une matière quelconque et ne renfermant que quelques plumules contaminantes de canard marin. La probabilité que cette personne sème autour d'elle seulement le duvet d'eider est négligeable.

– Bravo, docteur Scarpetta ! En d'autres termes, la seule conclusion qui s'impose, c'est que l'objet d'où proviennent ces plumes est exclusivement garni de duvet d'eider, et c'est assez surprenant. Les indices que j'ai le plus souvent à analyser sont des gilets ou des doudounes, ou encore des gants et des couettes dont la garniture est constituée presque exclusivement de plumes de poulet, voire d'oie. Voyez-vous, l'eider est une matière première très particulière, c'est un peu le haut de gamme, la chasse gardée des boutiques spécialisées. Un vêtement, un édredon ou un sac de couchage garni de duvet d'eider est peu susceptible de perdre ses plumes simplement parce qu'il est en général très bien fait, donc d'un prix prohibitif.

– Voulez-vous dire que vous n'avez jamais été confronté par le passé à une pièce à conviction qui ne renferme que de l'eider ?

– Non, c'est bien la première fois.

– Mais pourquoi est-ce si prisé ?

– Tout d'abord, en raison des formidables qualités isolantes que j'ai mentionnées. De plus, je pense qu'il s'y ajoute un paramètre esthétique qui pèse lourd dans la balance. Par exemple, les plumules de l'eider à duvet sont d'un blanc de neige, alors que celles provenant d'autres oiseaux sont en général d'un gris sale.

– Si je m'offrais un vêtement de ce genre, serais-je

informée que je suis l'heureuse propriétaire d'une garniture faite de plumes de duvet d'un blanc immaculé ou l'étiquette porterait-elle simplement la mention « garniture en duvet de canard » ?

– Oh, je suis bien certain que l'on se ferait un plaisir de vous l'apprendre. Une mention de type « duvet d'eider : 100 % » figurerait sans aucun doute sur l'étiquette. Après tout, c'est un excellent moyen de justifier le prix.

– Disposez-vous d'un outil informatique qui vous permette de connaître la liste des distributeurs de duvet d'eider ?

– Bien sûr. Cela étant, comme vous vous en doutez, sans l'objet ou le vêtement d'origine aucun de ces revendeurs ne sera en mesure d'affirmer si la plume que vous avez retrouvée provient bien de chez lui. Une seule plume est insuffisante, et c'est dommage.

– Qui sait ?

J'avais regagné ma voiture, garée à deux pâtés de maisons du siège du FBI, et poussé le chauffage au maximum. Midi venait de sonner. J'étais si proche de New Jersey Avenue qu'en dépit de mes efforts je cédai à une impulsion. Je bouclai ma ceinture, zappai d'une station de radio à l'autre, tendant à deux reprises la main vers mon téléphone de voiture pour me raviser aussitôt. Fallait-il que j'aie perdu l'esprit pour ne serait-ce que songer à contacter Nicholas Grueman ?

Au demeurant, il n'y avait aucune chance que je tombe sur lui, me rassurai-je en décrochant à nouveau et en composant son numéro.

– Grueman à l'appareil.

– Dr Scarpetta, m'annonçai-je en élevant la voix dans l'espoir de couvrir le vacarme de la climatisation.

– Ah, bonjour... Tiens, j'ai lu un article vous concernant l'autre jour. On dirait que vous m'appelez d'une voiture.

– En effet. Je suis en déplacement à Washington.

– Je suis si flatté que vous ayez pensé à moi en traversant mon humble petite bourgade !

– C'est sans doute qu'il n'y a rien qui s'accorde avec le qualificatif d'« humble » dans votre ville, monsieur Grueman. De surcroît, ce n'est pas un appel de simple courtoisie. J'ai songé qu'il serait souhaitable que nous discutions un peu de l'affaire Ronnie Joe Waddell.

– Je vois. Êtes-vous loin du centre juridique ?

– Une dizaine de minutes.

– Je n'ai pas encore déjeuné et je subodore que vous êtes dans le même cas. Je peux nous commander quelques sandwiches si le menu vous convient.

– À la perfection.

Le centre juridique était très éloigné du campus de l'université. Je me souvins de ma déception à l'époque, lorsque je m'étais rendu compte que mes études de droit ne seraient pas l'occasion d'interminables balades le long des vieilles rues ombragées des Heights, ou de m'installer sur les gradins des salles de cours abritées par d'élégants immeubles de brique datant du dix-huitième siècle. Au lieu de cela m'attendaient trois longues années dans un établissement flambant neuf et totalement dépourvu de charme, planté au milieu d'un quartier bruyant et trépidant. Pourtant, mes regrets avaient été de courte durée. Étudier le droit à l'ombre du Capitole était assez excitant, d'autant plus que cette localisation présentait des avantages d'ordre pratique. Plus important encore, j'avais rencontré Mark au tout début de mes études.

Le souvenir le plus vif et prégnant que je conservais de mes rencontres initiales avec Mark James lors du premier semestre de cette toute première année était sans conteste l'effet physique qu'il avait sur moi. Au début, sa simple vue me troublait, sans que je comprenne très bien pour quelle raison. Puis, lorsque nous eûmes fait plus ample connaissance, sa présence m'électrisa. Mon pouls s'accélérait et je remarquais avec une saisissante acuité le moindre de ses gestes, si banal fût-il. Chacune des conversations que nous eûmes durant les semaines qui suivirent me captiva jusqu'aux petites heures du matin. Nos mots dépassaient leur propre sens. Ils se métamorphosaient, devenant notes de musique, s'associant pour produire un mystérieux mais inévitable crescendo, dont l'accord final fut atteint une nuit, avec toute l'imprévisibilité et toute la force d'un accident.

Certes, les choses avaient changé depuis ces temps déjà anciens, et le centre juridique s'était étendu. Le département de justice criminelle occupait le troisième étage. Lorsque l'ascenseur m'y déposa, mon regard ne croisa personne. Je dépassai une enfilade de bureaux qui semblaient vidés de leurs occupants. En réalité, les vacances n'étaient pas terminées, et seuls les acharnés ou les désespérés n'avaient pas quitté leur poste. La pièce 418 était grande ouverte, le secrétariat désert, la porte du bureau de Grueman entrebâillée.

Je n'avais nulle envie de le surprendre, aussi le hélai-je en me rapprochant de sa tanière. Il ne répondit pas.

– Hello, monsieur Grueman ? Êtes-vous dans votre bureau ?

Enfin, je me décidai à pousser la porte.

Un ordinateur trônait sur sa table de travail, cerné par un fouillis de paperasses. Dossiers d'affaires, transcriptions d'audiences s'empilaient contre les bibliothèques croulant sous le poids des ouvrages. Un fax bourdonnant d'activité et une imprimante étaient réunis sur une tablette poussée contre le côté gauche de son bureau. Pendant que je demeurais plantée au milieu de la pièce, détaillant ce qui m'entourait, la sonnerie du téléphone résonna à trois reprises pour s'interrompre ensuite. La fenêtre située derrière le bureau était occultée par des stores, peut-être afin de minimiser la réverbération de la lumière sur l'écran de l'ordinateur. Une sacoche de cuir marron, râpée et malmenée par des années d'usage, était posée sur le rebord.

– Je suis désolé…

La surprise me fit presque sursauter.

– … Je ne me suis absenté que quelques minutes dans l'espoir d'être de retour avant votre arrivée.

Nicholas Grueman ne me tendit pas la main, pas plus qu'il ne m'accueillit avec un tant soit peu de chaleur. Son unique préoccupation semblait être de parvenir à regagner son fauteuil. Il s'en rapprocha avec une infinie lenteur, s'aidant d'une canne à pommeau d'argent.

– Je vous aurais volontiers offert une tasse de café, mais personne n'en prépare en l'absence d'Evelyn, expliqua-t-il en s'installant dans son fauteuil de juge. Néanmoins, le traiteur qui devrait nous livrer nos sandwiches sous peu y joindra quelque chose à boire. J'espère qu'il ne tardera pas trop et je vous en prie, docteur Scarpetta, asseyez-vous. Cela me rend toujours nerveux qu'une femme me toise de toute sa hauteur.

J'approchai une chaise de son bureau, sidérée de me rendre compte que Grueman n'était pas le monstre que mes souvenirs universitaires avaient peu à peu dessiné. Tout d'abord, on aurait dit qu'il avait rétréci, quoiqu'il semblât plus plausible que mes fantasmes lui aient attribué des proportions de titan. Je découvrais au contraire un homme plutôt fluet, aux cheveux blancs. Le passage des ans avait buriné son visage au point de le faire ressembler à une caricature de lui-même. Il affectionnait toujours les nœuds papillons et les gilets, fumait à son habitude la pipe, et lorsqu'il me dévisagea, son regard gris était toujours aussi incisif qu'une lame de scalpel. Pourtant, il n'y avait nulle froideur dans ces yeux. Simplement, ils ne révélaient rien, comme les miens, la plupart du temps.

– À quoi est due votre claudication ? demandai-je d'un ton assuré.

– À la goutte. La maladie des despotes, résuma-t-il sans l'ombre d'un sourire. Cela vient par crises, et, je vous en supplie, épargnez-moi vos excellents conseils et vos propositions de remèdes. Les médecins ont le génie pour me faire tourner chèvre en m'assenant des opinions que je n'ai pas sollicitées et qui expliquent tout, depuis les chaises électriques qui s'enrayent jusqu'à ce que je devrais proscrire de mon alimentation, pourtant déjà déprimante.

– La chaise électrique a fonctionné sans anicroche, du moins dans le cas auquel vous faites allusion, rétorquai-je.

– Ah, parce que, bien sûr, vous êtes à même de préjuger de mes allusions ? Il me semble que j'ai souvent eu l'occasion de vous sermonner sur votre propension à sauter aux conclusions au cours de votre bref séjour chez nous. Je constate avec regret que vous n'en avez pas tenu compte. Vous vous complaisez dans les suppositions, même si, en l'occurrence, cette dernière était justifiée.

– Croyez bien, monsieur Grueman, que je suis flattée que vous vous souveniez de mon passé d'étudiante. Cela étant, je ne suis pas venue aujourd'hui afin d'évoquer en votre compagnie les heures épouvantables que j'ai endurées dans votre classe. Au demeurant, l'objet de ma visite n'est pas non plus d'engager – à nouveau – une de ces joutes verbales que vous affectionnez tant. Toutefois, je vous accorde bien volontiers la palme du professeur le plus misogyne et le plus arrogant qu'il me soit arrivé de rencontrer au cours de ma grosse trentaine d'années d'études. Et puis merci de m'avoir si bien préparée à me colleter avec les ordures de tout poil, car le monde en est bourré et je les affronte tous les jours.

– Oh, je n'en doute pas une seconde. Mais je ne me suis pas encore forgé d'opinion quant au talent que vous êtes capable d'exercer les concernant.

– Votre opinion en la matière me préoccupe fort peu. En revanche, j'aimerais que vous m'en disiez davantage au sujet de Ronnie Joe Waddell.

– Que pourrais-je vous dire de plus, sinon que cette affaire s'est indiscutablement terminée d'une façon inacceptable ? Docteur Scarpetta, quelle serait votre réaction si seules des considérations politiques décidaient de votre mise à mort ? Allons, regardez ce qui se produit en ce moment. Ne me dites pas que vous n'avez pas remarqué que ces récents articles, assez calamiteux pour votre image, sont, du moins en partie, d'ordre politique. Chacune des parties impliquées défend ses priorités, et toutes ont quelque chose à gagner à vous traîner publiquement dans la boue. Nulle justice ou vérité à rechercher là-dedans. Alors imaginez juste une seconde ce qui se passerait si ces mêmes personnes avaient aussi le pouvoir de vous priver de votre liberté, voire de votre vie.

« Ronnie a été mis en pièces par un système irrationnel et injuste. Peu importaient toutes nos tentatives invoquant la jurisprudence, peu importaient nos pourvois en révision ou en grâce. J'ai eu beau soulever pléthore de points litigieux, d'incohérences, cela n'a servi à rien puisque, dans votre précieux Commonwealth de Virginie, l'*habeas corpus* n'est même plus un outil de dissuasion permettant de garantir que le tribunal et les juges de cour d'appel conduisent scrupuleusement la procédure en accord avec les principes de la Constitution. Surtout, quelle horreur c'eût été que quelqu'un s'interroge sur les violations constitutionnelles, en suggérant, par exemple, que nous approfondissions nos réflexions concernant divers points de droit ! J'ai passé trois ans à me bagarrer pour Ronnie. Eh bien, je vais vous dire le fond de ma pensée : cela ou un cautère sur une jambe de bois…

– À quelles violations constitutionnelles faites-vous allusion ? m'enquis-je.

– Tout dépend du temps que vous m'accordez. La plus flagrante est le recours péremptoire et raciste du ministère public au droit de récusation des jurés. Les droits de mon client, garantis par la clause de protection équitable, ont été bafoués dès les premiers instants, et la conduite douteuse de l'accusation a eu pour évidente conséquence de le priver du sixième amendement, lequel lui permettait de prétendre à un jury composé d'un échantillonnage représentatif de l'ensemble de la population. Je suppose que vous n'avez pas assisté au procès de Ronnie, et je doute que vous soyez très au courant de son déroulement. Cette histoire remonte déjà à neuf ans, et vous n'aviez pas encore rejoint le Commonwealth. Vous n'imaginez pas la publicité qui a entouré cette affaire en Virginie. Pourtant il n'a jamais été question de la renvoyer devant une autre cour. Le jury était composé de huit femmes et de quatre hommes. Six des femmes et deux des hommes étaient blancs, quant aux quatre jurés noirs, l'un était concessionnaire de voitures, l'autre employé de banque, et les deux derniers infirmière et professeur de collège. Passons maintenant aux professions des jurés blancs. Nous avions, entre autres, un aiguilleur des chemins de fer à la retraite pour qui les Noirs étaient toujours des « nègres » et une riche femme au foyer dont les seules rencontres avec des Noirs pouvaient se résumer aux informations télévisées – vous savez, lorsqu'ils passent des reportages montrant que deux d'entre eux se sont entre-tués dans une banlieue quelconque. Avec cette répartition démographique, comment vouliez-vous que le procès de Ronnie soit équitable ?

– Et votre conviction est qu'il existait une volonté politique derrière ces violations constitutionnelles et toutes les failles juridiques qui ont biaisé la conclusion du procès de Waddell ? Mais enfin, en quoi la mort de

Ronnie Joe Waddell pouvait-elle servir des intérêts politiques ?

Grueman leva brusquement le regard vers la porte et annonça :

– Je crois bien que notre déjeuner vient d'arriver, à moins que mes oreilles ne me jouent des tours.

Je perçus un bruit de pas rapides, le froissement d'un papier, puis une voix claqua :

– Hé, Nick, mon pote ! T'es là ?

– Entre donc, Joe, cria à son tour Grueman sans faire mine de se soulever de son siège.

Un jeune homme noir à l'allure énergique, en jean et chaussures de tennis, apparut dans l'embrasure de la porte, puis déposa deux sacs en papier devant Grueman.

– Bon, alors, dans celui-là c'est les boissons, et là on a deux sandwiches de la mer, une salade de pommes de terre et des gros cornichons au sel. Et le tout nous fera quinze dollars quarante.

– Tiens, garde la monnaie. Et bravo pour le service, Joe. Au fait, ils ne t'accordent jamais quelques jours de vacances ?

– Ben, c'est que les gens insistent pour manger tous les jours, mon pote. Bon, faut que je file.

Grueman entreprit la distribution de serviettes en papier et de sandwiches. Je cherchais désespérément quelle contenance adopter. Je me sentais de plus en plus ébranlée par son attitude, par ses confidences aussi, d'autant que je n'y décelais aucune sournoiserie, aucune dérobade et pas une once de condescendance, voire de dissimulation.

Je déballai mon sandwich avant d'insister :

– Quelle motivation politique ?

Il décapsula sa canette de *ginger ale* et ôta le couvercle de son petit récipient de salade de pommes de terre avant de répondre :

– Il y a encore quelques semaines de cela, j'espérais obtenir la réponse à cette question. Mais l'informatrice qui aurait pu me rendre service a été retrouvée morte dans sa voiture. Je ne doute pas que vous sachiez de qui je veux parler, docteur Scarpetta. Après tout, le décès de Jennifer Deighton fait partie de vos enquêtes en cours, et, bien que nul n'ait encore officiellement annoncé qu'il s'agissait d'un suicide, c'est ce que l'on nous a conduits à croire. Toutefois, avouez que sa mort est une surprenante coïncidence. Surprenante, pour ne pas dire effrayante.

– Dois-je en conclure que vous connaissiez Jennifer Deighton ? demandai-je d'une voix aussi plate que possible.

– Oui et non. Je ne l'ai jamais rencontrée et les rares conversations téléphoniques que nous avons échangées ont toujours été fort brèves. En réalité, je ne l'ai contactée qu'après l'exécution de Ronnie.

– J'en déduis qu'elle connaissait Waddell.

Grueman mordit dans son sandwich, puis avala une gorgée de sa boisson.

– Oh, certes, elle et Ronnie se connaissaient, c'est indéniable. Vous ne l'ignorez pas, Miss Deighton était astrologue, officiait dans la parapsychologie, ce genre de choses. Il y a de cela huit ans maintenant, Ronnie – qui était détenu dans le couloir de la mort à Mecklenburg – est tombé sur le petit encart publicitaire d'un magazine vantant les services de la dame en question.

Il lui a écrit. Il souhaitait qu'elle consulte sa boule de cristal, si je puis dire, et lui dévoile son futur. Au fond, il voulait savoir s'il finirait sur la chaise électrique. C'est assez classique chez les prisonniers. Ils écrivent à des médiums, des diseurs de bonne aventure, dans l'espoir de connaître leur avenir. Certains contactent le clergé, requérant des prières. Là où les choses deviennent plus inhabituelles, c'est que Ronnie et Miss Deighton ont poursuivi une relation épistolaire assez intime qui a perduré jusqu'à quelques mois avant sa mort. Et puis les lettres de Miss Deighton se sont taries d'un coup.

– Pensez-vous qu'elles aient pu être interceptées ?

– Cela ne fait aucun doute dans mon esprit. Lorsque j'ai téléphoné à Jennifer Deighton, elle m'a assuré qu'elle n'avait jamais mis un terme à sa correspondance. Elle a ajouté qu'elle-même était sans nouvelles de lui depuis des mois, et je soupçonne fort que les lettres de mon client ont aussi été escamotées.

Je posai la question qui me trottait dans la tête depuis un moment :

– Pourquoi avoir attendu que Waddell soit exécuté pour la contacter ?

– Mais parce que j'ignorais tout de son existence. Ronnie ne l'a mentionnée qu'à l'occasion de notre ultime conversation, conversation qui restera sans doute la plus étrange que j'aie jamais eue avec un détenu que je représentais.

Grueman joua un moment avec les restes de son sandwich pour finir par le repousser avant de prendre sa pipe.

– Peut-être n'êtes-vous pas au courant de ce détail, docteur Scarpetta, mais Ronnie m'a lâché.

– Que voulez-vous dire ?

– La fameuse dernière conversation que je viens de mentionner a eu lieu une semaine avant son transfert de Mecklenburg à Richmond. C'est à cette occasion qu'il m'a assuré qu'il savait pertinemment qu'il allait être exécuté et que rien de ce que je pourrais tenter n'y changerait quoi que ce soit. Il m'a confié que ce qui lui arrivait avait été planifié début le début et qu'il avait accepté l'inéluctabilité de sa mort. Il a ajouté qu'il l'attendait avec une sorte d'impatience et souhaitait que je cesse mes efforts afin d'obtenir l'application de l'*habeas corpus* au niveau fédéral. Enfin, il m'a demandé de ne plus lui rendre visite, ni même de lui téléphoner.

– Il ne s'agit pas là d'une récusation.

Grueman approcha une flamme du fourneau de sa pipe de bruyère et attisa le tabac d'une longue aspiration.

– Certes, il ne m'a pas récusé. Il a juste refusé de me revoir ou même de converser téléphoniquement avec moi.

– Il me semble que cette décision justifiait à elle seule un sursis d'exécution dans l'attente d'une détermination de compétence, soulignai-je.

– Vous pensez bien que j'ai sauté sur l'occasion. J'ai tout essayé, depuis la jurisprudence de l'affaire Hays contre Murphy jusqu'aux neuvaines. Mais la cour nous a gratifiés d'une éblouissante conclusion selon laquelle Ronnie ne souhaitait pas être exécuté, mais affirmait simplement qu'il considérait la mort comme une délivrance. J'ai été débouté.

– Puisque vous n'avez plus eu de contact avec votre client durant les semaines précédant son exécution, comment avez-vous appris l'existence de Jennifer Deighton ?

– Lors de notre dernier échange, Ronnie m'a fait part de trois requêtes. Tout d'abord, il désirait que je me débrouille pour faire publier dans un quotidien quelques jours avant sa mort une méditation qu'il avait écrite. Il me l'a confiée et le texte a paru dans le *Richmond Times-Dispatch.*

– Je l'ai lu.

– Sa deuxième requête – et je citerai ses propres mots – était la suivante : « Veillez à ce que rien de mal n'arrive à mon amie. » Je lui ai alors demandé de quelle amie il s'agissait. Il m'a répondu : « Si vous êtes un homme bon, veillez sur elle. Elle n'a jamais fait de mal à personne. » Il m'a communiqué son nom en me recommandant de ne pas la contacter avant son exécution. Je devais ensuite lui téléphoner afin de lui assurer à quel point elle avait compté pour Ronnie. Je confesse n'avoir pas obéi au pied de la lettre à cette restriction. J'ai contacté Jennifer Deighton aussitôt, d'une part parce que je sentais que j'étais en train de perdre Ronnie, et d'autre part parce que j'avais la conviction que quelque chose déraillait complètement dans cette histoire. J'espérais que son amie pourrait m'aider. Après tout, s'ils avaient correspondu assez longtemps, il n'était pas exclu qu'elle soit à même de m'éclairer sur certains points.

Je me souvins alors que Marino m'avait appris que Jennifer Deighton s'était absentée une quinzaine de jours de Richmond, aux alentours de Thanksgiving, pour un petit voyage en Floride.

– Êtes-vous parvenu à la joindre ?

– Mes appels téléphoniques sont restés sans réponse, précisa Grueman. J'ai essayé de la joindre, avec plus ou moins d'insistance, durant des semaines. Pour être franc, les choses tombaient plutôt mal. Les incidents divers et variés qui ont émaillé le procès, la période de vacances, sans compter une épouvantable attaque de goutte, tout cela a concouru à détourner mon attention. J'ai donc oublié de rappeler Jennifer Deighton. Je ne m'en suis souvenu qu'après l'exécution de Ronnie, puisque je tenais à lui transmettre de vive voix ce qu'il m'avait confié, en substance à quel point elle avait été importante dans sa vie, etc.

– Mais avant cela, lorsque vous avez tenté, sans succès, de la joindre, avez-vous laissé des messages sur son répondeur ?

– Il n'était pas branché. Remarquez, c'est assez logique. Je suppose qu'elle n'avait guère envie de retrouver à son retour de vacances son répondeur surchargé par cinq cents appels de gens incapables de prendre une décision tant que leur horoscope n'aurait pas été établi. D'autant que si elle avait enregistré une annonce expliquant qu'elle s'absentait durant deux semaines, cela équivalait à inviter chez elle n'importe quel cambrioleur.

– Que s'est-il passé lorsque vous avez finalement pu vous entretenir avec elle ?

– C'est à cette occasion qu'elle m'a révélé qu'ils avaient correspondu durant huit ans et qu'ils s'aimaient. Elle m'a affirmé que *la vérité ne serait jamais divulguée.* Je lui ai demandé des explications, mais elle a refusé de m'en donner et a raccroché très rapidement. J'ai fini par lui écrire une lettre, l'implorant de m'accorder une entrevue.

– Quand l'avez-vous envoyée ?

– Attendez... C'était le lendemain de l'exécution de Ronnie, donc le 14 décembre.

– Vous a-t-elle répondu ?

– En effet, par fax. J'ignorais qu'elle en possédait un. Cela étant, mon propre numéro figure sur mon papier à lettres. J'ai conservé le fax original, s'il vous intéresse.

Il fouilla parmi les volumineux classeurs et les piles de papiers qui submergeaient son bureau pour finir par en extraire le dossier qu'il cherchait. Il le feuilleta et en tira une feuille dont je reconnus aussitôt le texte : « D'accord, je coopérerai, mais il est trop tard, bien trop tard. Il serait préférable que vous veniez. Tout ceci est inacceptable ! » Quelle aurait été la réaction de Nicholas Grueman s'il avait su que ce message avait été recomposé grâce au traitement d'images du laboratoire de Neils Vander ?

– Que voulait-elle dire au juste par « il est trop tard » et « ceci est inacceptable » ? Le savez-vous ? demandai-je.

– Il tombe sous le sens qu'il était bien trop tard pour tenter d'empêcher l'exécution de Ronnie puisqu'elle avait eu lieu quatre jours auparavant. Quant à ce qui, selon elle, était inacceptable, je ne suis pas certain de le comprendre. Voyez-vous, docteur Scarpetta, cela fait déjà pas mal de temps que je sens que quelque chose de très délétère entoure l'affaire Waddell. Je ne suis jamais parvenu à établir une véritable relation avec mon client, ce qui, en soi, est déjà déroutant. En général, avocat et accusé deviennent très vite intimes. De par ma position, je suis le seul contre-pouvoir dans un système qui réclame votre vie, le seul qui travaille pour votre bien alors que tout le reste se ligue contre vous.

Voyez-vous, Ronnie s'était montré si réservé vis-à-vis de son premier avocat que mon confrère s'était forgé la conviction qu'ils n'avaient aucune chance devant le tribunal, en conséquence de quoi il avait laissé tomber l'affaire. Lorsque j'ai repris le dossier, Ronnie s'est comporté de façon tout aussi distante avec moi. C'était à s'en arracher les cheveux… À chaque fois qu'une sorte de confiance semblait s'établir entre nous, il se rétractait brusquement dans sa coquille. Il se murait dans le silence et se mettait à transpirer. Il ne s'agit pas d'une métaphore, il suait.

– Selon vous, était-il effrayé ?

– Effrayé, déprimé, parfois très en colère.

– Êtes-vous en train de suggérer qu'une sorte de complot s'était tramé autour de Waddell et que, peut-être, il s'en serait ouvert à Jennifer Deighton dans l'une des lettres qu'il lui avait adressées ?

– J'ignore ce que Jennifer Deighton savait au juste, mais je soupçonne qu'elle était au courant de certains aspects.

– Waddell l'appelait-il par son diminutif, « Jenny » ?

Grueman tendit la main vers son briquet.

– C'est exact.

– A-t-il un jour mentionné devant vous un roman intitulé *Paris Trout* ?

Il me jeta un regard surpris avant de répondre :

– Voilà qui est intéressant. Cela fait bien longtemps que je n'avais repensé à ce détail. Lors d'une de mes toutes premières rencontres avec Ronnie, il y a déjà pas mal d'années, nous avons commencé à discuter de littérature, des poèmes qu'il écrivait. Il aimait lire et m'avait recommandé ce roman, *Paris Trout.* Bien que l'ayant déjà lu, j'étais assez curieux de savoir pourquoi il me le conseillait. Il m'avait expliqué d'un ton très doux : « Parce que c'est comme ça que ça fonctionne, monsieur Grueman. Et vous pouvez vous mettre sur la tête, vous y changerez rien. » Sur le coup, j'en avais conclu qu'il faisait allusion à sa situation du Noir du Sud devant affronter le système des Blancs, et au fait qu'aucun *habeas corpus*, aucune de mes finesses de prétoire ne parviendrait à modifier le cours des choses.

– Est-ce toujours votre interprétation ?

Le regard perdu dans un nuage de fumée odorante, il hésita :

– Sans doute. Pourquoi vous intéressez-vous tant aux préférences littéraires de Ronnie ? lâcha-t-il en se tournant vers moi. Nos regards se croisèrent.

– Nous avons retrouvé un exemplaire de *Paris Trout* sur la table de chevet de Jennifer Deighton. Plié à l'intérieur se trouvait un poème dont je soupçonne Waddell d'avoir été l'auteur… C'est sans grande importance. Une simple curiosité de ma part.

– Oh, mais si, c'est important, sans quoi vous n'auriez pas posé la question. Votre idée, c'est que Waddell avait conseillé la lecture de ce roman à Jennifer Deighton pour les mêmes raisons qu'à moi. À ses yeux, cette histoire devenait presque autobiographique. Ce qui nous ramène à notre question de tout à l'heure : qu'avait-il, au juste, divulgué à Miss Deighton ? En d'autres termes, a-t-elle emmené avec elle dans la tombe un secret de Ronnie ?

– Quel était-il selon vous, monsieur Grueman ?

– Je pense qu'on a souhaité étouffer un très vilain

faux pas et que, pour une raison ou une autre, Ronnie était au courant. Peut-être était-ce en rapport avec la vie carcérale, une affaire de corruption impliquant l'administration pénitentiaire, qui sait ? En tout cas, pas moi, et je vous assure que je le déplore.

– En ce cas, pourquoi veiller jalousement sur un tel secret lorsqu'on va être exécuté ? Perdu pour perdu, pourquoi ne pas foncer et tout divulguer ?

– Certes, ce serait là une attitude bien rationnelle, n'est-ce pas ? Bien, maintenant que j'ai répondu avec patience et complaisance à vos judicieuses questions, docteur Scarpetta, peut-être comprendrez-vous mieux les raisons de mon inquiétude au sujet d'éventuels abus qu'aurait pu subir Ronnie peu avant son exécution. Peut-être comprendrez-vous mieux ma farouche opposition à la peine capitale, une peine d'exception si cruelle, même en l'absence d'ecchymose, d'égratignure ou de saignement de nez.

– Nous n'avons décelé aucune trace de violence physique ou d'administration de drogue, dis-je. Vous avez reçu mon rapport.

Nicholas Grueman tapota le fourneau de sa pipe, dégageant un fin nuage de cendres.

– Ah, quelle habile dérobade ! Vous êtes venue me rendre visite dans l'espoir d'obtenir quelque chose de moi. Je crois vous avoir apporté pas mal d'éléments de réflexion grâce à cette conversation que rien ne m'obligeait à accepter. Disons simplement que je l'ai fait par amour indéfectible de la justice et de la vérité, en dépit de ce que vous pouvez penser de moi. Et puis il y a une autre raison à mon désir de collaboration. Une de mes anciennes étudiantes a des ennuis.

– Si vous faites allusion à moi, permettez-moi de vous rappeler votre devise : jamais de suppositions.

– En l'occurrence, je ne pense pas avoir failli à ma devise.

– En ce cas, je vous avoue ma plus extrême surprise face à ce brutal accès de charité à l'égard de l'une de vos anciennes étudiantes. Voyez-vous, monsieur Grueman, l'adjectif « charitable » ne me serait jamais venu à l'esprit vous concernant.

– Peut-être est-ce parce que vous ne connaissez pas la véritable signification du mot. La charité est un acte ou un sentiment de bienveillance, une aumône – au beau sens du terme – à ceux qui sont dans les tourments. C'est donner à quelqu'un ce qui lui fera vraiment du bien, par opposition à ce que l'on a envie de lui offrir. Je vous ai toujours donné ce dont vous aviez besoin. Je vous ai offert ce qu'il vous fallait lorsque vous étiez mon étudiante, tout comme aujourd'hui, quoique sous une forme bien différente puisque vos besoins ont changé.

« J'ai vieilli, docteur Scarpetta. Vous pensez peut-être que je ne me souviens pas de vos années à Georgetown. Ainsi vous surprendrai-je sans doute beaucoup en vous confiant à quel point le souvenir que je conserve de vous est resté vivace dans ma mémoire. Pourquoi ? Parce que vous étiez l'un des étudiants les plus prometteurs que j'ai formés. Alors, certes, je n'ai jamais été généreux en petites tapes amicales sur l'épaule ou en compliments. Le danger qui vous menaçait n'était pas que vous perdiez foi en vous-même ou en votre brillant intellect, mais tout simplement que vous vous perdiez vous-même. Pensez-vous véritablement que je ne connaissais pas la raison de vos coups d'épuisement ou de vos étourderies durant mes cours ? Pensez-vous véritablement que j'ignorais votre totale fascination pour Mark James, un esprit bien médiocre comparé au vôtre ? Et si j'ai pu vous sembler très dur et même furieux contre vous, c'était parce que je tenais tant à *attirer votre attention.* Je voulais provoquer votre *rage.* Je voulais que vous vous sentiez en vie grâce au droit, et pas seulement que vous vous sentiez amoureuse. J'ai tant redouté que vous gâchiez une magnifique opportunité parce que vos hormones et vos émotions auraient pris le pas. Voyez-vous, docteur Scarpetta, on se réveille un jour en regrettant amèrement certaines décisions. On se réveille au creux d'un lit désert pour affronter une longue journée tout aussi vide, avec nulle autre perspective que d'enchaîner des semaines, des mois et des années privées de substance. J'avais décidé que vous ne piétineriez pas vos dons et que vous ne renonceriez pas à votre pouvoir.

Stupéfaite, je le fixai et je sentis une vague brûlante envahir mon visage.

– Mes insultes et ma discourtoisie à votre égard relevaient de la stratégie, poursuivit-il avec l'intensité posée et l'extrême précision qui en faisaient la terreur des prétoires. Oui, il s'agissait d'une tactique. Vous savez comme les avocats les adorent. Elles font partie de notre habituel arsenal pour parvenir au but que nous nous sommes fixé. Voyez-vous, ce que je suis au fond naît de mon désir passionné et constant de blinder mes étudiants dans l'espoir qu'à leur tour ils améliorent un petit quelque chose dans ce monde piteusement rafistolé où nous vivons. Vous ne m'avez pas déçu. Vous faites partie des étoiles les plus étincelantes de mon palmarès.

– Pourquoi me confier tout cela ?

– Parce que vous êtes arrivée à une époque-charnière de votre vie, et que le moment était approprié. Je vous le répète, je sais que vous avez des ennuis, même si vous êtes trop fière pour l'admettre.

Je demeurai silencieuse, tentant désespérément de peser le pour et le contre.

– Je peux vous aider si vous m'y autorisez.

S'il disait la vérité, il était crucial que je me montre parfaitement sincère avec lui. Je jetai un regard en direction de la porte ouverte de son bureau, songeant que n'importe qui aurait pu pénétrer dans la pièce sans rencontrer la moindre difficulté. N'importe qui aurait pu profiter de son boitillement pour l'agresser alors qu'il regagnait sa voiture.

– Si d'autres articles vipérins et dangereux pour votre réputation devaient paraître, il siérait que vous établissiez un plan de contre-attaque.

– Monsieur Grueman, l'interrompis-je, quand avez-vous rencontré Ronnie Joe Waddell pour la dernière fois ?

Il marqua une courte pause, le regard perdu au plafond.

– Notre dernière rencontre, face à face, je veux dire, remonte à il y a au moins un an. En réalité, la plupart de nos conversations s'échangeaient au téléphone. Ainsi que je vous l'ai dit, je l'aurais assisté jusqu'à la toute fin s'il l'avait souhaité.

– Ce qui implique que vous ne l'avez plus revu, ni ne lui avez parlé, durant son supposé séjour à Spring

Street, alors qu'il attendait l'exécution de la sentence de mort.

– *Supposé ?* Quelle étrange formulation, docteur Scarpetta.

– Nous sommes dans l'incapacité de prouver que l'homme qui a été exécuté la nuit du 13 décembre était bien Waddell.

– Vous n'êtes pas sérieuse, n'est-ce pas ? souffla-t-il, effaré.

Je lui résumai ce que nous avions appris, notamment que le suicide de Jennifer Deighton était en réalité un meurtre et que l'empreinte digitale de Waddell avait été retrouvée sur une des chaises de la salle à manger de la victime. J'évoquai ensuite les assassinats d'Eddie Heath et de Susan Story, sans oublier les indices nous conduisant à penser que quelqu'un s'était infiltré dans l'AFIS. Lorsque j'en eus terminé, Grueman était figé sur son siège, son regard rivé au mien.

– Mon Dieu, marmonna-t-il.

– La lettre que vous avez envoyée à Jennifer Deighton n'a pas été retrouvée, poursuivis-je. La police n'a rien découvert de tel, pas même l'original de son fax de réponse. Peut-être quelqu'un les a-t-il subtilisés. Peut-être le tueur les a-t-il fait brûler dans sa cheminée la nuit du meurtre. À moins que la peur n'ait convaincu Jennifer Deighton de s'en débarrasser au préalable. Quoi qu'il en soit, ma conviction est qu'elle a été éliminée parce qu'elle savait quelque chose.

– Et on aurait abattu Susan Story pour la même raison ? Parce qu'elle était au courant de quelque chose ?

– C'est on ne peut plus plausible. Ce qui ressort de cela, c'est que deux personnes liées à Ronnie Waddell ont été supprimées. Si l'on établit la liste de ceux qui détiennent des informations importantes au sujet du condamné, votre nom figure, à n'en point douter, parmi les premiers.

– Et, selon vous, je serais donc le suivant ? demanda-t-il en grimaçant un sourire. Voyez-vous, une des doléances que j'adresse le plus volontiers au ciel, c'est que la différence qui sépare bien souvent la vie et la mort se résume à un minuscule écart de programmation. Eh bien, me voici donc averti, docteur Scarpetta. Cela étant, je ne suis pas assez candide pour penser que si quelqu'un est résolu à me tuer, je parviendrai à l'éviter.

– Vous pourriez au moins essayer. Vous pourriez prendre quelques précautions.

– Et j'en ai bien l'intention.

– Vous pourriez partir un peu en vacances en compagnie de votre femme, quitter quelque temps la ville, insistai-je.

– Beverly est morte il y a trois ans.

– Je suis désolée de l'apprendre, monsieur Grueman.

– Elle était souffrante depuis plusieurs années... En fait, je crois que je l'ai presque toujours connue malade. Depuis que personne n'a plus besoin de moi, j'ai décidé d'assouvir tous mes penchants naturels. Je souffre d'une incurable addiction au travail. Ajoutez à cela que j'espère contribuer à changer le monde.

– Si quelqu'un a une chance d'y parvenir, vous êtes en bonne position.

– Il s'agit là d'une opinion que n'étaye nul fait tangible, ce qui ne m'empêche pas de l'apprécier. Je souhaiterais profiter de l'occasion pour vous faire part, à mon tour, de la tristesse que m'a causée le décès de

Mark. J'avoue que je ne l'ai pas très bien connu mais qu'il m'a laissé le souvenir d'un garçon correct.

– Je vous remercie.

Je me levai et enfilai mon manteau, cherchant un bon moment mes clés de voiture.

Il se leva à son tour et demanda :

– Que faisons-nous maintenant, docteur Scarpetta ?

– Je suppose que vous n'avez en votre possession aucune lettre, ou objet quelconque, provenant de Ronnie Waddell et susceptible de porter ses empreintes ?

– Je n'ai pas de lettres de lui, et les documents qui portent sa signature ont été manipulés par une foule de gens. Mais vous pouvez toujours tenter une recherche.

– Je vous contacterai s'il s'avère que nous n'avons pas d'alternative. Une dernière question, si vous le permettez. (Nous nous immobilisâmes sur le pas de la porte, Grueman s'appuyant sur sa canne.) Lors de votre dernière entrevue avec votre client, vous avez mentionné qu'il avait formulé trois requêtes. L'une consistait à faire publier sa méditation, une autre à contacter Jennifer Deighton. Quelle était la dernière ?

– Il voulait que j'invite Norring à son exécution.

– L'avez-vous fait ?

– Bien sûr, docteur Scarpetta. Et votre admirable gouverneur n'a même pas eu la courtoisie de répondre.

10

J'appelai Rose en fin d'après-midi, alors que la silhouette de Richmond se découpait sur la ligne d'horizon.

D'un ton qui frisait la panique, ma secrétaire s'exclama :

– Docteur Scarpetta... Mais où êtes-vous ? Vous téléphonez de votre voiture ?

– Oui, je suis à cinq minutes du centre-ville.

– Eh bien, continuez votre chemin, ne passez pas en ce moment à l'institut médico-légal.

– Pardon ?

– Le lieutenant Marino cherche à vous joindre. Sa consigne était que si je vous avais au téléphone avant lui, je devais vous demander de le rappeler avant de tenter quoi que ce soit. Il a précisé que c'était urgent, très, très urgent.

– Rose, je ne comprends pas un mot de ce que vous me dites !

– Avez-vous écouté la radio ? Ou lu les journaux du soir ?

– J'ai passé la journée à Washington. Que se passe-t-il ?

– On a retrouvé le cadavre de Frank Donahue en début d'après-midi.

– Le directeur du pénitencier ? C'est bien de ce Frank Donahue-là qu'il s'agit ?

– Tout juste.

Mes mains se crispèrent sur le volant et je ne lâchai pas la chaussée du regard.

– Comment est-ce arrivé ?

– Il a été abattu par balle. On l'a retrouvé dans sa voiture il y a deux heures de cela. On dirait une répétition du meurtre de Susan.

– J'arrive, déclarai-je en me faufilant dans la file de gauche et en accélérant.

– À votre place, je n'en ferais rien. Fielding a déjà commencé l'autopsie du corps. Je vous en prie, appelez d'abord Marino. Il faut que vous preniez connaissance de ce qui se raconte dans la presse du soir. Ils sont au courant pour les balles.

– Qui, ils ?

– Les journalistes. Ils ont appris que ce sont des balles identiques qui ont tué Susan et Eddie Heath.

Je laissai un message sur le *pager* de Marino pour l'informer que je filais directement chez moi. Après avoir rentré ma voiture dans le garage, je fonçai récupérer le journal abandonné sous le porche de ma maison.

Le portrait d'un Frank Donahue souriant s'étalait juste au-dessus de la pliure du quotidien. La manchette expliquait : « LE DIRECTEUR DU PÉNITENCIER D'ÉTAT A ÉTÉ RETROUVÉ ABATTU ». Le portrait d'une autre personnalité illustrait le deuxième article qui suivait: moi. Le texte révélait que les projectiles extraits des corps de Susan et d'Eddie Heath avaient été tirés par la même arme et que certaines coïncidences dérangeantes semblaient lier les deux homicides au médecin expert général de Virginie, le Dr Kay Scarpetta. Non content de reprendre les insinuations publiées dans le *Post*, le journal divulguait des informations encore plus préoccupantes.

La lecture de ce qui suivait m'assomma. Mes empreintes digitales avaient été mises en évidence sur une enveloppe contenant de l'argent liquide que la police avait découverte chez Susan Story. J'avais fait preuve d'un « intérêt peu commun » dans le cadre de l'enquête concernant Eddie Heath, allant jusqu'à me rendre au centre des urgences de l'hôpital Henrico Doctor's juste avant le décès du garçonnet, afin d'examiner ses blessures. Peu après, c'était à l'occasion de l'autopsie de l'enfant que j'avais pratiquée que Susan avait refusé d'être citée comme témoin et – si l'on en croyait l'article – avait quitté l'institut médico-légal. Lorsqu'elle avait été assassinée deux semaines plus tard, je m'étais aussitôt précipitée sur la scène de crime, avant de me rendre, à l'improviste, au domicile de ses parents dans le but de les interroger. J'avais ensuite insisté pour être présente lors de l'autopsie de mon ancienne assistante.

L'article ne faisait état d'aucun mobile permettant d'expliquer ma prétendue malveillance envers quiconque, mais celui qu'il suggérait dans le cas de Susan me stupéfia autant qu'il me rendit folle de rage. Les lignes du journaliste sous-entendaient que j'aurais commis de graves erreurs professionnelles. J'avais omis de relever les empreintes digitales de Ronnie Joe Waddell à son arrivée à la morgue, juste après son exécution. J'avais, tout récemment, abandonné le cadavre d'une victime d'homicide au beau milieu du couloir, devant les portes de l'ascenseur qu'empruntait la majeure partie du personnel de l'institut, compromettant ainsi gravement la fiabilité du rapport médicolégal. J'étais décrite comme une femme insaisissable et imprévisible, et certains de mes collègues avaient noté que ma personnalité avait basculé après le décès de mon amant, Mark James. Peut-être Susan avait-elle remarqué certains détails de nature à démolir ma carrière puisqu'elle travaillait quotidiennement à mes côtés ? Peut-être avais-je acheté son silence en espèces sonnantes et trébuchantes ?

– *Mes empreintes digitales ?* vitupérai-je dès que Marino apparut sur le pas de ma porte. Mais qu'est-ce que c'est que cette salade concernant des empreintes que j'aurais abandonnées sur une enveloppe ?

– On se calme, Doc.

– Je vais finir par les traîner en justice. Ils commencent à pousser le bouchon un peu trop loin.

– Je crois pas que ce soit le moment rêvé pour traîner qui que ce soit où que ce soit.

Il sortit son paquet de cigarettes en me suivant jusqu'à la cuisine. Le journal était étalé sur la table.

– Je suis certaine que Ben Stevens est derrière tout cela.

– Doc, je crois que vous feriez vachement mieux d'écouter ce que j'ai à vous raconter.

– Sans cela, je ne vois pas qui d'autre aurait pu se répandre auprès des journalistes au sujet de ces balles...

– Merde, fermez-la, à la fin !

Je me laissai tomber sur une chaise.

– Attendez, ils essaient aussi de me tanner la peau du cul. Je vous rappelle que je bosse avec vous sur ces affaires. Et voilà que, soudain, vous pourriez être entendue. D'abord, ouais, c'est vrai, on a retrouvé une enveloppe au domicile de Susan, planquée sous une pile de vêtements, dans un tiroir de commode. Dedans, y avait trois billets de cent dollars. Vander a expertisé l'enveloppe et plusieurs empreintes latentes ont émergé. Deux d'entre elles vous appartiennent. Je vous rappelle que vos empreintes, tout comme les miennes et celles d'une flopée d'autres enquêteurs, sont dans la banque de données de l'AFIS à fin d'exclusion, dans le cas où, par exemple, on serait assez crétins pour tartiner nos empreintes sur une scène de crime.

– Je n'ai jamais « tartiné » mes empreintes sur quelque scène de crime que ce soit, rétorquai-je. Il existe une explication logique à tout cela. Il ne peut pas en être autrement. Peut-être ai-je manipulé cette enveloppe un jour à l'institut médico-légal et Susan l'aura embarquée chez elle pour une raison quelconque.

– C'est pas une enveloppe genre celles qu'on trouve dans les bureaux Elle est à peu près deux fois plus large que les enveloppes normales et elle est en papier noir, assez épais, et brillant. Y a rien d'écrit dessus.

Je le fixai, incrédule, et soudain je compris. Je m'exclamai :

– Le foulard que je lui ai offert !

– Quel foulard ?

– Pour Noël, j'ai offert à Susan un foulard de soie rouge que j'avais acheté à San Francisco. Il était emballé dans une grande enveloppe – il s'agissait plutôt d'une pochette – en papier glacé, noir, un papier assez fort, presque du carton mince – bref, exactement ce que vous venez de me décrire. Le rabat était fermé par une petite étiquette dorée. J'ai fait le paquet moi-même, alors il est évident que j'ai posé les doigts dessus !

– Bon, mais les trois cents dollars ? demanda-t-il en évitant mon regard.

– J'ignore tout de cet argent.

– Ce que je veux dire, c'est: pourquoi qu'on a retrouvé le fric dans l'enveloppe de votre cadeau ?

– Peut-être cherchait-elle quelque chose dans quoi cacher les billets ? Elle avait la pochette sous la main. Peut-être hésitait-elle à la jeter ? Je ne sais pas. Enfin, je ne suis tout de même pas responsable de ce qu'elle a fait de l'emballage de mon cadeau !

– Quelqu'un vous a vue lui offrir ce cadeau ?

– Non. Son mari n'était pas encore rentré lorsqu'elle l'a déballé.

– Ouais, ben, le seul cadeau que vous auriez fait à Susan, c'est ce poinsettia rose. J'ai pas l'impression qu'elle ait parlé à qui que ce soit du foulard.

– Enfin, Marino, elle le portait lorsqu'elle a été abattue.

– Ce qui nous dit pas d'où il provenait.

– Vous êtes à deux doigts de rejoindre le banc de l'accusation, pestai-je d'un ton désagréable.

– J'vous accuse de rien du tout. Faudrait suivre un peu. Bordel, c'est comme ça que ça se passe. Vous préférez que je vous berce comme un bébé, que je vous tapote la main pour vous consoler en attendant qu'un autre flic déboule chez vous et vous mitraille avec des questions du même acabit?

Les mains fourrées dans ses poches, il arpenta la cuisine, le regard rivé au sol.

– Parlez-moi de Donahue, demandai-je d'un ton posé.

– Il a été dégommé dans sa bagnole, sans doute de bonne heure ce matin. Selon sa femme, il aurait quitté son domicile aux alentours de 6 h 30. Sa Thunderbird a été repérée vers 13 h 30. Elle était garée à Deep Water Terminal. Il était dedans.

– Merci de ces informations, vraiment! Je l'avais déjà appris grâce au journal.

– Écoutez, moins on parlera de cette histoire, mieux on se portera.

– Pourquoi? La presse va aussi insinuer que j'ai tué Donahue?

– Où est-ce que vous vous trouviez ce matin vers 6 h 15, Doc?

– Je terminais de me préparer avant de partir pour Washington.

– Vous avez des témoins qui certifieront que vous pouviez pas être en train de vous balader dans le coin de Deep Water Terminal? C'est pas très loin de l'institut médico-légal, vous savez? Je dirais à deux minutes.

– Nous nageons en plein grotesque.

– Ouais, ben vous feriez mieux de vous y habituer, parce que ça fait que commencer. Attendez que Patterson flaire le premier sang.

Avant de devenir attorney du Commonwealth, Roy Patterson avait été un des avocats de droit pénal les plus agressifs qu'ait connus la ville, un des plus égocentriques également. À cette époque, le moins que l'on puisse dire est qu'il n'avait jamais apprécié mes dépositions devant la cour, puisque – dans la grande majorité des cas – le témoignage du médecin expert général n'est pas de nature à susciter l'indulgence des jurés à l'égard de l'accusé.

– Est-ce que je vous ai déjà dit que Patterson vous détestait ? poursuivit Marino. Vous l'avez souvent ridiculisé quand il était encore avocat de la défense. Vous étiez assise, imperturbable comme un chat dans vos super-tailleurs chics, et vous le rembarriez en le faisant passer pour un gros crétin.

– Il se faisait passer tout seul pour un gros crétin. Je me contentais de répondre à ses questions.

– Rajoutez à ça que votre ex-petit ami Bill Boltz était un de ses meilleurs copains, sauf que c'est pas la peine de rentrer là-dedans…

– En effet, je vous en saurais gré.

– Ce que je sais, c'est que Patterson va vous prendre en chasse. Merde, je suis certain qu'il a déjà fait brûler un cierge de remerciement.

– Marino, vous êtes rouge comme une tomate ! Vous n'allez pas nous faire une attaque à cause de cette histoire, je vous en prie.

– Revenons à ce foulard que vous prétendez avoir offert à Susan…

– Que je *prétends* lui avoir offert ?

– C'est quoi le nom du magasin de San Francisco où vous l'avez acheté ?

– Il ne s'agissait pas d'un magasin.

Continuant d'aller et venir dans la cuisine, il leva le regard vers moi. J'expliquai :

– C'était un marché de rue. Des stands, des petites échoppes qui vendaient des œuvres d'art ou d'artisanat. Un peu comme à Covent Garden.

– Vous avez une facture ?

– Je n'avais aucune raison de la conserver.

– Et, donc, vous avez aucune idée du nom du stand, rien de rien. En d'autres termes, on reste sans aucun moyen de prouver que vous avez bien acheté ce foulard à un genre d'artiste qui emballe ses créations dans de grandes enveloppes noires en papier brillant.

– C'est, en effet, le point où nous en sommes.

Il repartit pour une nouvelle tournée des cent pas et mon regard se perdit au-delà de la fenêtre. Des nuages occultaient par intermittence une lune oblongue et des bourrasques de vent malmenaient les silhouettes sombres des arbres. Je me levai pour baisser les stores.

Soudain, Marino s'immobilisa avant de lâcher :

– Doc, va falloir que je passe votre comptabilité en revue...

Je demeurai silencieuse.

– ... Faut que je vérifie si vous avez pas opéré de gros retraits en liquide au cours de ces derniers mois...

Le mutisme comme seule option.

– ... Doc, dites-moi... Vous avez pas retiré ce genre de fric de la banque, hein ?

– Je vous conseille d'en discuter avec mon avocat, Marino.

Après le départ de Marino, je montai à l'étage récupérer les papiers d'ordre personnel que je conservais dans un placard de cèdre. Je sortis les relevés bancaires, les déclarations fiscales et autres bilans comptables. Je songeai à tous les avocats pénaux de Richmond, à leur exultation si je me retrouvais derrière les barreaux ou conspuée pour le restant de mes jours.

Installée dans la cuisine, j'étais en train de compulser le tas de documents, griffonnant des notes sur un calepin, lorsque la sonnette de la porte d'entrée retentit. Benton Wesley et Lucy se tenaient sur le seuil. À leur silence compact je compris que nul n'était besoin de leur expliquer ce qu'il venait de se passer.

– Connie n'est pas avec vous ? demandai-je d'un ton las.

– Elle passe les fêtes de fin d'année dans sa famille, à Charlottesville.

– Je vais dans ton bureau, tante Kay, déclara Lucy sans l'ombre d'un sourire ni la moindre intention de m'embrasser.

Elle disparut en traînant sa valise derrière elle.

– Marino souhaite éplucher mes comptes, expliquai-je à Wesley qui me suivit dans le salon. Ben Stevens tente de me faire plonger. Des dossiers du personnel et des notes de service ont disparu du bureau. Il espère que l'on pensera que je les ai subtilisés. Selon Marino, Roy Patterson est un homme heureux. Voilà, en quelques mots, un court mais juste état des lieux.

– Où cachez-vous la bouteille de whisky ?

– Je garde le bon dans cette huche, là-bas. Les verres sont rangés dans le bar.

– Je ne veux pas descendre votre meilleur scotch.

– Moi si, déclarai-je en m'activant devant la cheminée.

– J'ai appelé votre adjoint en chef juste avant d'arriver chez vous. Le laboratoire de balistique a déjà examiné les balles extraites du cerveau de Donahue. Il s'agit de Winchester en plomb de neuf grammes soixante-quinze, non chemisées, de calibre 22. Ils ont retrouvé deux balles. L'une est entrée par la joue gauche pour ressortir en diagonale du crâne, l'autre était un bout touchant, canon appuyé contre la base de la nuque.

– Est-ce la même arme que celle qui a abattu les deux autres ?

– Tout juste. Je vous sers un glaçon ?

– S'il vous plaît. (Je refermai la vitre pare-feu et suspendis le tisonnier au serviteur de cheminée.) Aurait-on, par hasard, retrouvé des plumes sur la scène de crime ou sur le cadavre de Donahue ?

– Pas à ma connaissance. Il est incontestable que son meurtrier se tenait à l'extérieur du véhicule et qu'il a tiré sur la victime par la vitre baissée de la portière, côté conducteur. Certes, cela ne signifie pas pour autant que l'agresseur en question ne se trouvait pas un peu plus tôt assis dans la voiture à côté de Donahue. Toutcfois, j'cn doutc fort. Sclon moi, Donahuc avait rendez-vous avec cette personne sur le parking de Deep Water Terminal. Lorsqu'il a vu arriver l'individu, il a baissé sa vitre. Fin de l'histoire. Et de votre côté ? Votre rencontre avec Eider a-t-elle porté ses fruits ?

– Selon toute vraisemblance, les plumes ou fragments de plumes retrouvés sur les corps des trois victimes proviennent d'eider à duvet.

– Il s'agit d'un canard de mer, si je ne m'abuse, déclara Wesley en fronçant les sourcils. À quoi utilise-t-on son duvet ? En garniture d'anoraks, de gants ?

– Oui, mais cette matière première n'est pas si fréquente que cela. Le duvet d'eider est très onéreux, ce qui signifie que fort peu de gens possèdent un vêtement fourré de la sorte.

Je racontai ensuite ma journée à Wesley, passant en revue le moindre détail de ma rencontre avec Nicholas Grueman, en soulignant que j'étais désormais convaincue, et sans l'ombre d'une réserve, que sa participation à ces affaires était sans tache.

– Je suis content que vous l'ayez rencontré, commenta Wesley. J'espérais que vous le feriez.

– Êtes-vous surpris de l'issue de notre entrevue ?

– Pas vraiment. Après tout, la façon dont les choses ont tourné est parfaitement logique. Grueman se débat dans une situation complexe qui n'est pas sans rappeler la vôtre. Il reçoit un fax émanant de Jennifer Deighton, lequel éveille aussitôt nos soupçons. De la même manière, on retrouve vos empreintes sur une pochette découverte dans le tiroir de la commode de Susan. Lorsque la violence explose non loin de vous, vous êtes éclaboussé, sali.

– Je suis au-delà des éclaboussures… En fait, j'ai le sentiment de couler à pic.

– Je vous concède que l'image semble justifiée en ce moment. Peut-être devriez-vous en discuter avec Grueman.

Je ne répondis pas.

– Si j'étais à votre place, je souhaiterais l'avoir de mon côté, ajouta-t-il.

– J'ignorais que vous le connaissiez.

Les glaçons s'entrechoquèrent doucement lorsque Wesley porta son verre à ses lèvres. Les flammes faisaient étinceler le cuivre de l'âtre, attaquant les bûches qui protestaient par des craquements sporadiques en libérant des nuées d'étincelles aussitôt happées par le conduit de cheminée.

– Disons que je sais quelques petites choses à son sujet, rectifia Wesley. Je sais qu'il est sorti major de sa promotion de droit à Harvard, qu'il a été le rédacteur en chef de la *Law Review*, et qu'on lui a offert un poste d'enseignant dans la prestigieuse université, poste qu'il a été contraint de refuser, à son plus grand et plus durable regret. Sa femme, Beverly, ne voulait pas quitter Washington. De toute évidence, l'épouse de Grueman avait pas mal de problèmes, dont le moindre n'était sans doute pas une fille, née d'un premier mariage. La jeune fille a été internée à Saint Elizabeth's, peu de temps après la rencontre de sa mère et de Nicholas Grueman. Il s'est ensuite installé à Washington. Sa belle-fille est morte quelques années plus tard.

– Vous avez mené votre petite enquête à son sujet.

– En quelque sorte.

– Quand en avez-vous eu l'idée ?

– Lorsque j'ai appris qu'il avait reçu un fax de Jennifer Deighton. J'ai eu beau croiser toutes les informations, sa réputation est sans faille. Néanmoins, il fallait quand même que quelqu'un aille discuter avec lui.

– Est-ce pour cette unique raison que vous avez suggéré que je lui rende visite ?

– C'était une raison de taille, mais pas la seule. J'avais la conviction que vous deviez retourner là-bas.

Je pris une profonde inspiration avant de déclarer :

– Merci, Benton. Vous êtes un homme droit, poussé par les meilleures intentions du monde…

Il porta son verre à ses lèvres, le regard perdu vers les flammes.

– … Mais je vous en prie, n'interférez pas dans ma vie.

– Ce n'est pas mon genre.

– Oh, que si, c'est votre genre ! Vous excellez même dans cet art. Vous connaissez tous les artifices pour diriger, manipuler, propulser, ou au contraire freiner n'importe qui, et vous êtes même capable de tirer tranquillement les ficelles dans l'ombre. Vous savez si bien faire lever une jungle d'obstacles ou sauter les ponts qu'une novice de mon genre aurait grand-peine à retrouver son chemin.

– Marino et moi sommes impliqués jusqu'au cou dans cette affaire, Kay. La police de Richmond également, sans oublier le FBI. De deux choses l'une : nous sommes confrontés à un psychopathe qui aurait dû être exécuté mais qui se balade maintenant dans la nature ; ou alors, quelqu'un tente de nous faire avaler que nous avons affaire à un condamné à mort qui s'est échappé.

– Marino veut que je m'écarte de l'affaire, dis-je.

– Il est dans une situation inextricable. N'oubliez pas qu'il est le responsable du département d'investigation criminelle de la ville et qu'il collabore à une équipe locale du VICAP. Pourtant, il est aussi votre collègue et votre ami. En résumé, sa fonction consiste à dénicher tout ce qu'il peut à votre sujet et d'élucider ce qui a pu se produire à la morgue, alors qu'il est évident qu'il tient surtout à vous protéger. Essayez de vous mettre un peu à sa place.

– J'en ai bien l'intention. Toutefois, j'aimerais aussi qu'il se mette aussi un peu à la mienne.

– Le marché me paraît correct.

– Enfin quoi... Si vous l'entendiez, Benton ! À l'écouter, on pourrait croire que la moitié de l'humanité veut se venger de moi et prie pour que je finisse sur le bûcher.

– Sans doute pas la moitié de l'humanité. Mais, voyez-vous, Kay, il n'y a pas que Ben Stevens qui patiente avec sa boîte d'allumettes et son jerricane d'essence.

– Qui d'autre ?

– Je suis dans l'incapacité de vous énumérer des noms puisque je les ignore. De surcroît, je ne pense pas que le but ultime de la personne qui est derrière tout ça soit de saccager votre carrière. Cela étant, vous casser les reins fait sans doute partie de son plan. Pourquoi ? Parce que la meilleure stratégie pour discréditer tout le travail d'enquête effectué dans le cadre de ces meurtres consiste à semer le doute, à convaincre que les résultats issus de vos services sont entachés d'erreurs. D'autant qu'en vous perdant le Commonwealth se prive de l'un de ses plus puissants témoins experts. (Son regard se riva au mien.) Kay, selon vous, quelle serait la force, la validité de votre témoignage en ce moment ? Si vous preniez la barre demain, aideriez-vous Eddie Heath ou lui porteriez-vous préjudice ?

J'eus l'impression de recevoir une gifle de plein fouet.

– Certes, si je déposais demain, je ne l'aiderais pas beaucoup. D'un autre côté, si je joue les témoins défaillants, en quoi cela servira-t-il Eddie, quiconque d'ailleurs ?

– La question mérite d'être posée. Marino craint avant tout que vous soyez davantage traînée dans la boue.

– En ce cas, peut-être pourriez-vous le convaincre que la seule réponse raisonnable à cette ahurissante situation est que je le laisse faire son travail et qu'il tolère que je fasse le mien !

– Une autre tournée ?

Il se leva et revint vers moi armé de la bouteille de scotch, qui se passa de glaçons.

– Benton, j'aimerais que nous reparlions du tueur. Le meurtre de Donahue vous offre-t-il un nouvel éclairage ?

Il posa la bouteille de whisky, tisonna le feu, puis demeura quelques instants immobile face à l'âtre, les mains enfoncées dans ses poches. Il s'assit ensuite sur le bord de la cheminée, les avant-bras reposant sur ses genoux. Il y avait bien longtemps que je ne l'avais pas vu dans un tel état d'agitation.

– À dire vrai, Kay, ce fauve me fout une trouille bleue.

– En quoi est-il différent des tueurs que vous avez pourchassés dans le passé ?

– Je pense qu'il a commencé la partie en suivant certaines règles et qu'ensuite il les a modifiées en cours de route.

– Ses propres règles ou celles de quelqu'un d'autre ?

– À moins que je ne me trompe du tout au tout, il n'avait pas conçu les règles au début. Leur formulation initiale revient à la personne qui se cache derrière la conspiration visant à faire échapper Waddell. Au contraire, maintenant l'assassin ne suit plus que ses propres règles. Non, il serait plus approprié de dire qu'aujourd'hui il n'y a plus aucune règle. Le tueur est rusé et il est très prudent. Jusqu'ici, il a conservé un parfait contrôle de la situation.

– Mais le mobile ?

– Difficile d'y voir clair. Peut-être serait-il plus judicieux de l'évoquer en termes de mission ou de contrat. J'ai l'impression qu'il est capable de méthode dans sa folie, mais au fond c'est la folie qui l'excite. Il prend son pied en manipulant l'esprit des autres. Waddell reste sous les verrous durant dix ans et, soudain, nous sommes replongés dans le cauchemar de son ancien meurtre. Le soir de son exécution, un enfant est assassiné. La mise en scène, dont les connotations sadiques et sexuelles sont évidentes, rappelle la mise à mort de Robyn Naismith. D'autres victimes suivent, toutes liées d'une façon ou d'une autre à Ronnie Waddell. Jennifer Deighton était son amie. Susan semble avoir été impliquée, même indirectement, dans le complot qui avait pour objet de le faire évader. La nuit du 13 décembre, Frank Donahue, directeur du pénitencier, a assisté à son exécution. Quel effet produit cette cascade d'événements sur les autres protagonistes de ces affaires ?

– Je suppose que tous ceux qui ont approché Ronnie Waddell, pour quelque motif que ce soit, doivent se sentir menacés, répliquai-je.

– Tout juste. Si un tueur de flic est lâché dans la nature et que vous soyez flic, vous savez que vous risquez d'être le prochain sur la liste. Qui dit que lorsque je sortirai de chez vous tout à l'heure, ce type ne sera pas embusqué, tapi dans l'ombre, pour me descendre ? À moins qu'il ne piste Marino en voiture ou qu'il ne cherche à repérer où j'habite. Il pourrait même caresser le projet de faire un carton sur Grueman.

– Ou sur moi.

Wesley se leva pour s'activer à nouveau sur le feu.

– Il serait peut-être préférable que j'expédie Lucy à Miami ? Qu'en pensez-vous, Benton ?

– Seigneur, Kay... je ne sais vraiment pas quoi vous conseiller. Elle ne veut pas rentrer chez elle et le moins que l'on puisse dire, c'est qu'elle l'exprime haut et fort. Peut-être vous sentiriez-vous plus tranquille si elle repartait ce soir même pour la Floride. D'ailleurs, j'ajouterai que cela me soulagerait si vous décidiez de l'accompagner. Autant le dire, tout le monde... vous, Marino, Grueman, Vander, Connie, Michele et moi nous sentirions *tous* plus tranquilles si nous disparaissions quelque temps... Mais, dans ce cas, qui resterait-il ?

– Lui. Quel qu'il soit.

Wesley jeta un regard à sa montre et posa son verre sur la table basse.

– Nous ne devons pas nous gêner mutuellement. Nous ne pouvons pas nous le permettre.

– Benton, je dois défendre ma réputation.

– C'est exactement par là que je commencerais, moi aussi. Comment comptez-vous vous y prendre ?

– Grâce à une plume.

– Expliquez-vous, je vous prie.

– Il n'est pas exclu que le tueur se soit offert un vêtement ou un article de luxe garni de duvet d'eider. Cependant, je ne serais pas le moins du monde étonnée qu'il ait préféré le voler.

– C'est assez plausible, en effet.

– Or il est impossible de remonter la piste de cet article tant que nous n'aurons pas mis la main sur son étiquette ou sur tout autre échantillon nous permettant d'identifier son fabricant. Cependant il existe peut-être un autre moyen de procéder. Un article pourrait paraître dans la presse.

– Je ne crois pas souhaitable d'avertir le tueur qu'il sème des plumes sur son passage. À tous les coups, il se débarrassera de l'objet en question.

– Bien sûr. Toutefois, peut-être pourriez-vous suggérer à l'un des journalistes avec lesquels vous collaborez habituellement de nous concocter un petit article traitant du duvet d'eider, insistant sur le prix exorbitant des vêtements qui en sont fourrés, expliquant que de ce fait ils sont devenus une marchandise particulièrement prisée des voleurs. On pourrait amener le sujet en prenant prétexte de la saison des sports d'hiver, ou quelque chose de similaire.

– Et on espère quoi ? Que quelqu'un nous appelle pour nous signaler qu'on a volé son anorak garni d'eider dans sa voiture ?

– Tout à fait. Le journaliste pourrait citer le nom d'un policier chargé de ces affaires, par exemple. Vous savez bien comment les choses se passent. Les gens lisent un article et songent qu'ils ont vécu la même histoire, ce qui leur donne envie d'aider. En plus, ils veulent se sentir un peu importants et ils décrochent leur téléphone.

– Il faut que j'y réfléchisse.

– Je vous concède que mon plan est assez hasardeux.

Je le raccompagnai jusqu'à la porte.

– J'ai eu une brève conversation avec ma fille Michele juste avant de quitter l'Homestead Hotel, commença Wesley. Michele prétend que Lucy a quelque chose d'effrayant.

– Oh, Lucy est une vraie terreur depuis qu'elle est née.

– Ce n'est pas ainsi que l'entendait Michele. Selon elle, l'intellect de votre nièce est assez effrayant.

– Cela m'inquiète aussi parfois. Je me dis que trop de puissance est concentrée dans ses neurones alors qu'elle est si fragile.

– Je doute de sa fragilité après avoir passé deux jours en sa compagnie. J'avoue qu'elle m'impressionne sur pas mal de plans.

– Holà... N'essayez pas de la recruter pour le FBI.

– J'attendrai qu'elle ait terminé le lycée. Quand achève-t-elle ses études ? Encore une année, tout au plus ?

Lucy n'émergea de mon bureau qu'après le départ de Wesley, alors que je débarrassais nos verres.

– Tu t'es bien amusée au ski ? lui demandai-je.

– Oh, oui.

– J'ai entendu dire que toi et les Wesley vous étiez entendus comme larrons en foire.

Je fermai le robinet de l'évier et me réinstallai devant la table de la cuisine, où j'avais abandonné un peu plus tôt mon calepin.

– Ce sont des gens super-sympas.

– Si l'on en croit la rumeur, ils te retournent le compliment.

Elle ouvrit la porte du réfrigérateur pour en inspecter machinalement le contenu.

– Pourquoi Pete est-il passé un peu plus tôt ?

Cela me fit un effet assez étrange d'entendre ma nièce appeler Marino par son prénom. Peut-être leur relation avait-elle évolué d'une guerre larvée à plus de cordialité grâce au maniement des armes.

– Qu'est-ce qui te fait penser qu'il est passé ?

– J'ai senti une odeur de cigarette en arrivant. D'où je conclus qu'il t'a rendu visite, à moins que tu ne te sois remise à fumer.

Elle referma la porte du réfrigérateur et s'approcha de la table.

– Gagné. Non, je n'ai pas replongé et, en effet, Marino est passé en coup de vent.

– Que voulait-il ?

– Me poser un tas de questions.

– À quel sujet ?

– Pourquoi veux-tu tout savoir, comme cela ?

Son regard passa de mon visage à la pile de relevés bancaires pour se poser enfin sur le calepin noirci de mes gribouillis indéchiffrables.

– Quelle importance puisque, de toute évidence, tu refuses de m'en parler ?

– C'est compliqué, Lucy.

– C'est toujours l'argument que tu avances quand tu as décidé de me tenir à l'écart de quelque chose.

Elle tourna les talons et quitta la cuisine.

J'eus soudain la sensation que mon univers se dérobait sous mes pieds et que tous ceux qui comptaient pour moi se dispersaient hors d'atteinte. Lorsque j'observais des parents et leurs enfants, je m'émerveillais du charme de leurs relations, redoutant au fond de moi d'être dépourvue d'une sorte d'instinct, une qualité innée.

Je retrouvai Lucy dans mon bureau, assise devant l'ordinateur. Des colonnes de chiffres mêlées de lettres s'alignaient sur l'écran. Ici et là s'immisçaient des séquences dont je supputai qu'il devait s'agir de données. Elle était plongée dans une série de calculs qu'elle griffonnait sur une feuille de papier millimétré et ne leva pas la tête lorsque je la rejoignis.

– Lucy, je sais que ta mère a collectionné les amants – c'était un défilé permanent chez toi – et je me doute de ce que tu as dû ressentir. Mais les choses sont différentes dans cette maison, et je ne ressemble pas à ta mère. Tu ne dois pas te sentir menacée par mes collègues masculins ou par mes amis. Il est inutile que tu sois à l'affût de preuves démontrant qu'un homme est bien passé chez moi, tout comme il serait injustifié de te raconter des histoires sur la nature de mes relations avec Marino, ou Wesley, ou autres.

Elle demeura coite.

Je posai ma main sur son épaule avant d'ajouter :

– J'admets que je ne suis sans doute pas aussi présente pour toi que je le souhaiterais, mais tu es très importante à mes yeux.

Elle effaça un nombre et balaya de la main les petites particules de gomme qui adhéraient à la feuille. Puis :

– Tu vas être accusée d'avoir commis un crime ?

– Bien sûr que non ! Je n'ai rien fait de tel.

Je me penchai vers l'écran.

– Ce que tu vois là, c'est un dépotoir hexa, expliqua-t-elle.

– Tu avais raison. On dirait de vrais hiéroglyphes.

Lucy déplaça le curseur à l'aide des touches clavier tout en expliquant :

– Je tente de localiser la position exacte du NIE, le numéro d'identification donné par l'État, c'est le code clé. Toute personne intégrée dans le système s'en voit attribuer un, donc toi puisque tes empreintes digitales sont stockées dans l'AFIS. Si nous procédions par l'intermédiaire d'un langage de quatrième génération de type SQL, je pourrais le rechercher à l'aide d'un simple nom de colonne. Mais le langage d'un environnement hexadécimal est avant tout mathématique et technique. Il n'existe pas de nom de colonne, juste des positions dans la disposition topographique. En d'autres termes, si je souhaitais me rendre à Miami, avec le SQL je dirais simplement à l'ordinateur : « Ben, voilà, je veux aller à Miami. » En revanche, avec un environnement hexadécimal, je dois annoncer mon désir de me rendre à une certaine position localisée à l'intersection de *x* degrés de latitude et de *x* degrés de longitude.

« Pour rester dans ma comparaison géographique, je cherche à déterminer la latitude et la longitude du NIE personnel, sans oublier le nombre qui caractérise le type d'opération enregistré. Ensuite, je serai à même de créer un programme capable de repérer les NIE ayant fait l'objet d'une opération de type 2 par exemple, c'est-à-dire d'une délétion, ou de type 3, qui désigne une mise à jour. Je ferai donc tourner mon programme pour passer en revue toutes les opérations mémorisées.

– Ce qui revient à dire que tu pars du principe que si quelqu'un a modifié un dossier, il a nécessairement transformé un NIE ? traduisis-je.

– Disons qu'il est beaucoup plus aisé de bidouiller un NIE que d'altérer les véritables images d'empreintes digitales enregistrées sur le disque optique. Tu sais, en réalité, il n'y a pas grand-chose d'autre dans l'AFIS : le NIE et les empreintes digitales correspondantes. Le nom de la personne, sa biographie et autres informations d'ordre personnel sont stockés dans son casier judiciaire informatisé, le CJI, lequel est hébergé par le Centre de traitement des casiers judiciaires, ou CTCJ.

– Si je comprends bien, les NIE permettent de relier les dossiers du CTCJ et les empreintes sauvegardées sur l'AFIS, c'est bien cela ?

– Tout à fait.

Lucy était toujours immergée dans ses recherches lorsque je décidai d'aller me coucher. Je m'endormis aussitôt comme une souche pour me réveiller à 2 heures du matin et me retourner dans mon lit durant près de trois heures. Je parvins enfin à m'assoupir à nouveau pour être tirée du sommeil à 6 heures par mon réveil. Il faisait encore nuit lorsque je rejoignis le centre-ville, écoutant les nouvelles diffusées par l'une des radios locales. Le journaliste annonça que la police m'avait entendue et que j'avais refusé de communiquer des informations concernant mes opérations financières. Il poursuivit en rappelant que Susan Story avait déposé trois mille cinq cents dollars sur son compte quelques semaines à peine avant son meurtre.

Une fois dans mon bureau, j'eus à peine le temps de retirer mon manteau que Marino appela.

– Ce foutu commandant… Il ne peut vraiment pas la fermer, commença-t-il sans préambule.

– C'est assez justement résumé, en effet.

– Merde, j'suis désolé.

– Ce n'est pas de votre faute, Marino. Je sais bien que vous devez lui faire votre rapport.

Un bref silence d'hésitation me répondit d'abord, puis :

– Faut que je me renseigne au sujet de vos flingues, Doc. Vous avez pas de calibre 22, hein ?

– Vous connaissez mes armes de poing. Je possède un Ruger et un Smith & Wesson. Si vous l'expliquez au commandant Cunningham, il fait peu de doutes que cette précision sera sur les ondes en moins d'une heure.

– Doc, il veut que le labo de balistique les examine.

L'espace d'un instant, je crus que Marino plaisantait.

– Il dit que vous devriez les soumettre de votre propre gré à l'examen scientifique, ajouta-t-il. Selon lui, c'est une super-bonne idée de prouver au plus vite que les projectiles qui ont tué Susan, le gamin Heath et Donahue peuvent pas avoir été tirés par vos flingues.

Mon irritation monta d'un coup.

– Avez-vous expliqué au commandant que mes armes tiraient du *calibre 38* ?

– Ouais.

– De surcroît, il n'ignore pas que les balles extraites des cadavres étaient du 22 ?

– Oh, ouais, même que je me suis épuisé à le lui chanter sur tous les tons.

– En ce cas, soyez aimable de lui demander de ma part s'il a jamais entendu parler d'un adaptateur qui permettrait de tirer des munitions de 22 à percussion non pas centrale mais annulaire avec un revolver de 38. Si tel est bien le cas, suggérez-lui de ma part de soumettre de toute urgence une communication sur le sujet au prochain congrès de l'Association américaine des sciences légales.

– Écoutez, je crois pas que ce serait un bon plan de lui conseiller ce genre de truc, surtout de votre part.

– Nous nageons en pleine politique, tout n'est que coups de pub ! Peu importe si nous frisons l'irrationnel.

Le lieutenant se garda bien de répondre. Je repris d'un ton plus égal :

– Marino, je n'ai enfreint aucune loi. Je ne présenterai ni mes armes, ni ma comptabilité, ni quoi que ce soit d'autre de personnel – et à qui que ce soit – avant d'avoir pris le conseil d'un professionnel. Je comprends parfaitement que vous deviez faire votre travail et c'est ce que j'attends de vous. Cela étant, je veux aussi faire le mien et donc qu'on me fiche la paix. J'ai trois autopsies qui m'attendent à l'étage en bas et Fielding est au tribunal.

C'était un vœu pieux. Je le compris quelques instants plus tard lorsque je raccrochai au moment où Rose, ma secrétaire, pénétrait dans mon bureau. Elle avait la mine défaite et une sorte d'alarme se lisait dans son regard.

– Le gouverneur veut vous voir, annonça-t-elle.

Mon cœur manqua quelques battements.

– Quand ?

– À 9 heures.

Il était déjà 8 h 40.

– Que veut-il au juste, Rose ?

– La personne qui vient de téléphoner ne s'est pas étendue sur les détails.

J'attrapai au vol manteau et parapluie, et sortis sous une pluie glaciale qui commençait de geler. Tout en descendant la 14e Rue au pas de charge, je tentai de me souvenir à quand remontait ma dernière rencontre avec le gouverneur Joe Norring. Sans doute près d'un an auparavant, lors d'une réception assez guindée donnée au musée de Virginie. Joe Norring était républicain, épiscopalien et diplômé de droit de l'université de Virginie. J'étais d'origine italienne, catholique, née à Miami, et j'avais poursuivi mes études dans le Nord. Pour couronner le tout, mon cœur battait pour les démocrates.

Le Capitole se dresse sur Shockhoe Hill. Il est protégé par une grille très ornementée conçue au dix-neuvième siècle pour décourager les promenades des bestiaux. L'édifice de briques blanches imaginé par Jefferson est un exemple typique de ses concepts architecturaux, symétrie parfaite de corniches, hautes colonnes droites à chapiteaux ioniens que l'on croirait tout droit sorties d'un temple romain. Des bancs parsèment la pente en gradins de granit qui traverse le parc. Tout en marchant sous la pluie perçante et obstinée, je me souvins de ma sempiternelle résolution, résolution récurrente à chaque nouveau printemps : m'octroyer une heure de pause déjeuner hors de mes bureaux et venir m'installer ici au soleil pour pique-niquer... Résolution toujours sans effet. Je ne comptais plus les jours de ma vie seulement éclairés par la lumière artificielle de petites pièces aveugles qui auraient fait sangloter de déception n'importe quel traité d'architecture digne de ce nom.

Parvenue à l'intérieur du Capitole, je trouvai des toilettes et tentai de regonfler ma confiance en moi grâce à quelques retouches esthétiques. En dépit de mes efforts, armée d'un bâton de rouge à lèvres et d'une brosse à cheveux, l'image que persistait à me renvoyer le miroir n'avait rien d'encourageant. C'est donc un peu trop dépenaillée à mon goût et largement perturbée que je montai dans l'ascenseur, qui me déposa dans la rotonde autour de laquelle les huiles représentant les gouverneurs successifs de l'État contemplaient d'un regard austère la statue de marbre de George Washington réalisée par Houdon qui se dressait trois étages plus bas. Un groupe de journalistes, calepins en main, caméras et micros désœuvrés, semblait attendre quelque chose à mi-chemin du déambulatoire sud. Il ne me traversa pas une seconde l'esprit que je puisse être leur cible avant que les caméras ne se dressent sur des épaules, que les micros ne soient brandis comme des épées et que les appareils photo ne crépitent avec la célérité d'armes automatiques pour saluer mon approche.

– Pourquoi refusez-vous de rendre votre comptabilité publique ?

– Docteur Scarpetta…

– Avez-vous offert de l'argent à Susan Story ?

– Quel genre d'armes possédez-vous ?

– Docteur…

– Est-il exact que certains des dossiers de votre personnel ont disparu de l'institut médico-légal ?

Ils insistaient, m'inondant d'accusations, de questions, cherchant à provoquer une réaction de ma part. L'esprit en déroute, je gardai le regard rivé droit devant moi. La tête d'un micro percuta mon menton, des corps frôlèrent le mien, et l'éclat des flashes m'aveugla. La lourde porte d'acajou qui protégeait un univers de quiétude distinguée me semblait presque hors d'atteinte.

Le bonjour d'une réceptionniste installée derrière son comptoir de bois précieux, au-dessus duquel veillait un portrait de John Tyler, dixième président des États-Unis, m'accueillit.

Depuis le bureau poussé sous une fenêtre située en diagonale de la pièce, un officier en civil de l'unité de protection des personnalités me jaugea d'un regard impénétrable.

– Comment la presse était-elle au courant de ma venue ? demandai-je à la réceptionniste, une femme d'un certain âge, vêtue de tweed.

– Je vous demande pardon ?

– Comment savaient-ils que je devais rendre visite ce matin au gouverneur ?

– Je n'en ai pas la moindre idée, je suis désolée.

Je m'installai sur une bergère bleu tendre. Les murs étaient tendus d'un papier peint de même teinte, les meubles anciens et les chaises recouvertes d'un tissu brodé du sceau de l'État. Dix minutes s'écoulèrent avec paresse. Une porte s'ouvrit enfin et un jeune homme, que je reconnus comme l'attaché de presse de Norring, pénétra dans la pièce en m'adressant un large sourire.

– Docteur Scarpetta, le gouverneur va vous recevoir.

Il était assez frêle, blond, et portait un costume bleu marine dont l'austérité était relevée par une paire de bretelles jaunes.

– Je suis navré de vous avoir fait patienter. Quel temps… Ahurissant, n'est-ce pas ? Il paraît que la température devrait avoisiner les moins cinq, moins dix. Les rues vont se transformer en patinoire.

Il me guida le long d'une succession de bureaux, tous mieux installés les uns que les autres, où des secrétaires se concentraient devant leur écran d'ordinateur et des stagiaires s'affairaient dans un silence très professionnel. Nous parvînmes devant une porte impressionnante à laquelle mon guide frappa avec délicatesse avant d'en tourner le bouton de cuivre. Il s'effaça pour me laisser passer, m'escortant d'une courtoise poussée de la main contre l'omoplate. Je le précédai dans le bureau de l'homme le plus puissant de Virginie. Le gouverneur Norring ne manifesta nulle intention de se lever de son fauteuil de cuir capitonné pour m'accueillir. Deux chaises faisaient face à son vaste bureau de noyer, étonnamment ordonné, pour ne pas dire désert. L'attaché de presse me désigna l'un des sièges, tandis que le gouverneur étudiait le document qu'il tenait devant lui.

– Souhaitez-vous quelque chose à boire? s'enquit le jeune homme.

– Non, merci.

Il sortit, refermant la porte avec discrétion derrière lui.

Le gouverneur Norring déposa le document sur son bureau et se laissa aller contre le dossier de son fauteuil. Il s'agissait d'un homme à l'allure distinguée, avec ce soupçon d'irrégularité des traits qui intrigue et retient le regard, le genre d'homme qu'il est difficile de ne pas remarquer lorsqu'il pénètre dans une pièce. À l'instar de George Washington que son mètre quatre-vingt-cinq distinguait de la masse de ses concitoyens de taille plus modeste, Norring était très grand et avait conservé une chevelure léonine et brune à un âge où la plupart des hommes deviennent chauves ou grisonnants.

– Docteur… je me suis demandé si nous ne pourrions pas éteindre cet incendie de controverses avant qu'il n'échappe à tout contrôle, commença-t-il.

Le débit de Norring avait adopté ce rythme apaisant qui caractérise toute conversation convenable de Virginien.

– Je l'espère de tout cœur, monsieur le gouverneur.

– Alors, éclairez-moi sur les raisons qui vous incitent à refuser de coopérer avec la police.

– Il ne s'agit pas, selon moi, de refus de coopération. Je souhaite simplement avoir recours au conseil d'un avocat et je n'ai pas encore eu le temps de m'en préoccuper.

– C'est, certes, votre droit de vous protéger de la sorte, acquiesça-t-il avec lenteur. Mais le simple fait que l'on vous pense décidée à invoquer le cinquième amendement ne fait que renforcer les soupçons à votre égard. Je suis certain que vous vous en doutez.

– Je me doute, en effet, que je serai la cible des critiques, quoi que j'entreprenne en ce moment. Il est donc raisonnable et prudent de ma part de chercher à me protéger.

– Avez-vous offert de l'argent à Susan Story, votre assistante ?

– Non, monsieur. Je n'ai jamais rien fait de tel. Au demeurant, je n'ai jamais rien commis de répréhensible.

Il se pencha vers moi et croisa les doigts sur son bureau avant de déclarer :

– Docteur Scarpetta, on a porté à ma connaissance le fait que vous refusiez de collaborer en présentant des documents susceptibles d'étayer vos dires.

– Je n'ai pas encore été informée que j'étais considérée comme suspecte d'un crime et l'on ne m'a pas énoncé mes droits, mais il est clair que je ne renoncerai à aucun. Je n'ai pas encore eu la possibilité de recourir à un conseil légal. Il en découle que, pour l'instant, je n'ai aucune intention de permettre à la police, ou à qui que ce soit d'autre, d'examiner mes dossiers professionnels ou personnels.

– En conclusion, vous refusez de vous soumettre à une divulgation sans réserve.

Lorsqu'un fonctionnaire est accusé de conflit d'intérêts ou de toute autre attitude contraire à la déontologie qui règle sa fonction, deux stratégies de défense s'offrent à lui : la divulgation sans réserve ou la démission. La dernière possibilité béait sous mes pieds comme un gouffre. De toute évidence, le gouverneur avait la ferme intention de manœuvrer pour me pousser au bord du précipice.

– Vous êtes une anatomo-pathologiste de stature nationale, et le médecin expert général de notre Commonwealth, poursuivit-il. Vous avez joui d'une réputation irréprochable, notamment parmi les forces de police et les magistrats, et conduit une carrière prestigieuse. Pourtant, dans le cadre de l'affaire qui nous occupe aujourd'hui, je dois avouer que vous faites preuve d'un certain manque de jugement. J'aurais souhaité de vous plus de prudence afin d'éviter toute ombre, toute apparente inconvenance.

– Je suis prudente, monsieur le gouverneur, et je n'ai rien commis dont je puisse rougir, répétai-je. Les faits permettront de l'établir. Toutefois, je n'en discuterai pas davantage avant d'avoir consulté un avocat. Je ne me soumettrai à une divulgation sans réserve que par son intermédiaire et devant le tribunal, à huis clos.

Ses yeux s'étrécirent :

– À huis clos ?

– Certains détails concernant ma vie privée peuvent affecter d'autres personnes que moi.

– Et qui cela ? Un mari, des enfants, un amant ? Je crois savoir que vous vivez seule et que – pour reprendre un vieux cliché – vous êtes mariée à votre carrière. Qui donc souhaitez-vous préserver de la sorte ?

– Seriez-vous en train de me pousser dans mes retranchements, monsieur le gouverneur ?

– Que nenni... Je tente simplement de trouver une logique à vos affirmations. Vous prétendez être inquiète pour la tranquillité de certains proches et je vous demande de qui il peut bien s'agir. Certainement pas de vos patients, ils sont décédés.

– J'ai le sentiment que vous n'êtes ni impartial, ni juste envers moi, attaquai-je d'un ton dont la froideur me surprit. D'ailleurs rien dans cette entrevue ne l'est, et cela depuis le début. On me somme de vous rendre visite, je n'en ai connaissance que vingt minutes plus tôt et nul ne me prévient de la sauce à laquelle je vais être mangée.

Il m'interrompit :

– Allons, allons, docteur... Ne me dites pas que vous n'aviez pas deviné les motifs de cette convocation.

– Tout comme j'aurais dû deviner qu'il s'agissait d'un événement hautement médiatisé ?

– J'ai cru comprendre que la presse était entrée en force, rétorqua-t-il, imperturbable.

– J'aimerais savoir qui l'a renseignée, contre-attaquai-je sans parvenir à contrôler l'agressivité de mon ton.

– Si vous insinuez que mes bureaux ont averti la presse de notre entrevue, je vous affirme que tel n'est pas le cas.

Je demeurai silencieuse.

– Docteur Scarpetta... je me demande si vous avez compris toutes les implications de nos engagements de fonctionnaires, et de fonctionnaires placés sous les feux de l'actualité. Il nous faut adopter d'autres règles. D'une certaine façon, la notion de vie privée est exclue dans notre cas, ou peut-être serait-il plus adéquat de dire que si nos actions ou notre sens de l'éthique sont mis en cause, le public a parfois le droit d'exiger de connaître les aspects les plus intimes de notre existence. Voyez-vous, à chaque fois que j'entreprends quelque chose, même un acte aussi banal que rédiger un chèque, je dois me poser la question de savoir si l'honnêteté de mes actes résistera à l'examen le plus minutieux.

Il gardait les mains presque immobiles, accompagnant rarement ses mots d'un geste. Je remarquai que le tissu et les motifs de son costume étaient d'une extravagance contenue. Je le détaillai pendant qu'il me sermonnait, mon attention se fixant sur une multitude de détails, tout en sachant que rien de ce que je pourrais faire ou dire n'améliorerait mon sort. Certes, je devais ma nomination au commissaire à la Santé. Pourtant je n'aurais jamais obtenu ce poste – et je ne le conserverais pas très longtemps – sans le soutien du gouverneur. La meilleure façon de m'aliéner sa bienveillance à mon égard consistait à m'opposer à lui et à le mettre dans l'embarras, et j'y étais déjà parvenue. Il avait le pouvoir de me contraindre à donner ma démission. J'avais le pouvoir de gagner un peu de temps en le menaçant de faire un tapage encore plus embarrassant pour lui.

– Docteur, peut-être pourriez-vous me dire ce que vous feriez à ma place ?

Dehors, derrière la vitre de la baie, la pluie se mêlait de neige fondue et les mornes silhouettes des immeubles du quartier financier se découpaient sur un ciel désolé couleur d'étain.

Je considérai Norring en silence, puis me décidai :

– Monsieur le gouverneur, lâchai-je d'un ton au calme retrouvé, j'espère que j'aurais évité de sommer le médecin expert général de me rejoindre dans mon bureau dans le but de l'insulter gratuitement, à titre tant personnel que professionnel. J'espère que je n'aurais pas exigé de lui qu'il renonce aux droits garantis par la Constitution à n'importe quel citoyen.

« De surcroît, j'ose également espérer que j'aurais tenu cette personne pour innocente jusqu'à ce que sa culpabilité soit démontrée et que je n'aurais pas tenté de passer outre à son sens de l'éthique et de la pousser à rompre le serment d'Hippocrate qu'elle a prêté en lui demandant de révéler – et aux yeux de tous – des dossiers confidentiels, tout cela au risque de lui porter préjudice, à elle et aux autres. J'ai la faiblesse de croire, monsieur le gouverneur, que je n'aurais pas acculé une femme qui a loyalement servi le Commonwealth en ne lui laissant d'autre alternative que céder ou démissionner.

Norring se donna le temps d'évaluer ma sortie en jouant avec le stylo d'argent posé sur son bureau. Quitter son bureau en présentant publiquement ma démission pour motifs personnels impliquerait aux yeux des journalistes qui patientaient de l'autre côté de la porte que je partais parce que le gouverneur avait exigé de moi une chose que je jugeais contraire à mon éthique. Il déclara d'un ton devenu glacial:

– Je ne vois pas l'intérêt d'accepter votre démission, docteur Scarpetta. De fait, si vous me la présentiez, je la refuserais. Je suis un homme juste et, je l'espère, un homme avisé. En l'occurrence, la sagesse commande de ne pas tolérer qu'un médecin expert pratique des autopsies de victimes d'homicides lorsque ce fonctionnaire est lui-même impliqué dans un meurtre, directement ou comme complice. En conclusion, je pense que la mesure à adopter est une suspension avec traitement jusqu'à totale clarification de cette affaire. (Il décrocha son téléphone:) John, auriez-vous l'amabilité de raccompagner Mme le médecin expert général?

L'affable attaché de presse apparut à l'instant.

Je n'avais pas mis un pied hors des bureaux du gouverneur qu'une houle m'assaillit. Les éclairs des flashes me firent cligner des yeux et tous se mirent à brailler en même temps. Le scoop occupa les médias toute la journée et le lendemain matin: le gouverneur m'avait relevée de mes fonctions jusqu'à ce que mon nom soit lavé de tout soupçon. Selon un éditorialiste Norring s'était conduit comme un gentleman, et si je souhaitais me mettre au diapason et réagir comme une vraie dame, le mieux que j'avais à faire consistait à présenter ma démission.

11

Je passai la journée du vendredi chez moi, devant un feu de cheminée, m'absorbant dans la tâche ô combien fastidieuse et peu gratifiante qui consistait à établir une liste précise de tous mes faits et gestes des dernières semaines. La malchance voulait que, à l'heure supposée où Eddie Heath se faisait enlever à proximité de la boutique, je me trouvais seule dans ma voiture, sur le chemin de mon domicile. Lorsque Susan avait été abattue, j'étais également seule, chez moi, Marino ayant entraîné Lucy pour une leçon de tir. Seule encore le matin où Donahue avait été assassiné. En conclusion, je n'avais aucun témoin qui puisse corroborer mes dires et certifier mes faits et gestes lors des trois meurtres.

Certes, le mobile de ces meurtres et leur *modus operandi* seraient plus difficiles à faire accepter par un jury. Il est exceptionnel qu'une femme abatte sa victime à la manière d'un tueur professionnel et, à moins que l'on admette que j'étais une sadique sexuelle admirablement camouflée, je n'avais aucune raison de martyriser le petit garçon.

J'étais plongée dans mes pensées lorsque Lucy hurla qu'elle venait de dénicher quelque chose. Installée devant l'ordinateur, elle avait fait pivoter son fauteuil sur le côté et posé ses pieds sur une ottomane. Des piles de feuilles recouvraient ses genoux. Mon Smith & Wesson était aligné le long du flanc droit du clavier.

– Pourquoi mon arme se trouve-t-elle là ? demandai-je, un peu mal à l'aise.

– Pete m'a conseillé de m'entraîner à blanc dès que j'en aurais la possibilité. J'ai profité de ce que mon programme passait au crible tous les enregistrements quotidiens d'opérations.

Je ramassai le revolver et vérifiai que les chambres du barillet étaient bien vides, juste pour en avoir le cœur net.

– Bon, je n'ai pas terminé, mais je crois bien que j'ai déjà une piste sérieuse au sujet de ce que nous cherchons.

Une bourrasque d'optimisme allégea mon humeur et j'approchai une chaise du bureau.

– Le journal des opérations enregistrées pour le 9 décembre fait état de trois MJRE assez alléchantes.

– MJRE ?

– Mises à jour de relevé d'empreintes, traduisit ma nièce. Le plus beau, c'est qu'elles concernent trois fichiers différents. L'un a été supprimé purement et simplement. Le numéro d'identification d'état du deuxième a été modifié. Quant au dernier, il a été créé en concomitance avec les opérations réalisées sur les deux autres. J'ai pénétré dans le centre de traitement des casiers judiciaires et balancé les NIE du dossier nouvellement créé et de celui qui avait été altéré. Eh bien, le second est celui de Ronnie Joe Waddell.

– Et le dossier tout juste créé ?

– C'est là que les choses deviennent assez angoissantes… Il n'existe aucun casier judiciaire derrière. J'ai entré à cinq reprises le NIE correspondant et à chaque fois l'ordinateur me répondait « pas de fichier criminel ». Est-ce que tu comprends ce que cela signifie ?

– Sans fichier enregistré dans le centre de traitement des casiers judiciaires, nous n'avons aucun moyen de connaître l'identité de cette personne.

Lucy acquiesça d'un hochement de tête.

– Gagné ! Donc, nous avons le relevé d'empreintes et le NIE de quelqu'un sur l'AFIS, tout cela sans aucune correspondance de nom, ou quelque renseignement personnel que ce soit capable de permettre son identification. En conclusion, ma conviction, c'est qu'un pirate a effacé le nom de cet individu de la mémoire du centre de traitement des casiers judiciaires, ce qui implique que celui-ci a également été la cible d'un assaut de pirate.

– Attends, revenons-en à Ronnie Joe Waddell, proposai-je. Peux-tu reconstituer les modifications apportées à son dossier ?

– J'ai ma petite théorie sur le sujet. Mais, d'abord, il faut que je t'explique une autre subtilité du système. Le NIE, donc ton numéro d'identification personnel, est le seul identifiant accepté et il est unique. Ce que je veux dire par là, c'est que le système ne t'autorisera pas à le dupliquer. Admettons que nous ayons décidé d'intervertir nos NIE, il faudrait d'abord que je supprime ton fichier, puis que je transforme mon NIE en adoptant le tien. Ensuite je réinjecterais ton dossier dans la mémoire en lui affectant mon ancien NIE.

– Et tu penses que les choses se sont produites de cette façon ?

– Disons que ce genre de manipulations expliquerait les mises à jour de relevé d'empreintes que j'ai détectées en date du 9 décembre.

Quatre jours avant l'exécution de Waddell, songeai-je.

Lucy continua :

– Ce n'est pas fini... Le dossier de Waddell a été effacé ensuite de la mémoire de l'AFIS, le 16 décembre.

– Quoi ? Mais comment est-ce possible ! m'exclamai-je, ahurie. Mais enfin... Lorsque Vander a introduit dans l'AFIS l'empreinte retrouvée dans la salle à manger de Jennifer Deighton, l'ordinateur l'a bien reliée à celle de Waddell, et c'était il y a une semaine de cela.

– L'AFIS a planté le 16 décembre à 10 h 56, c'est-à-dire exactement quatre-vingt-dix-huit minutes après que le fichier concernant Waddell avait été supprimé, expliqua Lucy. La base de données et les journaux d'opérations ont été restaurés. Néanmoins, il ne faut pas que tu oublies qu'une sauvegarde intégrale n'est réalisée qu'une fois par jour, tard dans l'après-midi. En d'autres termes, les altérations opérées sur la base de données le matin du 16 décembre n'avaient pas encore été enregistrées lorsque le système est tombé en panne. Lorsque la base de données a été restaurée, le fichier de Waddell l'a été avec.

– Si je comprends bien, tu veux dire que quelqu'un a modifié le NIE du fichier AFIS de Waddell quatre jours avant son exécution pour tenter de le supprimer trois jours après sa mort ?

– Ça m'en a tout l'air, en effet. Le truc qui me chiffonne, c'est pourquoi le pirate n'a-t-il pas juste supprimé tout le dossier lors de sa première intrusion dans le système ? Pourquoi se prendre la tête en modifiant d'abord le NIE de Waddell, pour changer d'avis un peu plus tard et gommer tout le contenu ?

Neils Vander me fournit une réponse très simple à cette question lorsque je l'appelai un peu plus tard.

– Il est assez habituel que l'on efface de l'AFIS le relevé dactyloscopique d'un condamné exécuté, me renseigna-t-il. En fait, le seul cas dans lequel il est légitime de le conserver, c'est lorsqu'on soupçonne qu'il n'est pas exclu que l'on retrouve ses empreintes dans le cadre d'une affaire non encore élucidée. Waddell était bouclé depuis neuf-dix ans, il avait été retiré du circuit depuis si longtemps qu'il était superflu de conserver sa carte d'empreintes.

– En d'autres termes, selon vous, la suppression de son dossier, survenue le 16 décembre, était donc une procédure de routine ?

– Tout à fait. En revanche, là où les choses ne s'expliquent plus, c'est lorsqu'on a tenté de l'effacer le 9 du même mois – c'est-à-dire le jour où Lucy pense qu'on a changé son NIE – puisque, à ce moment-là, Waddell était encore en vie.

– Neils, selon vous, qu'est-ce que tout cela signifie ?

– Lorsque vous altérez le NIE de quelqu'un, Kay, de fait vous modifiez son identité. Si, par exemple, je demande à l'AFIS la comparaison de l'empreinte d'un suspect, le système peut me répondre positivement en me fournissant la fiche du relevé correspondant. Mais lorsque je vais rentrer le NIE proposé par l'AFIS dans le CTCJ – le centre de traitement des casiers judiciaires –, ce n'est pas la biographie criminelle de la personne en question qui en sortira. De deux choses l'une : ou je n'obtiendrai rien, ou alors le casier qui s'affichera appartiendra à un autre individu, celui auquel est attribué ce NIE en particulier.

– Vous avez trouvé la fiche de relevé dactyloscopique correspondant à l'empreinte découverte chez Jennifer Deighton. Ensuite, vous avez tapé le NIE fourni par l'AFIS dans le CTCJ, qui vous a proposé le casier judiciaire de Ronnie Joe Waddell. Le gros problème, c'est que nous avons maintenant de bonnes raisons de penser que le NIE initial avait été modifié. En résumé, nous ne pouvons pas être certains de l'identité de la personne qui a abandonné cette empreinte dans la salle à manger de la victime, n'est-ce pas ?

– Tout juste. Toutefois, ce qui saute aux yeux, c'est que quelqu'un s'est donné un mal fou pour que nous ne puissions pas remonter jusqu'au propriétaire de ladite empreinte. Je ne peux plus affirmer qu'il s'agissait bien de celle de Waddell… Ni le contraire, du reste.

Les bribes d'images se télescopaient dans mon esprit pendant que Vander parlait.

– Voyez-vous, Kay, il me faudrait une autre empreinte digitale de Waddell, une empreinte dont il soit garanti sans l'ombre d'un doute qu'il s'agit bien de la sienne, pour pouvoir certifier que ce n'est pas lui le propriétaire de celle que vous avez retrouvée sur la chaise de Jennifer Deighton. Mais où la dénicher ?

Des lambris sombres, des lattes de parquet, des taches de sang séché de la couleur du grenat.

– Chez elle, marmonnai-je.

– Chez qui ?

– Chez Robyn Naismith.

Dix ans plus tôt, lorsque la police avait passé au crible la maison de Robyn Naismith, elle n'avait pu recourir à l'aide d'un laser ou d'une lampe Luma-Lite. Les empreintes ADN n'existaient pas. Le système automatisé de comparaison d'empreintes digitales faisait encore défaut à l'État de Virginie, quant au traitement d'images, lequel permettait d'agrandir certaines zones d'une trace de doigt sanglante partielle retrouvée sur un mur ou toute autre surface, nul n'y avait accès. Bien qu'il soit, le plus souvent, peu adéquat d'utiliser de nouvelles technologies pour faire « parler » d'anciennes enquêtes criminelles, quelques exceptions existent. À mon sens, le meurtre de Robyn Naismith en était une.

Si la possibilité nous était offerte de vaporiser son domicile avec notre arsenal de produits chimiques, il n'était pas exclu que nous parvenions à ressusciter la scène de crime. Caillots de sang, gouttes, panache, éclaboussures, taches, et les hurlements aussi, rouges, tous rouge vif. Il s'infiltre dans des fissures, des craquelures. Il rampe sous les coussins, se faufile entre les lattes d'un parquet. Certes, un nettoyage rigoureux et les années peuvent le faire disparaître en apparence ou du moins l'atténuer, mais ses traces perdurent toujours. Un sang invisible à l'œil nu persistait encore dans les pièces où Robyn Naismith avait été agressée puis abattue, un peu comme ces mots d'abord imperceptibles que nous avions pourtant matérialisés sur la feuille de papier vierge découverte sur le lit de Jennifer Deighton. Cependant la police de l'époque avait dû faire avec les moyens d'alors, sans l'aide des dernières technologies. Elle n'avait retrouvé qu'une seule empreinte ensanglantée lors de sa première investigation. Waddell en avait-il laissé d'autres ? Étaient-elles toujours là ?

Neils Vander, Benton et moi-même prîmes la direction de l'ouest, vers l'université de Richmond, magnifique ensemble de bâtiments de style géorgien coincé entre Three Chopt Road et River Road, et encerclant un lac. Robyn Naismith avait jadis obtenu un diplôme accompagné des félicitations du jury dans cette université. Son amour pour cette partie de la ville ne s'était pas démenti et elle y avait ensuite acquis son premier logement, situé à deux pâtés de maisons du campus.

Sa maisonnette de brique au toit mansardé s'élevait sur un lopin de terrain qui ne devait guère excéder deux mille mètres carrés de surface. Un endroit idéal pour un cambrioleur, non que la chose me surprît. Une profusion d'arbres s'égaillait dans le jardin. Derrière la maison, trois somptueux magnolias écrasaient de leur taille la bâtisse, la faisant paraître encore plus petite et la noyant dans l'ombre de leurs branches qui occultaient la lumière. Il semblait *a priori* peu probable que les voisins directs de Robyn Naismith aient vu ou entendu quoi que ce soit, si tant est qu'ils eussent été chez eux au moment du meurtre. C'était le matin, et tout le monde était au travail.

La maison avait été mise en vente. En raison des circonstances, le prix fixé était bien modeste pour le quartier. Nous avions appris que c'était l'université qui s'était portée acquéreur du bien immobilier dans le but d'y loger des enseignants, et que fort peu de modifications avaient été apportées depuis dix ans. Robyn était célibataire et enfant unique. Ses parents, qui résidaient en Virginie du Nord, n'avaient pas souhaité récupérer les meubles de leur fille. Sans doute leur était-il insupportable de vivre parmi ceux-ci, ou même simplement de les revoir. Le Pr Sam Potter, qui enseignait l'allemand, lui-même célibataire, louait la maisonnette à l'université depuis son rachat.

Comme nous déchargions appareils photo, bidons de produits chimiques et le reste de notre attirail du coffre de la voiture, la porte de la maison qui donnait sur l'arrière s'ouvrit. Un homme à l'allure pour le moins négligée nous accueillit d'un bonjour bien morne.

– Vous avez besoin d'un coup de main ?

Sam Potter descendit les marches du perron, repoussant la maigre mèche de cheveux bruns qui lui tombait dans les yeux, une cigarette aux lèvres. C'était un petit homme boulot, dont les hanches s'évasaient en amphore, comme celles d'une femme.

– Vous pouvez prendre cette boîte, là, suggéra Vander.

Potter jeta sa cigarette par terre sans se préoccuper de l'écraser. Nous lui emboîtâmes le pas jusqu'à une petite cuisine équipée de meubles assez défraîchis couleur vert avocat et submergée de vaisselle sale. Nous traversâmes une salle à manger dont la table croulait sous les piles de linge à repasser pour parvenir jusqu'au salon situé en façade de la maison. Je lâchai à même le sol ce que je transportais, fournissant un gigantesque effort pour demeurer de marbre en dépit du choc que j'éprouvais. Rien n'avait en effet changé. Je reconnaissais la console de télévision branchée au câble qui disparaissait dans le mur, les doubles rideaux, le canapé de cuir marron, le parquet maintenant si malmené et éraflé qu'il semblait aussi terne qu'une nappe de boue. Des papiers et des livres traînaient un peu partout, et Potter entreprit de les rassembler sans grand enthousiasme tout en nous parlant :

– Je ne vous surprendrai pas en vous disant que je ne suis pas trop versé dans les tâches domestiques, expliqua-t-il avec un accent germanique très perceptible. Bon, je vais coller tout ce fatras sur la table de la salle à manger. (Il réapparut quelques instants plus tard en s'exclamant :) Et voilà le travail ! Vous voulez que je déplace autre chose ?

Il extirpa un paquet de Camel de la poche de sa chemise blanche et une boîte d'allumettes de celle de son jean délavé. Une montre de gousset était retenue par un cordon de cuir à l'un des passants de sa ceinture de pantalon et une multitude de petits détails me sauta aux yeux alors qu'il la tirait et y jetait un regard furtif avant d'allumer sa cigarette. Ses mains étaient agitées d'un tremblement, ses doigts enflés, et son nez et ses pommettes sillonnés par l'entrelacs de petits vaisseaux sous-cutanés éclatés. Il n'avait pas pris la peine de vider les cendriers. En revanche, il s'était prestement débarrassé des bouteilles et des verres, et avait eu le bon sens de vider la poubelle à l'extérieur.

– Non, c'est inutile, répondit Wesley. *A priori*, nous n'aurons pas besoin de déplacer de meuble. Si tel n'était pas le cas, ne vous inquiétez pas, nous remettrons tout en place.

– Et, donc, le produit chimique que vous comptez utiliser n'endommagera rien et il n'est pas toxique pour les êtres humains, c'est bien cela ?

– Non, aucun danger biologique, le rassurai-je. Il ne restera qu'une sorte de résidu granuleux, un peu comme celui que laisse l'eau de mer en s'évaporant. Mais nous nettoierons le maximum.

Potter aspira une bouffée nerveuse de sa cigarette avant de déclarer :

– Écoutez, je ne tiens pas du tout à être présent lors de vos analyses. À votre avis, combien de temps vous sera nécessaire, approximativement ?

– Pas plus de deux heures, du moins je l'espère, répondit Wesley.

Son regard balayait la pièce. En dépit de son visage impassible, je parvenais à déchiffrer ses pensées.

Je me défis de mon manteau, perplexe quant à l'endroit où je pourrais le poser, pendant que Vander déballait une boîte de pellicule photo.

– Si jamais vous aviez terminé avant mon retour, surtout fermez bien la porte derrière vous et assurez-vous qu'elle est verrouillée. Ici, pas de système d'alarme.

Potter sortit par l'arrière de la maison et nous l'entendîmes démarrer ce qui, à en juger par le bruit du moteur, aurait pu passer pour un camion diesel.

Vander tira deux bidons de produit chimique d'une des boîtes que nous avions apportées en commentant :

– Quel dommage, vraiment ! Cet endroit pourrait être charmant, mais il n'est pas beaucoup plus reluisant que les taudis que j'ai pu voir dans ma vie. Non, mais vous avez vu les œufs brouillés qui collaient à la poêle abandonnée sur la cuisinière ? Que doit-on encore déménager ? (Vander s'accroupit par terre avant de poursuivre :) Je n'effectuerai le mélange que lorsque nous serons fin prêts.

– À mon avis, il faudrait débarrasser cette pièce le plus possible. Avez-vous apporté les photos, Kay ? me lança Wesley.

Je sortis les clichés de scène de crime en remarquant :

– Notre ami le professeur vit toujours dans les meubles de Robyn Naismith.

– Eh bien, en ce cas nous laisserons tout en place, conclut Vander comme s'il était parfaitement habituel de retrouver dix ans après les faits tout le mobilier d'une personne assassinée. En revanche, enlevons le tapis. Je suis certain qu'il n'était pas là à l'époque.

– Et comment pouvez-vous en être si sûr ? demanda Wesley en détaillant à ses pieds l'espèce de carpette crasseuse faite de tresses de tissu bleu et rouge et dont le bord rebiquait.

– Parce que si vous en soulevez un coin, vous constaterez que le parquet en dessous est tout aussi terne et éraflé qu'ailleurs. En conclusion, cela ne fait pas très longtemps que cette chose se trouve étendue là, d'autant qu'il s'agit d'une qualité plus que médiocre dont je doute qu'elle aurait résisté à dix ans d'usure.

J'étalai plusieurs des photographies sur le sol, les tournant, les retournant en tous sens jusqu'à retrouver la bonne perspective nous indiquant ce qui méritait d'être déplacé. L'emplacement des meubles d'origine avait été modifié. Nous nous attelâmes à recréer, autant que faire se pouvait, la scène de crime de l'affaire Robyn Naismith.

– Bien, le ficus va là-bas, décrétai-je du ton d'un metteur en scène. C'est cela… Pourriez-vous repousser le canapé d'une cinquantaine de centimètres, s'il vous plaît, Neils ? Et puis un peu de ce côté-là, juste encore un peu. Le ficus se trouvait à une dizaine de centimètres de l'accoudoir gauche. Un peu plus près… C'est parfait.

– Pas vraiment… Les branches retombent sur le canapé.

– L'arbre a grandi.

– Ce qui me sidère, c'est qu'il n'ait pas crevé. Je suis surpris que quoi que ce soit – en dehors des bactéries et des moisissures – parvienne à résister à une cohabitation avec le Pr Potter.

Wesley enleva sa veste en s'enquérant :

– Nous éliminons le tapis, c'est bien cela ?

– Tout à fait. Elle n'avait qu'un chemin de couloir devant la porte d'entrée principale et un petit tapis oriental sous la table basse. À part ça, le parquet était nu.

Wesley se mit à quatre pattes et entreprit de rouler le vilain tapis du Pr Potter.

Je m'approchai de la télévision et examinai le magnétoscope posé dessus, ainsi que la connexion au câble qui filait vers le mur.

– Cet équipement devrait se trouver contre le mur situé face à la porte d'entrée et au canapé. L'un d'entre vous, messieurs, est-il expert en magnétoscopes et en liaisons câble ?

– Non, répondirent-ils en chœur.

– Bien, en ce cas je vais devoir me débrouiller toute seule. C'est parti.

Je débranchai la liaison au câble ainsi que le magnétoscope et le poste de télévision avant de le faire glisser avec prudence sur le parquet poussiéreux. M'aidant à nouveau des clichés que j'avais apportés, je le poussai encore un mètre afin de le positionner exactement face à la porte d'entrée. Je détaillai ensuite les murs. Potter était, de toute évidence, amateur d'art et possédait plusieurs œuvres d'un artiste dont je ne parvins pas à déchiffrer le nom, qui me parut français. Il s'agissait d'esquisses et de crayonnés au fusain, apparemment des nus féminins, tout en courbes, en triangles et en pâtés rosés. Je les décrochai les uns après les autres, les appuyant avec soin contre les plinthes des murs de la salle à manger. Le salon était presque vidé et la poussière m'irritait les sinus.

Wesley essuya de sa manche la sueur qui perlait à son front et, me regardant, demanda :

– Sommes-nous prêts ?

– Je crois. Certes, il manque encore certaines choses. Il y avait trois chaises à haut dossier à cet endroit, remarquai-je en le désignant de l'index.

– Elles sont dans les chambres, rectifia Vander. Deux dans l'une et la troisième dans l'autre chambre. Vous voulez que je les ramène dans le salon ?

– Ce ne serait pas une mauvaise idée.

Wesley et lui se chargèrent de leur transport.

– Un tableau était suspendu à ce mur là-bas, et un autre se trouvait à droite de la porte qui mène à la salle à manger. Une nature morte et un paysage anglais, précisai-je. Il semble que Mr Potter n'ait pas supporté les goûts de Robyn en matière d'art, alors qu'il s'est accommodé sans hésitation de tout le reste.

– Il faut que l'on fasse le tour de la maison pour fermer tous les volets, les rideaux, baisser les stores, déclara Vander. Si de la lumière filtre toujours, déchirez une feuille de papier et collez-la sur la vitre à l'aide de ruban adhésif pour l'occulter tout à fait, précisa-t-il en désignant le rouleau d'épais papier marron posé sur le sol.

La maison se mit à bruire d'échos de pas, du crissement des stores vénitiens et de la plainte du papier sous la morsure des ciseaux durant le quart d'heure qui suivit. Parfois, un juron claquait lorsque la feuille de papier kraft s'avérait trop courte ou que le ruban adhésif refusait de coller quoi que ce fût d'autre que lui-même. J'avais pris mon poste dans le salon, aveuglant l'imposte de la porte d'entrée vitrée et les deux fenêtres donnant côté rue. Notre tâche achevée, nous nous rejoignîmes pour éteindre toutes les lumières. Une obscurité totale envahit d'un coup la maison de Robyn Naismith. Je ne distinguais même plus les contours de ma main étendue devant moi.

– Parfait, déclara Vander lorsqu'il ralluma le plafonnier.

Il enfila une paire de gants et aligna sur la table basse des bouteilles d'eau déminéralisée, des bidons de produits chimiques et deux pulvérisateurs en plastique.

– Bien, voici la façon dont nous allons nous y prendre, poursuivit-il. Docteur Scarpetta, vous pourriez vaporiser pendant que je filme avec la caméra vidéo. Si une zone commençait de réagir, continuez à asperger jusqu'à ce que je vous indique que vous pouvez vous déplacer.

– Et moi, que dois-je faire ? demanda Wesley.

– Juste ne pas traîner dans nos jambes.

Vander dévissa les bouchons qui fermaient les bidons de poudre chimique et Wesley s'enquit :

– De quoi s'agit-il ?

– Oh, je crois que vous n'aimeriez pas le savoir, rétorquai-je.

– Mais je suis un grand garçon, maintenant. Vous pouvez tout me dire.

– Le réactif est constitué d'un mélange de perborate de sodium que Neils dissout dans de l'eau déionisée en y ajoutant du 3-aminophthalhydrazine ainsi que du carbonate de sodium, énumérai-je en extirpant une paire de gants de latex de mon sac à main.

– Êtes-vous certains que ce mélange marchera sur du sang aussi ancien ? demanda alors Wesley.

– En fait, le sang ancien réagit bien mieux avec le luminol que des taches très récentes. La dénaturation du sang, son oxydation, amplifie la réaction. Or l'oxydation est plus importante lorsque le sang est vieux.

Vander jeta un regard autour de lui en m'interrogeant :

– Je ne crois pas que les boiseries aient été traitées avec des mélanges salins. Qu'en pensez-vous, docteur ?

– Je suis de votre avis. (J'expliquai ensuite à Wesley :) Le problème le plus handicapant avec le luminol, ce sont les faux positifs. D'autres composés peuvent réagir avec lui, notamment le cuivre et le nickel, dont, bien sûr, les sels de cuivre utilisés pour le traitement des bois.

– Oui, ça vire même à la vitesse de l'éclair au contact de la rouille, l'eau de Javel, l'iode et le formol, ajouta Vander. Sans oublier les enzymes de classe peroxydase présentes dans la banane, la pastèque, les agrumes et pas mal de légumes… Et même le raifort.

Wesley me destina un sourire en coin.

Vander déchira une enveloppe et en tira deux petits carrés de papier-filtre imprégnés d'une dilution de sang séché. Il associa ensuite les différents réactifs et demanda à Wesley d'éteindre le plafonnier. Deux pressions rapides du pulvérisateur et une lueur blanche, un peu bleutée, assez comparable à celle produite par un tube néon, flotta au ras de la table basse pour s'évanouir presque aussitôt.

– Tenez, me dit Vander.

Je sentis la pression du pulvérisateur contre mon bras et le récupérai. Un témoin lumineux rouge s'alluma lorsqu'il mit en marche la caméra vidéo. Puis la lampe de vision nocturne brilla, accompagnant de sa luminescence blanche le regard de Vander partout où il se posait. Sa voix résonna sur ma gauche :

– Où êtes-vous, docteur Scarpetta ?

– Au centre de la pièce. Mon mollet frôle le bord de la table basse, le renseignai-je comme si nous jouions à cache-cache dans l'obscurité.

– Vous ne pourrez pas dire que je suis dans vos jambes, commenta la voix de Wesley depuis la salle à manger.

Le pinceau lumineux de la caméra se dirigea lentement dans ma direction. Je tendis le bras et lui effleurai l'épaule.

– Vous êtes prêt ?

– Je filme. Allez-y et ne vous interrompez pas tant que je ne vous le demande pas.

Le doigt crispé sur la détente, j'entrepris de pulvériser chaque centimètre du parquet. Une brume chimique m'environna bientôt, révélant à mes pieds de curieuses silhouettes géométriques. Durant un instant, il me sembla que je survolais très haut dans un ciel noir l'entrelacs lumineux d'une ville lointaine. Le sang ancien, piégé dans les interstices des lattes du plancher, émettait une lueur blanc bleuté. Je pressais mon flacon de plastique sans relâche, sans trop savoir où je me trouvais dans la pièce, et des empreintes de pas apparurent un peu partout. Je heurtai le ficus et de parcimonieuses rayures blanchâtres se matérialisèrent sur le pot. Des contours de mains sanglantes apparurent sur le mur situé à ma droite.

– Lumière ! s'écria Vander.

Wesley ralluma le plafonnier et Vander en profita pour installer son appareil photo 35 mm sur un trépied afin de garantir sa stabilité. La lumière dont nous disposerions sous peu serait la fluorescence émise par le luminol. En d'autres termes, il faudrait un laps de temps assez substantiel pour que la pellicule parvienne à capturer l'image. Je m'emparai d'un nouveau flacon de luminol et recommençai de pulvériser les empreintes de mains que nous venions de découvrir dès que la lumière fut de nouveau éteinte. La caméra figea les étranges et inquiétantes images bleuâtres. Puis nous avançâmes de quelques centimètres. De larges panaches paresseux s'illuminèrent sur les lambris et les lattes du parquet. La piqûre du cuir du canapé prit des allures de points de suspension, soulignant comme un néon hachuré le pourtour des coussins carrés.

– Pourriez-vous les enlever ? demanda Vander.

Je les tirai un à un, les laissant tomber par terre, puis je pulvérisai les zones découvertes. Les espaces séparant les coussins s'allumèrent. D'autres giclées, d'autres taches se matérialisèrent sur le dossier, et une constellation de petites étoiles brilla au plafond. Le vieux poste de télévision nous réservait notre premier feu d'artifice de faux positifs. Le métal entourant les boutons de commande et l'écran étincela et les connecteurs le reliant au câble virèrent au blanc bleuté, cette nuance qui évoque la couleur du petit-lait. Hormis quelques traces qui pouvaient s'avérer être du sang, la brumisation du téléviseur ne nous apporta pas d'éléments déterminants. En revanche, le parquet juste devant, c'est-à-dire l'endroit où le corps de Robyn avait été découvert, scintilla soudain. Le sang s'était incrusté avec une telle obstination que je parvenais à distinguer les contours des lattes et même la géographie des fibres du bois. À presque un mètre de cette piscine fluorescente, un panache typique : celui qu'abandonne un corps blessé que l'on traîne. Juste à côté, un motif étrange de marques rondes, tangentielles, à la répartition, semblait-il, aléatoire, évoquait l'impact d'un objet rond d'une circonférence un peu inférieure à celle d'un ballon de basket.

Nos recherches ne se limitèrent pas au seul salon. Nous suivîmes la piste semée par les empreintes de pas. Nous dûmes parfois allumer quelques lampes, préparer un nouveau flacon de luminol, débarrasser une pièce du désordre triomphant qu'elle hébergeait, notamment celle qui avait jadis été la chambre de Robyn et que le Pr Potter, après l'avoir annexée, avait transformée en décharge linguistique. Nous trébuchâmes dans un océan d'articles de recherche, de revues professionnelles, de devoirs d'examen, et une pléthore d'ouvrages rédigés en allemand, français ou italien qui recouvraient le sol sur une petite dizaine de centimètres. Des vêtements étaient jetés dans tous les recoins ou suspendus à des objets dont la soudaine fonction de portemanteau était si inattendue qu'on aurait pu croire qu'une tornade avait éventré la penderie pour répandre son contenu au hasard de la pièce. Nous ramassâmes ce que nous pûmes, entassant en piles vêtements et livres sur le grand lit défait. Enfin, nous suivîmes la trace sanglante laissée par Waddell.

Elle me conduisit jusqu'à la salle de bains, Vander sur mes talons. Des empreintes de semelles et d'autres souillures luisaient sur le sol. Les mêmes traces circulaires que celles que nous avions découvertes dans le salon apparurent près de la baignoire. J'entrepris de vaporiser du luminol sur les murs, jusqu'à mi-hauteur, ainsi que de chaque côté de la cuvette des WC. Deux énormes empreintes de mains étincelèrent. La lumière de la caméra vidéo flotta vers moi.

– Allumez, ordonna Vander sans parvenir à contenir son excitation.

La salle de bains, ou plus exactement le cabinet d'aisance de Mr Potter, était – téméraire euphémisme – dans un aussi piètre état que le reste de son domaine. Vander, le nez presque collé au mur, scrutait la surface sur laquelle venaient d'apparaître les empreintes bleutées.

– Vous les voyez ?

– Hum… Peut-être… À peine.

Il inclina la tête d'un côté, puis de l'autre, en plissant les paupières avant de s'exclamer :

– C'est génial ! Comme vous pouvez le constater, les motifs du papier peint sont dans les tons bleu foncé, du coup on ne verra pas grand-chose à l'œil nu. En revanche, c'est du papier plastifié avec surcouche de vinyle, une excellente surface pour les empreintes digitales.

Wesley, appuyé au chambranle de la porte de la salle de bains, souffla :

– Doux Jésus… On dirait que cette fichue cuvette de toilettes n'a pas été nettoyée depuis des lustres. Mais c'est dingue, il n'a même pas tiré la chasse d'eau !

– Même s'il avait lessivé les murs de temps en temps, on ne parvient pas à éliminer si facilement les traces de sang, dis-je à l'intention de Vander. Sur un revêtement de sol en linoléum tel que celui-ci, le sang s'imprègne en profitant des irrégularités de surface. Le luminol ne passera pas à côté.

– Et, donc, vous êtes certaine que si nous revenions dans dix ans pour vaporiser à nouveau cet endroit, nous le mettrions toujours en évidence ? insista Wesley que cette particularité sidérait.

– La seule façon de s'en débarrasser presque complètement consisterait à tout repeindre, tout retapisser, à poncer puis vitrifier les sols, et à teinter les meubles, expliqua Vander. Quant au seul moyen d'être certain de se défaire de la moindre trace, c'est simple : vous démolissez la maison et vous reconstruisez derrière.

Wesley consulta sa montre et annonça :

– Cela fait déjà trois heures et demie que nous nous affairons chez le Pr Potter.

– Voici ce que je suggère, Benton, commençai-je. Vous et moi nous attelons à remettre les pièces dans leur état initial de chaos, pendant que Neils poursuit son travail.

– Ça marche pour moi. Je vais installer la Luma-Lite juste ici, en espérant qu'elle parvienne à amplifier le dessin des crêtes d'empreintes. Il ne nous reste plus qu'à croiser les doigts.

Wesley me suivit jusqu'au salon pendant que Vander transportait la Luma-Lite portative et son matériel photo jusqu'à la salle de bains. Nos regards balayèrent à nouveau le canapé, le vieux poste de télévision et le parquet fatigué et poussiéreux. Une sorte d'hébétude nous figea. Les cicatrices laissées par la scène épouvantable qui s'était déroulée ici dix ans plus tôt s'étaient évaporées avec le retour de la lumière. Il n'en restait plus rien. Pourtant, quelques instants auparavant, en cette lumineuse après-midi d'hiver, nous avions remonté le temps, devenant pour un moment les témoins des actes dont Ronnie Joe Waddell s'était rendu responsable.

Wesley se tenait immobile près de la fenêtre occultée par une large feuille de papier kraft.

– Mon Dieu… j'en viens même à redouter de m'asseoir quelque part ou de m'adosser contre quoi que ce soit. Il y a du sang partout dans cette fichue baraque.

Je jetai un regard autour de moi. Les éclats fragiles de fluorescence à peine bleutée disparaissant presque aussitôt dans l'obscurité me revinrent. Les coussins du canapé gisaient à terre, à l'endroit où je les avais abandonnés. Je m'accroupis pour les détailler. Le sang qui s'était faufilé sous la piqûre sellier marron n'était plus perceptible, tout comme les souillures qui maculaient le dossier de cuir. Toutefois mon examen minutieux révéla un détail qui, s'il n'était pas surprenant, pouvait s'avérer important. Je découvris une entaille linéaire d'un peu moins de deux centimètres de longueur sur le flanc d'un des coussins appuyés au dossier.

– Benton, Waddell était-il gaucher ?

– En effet, je crois m'en souvenir.

– L'enquête a conclu qu'il l'avait frappée et poignardée par terre, à proximité du poste de télévision, en raison de la profusion de sang à cet endroit. Il n'en est rien. Il l'a tuée sur le canapé... Je crois qu'il faut que je sorte quelques instants. Si cet endroit ressemblait un peu moins à une porcherie, j'emprunterais volontiers une cigarette au Pr Potter.

– Non, vous avez tenu bon trop longtemps. Une Camel sans filtre vous couperait les jambes. Allez respirer une bonne bouffée d'air frais. Je commence le ménage sans vous.

Je sortis de la maison escortée par la plainte des grandes feuilles de papier kraft qu'il entreprit d'arracher des fenêtres.

Cette soirée de réveillon de Nouvel An devait rester la plus étrange que Benton, Lucy et moi ayons jamais passée. Je n'aurais pas l'outrecuidance de prétendre qu'il en alla de même pour Neils Vander puisque je l'ignore. Pourtant, lorsque je lui avais parlé, vers 19 heures, il était toujours dans son labo, attelé à la tâche, ce qui, après tout, était peu surprenant de la part d'un homme dont la raison d'être s'effondrerait en mille morceaux si jamais l'on prouvait que deux individus pouvaient posséder des empreintes digitales identiques.

Vander avait transféré les cassettes vidéo de la scène de crime dans un format compatible avec un magnétoscope domestique, et m'en avait fait parvenir des copies tard dans l'après-midi. Wesley et moi avions passé notre début de soirée collés devant mon téléviseur, prenant des notes et établissant des croquis en visionnant les bandes. Pendant ce temps-là, Lucy s'était affairée dans la cuisine, préparant le dîner, faisant de temps à autre de discrètes incursions dans le salon pour jeter un regard à la télévision. Les éclairs de fluorescence qui se succédaient sur l'écran ne semblaient pas la dérouter. Au premier coup d'œil, ils étaient incompréhensibles pour un profane.

Il était 20 h 30 lorsque nous terminâmes notre séance vidéo d'un genre un peu particulier, et nos notes étaient complètes. Nous pensions avoir reconstitué les mouvements du tueur de Robyn Naismith, du moment où la jeune femme était rentrée chez elle à celui où Waddell s'était enfui par la porte arrière de la cuisine. C'était une première dans ma carrière. Je recréais, pas à pas, le déroulement d'un assassinat dont l'enquête était bouclée depuis des années. Le scénario qui se dégageait était important, ne serait-ce que pour une seule raison. Il démontrait sans équivoque que le portrait que Wesley m'avait brossé de Ronnie Joe Waddell à l'Homestead Hotel était exact, et cela constituait déjà une satisfaction personnelle. Le profil du condamné n'avait rien à voir avec celui du monstre que nous pourchassions.

Il s'agissait sans doute de la reconstitution de crime la plus évocatrice à laquelle j'aie jamais assisté. Ces souillures, ces traînées, ces éclaboussures, ces taches, ces giclées latentes que nous avions mises en évidence au domicile de la victime se métamorphosaient en film – celui d'un meurtre –, et nous venions de nous le repasser. Certes, un tribunal considérerait vraisemblablement nos découvertes et leurs conclusions comme de simples opinions. Mais ce n'était pas important.

Seule la personnalité de Waddell comptait. Et nous étions presque certains de l'avoir cernée.

Le sang que nous avions découvert dans les autres pièces de la maison y avait été transporté par Waddell. Il en découlait donc que l'agression, puis le meurtre de Robyn Naismith avaient eu lieu dans le salon. La porte d'entrée principale et celle de la cuisine étaient munies de verrous, impossibles à ouvrir sans l'aide d'une clé. Waddell avait pénétré à l'intérieur par une fenêtre, mais il était ressorti par la porte de la cuisine. L'enquête avait de ce fait conclu que, de retour de la pharmacie, Robyn avait déverrouillé cette dernière. Avait-elle oublié de donner un tour de clé derrière elle? Il semblait plus probable qu'elle n'en avait pas eu le temps. La police avait présumé qu'alors que Waddell mettait à sac son domicile, il avait entendu sa voiture approcher et se garer derrière la maisonnette. Il avait aussitôt foncé dans la cuisine, pour s'emparer d'un des couteaux à découper suspendus à un rail en inox. Lorsqu'elle avait poussé la porte, il l'attendait déjà. Il était plus que probable qu'il l'avait maîtrisée et traînée jusqu'au salon. Peut-être lui avait-il parlé. Peut-être avait-il exigé qu'elle lui donne de l'argent. Peut-être ne s'était-il écoulé que quelques instants avant qu'il ne la frappe.

Robyn était habillée. Elle devait être assise ou allongée sur le canapé, non loin du ficus, lorsque Waddell lui avait assené le premier coup de couteau. Les panaches de sang que nous avions découverts sur le dossier du sofa, le pot de la plante et les lambris adjacents étaient cohérents avec une bourrasque de sang artériel telle qu'elle peut survenir lorsqu'une grosse artère est sectionnée. Le schéma abandonné par les éclaboussures évoque alors un tracé d'électrocardiogramme dont les irrégularités traduisent les fluctuations de la pression artérielle, laquelle ne persiste que tant que la personne est toujours en vie.

En d'autres termes, nous étions en mesure d'affirmer que Robyn Naismith était vivante et sur le canapé lorsque son agresseur s'était jeté sur elle. En revanche, elle avait sans doute cessé de respirer lorsque Waddell l'avait déshabillée. Une seule entaille de moins de deux centimètres de long avait été découverte sur le devant de son corsage imbibé de sang, l'endroit où la lame avait plongé. Le meurtrier l'avait ensuite extraite pour la replonger à nouveau jusqu'à totalement dilacérer l'aorte. Les multiples coups de couteau et les morsures qui martyrisaient son corps et caractérisaient la frénésie violente de Waddell avaient, en toute probabilité, été infligés *post mortem.*

Cet homme, qui prétendrait plus tard qu'il n'avait aucun souvenir d'avoir « tué la dame de la télé », s'était soudain éveillé, si l'on peut dire. Il avait lâché le corps de sa victime et pris conscience de ce qu'il venait de faire. L'absence de marques de traînage à proximité du canapé impliquait que Waddell avait porté le cadavre pour le déposer sur le parquet à l'autre bout de la pièce. Il l'avait soulevé afin de l'installer en position assise, adossé à l'écran de télévision. Ensuite, il avait entrepris de tout nettoyer. J'avais le sentiment que les traces circulaires qui avaient lui sur le parquet étaient les marques laissées par un seau transporté à plusieurs reprises de la baignoire de la petite salle de bains située au bout du couloir au salon. À chaque fois, il ramenait avec lui des serviettes pour éponger le sang ou même pour s'assurer de l'état de sa victime, tout en retournant la maison et en liquidant les bouteilles d'alcool qui lui tombaient sous la main. À chaque fois, il pataugeait dans le sang, ce qui expliquait la profusion d'empreintes de semelles qui traçaient un véritable chemin de piste dans la demeure. Le comportement de l'assassin après le meurtre trahissait tout autre chose. Il était en opposition avec celui qu'aurait eu un meurtrier dénué de remords.

– Songez un peu..., commença Wesley. Ce garçon de ferme dépourvu d'éducation parachuté en pleine ville. Il vole pour satisfaire sa toxicomanie. D'abord l'herbe, ensuite l'héroïne et la cocaïne, pour finir accro au PCP. Et puis, soudain, un matin, il reprend ses esprits au beau milieu d'un carnage et il se découvre martyrisant le cadavre d'une inconnue.

Nous détaillions deux grandes empreintes de mains blanchâtres, fantômes crayeux qui se détachaient sur l'écran sombre de la télévision. Les bûches s'affaissèrent dans l'âtre.

– La police n'a jamais remarqué de vomi sur le siège des toilettes, ni à proximité, rappelai-je.

– Il l'a sans doute nettoyé avec le reste. Dieu merci, il n'est pas allé jusqu'à essuyer le mur au-dessus de la cuvette. On ne s'appuie pas de cette manière, paumes contre un mur, à moins d'être malade comme un chien.

– C'est vrai, mais les empreintes sont tout de même situées assez haut, fis-je remarquer. Selon moi, il a vomi et a été pris d'un étourdissement lorsqu'il s'est redressé. Il a titubé vers l'avant et n'a eu que le temps d'avancer les mains pour éviter de percuter le mur. S'agissait-il de remords ou était-il tellement défoncé qu'il ne tenait plus debout ? Qu'en pensez-vous ?

Wesley me considéra quelques instants avant de répondre :

– Reprenons d'abord ce qu'il a fait avec le corps de Robyn. Il l'a assis, a tenté de le nettoyer avec des serviettes et a entassé les vêtements en pile juste contre ses chevilles. Deux optiques sont possibles. Il s'agissait d'une mise en scène obscène destinée à étaler le mépris qu'il avait conçu pour sa victime. D'un autre côté, dans la tête de Waddell, ces gestes pouvaient relever de l'attention, d'une sorte de respect envers la morte. Voyez-vous, j'opte pour la deuxième solution.

– Et concernant Eddie Heath ?

– Oh, cela me semble d'essence très différente. La façon dont le corps de l'enfant a été positionné avait pour but de refléter la posture dans laquelle Robyn a été découverte. Mais dans le cas d'Eddie, quelque chose fait défaut.

Au moment où il prononça ce mot, un éclair de compréhension me vint. Je murmurai, assommée :

– Un reflet ! Le reflet d'un objet dans un miroir... Il est toujours à l'envers.

Il me détailla, la mine perplexe.

– Vous souvenez-vous lorsque nous avons comparé les clichés de scène de crime de l'affaire Naismith avec le diagramme descriptif établi sur les lieux où l'on a retrouvé le corps d'Eddie, Benton ?

– Comme si c'était il y a une heure.

– Vous avez alors expliqué que ce que l'on avait infligé au petit garçon – depuis les traces de morsures jusqu'à la façon dont son corps avait été adossé à un objet de forme cubique, en passant par la pile approximative de vêtements à ses pieds – reflétait ce qu'avait subi Robyn Naismith. Mais… on a mordu la jeune femme à l'intérieur de la cuisse et au-dessus du sein côté gauche… alors que les blessures d'Eddie, ces zones de chair arrachées pour, de toute évidence, dissimuler des marques de dents, sont localisées à droite. Son épaule droite et l'intérieur de sa cuisse droite.

– Je vous suis… jusque-là, fit Wesley toujours dans le flou.

– Le cliché de scène de crime pris chez Robyn qui ressemble le plus à la mise en scène du cadavre du garçonnet est celui où on voit la jeune femme nue, le dos appuyé contre cette grande console de télévision.

– C'est exact.

– Là où j'en arrive, c'est qu'il ne serait pas aberrant de penser que le meurtrier d'Eddie a vu la même photo que nous. Mais il l'a comprise en fonction de sa propre latéralité, son côté droit et son côté gauche. Erreur, car son côté droit à lui correspondait en fait à la gauche de Robyn, puisqu'elle faisait face à l'objectif.

– Voilà une idée très déplaisante, commenta-t-il au moment où retentissait la sonnerie du téléphone.

– Tante Kay ! cria Lucy depuis la cuisine. C'est Mr Vander.

– Je suis parvenu à une confirmation, embraya Neils à l'autre bout de la ligne.

– Ah, c'est bien Ronnie Joe Waddell qui a laissé cette empreinte digitale chez Jennifer Deighton ?

– Non, une confirmation de l'inverse. L'empreinte ne lui appartient pas.

12

Dans les jours qui suivirent, j'engageai Nicholas Grueman pour assurer ma défense, lui faisant parvenir mes relevés bancaires et tous les documents qu'il me demanda, le commissaire à la Santé me convoqua dans son bureau pour suggérer que je présente ma démission, et le battage médiatique persista. Cependant, j'en savais tellement plus qu'une semaine plus tôt !

Ronnie Joe Waddell était bien mort électrocuté la nuit du 13 décembre. Pourtant, son nom demeurait si présent dans les esprits que la ville en était sens dessus dessous. Pour autant que nous soyons parvenus à le déterminer, le numéro d'identification d'état de Waddell dans la base de données AFIS avait été interverti avec celui d'une autre personne peu avant son exécution. Ensuite, le NIE de cet autre individu avait purement et simplement été effacé du centre de traitement des casiers judiciaires. La résultante de ce tour de passe-passe était évidente : un criminel violent était dans la nature, qui n'avait plus besoin de gants pour perpétrer ses crimes. À chaque fois que l'on injecterait ses empreintes dans la mémoire de l'AFIS, l'ordinateur nous répondrait que le suspect correspondant était décédé. Ce que nous n'ignorions pas, c'était que cet être épouvantable abandonnait derrière lui un sillage constitué de fragments de plumes et de copeaux de peinture. En revanche, rien d'autre ne nous permettait d'en deviner davantage à son sujet, du moins jusqu'au 3 janvier de cette nouvelle année.

Ce matin-là, le *Richmond Times-Dispatch* publia son article téléguidé à propos de l'onéreux duvet d'eider qui attirait les convoitises des voleurs. À 13 h 14 exactement, l'officier Tom Lucero, dirigeant prétendument l'équipe fictive d'investigation chargée de ces délits, reçut son troisième appel téléphonique de la journée.

Une voix de stentor s'exclama :

– Salut, je m'appelle Hilton Sullivan.

– Que puis-je faire pour vous aider, monsieur ? répondit Lucero de sa belle voix grave.

– Ben, c'est au sujet des vols sur lesquels vous enquêtez. Ces vêtements fourrés avec du duvet d'eider et ces trucs qui font saliver les voleurs. Y avait un article dans le canard de ce matin. Ils disaient que c'était vous qui en étiez chargé.

– C'est exact.

– Non, parce que ça me fout les boules de voir à quel point les flics sont nuls. (La voix de son interlocuteur prit encore de l'ampleur.) Dans le journal, ils disaient que depuis Thanksgiving y avait plein de trucs qui avaient été barbotés dans des magasins, des bagnoles et même des baraques de Richmond et sa périphérie. Vous savez, des couettes, un sac de couchage, trois anoraks, et j'en passe et des meilleures. Même que le journaliste citait plusieurs victimes de vol.

– Et l'objet de votre appel, monsieur Sullivan ?

– Ben, y me semble évident que le journaliste en question a obtenu ces noms de victimes des flics, de vous en d'autres termes.

– Il ne s'agit pas d'informations de type confidentiel.

– Mais je m'en tape que ce soit confidentiel ou pas. Ce que je veux savoir, c'est pourquoi que vous avez pas mentionné le nom de votre aimable serviteur, moi en l'occurrence ? Je vous fous mon billet que vous vous souvenez même pas de moi.

– En effet, monsieur, je suis désolé mais ça ne m'évoque pas grand-chose.

– Ça m'étonne pas. Un enfoiré de trou du cul pénètre dans mon appart, il me ratisse et, à part tartiner de la poudre noire partout – et en plus un jour que j'étais habillé tout en cachemire blanc –, les flics en foutent pas une rame. J'suis une de vos putains de victimes, voilà qui je suis !

– Quand votre appartement a-t-il été cambriolé ?

– *Vous vous en souvenez pas ?* Je suis le mec qui a fait un caca nerveux parce qu'on lui avait fauché son gilet en duvet d'eider. Et si j'avais pas été là, vous auriez même jamais entendu parler d'eider. Quand j'ai expliqué au flic qu'on m'avait piqué mon gilet, parmi pas mal d'autres trucs, et qu'il m'avait coûté cinq cents dollars *en solde*, vous savez ce qu'il m'a répondu ?

– Je n'en ai pas la moindre idée, monsieur.

– Il m'a répondu : « Et avec quoi qu'il est garni ? De la cocaïne ? » Alors, je lui ai dit : « Non, Einstein, avec du duvet d'eider. » Du coup, il est devenu archi-nerveux, il a regardé partout autour de lui et il a plaqué la main sur son flingue. Ça m'a vraiment gavé et je me suis cassé à ce moment-là parce que...

Wesley éteignit le magnétophone.

Nous étions installés dans la cuisine. Lucy était partie à mon club de gymnastique.

– Ce monsieur, Hilton Sullivan, a signalé le cambriolage de son appartement le samedi 11 décembre. De toute évidence, il était en déplacement au moment des faits et ce n'est qu'en rentrant chez lui, au cours de l'après-midi du samedi, qu'il a découvert son appartement retourné, expliqua Wesley.

– Où se situe-t-il ?

– Au centre-ville, sur West Franklin. Il s'agit d'un de ces vieux immeubles de brique luxueusement restaurés et divisés en appartements. On ne trouve rien à moins de cent mille dollars. Sullivan habite au rez-de-chaussée. Le voleur s'est introduit par une fenêtre non protégée.

– Pas de système d'alarme ?

– Non.

– Que lui a-t-on dérobé d'autre ? m'enquis-je.

– Des bijoux, de l'argent et un revolver calibre 22. Toutefois, cela ne signifie pas nécessairement qu'Eddie Heath, Susan et Donahue aient été abattus avec cette arme. Pourtant je suis convaincu que tel est bien le cas parce que c'est bien notre meurtrier qui a commis le cambriolage.

– On a retrouvé des empreintes ?

– Plusieurs. Elles étaient toujours dans les archives de la police de la ville, mais vous savez aussi bien que moi à quel point ils sont submergés. Ils se préoccupent d'abord des homicides. Les vols avec effraction ne constituent pas leur première priorité. Dans le cas qui nous intéresse, les empreintes latentes étaient passées entre les mains des techniciens, rien de plus. Pete a réussi à les récupérer peu après que Lucero avait discuté avec Sullivan. Vander les a entrées dans le système. Il a obtenu une touche en moins de trois secondes.

– Waddell, bien sûr.

Wesley acquiesça d'un hochement de tête.

– L'appartement de Sullivan est-il situé à proximité de Spring Street ?

– Une courte distance à pied. L'endroit d'où le type s'est évadé n'est donc plus un grand mystère.

– Vous vérifiez les libérations récentes ? demandai-je.

– Bien sûr. Mais nous ne trouverons pas son nom parmi un listing de l'administration pénitentiaire. Le directeur était bien trop prudent pour ça. Manque de chance, il est mort. Ce que je pense, c'est que Donahue a libéré un détenu qui a aussitôt commis un cambriolage pour s'équiper de pied en cap.

– Mais pourquoi Donahue aurait-il fait une telle chose ?

– Ma théorie, c'est que le directeur avait besoin de quelqu'un pour se salir les mains à sa place. Il a donc choisi un taulard pour exécuter son sale boulot et il l'a lâché dans la nature. Seulement, il a commis une grave erreur de stratégie. Il s'est trompé de candidat, parce que le fauve qui perpètre ces meurtres n'est pas du genre que quiconque peut contrôler. Selon moi, Kay, Donahue ne pensait pas que des gens allaient mourir, et lorsque Jennifer Deighton a été éliminée, il a commencé à paniquer.

– C'est probablement lui qui m'a appelée en tentant de se faire passer pour le frère de Jennifer, John Deighton.

– C'est tout à fait possible. Le plan de Donahue consistait à faire retourner la maison de Jennifer afin d'y trouver ce que quelqu'un cherchait, peut-être une correspondance échangée avec Waddell. Mais un simple petit cambriolage n'était sans doute pas assez divertissant. Le protégé du directeur aime faire souffrir.

Le souvenir des marques retrouvées sur le tapis du salon de la victime, des blessures que portait son cou et de l'empreinte retrouvée sur la chaise de la salle à manger me revint.

– Il a peut-être forcé Jennifer Deighton à s'asseoir au milieu du salon pour l'interroger, en se positionnant derrière elle, son bras plaqué contre sa gorge.

– Sans doute son but était-il de lui faire avouer où elle avait caché ce qu'il cherchait, embraya Wesley. Mais il s'agit d'un sadique. Du reste, la contraindre à ouvrir ses cadeaux de Noël faisait sans doute partie du plaisir.

– Quelqu'un présentant cette typologie prendrait-il la peine de déguiser son meurtre en suicide en traînant le corps de sa victime jusqu'à son garage ?

– Ce n'est pas exclu, répondit Wesley. Ce type est un habitué du système pénal. Il n'a aucune intention de se faire arrêter. De surcroît, c'est un défi pour lui de voir jusqu'à quel point il peut dominer le jeu. Il a fait disparaître toutes les marques de morsure du corps d'Eddie Heath. Si c'est bien lui qui a passé au peigne fin la maison de Jennifer Deighton, il n'en a laissé aucune trace. Quant au meurtre de Susan, à part deux balles de calibre 22 et une plume, nous n'avons rien à quoi nous raccrocher. Et je n'évoque même pas la modification de sa fiche de relevé d'empreintes.

– Selon vous, c'était là son idée ?

– Non, je pense plutôt qu'il s'agissait d'un stratagème du directeur. Après tout, les empreintes digitales de Waddell étaient si pratiques ! Il allait bientôt finir sur la chaise électrique. Si j'avais été à la place de Donahue, cherchant un détenu afin d'échanger ses empreintes contre celles d'un autre, j'aurais, moi aussi, opté pour celles de Waddell. De cette façon, une comparaison *via* l'informatique aboutirait nécessairement à un verdict de « détenu décédé », ou alors – et plus probablement – à une impasse puisque la fiche du condamné exécuté devait tôt ou tard être supprimée de l'ordinateur de la police d'État. En conclusion, même si la petite main que je viens de faire libérer commet de grosses bourdes et laisse traîner ses empreintes partout, toute identification devient impossible.

L'ahurissement me figeait.

– Que se passe-t-il ? demanda-t-il d'un ton surpris en me regardant.

– Benton, vous rendez-vous compte de la portée de nos déductions ? Nous voici tranquillement installés, discutant de fichiers informatiques qui auraient été modifiés avant le décès de Waddell. Nous parlons d'un cambriolage et du meurtre d'un petit garçon, tous deux perpétrés avant la mort de Waddell. En d'autres termes, la « petite main » du directeur du pénitencier, comme vous l'appelez, a été libérée avant l'exécution de Waddell.

– Ça ne fait aucun doute dans mon esprit.

– Ce qui signifie que Donahue partait du principe

que la grâce serait refusée au condamné, insistai-je lourdement.

Wesley réprima un sursaut avant de s'exclamer :

– Ah, merde, vous avez raison ! Comment pouvait-il en être certain ? Le gouverneur peut intervenir jusqu'à la dernière seconde.

– De toute évidence, quelqu'un savait que tel ne serait pas le cas.

– Et la seule personne qui pouvait parvenir à cette certitude n'est autre que le gouverneur, compléta Wesley à ma place.

Je me levai et me plantai devant la fenêtre de la cuisine. Un cardinal occupé à picorer les graines de tournesol dont j'approvisionnais la mangeoire à oiseaux s'envola dans un affolement de plumes rouge sang.

– Mais pourquoi ? fis-je sans me retourner. Pourquoi le gouverneur s'intéresserait-il tant à Waddell ?

– Je n'en ai pas la moindre idée.

– Parce que, voyez-vous, si nos supputations sont fondées, il fera tout ce qui est en son pouvoir afin que le tueur ne soit jamais arrêté. C'est le meilleur moyen pour éviter que l'autre se mette à table.

Wesley demeura silencieux.

– Aucun des protagonistes de cette histoire ne souhaitera que nous parvenions à mettre la main sur ce monstre. Et aucun ne souhaitera me voir intervenir à nouveau. Ce serait tellement plus pratique pour eux si j'étais virée ou si je démissionnais, et si les enquêtes étaient sabotées autant que possible. Patterson est sous la coupe du gouverneur Norring.

– Kay, il reste encore deux inconnues. D'abord, quel est le mobile derrière tout cela ? Ensuite, quelles sont les priorités du tueur ? Ce type fait ce qui lui plaît, à commencer par Eddie Heath.

Je me tournai enfin pour lui faire face avant de déclarer :

– Je crois que c'est par Robyn Naismith qu'il a vraiment commencé. Je pense que ce monstre a étudié avec minutie les photos d'enquête et que – consciemment ou pas – il a recréé la mise en scène lorsqu'il a massacré le garçonnet et adossé son torse contre le conteneur à ordures.

– C'est tout à fait possible, admit Wesley dont le regard s'évada. Tout de même, comment un détenu pourrait-il avoir accès aux photos de scène de crime prises chez Robyn Naismith ? Enfin, Waddell ne les trimbalait pas sur lui.

– C'est peut-être à ce moment-là – entre autres – que Ben Stevens est intervenu, suggérai-je. Souvenez-vous… Je vous ai raconté qu'il s'était rendu aux archives pour y récupérer des photos. Il pouvait parfaitement en faire des photocopies. La vraie question est : quel était au juste l'intérêt de ces clichés ? Pourquoi Donahue ou quelqu'un d'autre tenait-il tant à les récupérer ?

– Parce que notre détenu en question les voulait. Peut-être les a-t-il exigés en paiement de ses futurs services.

Une rage froide m'envahit comme je constatais d'un ton maîtrisé :

– C'est répugnant.

– Le terme est approprié. (Le regard de Wesley se posa à nouveau sur moi.) Ce qui nous ramène aux priorités du tueur, à ses besoins, à ses désirs. Il est très plausible qu'il ait beaucoup entendu parler du meurtre de

Robyn Naismith. Sans doute était-il aussi familier de l'histoire de Waddell. Imaginer ce que ce dernier avait infligé à sa victime devait l'exciter. Les photographies représentaient un support à cette excitation pour un individu qui se repaît de fantasmes sexuels hyper-agressifs. Il est assez logique de penser que cet individu a intégré les photos de la scène de crime – une ou plusieurs – dans ses propres fantasmes. Et, soudain, il est lâché dans la nature. Et il aperçoit ce petit garçon qui se rend dans cette boutique. Il est tard, il fait nuit. Le fantasme se matérialise. Il passe à l'action.

– En recréant la scène de crime de Robyn Naismith ?

– Tout à fait.

– Selon vous, quel est maintenant son fantasme ?

– Être pris en chasse.

– Par nous ?

– Par des gens comme nous. J'ai bien peur qu'il ne soit convaincu qu'il est plus intelligent que n'importe lequel d'entre nous, ou du moins que personne ne parviendra à l'arrêter. Il imagine les jeux auxquels il va se livrer, les meurtres qu'il va commettre et qui nourriront ses fantasmes sadiques. Voyez-vous, pour lui, le rêve éveillé n'est pas un substitut à l'action, c'est tout juste une étape de préparation.

– Mais enfin, Donahue n'aurait pu orchestrer la libération d'un tel monstre, modifier ses fichiers informatiques, sans recourir à des complicités.

– En effet. Je suis convaincu qu'il a forcé des collaborations – des gens occupant des postes clés – pour mener à bien son plan. Peut-être quelqu'un travaillant au quartier général de la police, ou au service des fichiers de Richmond, ou même – pourquoi pas ? –

au FBI. Le chantage est un bon moyen de contraindre les gens. On peut aussi les séduire avec de l'argent.

– Comme Susan.

– Oh, je ne pense pas que Susan était un des pivots du plan. En revanche, la candidature de Ben Stevens me convaincrait bien davantage. Il traîne pas mal dans les bars, il boit, il écume les soirées. Tiens, saviez-vous qu'il tâte à l'occasion de la cocaïne ?

– Au point où j'en suis, rien ne m'étonne plus.

– J'ai demandé à deux ou trois personnes de se renseigner. Votre administrateur vit très au-dessus de ses moyens. Et quand on se laisse tenter par la drogue, on finit nécessairement par fréquenter des gens qu'il vaudrait mieux éviter. Les vices de Stevens en faisaient une proie facile pour une ordure du calibre de Donahue. Donahue a sans doute téléguidé un de ses acolytes. Le gars s'est rendu dans un bar où il savait pouvoir rencontrer Stevens. Ils ont un peu discuté et en un rien de temps Stevens a compris qu'il venait de dénicher un moyen d'améliorer singulièrement son ordinaire.

– Quel moyen ?

– D'après moi, en se débrouillant pour que les empreintes de Waddell ne soient pas relevées à l'arrivée de son cadavre à la morgue et en subtilisant la photo de son pouce sanglant conservée aux archives. Mais cela ne faisait que commencer.

– Ensuite, il a enrôlé Susan.

– Qui, à mon avis, a dû renâcler. Je doute qu'elle se serait résolue à l'aider si elle n'avait été confrontée à d'inextricables difficultés pécuniaires.

– Qui leur remettait l'argent ?

– Il est fort probable qu'il s'agisse du même intermédiaire que celui qui a rencontré Stevens dans un bar pour le convaincre de coopérer. Un des sbires de Donahue, peut-être un des gardiens du pénitencier.

Soudain, ce gardien du nom de Roberts qui nous avait escortés, Marino et moi, lors de notre visite à la prison me revint en mémoire. Je revis le regard glacial.

– Admettons qu'il s'agisse bien d'un gardien, dis-je. À qui donnait-il rendez-vous ? À Susan ou à Stevens ?

– J'opterais pour Stevens. Après tout, il n'avait sans doute pas envie que l'on confie une grosse somme d'argent à Susan. Il tenait à récupérer la totalité en mains propres pour s'octroyer une part substantielle. Les gens malhonnêtes redoutent toujours la malhonnêteté des autres.

– Donc Stevens rencontre le contact de Donahue et le liquide change de mains, récapitulai-je. Ce qui implique que Stevens fixait ensuite rendez-vous à Susan pour lui donner sa part.

– C'est probablement le scénario qui s'est déroulé le jour de Noël, lorsque Susan a quitté la maison de ses parents en affirmant qu'elle comptait rendre visite à une vieille amie. En réalité, elle devait rencontrer Stevens, mais le tueur l'a rejointe avant.

Le souvenir des effluves d'eau de Cologne qui persistaient toujours sur son foulard et sur le col de son manteau. Le souvenir de l'attitude de Stevens le soir de notre confrontation à l'institut médico-légal, lorsqu'il m'avait surprise fouillant dans son bureau.

– Non, contrai-je. Les choses ne se sont pas déroulées de cette manière.

Wesley me fixa en silence.

– Plusieurs caractéristiques de la personnalité de Ben

Stevens expliquent ce qui est arrivé à Susan. Personne ne l'intéresse, à l'exclusion de lui-même. Ajoutez à cela qu'il s'agit d'un lâche et d'un pétochard. Si les choses virent à l'aigre, Stevens est du genre à se défiler. Sa réaction consistera à pousser quelqu'un d'autre en avant pour qu'il se fasse briser les reins à sa place.

– C'est également ce qu'il a fait dans votre cas, en vous diffamant et en dérobant ces dossiers.

– Oui, l'exemple est évocateur.

– Susan a déposé les trois mille cinq cents dollars sur son compte début décembre, soit une quinzaine de jours avant le meurtre de Jennifer Deighton.

– C'est exact.

– D'accord, Kay. Revenons maintenant un peu en arrière. Susan, ou Stevens, ou encore les deux se sont introduits dans votre ordinateur quelques jours après l'exécution de Waddell. Notre hypothèse est qu'ils y cherchaient une chose à laquelle Susan n'aurait pu assister puisqu'elle s'était absentée au cours de l'autopsie.

– L'enveloppe, celle qu'il souhaitait que l'on enterre avec lui.

– Je bloque encore sur ce point. Après enquête, les codes portés sur les reçus ne confirment pas notre supposition de départ, à savoir que les restaurants ou les péages qui les ont émis ne sont pas localisés entre Richmond et Mecklenburg. En d'autres termes, ces tickets de caisse n'ont pas de rapport avec le transfert de Waddell entre les deux prisons, quinze jours avant son exécution. Les dates correspondent, pas les lieux. En réalité, tous les codes ramènent à la portion de l'autoroute I-95 qui relie Richmond à Petersburg.

– Benton, si cela se trouve, l'explication de ces factures est tellement évidente que nous ne la voyons pas, déclarai-je.

– Je suis tout ouïe.

– Lorsque vous effectuez un déplacement professionnel, je suppose que vous faites comme moi. Vous conservez soigneusement chaque ticket de caisse et vous notez chacune de vos dépenses. Si vos déplacements se multiplient, vous devez, vous aussi, patienter un peu avant de rassembler tous ces justificatifs pour n'avoir à remplir qu'une seule demande de remboursement, c'est toujours ça de paperasserie en moins. En attendant, vous les regroupez quelque part.

– Certes, cela explique l'existence de ces reçus de caisse, fit Wesley. On peut, en effet, imaginer qu'un des membres du personnel de la prison se soit rendu à Petersburg. Mais comment se sont-ils retrouvés dans la poche arrière du pantalon de Waddell ?

Je repensai à cette enveloppe, à cette requête insistante. Pourquoi fallait-il qu'elle soit enterrée avec Waddell ? Puis un détail aussi banal qu'émouvant me revint à l'esprit. La mère de Waddell avait reçu l'autorisation de passer deux heures avec son fils l'après-midi précédant son exécution.

– Benton, avez-vous eu l'occasion de discuter avec la mère de Ronnie Joe Waddell ?

– Pete lui a rendu visite à Suffolk, il y a de cela quelques jours. Elle ne s'est pas montrée particulièrement avenante ni coopérative. À ses yeux, nous sommes ceux qui ont expédié son fils sur la chaise électrique.

– A-t-elle évoqué le comportement de son fils lors de cette dernière rencontre ?

– Si j'en juge par ses rares paroles, il était très calme, très apeuré aussi. Ah, quelque chose qui peut être intéressant… Pete lui a demandé ce qu'étaient devenus les effets personnels de Waddell. Elle a répondu que l'administration pénitentiaire lui avait rendu sa montre et sa bague, et a précisé que son fils avait fait don de ses livres, de ses recueils de poésie et de ce genre de choses à l'Association nationale pour l'avancée des gens de couleur.

– Et cela ne l'a pas étonnée ?

– Non, elle a paru juger qu'il s'agissait là d'un legs logique de la part de son fils.

– Pour quelle raison ?

– Elle ne sait ni lire, ni écrire. Mais l'important, c'est qu'on l'a menée en bateau… tout comme nous d'ailleurs, lorsque Vander a voulu récupérer les affaires personnelles de Waddell dans l'espoir d'y découvrir une empreinte digitale latente. L'origine de ces mensonges n'est autre que Donahue.

– Waddell savait quelque chose, résumai-je. Pour que Donahue tente aussi désespérément de mettre la main sur le moindre écrit du condamné, sur toutes les lettres qu'il avait reçues, c'est qu'il savait quelque chose et que des gens redoutaient une possible divulgation.

Wesley garda le silence.

Puis, au bout de quelques instants, il demanda :

– C'est quoi déjà, le nom de cette eau de Cologne que porte Ben Stevens ?

– Rouge.

– Et vous êtes presque certaine qu'il s'agit bien de celle que vous avez sentie sur le col et le foulard de Susan, n'est-ce pas ?

– Je n'en jurerais pas devant la cour, mais il s'agit d'un parfum très caractéristique.

– Il est grand temps que Pete et moi allions papoter un peu avec votre administrateur.

– Bien. Quant à moi, je pense être à même de vous aider à le mettre dans de bonnes dispositions d'esprit pour aborder cette petite réunion si vous me laissez jusqu'à demain midi.

– Que comptez-vous faire ?

– Lui donner d'excellentes raisons de s'affoler.

En tout début de soirée, je m'affairais dans la cuisine lorsque j'entendis Lucy rentrer la voiture au garage. Je me levai pour aller l'accueillir. Elle était vêtue d'un ensemble de jogging bleu marine et de l'un de mes anoraks, son sac de sport à la main.

– Je suis sale, annonça-t-elle en se reculant un peu, pas assez vite, toutefois, pour que je ne perçoive pas l'odeur de poudre incrustée dans ses cheveux.

Je baissai le regard vers ses mains, maculées d'une telle couche de résidus de tir qu'un expert en recherche de traces l'aurait bénie.

– Waou ! m'exclamai-je alors qu'elle me dépassait. Où se trouve-t-il ?

– Quoi donc ? demanda-t-elle d'un air innocent.

– Le revolver.

Elle extirpa sans grand enthousiasme mon Smith & Wesson de la poche de son anorak.

– J'ignorais que tu possédais un permis de port d'arme, surtout d'arme dissimulée, déclarai-je en récupérant le revolver et en vérifiant qu'il n'était pas chargé.

– Je n'en ai pas besoin si l'arme se trouve chez moi. D'autant qu'avant cela elle se trouvait sur le siège passager, bien en vue.

– Certes, mais c'est quand même insuffisant, rétorquai-je d'un ton calme. Viens avec moi.

Elle m'escorta sans un mot jusqu'à la cuisine où nous nous installâmes.

– Ne m'avais-tu pas expliqué que tu partais au club de Westwood dans le but de t'entraîner un peu ?

– C'est, en effet, ce que je t'avais dit.

– Où étais-tu, Lucy ?

– Au club de tir, sur l'autoroute Midlothian. C'est un stand couvert.

– Oui, je sais cela. Combien de fois t'y es-tu rendue ?

– À quatre reprises, avoua-t-elle en me regardant droit dans les yeux.

– Mais enfin, Lucy !...

– Quoi ? Que voulais-tu que je fasse d'autre ? Pete ne m'accompagne plus.

– Le lieutenant Marino est très, très occupé en ce moment, expliquai-je tout en m'en voulant de mon petit ton docte et supérieur. Tu n'ignores rien de l'étendue des problèmes, ajoutai-je.

– Bien sûr. Pour l'instant il doit t'éviter, mais s'il t'évite, je ne le vois plus non plus. Du coup, il passe sa vie à patrouiller dans les rues parce qu'un dingue se balade en abattant des gens comme l'assistante de l'institut médico-légal ou ce directeur de pénitencier. Bon, mais Pete est un grand garçon capable de se débrouiller tout seul. Et moi dans l'histoire ? Il m'a montré une seule malheureuse fois comment tirer. Ah, ben, c'est pas rien, ça ! C'est comme s'il m'avait donné une seule leçon de tennis avant de me propulser sur un court de Wimbledon.

– Tu exagères, Lucy.

– Non, c'est toi qui sous-estimes le problème.

– Enfin...

– Comment réagirais-tu si je te disais qu'à chaque fois que je te rends visite je repense à cette effroyable nuit ?

Il était inutile qu'elle me fasse un dessin. Néanmoins, au fil des ans, nous étions parvenues à prétendre que rien ne s'était jamais produit.

– Cela me rendrait malade qu'un détail me concernant puisse te bouleverser, Lucy.

– Un *détail* ? Selon toi, il ne s'agissait que d'un *simple détail* ?

– Non, ce n'est pas ce que je voulais dire.

– Parfois, il m'arrive de me réveiller en sursaut parce que je rêve qu'un coup de feu part. Et puis j'écoute cet oppressant silence. Je me souviens que j'étais étendue, fixant les ténèbres de la chambre. J'étais si terrifiée que je ne pouvais plus bouger... que j'ai fait pipi de trouille dans mon lit ! Ensuite, il y a eu toutes ces sirènes qui hurlaient, la lumière rouge des gyrophares. Les voisins se sont précipités sous leurs porches ou à leurs fenêtres pour regarder. Et tu m'as empêchée de voir ce type qu'ils emmenaient sur un brancard, tu refusais que je grimpe à l'étage. Tu vois, j'aurais préféré parce que l'imagination est bien plus terrible.

– Cet homme est mort, Lucy, il ne peut plus faire de mal à personne.

– Il en existe d'autres du même genre, peut-être encore pires.

– Certes, je ne prétendrai pas le contraire.

– Et que fais-tu à ce sujet ?

– Je passe ma vie à ramasser les morceaux des vies que ces êtres malfaisants ont détruites. Que pourrais-je faire de plus ?

– N'empêche que si quelque chose de grave t'arrivait, je peux te promettre que je te détesterais pour le restant de ma vie, menaça ma nièce.

– S'il m'arrivait quelque chose de grave, je doute que la haine des autres me serait encore douloureuse. Toutefois, je ne veux surtout pas que tu détestes qui que ce soit. La haine transforme les êtres.

– Eh bien, je te jure que je te détesterais quand même !

– Lucy, il y a une autre promesse que j'aimerais que tu me fasses. Celle de ne plus jamais me mentir.

Elle demeura coite.

– Pour être tout à fait franche, il m'est insupportable que tu en arrives à juger préférable de me dissimuler quelque chose, précisai-je.

– Si je t'avais prévenue que je souhaitais me rendre dans ce stand de tir, m'aurais-tu donné la permission ?

– Non, sauf en compagnie du lieutenant Marino ou moi.

– Que se passera-t-il, tante Kay, si Pete ne parvient pas à l'arrêter ?

– Le lieutenant Marino n'est pas seul sur cette enquête, biaisai-je parce que j'ignorais la réponse à sa question.

– En tout cas, je suis vraiment désolée pour Pete.

– Pourquoi cela ?

– Parce qu'il faut qu'il arrête ce type et qu'il ne peut même plus en discuter avec toi.

– Je suis certaine qu'il assume très bien la situation. C'est un vrai professionnel.

– Ce n'est pas ce qu'affirme Michele…

Je la dévisageai.

– … Je lui parlais ce matin… Elle m'a raconté que Pete avait fait un saut chez eux l'autre soir pour discuter avec son père. Elle a ajouté qu'il avait une mine épouvantable. Il avait le visage congestionné, rouge comme un camion de pompiers, et il était d'une humeur de dogue. Il paraît même que Mr Wesley a tenté de le persuader d'aller voir un médecin et de prendre quelques jours de congé, mais rien à faire…

La nouvelle m'abattit. Je luttai contre l'envie de téléphoner sur-le-champ à Marino, consciente que cet appel serait une erreur. Je changeai de conversation :

– Et de quoi d'autre as-tu parlé avec Michele ? Y a-t-il du nouveau du côté des ordinateurs de la police de l'État ?

– Rien de très alléchant. On a tout essayé pour parvenir à identifier l'individu qui a échangé son numéro d'identification avec celui de Waddell. Le problème, c'est que, depuis, les sauvegardes successives du disque dur ont recouvert les anciens fichiers effacés. Celui qui a commis ce piratage est assez malin pour avoir effectué des sauvegardes système après ses petits bidouillages de dossiers, ce qui signifie que nous ne pouvons même plus confronter l'ensemble des NIE à une version antérieure du centre de traitement des casiers judiciaires pour voir qui ressort du lot. En général, on parvient toujours à mettre la main sur une sauvegarde qui remonte de trois à six mois, mais pas dans ce cas.

– Ce qui sous-entendrait que le problème est interne.

C'était un sentiment étrange. La présence de Lucy

chez moi me paraissait si naturelle. Elle n'était plus une invitée et encore moins une gamine irascible.

– Il faudrait appeler ta mère et mamie.

– Ce soir ?

– Pas nécessairement, mais il faut que nous envisagions ton retour à Miami.

– Les cours ne reprennent que le 7, et ça ne serait pas une catastrophe si je ratais quelques jours.

– L'école, c'est très important.

– C'est également si facile.

– Eh bien, tu devrais trouver quelque chose afin de la rendre un peu moins facile.

– Justement : sécher les cours !

J'appelai Rose, ma secrétaire, dès le lendemain à 8 h 30, tablant sur le fait que mon personnel serait en réunion dans la salle située à l'autre bout du couloir, ce qui signifiait que Ben Stevens serait très occupé et n'aurait pas vent de mon appel.

– Comment les choses se passent-elles ? demandai-je à Rose.

– Oh, c'est épouvantable. Le Dr Wyatt n'a pas pu quitter le bureau de Roanoke pour nous rejoindre parce que la neige bloque les routes de montagne. Du coup, hier Fielding a dû réaliser quatre autopsies tout seul. Pour couronner le tout, il était attendu au tribunal et il a été appelé sur une scène de crime. Lui avez-vous parlé récemment ?

– Quelques minutes, lorsqu'il a plus de trente secondes pour répondre au téléphone. C'est peut-être le moment propice pour faire le tour des popotes et contacter nos anciens confrères afin de savoir s'ils ne pourraient pas nous donner un petit coup de main temporaire. Jansen, de Charlottesville, est passé à la médecine libérale. Vous pourriez le joindre et lui demander de me passer un coup de fil.

– Avec plaisir, c'est une excellente idée.

– Et notre ami Ben Stevens ? Que devient-il ?

– Il s'est fait bien rare ces temps derniers. Il s'absente sous des prétextes tellement flous que personne ne sait très bien où il se rend, et ce ne sont pas ses petits gribouillis sur le registre qui peuvent aider à le découvrir. J'ai l'impression qu'il est à la recherche d'un autre poste.

– Conseillez-lui de me demander une lettre de recommandation, ironisai-je.

– Moi, je souhaiterais que vous lui en rédigiez une vraiment dithyrambique. C'est le meilleur moyen pour qu'il débarrasse le plancher.

– Rose, je voudrais que vous demandiez à Donna, du labo des empreintes génétiques, de me rendre un service. Elle doit avoir reçu une demande d'analyse concernant le tissu fœtal récupéré sur Susan.

Un silence me répondit d'abord, et j'y perçus l'émotion de Rose.

– Je suis désolée de parler de cela, dis-je avec gentillesse.

Je l'entendis inspirer avec peine, puis :

– Quand avez-vous réclamé l'analyse ?

– Ce n'est pas moi mais le Dr Wright, puisque c'est lui qui a pratiqué l'autopsie. Il doit avoir conservé un double de la demande dans son bureau de Norfolk, avec le reste du dossier.

– Je pourrais téléphoner au bureau de Norfolk afin qu'ils nous l'expédient.

– Non, Rose, c'est urgent. De surcroît, je ne veux pas que l'on apprenne que j'ai requis une copie. Ce que je veux, c'est que l'on puisse penser que notre bureau en a reçu une par hasard. C'est pour cette raison que je préfère que vous en parliez de vive voix avec Donna. Demandez-lui de ressortir la demande d'analyse au plus vite et montez la chercher en personne.

– Et ensuite ?

– Ensuite vous la déposerez dans le casier de la morgue, avec les demandes d'examen et les rapports en attente de classement.

– Vous êtes sûre ?

– Tout à fait.

Je raccrochai, puis récupérai un annuaire. J'étais en train de le consulter lorsque Lucy débarqua dans la cuisine. Elle était pieds nus, toujours vêtue du survêtement dans lequel elle avait dormi. Elle marmonna un bonjour endormi et plongea dans le réfrigérateur pendant que mon index descendait le long d'une colonne de noms. Je dénombrai une bonne quarantaine de Grimes, mais aucun associé au prénom Helen. D'un autre côté, peut-être Marino s'était-il trompé en la baptisant « Helen Attila ». Peut-être ne s'agissait-il pas de son prénom. Trois des patronymes Grimes étaient précédés de l'initiale H, deux étant l'abréviation du prénom principal et le dernier d'un second prénom.

– Qu'est-ce que tu fais? demanda ma nièce en posant son verre de jus d'orange sur la table et en tirant l'une des chaises.

– Je piste quelqu'un, répondis-je en tendant la main vers le téléphone.

Aucun des Grimes que j'eus au bout du fil ne se révéla être celle que je cherchais.

– Peut-être qu'elle est mariée, suggéra Lucy.

– J'en doute.

J'appelai le service des renseignements pour obtenir les différents numéros d'appel du nouveau pénitencier de Greensville.

– Qu'est-ce qui te fait dire cela ?

– Une intuition. (Je composai un numéro et expliquai à la femme qui décrocha :) Je souhaiterais joindre Helen Grimes.

– S'agit-il de l'une de nos détenues ?

– Non, d'une de vos surveillantes.

– Patientez un instant, je vous prie.

Mon appel fut transféré.

– Watkins, marmonna une voix masculine.

– Je voudrais parler à Helen Grimes, s'il vous plaît.

– Qui ça ?

– À l'officier Helen Grimes.

– Oh, mais elle travaille plus chez nous.

– Savez-vous où je pourrais la joindre, monsieur Watkins ? C'est très important.

– Une seconde...

J'entendis le combiné heurter une surface en bois. Randy Travis chantait en arrière-fond.

L'homme reprit la communication quelques minutes plus tard :

– Ça nous est pas permis de donner ce genre d'informations, m'dame.

– Je comprends, monsieur Watkins. Pourriez-vous me dire votre prénom ? Je vous enverrais tout le lot et, ainsi, vous pourriez le faire suivre à cette dame.

Une hésitation, puis:

– Quel *lot* ?

– Eh bien, mais celui qu'elle a commandé. Je tentais de la joindre pour savoir si elle préférait un envoi par la route ou une expédition plus rapide.

– Mais de quelle commande vous parlez? insista l'homme d'un ton qui manquait de plus en plus d'enthousiasme.

– Il s'agit d'une collection complète d'encyclopédies, soit six cartons pesant chacun environ huit kilos.

– Attendez, là... Vous pouvez pas envoyer d'encyclopédies chez nous.

– En ce cas, que puis-je faire, monsieur Watkins? La cliente nous a déjà réglés et nous n'avons que votre adresse à notre disposition.

– Oh, mince... Attendez une seconde.

Je perçus un froissement de papier, puis l'écho des touches d'un clavier.

– Bon, reprit l'homme maintenant pressé d'en finir, tout ce que je peux faire, c'est vous donner un numéro de boîte postale. Vous avez qu'à leur envoyer tous ces trucs, mais moi, je veux rien voir atterrir chez nous.

Mon interlocuteur me communiqua l'adresse et raccrocha en toute hâte. Le bureau de poste dans lequel Helen Grimes se faisait expédier son courrier était situé dans le comté de Goochland. J'appelai ensuite un des porteurs de contraintes du palais de justice de Goochland avec lequel j'avais conservé des relations amicales. Il lui fallut moins d'une heure pour retrouver l'adresse personnelle d'Helen Grimes dans les fichiers du tribunal. En revanche, son numéro de téléphone était sur liste rouge. À 11 heures, j'avais enfilé mon manteau, récupéré mon sac à main, et je fonçai dans mon bureau où s'était installée Lucy.

– Je dois m'absenter quelques heures, la prévins-je.

Les yeux rivés sur l'écran de l'ordinateur, elle déclara :

– Tu as menti à la personne à qui tu téléphonais. Tu n'as aucune encyclopédie à expédier.

– Tu as parfaitement raison. J'ai menti.

– En conséquence de quoi, parfois on peut mentir, alors que d'autres fois c'est mal.

– Ce n'est jamais l'idéal.

Je la quittai, le nez collé à l'ordinateur, les témoins lumineux du modem clignotant, parmi une jungle de manuels informatiques étalés sur mon bureau ou par terre. Le petit pouls rapide du curseur patientait à l'écran. J'attendis d'être hors de vue pour fourrer mon Ruger dans mon sac. Je possédais un permis de port d'arme dissimulée, pourtant je m'encombrais rarement de mon revolver. J'activai le système d'alarme avant de sortir de la maison par le garage. Puis j'empruntai Cary Street pour me diriger vers l'ouest et rejoignis River Road. Le ciel ressemblait à un marbre veiné d'une palette de gris. Nicholas Grueman ne tarderait pas à m'appeler. Le compte à rebours d'une bombe sournoise avait débuté dès l'instant où je lui avais remis les documents qu'il demandait, et je n'étais pas pressée d'entendre ce qu'il en penserait.

Plantée sur un petit lopin de terre, la maison d'Helen Grimes s'élevait le long d'une route de campagne boueuse, un peu à l'ouest d'un restaurant baptisé le Pôle Nord et en bordure d'une ferme. La bâtisse, ombragée de rares arbres, ressemblait à une petite grange. Des jardinières se tassaient sur le rebord des fenêtres, hérissées de squelettes végétaux dont je devinais qu'ils avaient dû un jour être des géraniums. Aucun indice ne trahissait l'identité de l'occupant des lieux, pourtant la vieille Chrysler garée devant le porche prouvait que la maison était bien habitée.

Lorsque Helen Grimes ouvrit la porte, son masque inexpressif me renseigna aussitôt : je lui étais aussi étrangère que ma voiture de marque allemande. Elle portait un jean sur lequel retombaient les pans de sa chemise, et planta ses mains sur ses hanches substantielles sans faire mine de bouger de l'embrasure de la porte. Le froid piquant ne semblait pas l'affecter, pas plus que mon identité, mais ce n'est que lorsque j'évoquai ma visite au pénitencier qu'une vague lueur alluma ses petits yeux inquisiteurs.

– Et qui vous a dit où j'habitais ?

Le sang lui était monté aux joues et je craignis un instant qu'elle me frappe.

– Le tribunal de Goochland avait conservé votre adresse.

– Ouais ? Ben, vous auriez pas dû leur demander. Ça vous plairait que je fouine pour trouver la vôtre ?

– Si vous aviez besoin de mon aide comme j'ai besoin de la vôtre, cela ne me gênerait pas, Helen, rétorquai-je.

Elle me dévisagea. Ses cheveux étaient humides et je remarquai la tache noirâtre de teinture qui maculait un de ses lobes d'oreille.

– Le directeur du pénitencier, votre ancien patron, a été assassiné, expliquai-je. L'une de mes assistantes aussi. D'autres personnes encore. Je suis sûre que vous en avez entendu parler. Nous avons des raisons de penser que le meurtrier est un ancien détenu de Spring Street, un détenu qui a été libéré, sans doute peu de temps avant l'exécution de Ronnie Joe Waddell.

– J'ai jamais entendu parler de la libération de personne.

Son regard se perdit derrière moi, vers la route déserte.

– Mais peut-être a-t-on mentionné devant vous une disparition de prisonnier ? Quelqu'un dont la sortie de prison n'était pas légitime ? Je me dis qu'avec la fonction que vous occupiez vous étiez bien placée pour être au courant des entrées et des sorties.

– À ma connaissance, personne a disparu.

– Pourquoi avez-vous quitté votre travail ?

– Raisons de santé.

Une porte de placard se referma dans la maison, derrière le rempart de la femme. J'insistai :

– Vous souvenez-vous de la visite de la mère de Ronnie Joe Waddell au pénitencier, l'après-midi précédant son exécution ?

– J'étais présente ce jour-là.

– Je suppose que vous l'avez fouillée, sans oublier ses affaires ? Je ne me trompe pas ?

– Non.

– Ce que je tente de déterminer, c'est si Mrs Waddell aurait pu apporter quelque chose à son fils. Je suis bien consciente que les règles intérieures interdisent ce genre de choses…

– Sauf si vous avez obtenu une autorisation spéciale. C'était son cas.

– Mrs Waddell a reçu la permission de remettre quelque chose à son fils ?

– Helen, toute la chaleur s'en va, protesta derrière elle une voix suave.

Un regard d'un bleu intense apparut entre l'épaule musculeuse d'Helen Grimes et le chambranle de la porte pour se braquer sur moi. J'entrevis à peine une joue pâle et un nez aquilin, puis le visage s'évanouit. On referma doucement la porte derrière l'ancienne surveillante de prison. Elle se laissa aller contre le panneau sans me lâcher des yeux. Je réitérai ma question.

– Oui, elle a apporté quelque chose à Ronnie, pas grand-chose. J'ai appelé le directeur pour savoir si je pouvais l'autoriser.

– Vous avez appelé Frank Donahue ?

Elle acquiesça d'un hochement de tête.

– Qui vous a accordé sa permission, c'est bien cela ?

– Comme je viens de vous le dire, c'était rien qu'une babiole.

– Qu'était-ce au juste, Helen ?

– Une image pieuse, Jésus, de la taille d'une carte postale, avec un texte écrit au dos. Je me souviens plus trop de ce que ça disait. Un truc du genre : « Un jour nous serons réunis au paradis », sauf que c'était bourré de fautes d'orthographe, genre « raie unis » mais écrit tout attaché, compléta Helen Grimes sans l'ombre d'un sourire.

– Et c'est tout ? C'était ce qu'elle souhaitait offrir à son fils juste avant sa mort ?

– Je vous ai déjà dit qu'il y avait rien d'autre. Bon, maintenant faut que j'y aille, et je veux plus jamais vous voir chez moi.

De paresseuses gouttes de pluie commencèrent de tomber à l'instant où elle posa la main sur la poignée de la porte, s'épatant en grosses taches sombres sur le ciment cru du porche.

Wesley arriva chez moi un peu plus tard ce même jour. Il portait un blouson de pilote en cuir noir, une casquette de base-ball bleu marine, et arborait un mince sourire.

– Que se passe-t-il ? m'enquis-je comme nous nous dirigions vers la cuisine, devenue notre nouvelle salle de réunion au point qu'il s'installait toujours sur la même chaise.

– Ben Stevens ne s'est pas tout à fait effondré, mais nous l'avons pas mal ébranlé. Riche idée de votre part de faire déposer la demande d'analyse dans un casier où il ne manquerait pas de l'apercevoir. Il a d'excellentes raisons de redouter les résultats d'empreinte ADN du tissu fœtal prélevé sur Susan.

– Susan et lui avaient une liaison.

Étrangement, ce n'était pas tant l'aspect moral de cette infidélité que je réprouvais que le goût désastreux de Susan.

- Stevens a admis cette relation extra-conjugale mais nié tout le reste.

– Il n'aurait donc aucune idée de l'origine des trois mille cinq cents dollars déposés par Susan sur son compte ? demandai-je.

– Il affirme qu'il n'en sait rien. Mais nous n'en avons pas terminé avec ce monsieur. Un indic de Marino nous a rapporté avoir aperçu une Jeep noire munie de plaques minéralogiques personnalisées dans le quartier où Susan a été abattue et à peu près à l'heure supposée du meurtre. Ben Stevens possède un véhicule identique, avec une plaque « POUR MOI ».

– Stevens ne l'a pas tuée, Benton.

– J'en suis certain. En revanche, je crois que Stevens a commencé à paniquer lorsque l'intermédiaire avec lequel il traitait a exigé des informations au sujet de l'enquête concernant Jennifer Deighton.

– Et puisque Stevens savait que la victime avait été assassinée, il a immédiatement compris.

– Ajoutez à cela que ce type est, en effet, un pétochard et un lâche. Il décide donc de dépêcher Susan à sa place pour encaisser leur prochaine rétribution. Il n'aura ensuite qu'à lui fixer un rendez-vous pour récupérer sa part.

– Mais, à ce moment-là, elle est déjà morte.

Wesley approuva d'un petit mouvement de tête.

– Selon moi, l'intermédiaire qui devait rencontrer Susan Story l'a descendue froidement et a conservé l'argent. Un peu plus tard – si cela se trouve, à peine quelques minutes plus tard – Stevens débarque au point de rendez-vous convenu, cette contre-allée qui part de Strawberry Street.

– Votre hypothèse concorde avec la position dans laquelle nous avons découvert la jeune femme dans la voiture, approuvai-je. Le tueur a profité de ce qu'elle se penchait vers l'avant pour lui tirer une balle dans la nuque. Pourtant, lorsque nous l'avons retrouvée, elle était avachie contre le dossier du siège.

– Stevens l'aura redressée.

– Lorsqu'il s'est approché du véhicule, sans doute n'a-t-il pas tout de suite compris que quelque chose avait mal tourné. D'autant que si elle s'était affaissée contre le volant, il ne pouvait pas apercevoir son visage. Il la repousse donc vers le dossier.

– Et il se sauve à toutes jambes.

– Il avait dû se rafraîchir un peu et se parfumer avec son eau de Cologne avant de la rejoindre. Lorsqu'il l'a redressée, ses mains ont touché l'encolure de son manteau et ce sont les effluves que j'ai perçus en arrivant sur les lieux.

– On finira par le casser, tôt ou tard.

– Il y a plus important, Benton.

Je lui narrai alors ma visite chez Helen Grimes, sans oublier ce qu'elle m'avait révélé au sujet de la visite de Mrs Waddell à Ronnie Joe.

– Ce que je crois, conclus-je, c'est que Ronnie Waddell souhaitait être enterré avec l'image pieuse, et que c'est la teneur véritable de sa dernière requête. Il glisse cette carte postale représentant Jésus dans une enveloppe et inscrit dessus : « Ultra-confidentiel... », etc.

– Il ne pouvait rien espérer de tel sans l'accord préalable de Donahue, argumenta Wesley. Selon le règlement, la dernière volonté d'un condamné doit être communiquée au directeur de la prison.

– Nous sommes bien d'accord et, quoi que l'on ait raconté à Donahue dans le but de le rassurer, il devait être assez paranoïaque pour redouter que le cadavre de Waddell soit transporté à la morgue avec une enveloppe cachetée fourrée dans la poche arrière de son pantalon. Comme, d'un autre côté, il ne tient pas à provoquer de vagues en affrontant le prisonnier, il cherche un moyen astucieux de mettre la main sur la fameuse enveloppe tout en prétendant accéder à cette dernière volonté. Il décide que la meilleure solution consiste à intervertir l'enveloppe avec une autre juste après l'exécution, et charge un de ses sbires de cette tâche. C'est à ce moment-là qu'interviennent les justificatifs de frais.

– Ah, j'attendais que vous y veniez.

– Ce que je pense, c'est que cet acolyte a commis une petite erreur de manipulation. Admettons, par exemple, qu'une enveloppe blanche contenant les factures d'un de ses récents voyages à Petersburg ait traîné sur son bureau. Admettons aussi qu'il se procure une enveloppe assez similaire pour y glisser un papier tout à fait anodin, puis qu'il recopie dessus l'inscription que Waddell avait tracée sur la sienne.

– À ceci près que le gardien acolyte en question se trompe d'enveloppe.

– Voilà... Il confond l'enveloppe de substitution avec celle qui contient ses justificatifs de déplacement.

– Cependant il ne le constatera que trop tard, lorsqu'il voudra remplir sa demande de remboursement et qu'il découvrira le fameux papier anodin dans l'enveloppe où devaient se trouver ses reçus.

– Tout juste, approuvai-je. Entrée en scène de Susan... Car si je m'étais trouvée à la place du gardien qui a commis cette bévue, je puis vous garantir que j'aurais été très soucieuse. L'inquiétude qui m'aurait taraudée aurait été de savoir si le médecin légiste chargé de l'autopsie allait décacheter l'enveloppe ou non. Et si j'avais été également chargée des transactions pécuniaires avec un Ben Stevens soudoyé pour qu'il s'assure que les empreintes de Waddell ne seraient pas relevées à son arrivée à l'institut médicolégal, j'aurais su exactement à qui m'adresser.

– Vous auriez contacté Stevens afin qu'il vérifie que

l'enveloppe n'aurait pas été ouverte, ou – le cas échéant – que son contenu n'aurait pas éveillé de soupçons particuliers ni suscité de velléités de complément d'enquête. Ça s'appelle s'emmêler les pieds dans sa paranoïa et se retrouver le nez dans des problèmes bien plus sérieux que ceux que vous auriez eus si vous étiez resté tranquille. Cela étant, Ben Stevens aurait pu répondre à cette question sans difficulté majeure, non ?

– Détrompez-vous, Benton. Il pouvait la poser à Susan, mais le problème, c'est qu'elle n'avait assisté qu'au début de l'examen *post mortem* de Waddell. Elle ne m'avait pas vue trouver l'enveloppe. Du reste, c'est Fielding qui l'a décachetée dans son bureau afin d'en faire une photocopie, avant de restituer l'original avec le reste des effets personnels du condamné.

– Stevens ne pouvait-il pas sortir le dossier et vérifier cette photocopie ?

– Il l'aurait pu s'il avait osé faire sauter la serrure de ma crédence.

– Il ne lui restait donc plus qu'à tenter de s'infiltrer dans votre répertoire informatique.

– À moins de m'interroger, ou alors Fielding, et il n'est pas idiot à ce point. Ni l'un ni l'autre, nous n'aurions divulgué une information de cette nature, ni à lui, ni à Susan, ni à quiconque d'ailleurs.

– Est-il suffisamment compétent en informatique pour s'immiscer jusqu'à votre répertoire personnel ?

– Pas à ma connaissance. En revanche, Susan avait suivi plusieurs formations et elle avait une collection de manuels UNIX dans son bureau.

La sonnerie du téléphone retentit et je laissai Lucy

répondre. Lorsqu'elle passa la tête dans la cuisine, elle semblait mal à l'aise.

– C'est ton avocat, tante Kay.

Elle rapprocha l'appareil de la cuisine et je décrochai le combiné sans avoir à me déplacer. Nicholas Grueman ne s'embarrassa pas des habituelles courtoisies, fonçant droit au but :

– Docteur Scarpetta, vous avez liquidé pour *dix mille dollars* d'actions le 12 novembre dernier. Or je ne découvre nulle part la trace d'un dépôt correspondant, sur aucun de vos comptes bancaires.

– C'est parce que je n'ai pas déposé cette somme.

– Vous êtes ressortie de la banque avec dix mille dollars en liquide dans votre sac ?

– Non, j'ai rédigé un chèque à la Signet Bank, à Richmond, et l'ai échangé contre un chèque de banque en livres sterling.

– À quel ordre a été établi ce chèque de banque ? insista mon ancien professeur alors que le regard tendu de Wesley ne me quittait pas.

– Monsieur Grueman, cette transaction est d'ordre privé et sans aucune relation avec ma profession.

– Oh, je vous en prie, docteur Scarpetta ! Vous *savez* que cet argument aura bien piètre figure.

J'inspirai avec peine.

– Enfin, vous n'êtes pas sans vous douter que nous allons devoir fournir des explications au sujet de cette somme, martela-t-il. Vous êtes tout de même consciente du préjudice que peut nous valoir le fait que vous ayez récupéré dix mille dollars en liquide peu avant que votre assistante dépose sur son compte une somme d'argent mystérieuse !

Je fermai les yeux, passant mes doigts dans mes cheveux. Wesley se leva et me contourna pour murmurer dans mon dos :

– Kay... Je vous en conjure, dites-lui la vérité.

Je sentis sa main effleurer mon épaule.

13

Si Grueman n'avait pas été un praticien du droit, je ne lui aurais jamais confié la défense de mes intérêts. Avant de s'orienter vers l'enseignement, il avait été un avocat de renom, avait œuvré en faveur des droits civiques et poursuivi en justice des mafieux pour le département de la Justice à l'époque de Robert Kennedy. Désormais, il représentait des clients sans moyens financiers et condamnés à la peine capitale. J'appréciais le sérieux de Grueman et son cynisme était essentiel dans ma situation.

Il n'avait aucune intention de négocier et encore moins de clamer mon innocence sur tous les toits. Il refusa de présenter quelque document que ce fût à Marino ou quiconque. Il n'évoqua pas ce chèque de dix mille dollars qui, selon lui, était la pièce la plus accablante de notre dossier. Il ne manqua pas de raviver dans mes souvenirs mon premier cours de loi pénale, lorsqu'il serinait à ses étudiants : *Dites juste non, non, et encore non.* Mon ancien professeur suivait ses principes à la lettre, et coupa systématiquement l'herbe sous le pied de Roy Patterson en dépit des efforts réitérés de ce dernier.

Ce jour-là, le jeudi 6 janvier, Patterson m'appela à mon domicile pour me prier de le rejoindre à son bureau afin que nous nous entretenions au calme.

– Je suis certain que tout cela n'est qu'un regrettable malentendu, précisa-t-il d'un ton affable. J'ai juste besoin de vous poser quelques questions.

L'insinuation était transparente : si je me montrais coopérative, le pire me serait épargné. Pourtant, elle me laissa sans voix. Patterson croyait-il véritablement qu'il allait m'appâter avec cette ruse éculée jusqu'à la trame ? Lorsque l'attorney du Commonwealth vous propose une petite discussion à bâtons rompus, c'est qu'il est sur le sentier de la guerre et que rien ne lui échappera. Au demeurant, c'est également le cas de la police. Je l'accommodai à la mode Grueman en répondant *non* et en refusant de le rencontrer. La riposte ne tarda pas. Le lendemain matin je reçus une assignation à comparaître devant un grand jury, le 20 janvier. Suivit une assignation à présenter tous mes documents comptables. Grueman tenta d'abord de faire jouer le cinquième amendement, puis présenta une requête en annulation dans le but de contrer l'assignation. Une semaine plus tard, il ne nous restait d'autre solution que nous soumettre si nous voulions éviter une condamnation pour offense à la cour. C'est à peu près à ce moment-là que le gouverneur Norring nomma mon assistant Fielding au poste de médecin expert général de Virginie par intérim.

– Tiens, encore une camionnette de télévision, elle

vient de passer ! s'exclama Lucy de son poste d'observation près de la fenêtre.

– Viens déjeuner ! criai-je de la cuisine. Ton potage refroidit.

D'abord un silence, puis la voix de ma nièce, ravie :

– Tante Kay ?

– Quoi ?

– Tu ne devineras jamais qui vient de ralentir.

Je jetai un regard par la fenêtre située au-dessus de l'évier, découvrant la Ford LTD blanche qui se garait devant la maison. La portière s'ouvrit et Marino descendit. Il remonta son pantalon à deux mains, rectifia le nœud de sa cravate, son regard balayant le moindre détail alentour, avant de remonter l'allée qui menait au porche d'entrée. J'étais tellement bouleversée par son arrivée que mon émotion m'étonna.

– Je ne sais pas s'il est avisé de ma part d'être si contente de votre visite, déclarai-je en ouvrant la porte.

– Vous inquiétez pas, Doc... J'suis pas venu vous passer les menottes.

– Entrez, je vous en prie.

– Salut, Pete ! vociféra Lucy d'un ton joyeux.

– Tu devrais pas être en classe, toi ?

– Non.

– Ah, ouais ? Ils vous filent aussi le mois de janvier pour rien faire, là-bas, en Amérique du Sud ?

– Tout à fait. C'est à cause des conditions météo. Quand le mercure descend sous la barre des vingt degrés, tout ferme.

Marino ébaucha un sourire. Pourtant je ne l'avais encore jamais vu dans un si piteux état.

Peu après, j'avais allumé une flambée dans la cheminée et ma nièce s'était absentée pour faire quelques emplettes.

– Alors, comment vous portez-vous ? demandai-je.

– Vous allez me demander de sortir si j'allume une clope ?

Je poussai un cendrier vers lui.

– Marino, vous avez des valises sous les yeux, vous êtes très congestionné et la chaleur ambiante ne justifie pas que vous transpiriez.

– J'vois que je vous ai vachement manqué. (Il tira un mouchoir peu ragoûtant de la poche arrière de son pantalon et s'épongea le front avant d'allumer une cigarette, le regard perdu vers les flammes.) Patterson est un enfoiré, Doc. Il veut vous casser les reins.

– Qu'il essaie.

– Il y manquera pas. Vous avez intérêt à vous préparer.

– C'est du vent ce qu'il a contre moi, Marino.

– Il a une empreinte digitale récupérée sur une enveloppe découverte chez Susan.

– Je peux parfaitement la justifier.

– Ouais, mais vous pouvez pas le prouver. En plus, il a un gros joker sous le coude. Et c'est sûr que je devrais rien vous révéler, mais je vais quand même le faire.

– Quel joker ?

– Vous vous souvenez de Tom Lucero ?

– Je ne le connais pas personnellement, mais je vois de qui il s'agit.

– Ça peut être un sacré charmeur quand il s'y met et, pour être franc, c'est un super-bon flic. Pour vous la faire courte, il semble que Lucero ait pas mal fouiné du côté de la Signet Bank. Il a entortillé une des employées, et elle a fini par lâcher des informations à votre sujet. Alors, on est bien d'accord qu'il avait pas le droit de poser ce genre de questions et qu'elle avait pas le droit d'y répondre. Mais bon, elle lui a quand même raconté qu'elle se souvenait que vous aviez rédigé un gros chèque, peu avant Thanksgiving, pour une contre-valeur de dix mille dollars en espèces.

Je le fixai, le visage impassible.

– J'veux dire… Vous pouvez pas vraiment en vouloir à Lucero. Après tout, il faisait son boulot. Le problème, c'est que maintenant Patterson sait ce qu'il doit chercher quand il épluchera vos documents comptables. Il va vous pilonner devant le grand jury.

Je gardai le silence.

Marino se pencha vers moi, insistant :

– Doc, vous croyez pas que vous feriez mieux d'en discuter ?

– Non

Il se leva pour se rapprocher de la cheminée. Il fit coulisser la vitre du foyer pour jeter son mégot dans les braises.

– Merde, Doc, lâcha-t-il d'un ton presque doux, je veux pas qu'on vous inculpe.

– Je ne devrais plus boire de café, et vous non plus, mais j'ai envie d'une boisson chaude. Vous aimez le chocolat chaud ?

– Je préfère le café.

Je me levai pour aller le préparer. Un magma de pensées sans queue ni tête engourdissait mon esprit. Ma rage ne trouvait plus de cible identifiable. Je remplis un pot de café décaféiné en espérant que Marino ne remarquerait pas la différence.

– Comment va votre tension ? demandai-je en le rejoignant.

– Vous voulez vraiment le savoir ? Y a des jours, j'me dis que si j'étais une cocotte-minute, ma soupape sauterait.

– Que vais-je faire de vous ?

Il s'assit contre l'âtre. Durant un moment, le ronflement du feu m'évoqua l'écho d'un vent hargneux et je suivis des yeux la danse des flammes sur le cuivre. Je repris la parole :

– Tout d'abord, vous n'auriez pas dû passer. Je ne veux pas être une source d'ennuis pour vous.

– Et merde ! Qu'ils aillent tous se faire foutre, l'attorney du Commonwealth, la municipalité, le gouverneur et les autres ! rugit-il de colère.

– Marino, il est hors de question que nous cédions. Quelqu'un connaît le tueur. Avez-vous pu parler à ce gardien qui nous a fait visiter le pénitencier. Ce Roberts ?

– Ouais. La conversation a viré à l'eau de boudin.

– On ne peut pas dire que je me sois mieux débrouillée avec votre bonne amie Helen Grimes.

– Ç'a dû être une vraie partie de plaisir.

– Saviez-vous qu'elle ne travaillait plus comme surveillante au pénitencier ?

– Elle a jamais fait aucun *travail*, là-bas. Enfin, du moins à ma connaissance. Helen Attila est aussi feignasse qu'une grosse loche, sauf quand il s'agit de laisser traîner ses paluches et de tripoter une dame en visite. Parce que, dans ce cas-là, j'peux vous dire qu'elle y mettait le paquet. Mais Donahue l'avait à la bonne, me demandez pas pourquoi. Quand il s'est fait dégommer, l'administration a muté Helen Grimes à Greensville, pour surveiller un mirador. Du coup, elle s'est mise à souffrir des genoux, ou un truc du même genre.

– J'ai en effet eu le sentiment qu'elle en savait bien plus qu'elle ne voulait l'admettre, confiai-je. Surtout si elle était en termes amicaux avec Donahue.

Marino avala une gorgée de café et son regard s'évada par les baies vitrées coulissantes. Le sol était recouvert d'une pellicule de givre, et les flocons de neige semblaient tomber avec davantage de ténacité. Je repensai à cette nuit neigeuse durant laquelle je m'étais rendue chez Jennifer Deighton. Un film désagréable défila dans mon esprit. Je la voyais, cette femme obèse, assise sur une chaise au milieu de son salon, la tête hérissée de bigoudis. Si le tueur l'avait interrogée en la maltraitant, il avait d'excellentes raisons d'agir de la sorte. Que l'avait-on envoyé récupérer chez la victime ?

– Pensez-vous que l'assassin cherchait des lettres chez Jennifer Deighton ? demandai-je à Marino.

– Ce que je crois, c'est que c'est certain qu'il cherchait un truc en relation avec Waddell. Des poèmes, des lettres, bref un machin quelconque qu'il avait dû envoyer à Jennifer Deighton.

– Selon vous, il a trouvé ?

– C'est la question à mille dollars. Peut-être qu'il a fouillé partout, mais, dans ce cas, le gars était si soigneux qu'on s'en est pas rendu compte.

– Personnellement, je doute qu'il ait trouvé ce qu'il était venu récupérer.

Marino me jeta un regard dubitatif avant d'allumer une nouvelle cigarette.

– Qu'est-ce qui vous fait dire ça ?

– La scène de crime. Elle avait déjà passé sa chemise

de nuit et posé ses bigoudis. Selon toute vraisemblance, elle s'était couchée pour lire au lit. Cela n'évoque pas une dame attendant de la visite.

– Ouais, jusque-là j'suis d'accord.

– Quelqu'un sonne à sa porte. Elle semble l'avoir fait pénétrer chez elle puisque nous n'avons retrouvé aucun indice signant une effraction, ou une lutte. Il n'est pas ahurissant de penser que le tueur a ensuite exigé que Jennifer Deighton lui remette ce qu'il était venu chercher, mais elle a refusé. Il s'énerve, traîne une chaise de la salle à manger pour la planter au milieu du salon. Il la contraint à s'y asseoir et commence à la torturer. Il répète sa question, mais elle s'obstine à garder le silence. Il se tient derrière elle, son bras plaqué contre la gorge de la femme. Il resserre l'étreinte, encore et encore, au point de l'étouffer. Il transporte ensuite le cadavre jusqu'au garage et le pousse dans la voiture.

– Ouais… S'il est entré et sorti par la porte de la cuisine, ça explique pourquoi on l'a trouvée déverrouillée, remarqua Marino.

– C'est bien possible. En conclusion, je ne crois vraiment pas qu'il ait eu l'intention de la tuer à ce moment-là. Il a dû quitter les lieux très vite après avoir tenté de maquiller son meurtre en suicide. Peut-être a-t-il pris peur, ou peut-être, simplement, sa mission a-t-elle commencé à l'ennuyer. Toujours est-il que je serais étonnée qu'il ait passé le domicile de Jennifer au peigne fin. Même en admettant que tel ait bien été le cas, je doute fort qu'il ait retrouvé ce qu'il était venu chercher.

– Peut-être, mais bordel, nous non plus !

– Jennifer Deighton frisait la paranoïa, continuai-je. Dans le fax qu'elle a envoyé à Grueman, elle a précisé que quelque chose d'injuste se préparait, faisant référence à Waddell. Il semble qu'elle m'ait vue à la télé. Elle a tenté de me joindre à plusieurs reprises, pourtant elle raccrochait à chaque fois que mon répondeur démarrait, sans jamais me laisser de message.

– Attendez... Est-ce que vous êtes en train de sous-entendre qu'elle avait en sa possession des papiers ou un truc quelconque qui nous permettraient d'y voir un peu plus clair ?

– Si tel est bien le cas, elle devait être assez effrayée pour les mettre en lieu sûr, c'est-à-dire ailleurs que chez elle.

– En les planquant où ça ?

– Je n'en ai pas la moindre idée, en revanche il n'est pas exclu que son ex-mari le sache. Après tout, elle est allée lui rendre visite durant deux semaines vers la fin novembre.

Un nouvel intérêt alluma le regard de Marino.

– Mais c'est vrai, ça !

La voix plaisante et énergique de Willie Travers me plut, dès que je parvins enfin à le joindre par téléphone à la résidence Pink Shell de Fort Myers Beach, en Floride, où il logeait. Pourtant il ne répondit que de façon bien vague à mes questions.

En désespoir de cause, je me jetai à l'eau :

– Monsieur Travers, que pourrais-je faire pour mériter votre confiance ?

– Eh bien, vous pourriez descendre me rendre visite.

– Cela risque d'être très compliqué en ce moment.

– Si je ne vous vois pas, rien n'est possible.

– Pardon ?

– C'est ma manière de fonctionner. Vous comprenez, lorsque nous serons face à face, je pourrai lire en vous et en déduire si je peux vous accorder ma confiance. Jenny me ressemblait là-dessus.

– Donc, si je descends à Fort Myers Beach et que vous *lisiez* en moi, vous accepterez de m'aider ?

– Tout dépend de ce que je reçois.

Je réservai une place sur un vol quittant Richmond à 6 h 50 le lendemain. Lucy m'accompagnerait jusqu'à Miami, ce qui me permettrait de la confier à sa mère, Dorothy, avant de prendre la route jusqu'à Fort Myers Beach, où il semblait inévitable que je passe la soirée à me demander si je n'avais pas complètement perdu la tête. Il y avait, en effet, de lourdes probabilités que l'ex-mari de Jennifer Deighton, chantre de la médecine holistique, ne s'avère qu'une gigantesque perte de temps.

Le lendemain, un samedi, je me réveillai donc à 4 heures et passai dans la chambre de Lucy pour la tirer du sommeil. La neige avait enfin cessé de tomber. Durant quelques instants, je restai là dans l'obscurité, écoutant le souffle profond de ma nièce. Je lui effleurai ensuite l'épaule, murmurant son prénom. Elle bougea avant de s'asseoir dans son lit. Elle se rendormit dans l'avion jusqu'à Charlotte pour plonger aussitôt éveillée dans l'une de ses insupportables bouderies, laquelle devait persister jusqu'à notre destination.

– Je préférerais prendre un taxi, déclara-t-elle en fixant le hublot.

– C'est impossible, Lucy. Ta mère et son ami viennent te chercher.

– Parfait. Ils peuvent tourner toute la journée

autour de l'aéroport si ça leur chante. Pourquoi ne puis-je pas t'accompagner ?

– Parce qu'il faut que tu rentres chez toi. Quant à moi, je dois filer aussitôt à Fort Myers Beach et, ensuite, je devrai sauter dans le premier avion pour rejoindre Richmond. Cela ne sera pas une partie de plaisir, tu peux me croire.

– Parce que tu penses que tenir compagnie à maman et à son dernier crétin en date, c'en est une ?

– Enfin, comment peux-tu affirmer qu'il s'agit d'un crétin ? Tu ne l'as jamais rencontré. Laisse-lui une petite chance, quand même.

– Je voudrais que ma mère attrape le sida.

– Lucy ! Comment peut-on dire une chose pareille ?

– C'est tout ce qu'elle mérite. Je ne comprends pas comment elle peut coucher avec le premier tordu venu sous prétexte qu'il l'invite au restaurant et au cinéma. Comment ça se fait que vous soyez sœurs ?

– Parle moins fort, chuchotai-je.

– Parce que, si je lui avais tant manqué, elle serait venue me chercher toute seule. Elle n'aurait pas eu besoin d'une escorte.

– Ce n'est pas nécessairement exact. Lorsque tu tomberas amoureuse un jour, tu comprendras.

Elle me jeta un regard furibond avant de pester :

– Et comment peux-tu être si sûre que je ne suis jamais tombée amoureuse ?

– Parce que, dans le cas contraire, tu saurais que l'amour ramène à la surface le pire et le meilleur de nous. Un jour on se sent généreux et d'une sensibilité épidermique, et le lendemain on ne lèverait même pas le petit doigt. Nos vies se teintent de tous les extrêmes.

– Je voudrais que ma mère se dépêche et qu'elle nous fasse sa ménopause !

En milieu d'après-midi, alors que je roulais sur Tamiami Trail hachuré par des zones ombragées qui succédaient aux nappes de soleil, j'entrepris de rapiécer les trous que la culpabilité avait encore forés. À chaque fois que j'affrontais ma famille, l'irritation le disputait à la contrariété. Lorsque je me débrouillais pour l'éviter, je me sentais aussitôt propulsée en arrière, comme lorsque j'étais petite fille, rendue experte dans l'art difficile de fuir tout en restant là. D'une certaine façon, j'étais devenue mon père, après le décès de celui-ci. J'étais le pivot de rationalité, celle qui collectionnait les A sur ses devoirs, qui savait cuisiner et gérer le budget familial. J'étais celle qui pleurait rarement et qui, face à la volatilité d'un foyer en pleine désintégration, se forçait à l'impassibilité, aussi insaisissable qu'une buée. Il était donc assez inévitable que ma mère et ma sœur me taxent d'indifférence, et j'avoue que j'avais grandi en hébergeant au fond de moi la honte secrète qu'elles aient raison.

J'arrivai à Fort Myers Beach, l'air conditionné au plus fort et le pare-soleil abaissé. L'océan semblait se fondre dans le ciel, infinie palette de bleus vibrants à peine ponctuée par le vert arrogant des feuilles des palmiers trapus évoquant de larges plumes. La résidence Pink Shell, laquelle devait son nom à sa couleur, s'enfonçait dans Estero Bay, et ses balcons s'ouvraient grand sur le golfe du Mexique. Willie Travers occupait l'un des cottages, mais nous ne devions pas nous retrouver avant 20 heures. Sitôt montée dans le petit deux-pièces que je louais, j'ôtai à la hâte mon tailleur d'hiver, abandonnant mes vêtements au sol, puis enfilai un short et une chemisette de sport. Moins de sept minutes plus tard, j'étais sur la plage.

J'ignore combien de kilomètres je parcourus puisque je perdis très vite la notion du temps. Chaque langue de sable, chaque étendue d'eau me semblait magnifiquement identique à la précédente. Des pélicans chahutés par les vaguelettes rejetaient la tête en arrière en engloutissant les poissons qu'ils venaient d'arracher à l'océan. Je contournai avec adresse les amas flasques et bleutés de méduses échouées à longs tentacules. La plupart des promeneurs que je croisai étaient âgés. Parfois, l'éclat haut perché d'une voix d'enfant me parvenait par-dessus le vacarme des vagues, comme un joli papillon de papier coloré porté par le vent. Je ramassai des dollars des sables polis par le ressac et des coquillages si fins et transparents que l'on aurait cru de fines pastilles de menthe. Je pensai à Lucy. Elle me manquait.

Lorsque l'obscurité commença d'envahir la plage, je rejoignis mon petit appartement pour m'y doucher et me changer. Je récupérai ensuite ma voiture et sillonnai Estero Boulevard jusqu'à ce que la faim me guide tout droit vers Skipper's Gallery. J'y dînai d'une perche de mer accompagnée de vin blanc, surveillant l'horizon qui s'estompait dans le bleu dense de la nuit. Bientôt l'océan disparut de ma vue, sa présence seulement révélée par les lumières provenant des bateaux.

Je dénichai le cottage 182, situé non loin de la boutique d'appâts de pêche et du quai. Il y avait longtemps que je n'avais été si détendue. Lorsque Willie Travers m'ouvrit, il me sembla que je retrouvais un vieil ami.

– La première étape de notre travail consiste à nous sustenter, annonça-t-il. J'espère que vous n'avez pas dîné.

Je le détrompai, très déçue.

– Qu'à cela ne tienne… Vous dînerez deux fois.

– Oh, je ne pourrai pas.

– C'est ce que vous croyez, mais je vais vous démontrer le contraire d'ici une petite heure. Le menu est très léger. Mérou grillé avec une noix de beurre et mariné dans du jus de citron vert des Keys, rehaussé de quelques tours de moulin de poivre frais. Et puis nous avons aussi un pain aux sept céréales que j'ai fait avec un peu tout ce qui me tombait sous la main mais dont vous garderez un souvenir ému toute votre vie. Voyons… quoi d'autre ? Ah, oui, une salade de chou mariné et de la bière mexicaine.

Il énuméra la composition de notre repas tout en décapsulant deux bouteilles de Dos Equis. L'ancien époux de Jennifer Deighton devait approcher quatre-vingts ans. Le soleil avait craquelé l'épiderme de son visage, le burinant de profonds sillons qui évoquaient une terre sèche. Pourtant le regard bleu était aussi plein de vitalité que celui d'un jeune homme. Il était d'une minceur musclée, presque nerveuse, et un sourire lui venait pour un rien. Ses cheveux blancs coupés court ressemblaient à un duvet laineux.

Je jetai un regard à la pièce, aux poissons naturalisés pendus aux murs, aux meubles robustes et d'une belle patine d'usage.

– Et comment avez-vous atterri ici ? demandai-je.

– Il y a environ deux ans, j'ai décidé de prendre ma retraite et de me consacrer à la pêche. J'ai négocié un accord avec le Pink Shell : j'ai accepté de m'occuper de sa boutique d'appâts en échange d'une ristourne sur le loyer de mon cottage.

– Quelle était votre ancienne profession ?

– Oh, elle n'a pas changé, rectifia-t-il avec un sourire. Je pratique la médecine holistique et vous savez, c'est un peu comme les ordres, on y entre mais on n'en sort jamais tout à fait. La grosse différence, c'est que maintenant je choisis les gens avec lesquels j'ai envie de travailler au lieu d'avoir un cabinet en ville.

– Comment définiriez-vous la médecine holistique ?

– C'est d'une simplicité angélique : je traite la personne, dans son ensemble. Toute la difficulté consiste à restaurer l'équilibre d'un être.

Il me jaugea du regard, posa sa bière, puis s'avança vers la chaise de marin où je m'étais installée et dont le siège était en forme de selle.

– Voulez-vous vous lever, s'il vous plaît ?

Je me sentais d'humeur complaisante.

– Tendez le bras, je vous prie, peu importe lequel. L'important, c'est qu'il soit parallèle au sol. Très bien. Bien, maintenant je vais vous poser une question et, pendant que vous y répondrez, j'appuierai sur votre bras pour le faire baisser et vous tenterez de me résister. Vous percevez-vous comme le héros de la famille ?

– Non.

Mon bras s'affaissa comme un château de cartes sous sa pression.

– Donc vous vous percevez bien comme le héros familial. Cela m'indique que vous êtes très dure envers vous-même et que cela ne date pas d'hier. D'accord, on recommence, levez à nouveau votre bras. Je vais vous poser une deuxième question. Excellez-vous dans ce que vous faites ?

– Oui.

– Là... je m'acharne à faire baisser votre bras mais il est dur comme du fer. En conclusion, votre excellence professionnelle n'est plus à démontrer.

Il regagna le canapé et je me réinstallai sur ma chaise de marin.

– Bon... je serai franche : ma formation médicale très classique me rend un peu sceptique, avouai-je, à mon tour contaminée par le sourire.

– Eh bien, c'est dommage parce que, au fond, les principes de base de la médecine holistique ne sont guère différents de ce que vous pratiquez quotidiennement. La leçon fondamentale, c'est que le corps ne ment pas. Peu importe ce dont vous essayez de vous convaincre, votre niveau d'énergie traduit la réalité sans déguisement. Lorsque, par exemple, votre cerveau insiste pour vous faire croire que non, vous n'êtes pas le héros de la famille, que oui, vous vous aimez, alors que ce n'est pas ce que vous ressentez au plus profond de vous, votre énergie s'amenuise. Est-ce que je me fais comprendre ?

– Tout à fait.

– C'était une des raisons pour lesquelles Jenny venait me rendre visite une ou deux fois par an, afin que je la rééquilibre. Lorsqu'elle a fait le voyage la dernière fois, durant la période de Thanksgiving, elle était dans un état épouvantable... Si épuisée, si tendue que j'ai dû travailler avec elle plusieurs heures par jour.

– Vous a-t-elle confié les raisons de son état ?

– Plein de choses n'allaient pas. Elle venait d'emménager et n'aimait pas ses voisins, surtout ceux d'en face.

– Les Clary, le renseignai-je.

– Oui, c'est bien possible. Selon elle, la femme était le genre hyperactive et collante. Quant au mari, c'était un libidineux impénitent jusqu'à son attaque. Ajoutez à cela que ses consultations d'astrologue avaient pris une ampleur inattendue et qu'elle s'y éreintait.

– Que pensiez-vous de ses activités ?

– Jenny avait indiscutablement un don, mais elle l'affaiblissait en le dispersant.

– Selon vous, était-elle médium ?

– Non. Aucune étiquette ne convenait à Jenny. En tout cas, je ne m'aventurerai pas à lui en attribuer une. Elle tâtait de beaucoup de choses.

La feuille de papier blanc pincée sous un cristal que nous avions retrouvée sur son lit me revint d'un coup, et je demandai à Travers s'il en connaissait la signification.

– Cela signifie qu'elle était en train de se concentrer.

– Se concentrer, répétai-je un peu perdue. À quel sujet ?

– Lorsque Jenny entrait en méditation, elle avait l'habitude de placer un cristal sur une feuille vierge. Ensuite, elle s'installait à côté et commençait de tourner très lentement le cristal, en étudiant la décomposition de la lumière par les facettes du prisme, sa réfraction sur le papier blanc. J'ai, moi aussi, un truc – un peu différent : je fixe l'eau.

– Quelque chose d'autre préoccupait-il Jennifer lors de sa dernière visite chez vous, monsieur Travers ?

– Appelez-moi Willie. Oui, mais vous savez parfaitement ce qui va suivre. Elle était bouleversée par l'imminence de l'exécution de ce prisonnier, Ronnie Waddell. Jenny et Ronnie avaient échangé une longue correspondance et elle ne supportait pas l'idée qu'il finisse sur la chaise électrique.

– Waddell lui aurait-il communiqué une information qui puisse la mettre en péril ?

– En tout cas, il lui a donné quelque chose de dangereux.

Le regard rivé sur lui, je tendis la main en aveugle pour récupérer ma bière.

– Lorsqu'elle est descendue ici pour Thanksgiving, elle a apporté toutes les lettres qu'ils avaient échangées durant des années, tout ce qu'il lui avait envoyé. Elle souhaitait que je les conserve chez moi.

– Pourquoi ?

– Elle tenait à s'assurer qu'elles seraient en sécurité.

– Craignait-elle que quelqu'un cherche à récupérer ces papiers ?

– Ce que je sais, c'est qu'elle était effrayée. Elle m'a révélé que Waddell l'avait appelée en PCV au cours de la première semaine de novembre pour lui annoncer qu'il était prêt à mourir et qu'il en avait assez de lutter. Il semblait certain que plus rien ne pourrait le sauver. Il voulait que Jenny se rende à la ferme, à Suffolk, qu'elle demande à Mrs Waddell de lui remettre le reste de ses affaires. Il a même précisé qu'il souhaitait que son amie les ait, et que sa mère comprendrait.

– De quoi s'agissait-il ? demandai-je.

– Juste d'une chose. (Il se leva.) Je ne suis pas certain d'en comprendre la signification et – pour être tout à fait franc – je ne suis pas non plus certain de vouloir la connaître. C'est la raison pour laquelle je vais vous la remettre, docteur Scarpetta. Vous pouvez l'emporter en Virginie, en informer la police. Bref, vous pouvez en faire ce que bon vous semble.

– Pourquoi maintenant ? Pourquoi avoir attendu toutes ces semaines avant d'en parler ?

– Parce que personne ne s'est donné la peine de descendre me voir ! cria-t-il de la pièce voisine. Lors de votre appel, je vous ai expliqué que je ne traitais rien par téléphone.

Quelques instants plus tard, il déposa à mes pieds une épaisse serviette de cuir noir balafré dont la serrure de laiton avait été forcée.

– Pour tout vous dire, vous me rendriez un grand service en me débarrassant de ça. Rien que d'y penser, mon énergie souffre, lâcha Willie Travers.

Et je sentis sa sincérité.

La multitude de lettres adressées par Ronnie Waddell à Jennifer Deighton depuis le couloir des condamnés à mort avait été classée avec soin par ordre chronologique, organisée en paquets serrés par des élastiques. J'en parcourus quelques-unes le soir même, de retour dans ma chambre, car leur importance avait pâli en comparaison de mes autres découvertes.

Des blocs couverts de notes manuscrites étaient rangés dans la grosse serviette en cuir. La plupart des remarques que j'y déchiffrai m'étaient assez incompréhensibles puisqu'elles faisaient référence à des procès ou des litiges ayant secoué le Commonwealth plus de dix ans auparavant. Je trouvai également des stylos et des crayons, une boîte de pastilles pour la gorge, un inhalateur Vicks et un tube de baume pour les lèvres. Surtout, je découvris une mince seringue à injection automatique remplie de 0,3 milligramme d'épinéphrine, toujours protégée par son emballage jaune, une de ces seringues que les sujets allergiques aux piqûres d'abeilles ou à certains aliments doivent conserver à portée de main en toute occasion. Une étiquette mentionnait le nom du patient auquel le médicament avait été prescrit ainsi que la date de délivrance, et rappelait que cette dose faisait partie d'une boîte de cinq. Aucun doute n'était possible : Waddell avait dérobé cette mallette chez Robyn Naismith lors de l'épouvantable matinée où il l'avait assassinée. Peut-être n'avait-il pas eu le moindre soupçon de l'identité exacte de son propriétaire avant d'en forcer la serrure. Ce n'est qu'à ce moment-là, après avoir pris la fuite, qu'il s'était rendu compte qu'il venait de massacrer une célébrité locale, dont l'amant n'était autre que Joe Norring, alors attorney général de Virginie.

– Waddell n'avait aucune chance de s'en sortir, résumai-je, non qu'il méritât la clémence, étant donné la gravité de son crime. Cela étant, dès l'instant de son arrestation, Norring a dû se ronger les sangs. Il n'ignorait pas qu'il avait laissé sa serviette chez sa maîtresse, et que la police ne l'avait pas retrouvée.

La raison pour laquelle il n'avait pas récupéré sa sacoche avant de partir de chez Robyn était assez floue. Peut-être l'avait-il tout simplement oubliée un soir, dont ni lui ni la jeune femme ne pouvaient prévoir qu'il s'agissait du dernier de Robyn Naismith.

– Je ne parviens même pas à imaginer la réaction qu'a dû avoir Norring lorsqu'il a appris la nouvelle.

Wesley me jeta un bref regard par-dessus ses lunettes, abandonnant pour une seconde la lecture du document qu'il parcourait.

– C'est, en effet, ardu à imaginer, acquiesça-t-il. Non seulement sa liaison avec Robyn Naismith risquait de s'étaler au grand jour, mais en plus il devenait un suspect de choix concernant son meurtre.

– D'une certaine façon, marmonna Marino, il a eu une sacrée veine que Waddell embarque la serviette.

– Je ne suis pas certaine qu'il ait été de cet avis. Selon moi, il devait être terrorisé, quoi qu'il imagine. Si la police avait retrouvé la mallette au domicile de la victime, il était dans les ennuis jusqu'au cou. En revanche, la savoir volée devait le préoccuper parce qu'il ignorait où et quand elle referait surface.

Marino se leva pour aller chercher le café et remplir nos tasses.

– Ouais, moi, ce que j'dis, c'est que quelqu'un s'est assuré que Waddell allait la fermer.

Wesley tendit la main vers le pot de lait en commentant :

– Ce n'est pas exclu. Tout comme il n'est pas exclu que Waddell soit, en effet, resté muet comme une tombe. Je ne serais pas étonné que le condamné ait redouté très vite d'avoir mis la main sur une pièce à conviction qui risquait d'aggraver sa situation. Alors, certes, il pouvait l'utiliser comme arme, mais qui serait détruit ? Norring ou lui ? Pour mettre l'attorney général sur la sellette, il aurait fallu que Waddell ait confiance dans le système. D'autant que ledit attorney général allait devenir très vite gouverneur, en d'autres termes le seul homme qui pouvait lui sauver la peau en accordant sa grâce.

– Waddell a choisi le silence. Il savait que sa mère veillerait sur la mallette qu'il avait dissimulée à la ferme jusqu'à ce qu'il envoie quelqu'un pour la récupérer, dis-je.

– Bordel, mais Norring a eu dix ans pour mettre la main sur ce foutu truc ! s'énerva Marino. Pourquoi qu'il a traîné tout ce temps ?

– Je soupçonne Norring d'avoir fait surveiller le prisonnier depuis le début, rectifia Wesley. Néanmoins, les choses se sont sans doute emballées au cours des derniers mois. La date de l'exécution se rapprochant, Waddell finirait par comprendre qu'il n'avait plus rien à perdre et risquait de se mettre à table. Il est possible que la conversation téléphonique qu'il a eue avec Jennifer Deighton en novembre ait été écoutée par une tierce personne. Il est également possible que Norring ait sérieusement paniqué lorsqu'on lui a rapporté sa teneur.

– Ben, y avait de quoi, intervint Marino. J'vous rappelle que j'étais sur l'enquête et que j'ai personnellement passé au crible toutes les affaires de Waddell, trois fois rien. Et s'il avait planqué des trucs à la ferme, on les a jamais retrouvés.

– Et Norring ne l'ignorait pas, soulignai-je.

– Je veux, oui, reprit Marino. Du coup, ça lui fait froid dans le dos quand il apprend que des « affaires personnelles » du prisonnier, conservées à la ferme, ont été remises à une de ses amies qu'est passée voir sa mère. Les cauchemars de Norring recommencent, surtout qu'il peut pas envoyer quelqu'un fouiller la baraque de Jennifer Deighton tant que Ronnie Waddell est en vie. Parce que si quelque chose de moche arrivait à la dame, qui peut prévoir la réaction de Waddell ? D'autant qu'il risquait de s'épancher auprès de son avocat, Nicholas Grueman.

– Benton, savez-vous pour quelle raison Norring se trimbalait avec une seringue d'épinéphrine ? À quoi est-il allergique ? demandai-je.

– Aux fruits de mer. Il conserve des seringues un peu partout.

Je les abandonnai à leur conversation pour aller surveiller les lasagnes qui doraient dans le four et ouvrir une bouteille de Kendall-Jackson. Une procédure contre Joe Norring avait toutes les chances de s'éterniser, si tant est qu'elle puisse aboutir. D'une certaine façon, et à un bien moindre degré, je comprenais ce qu'avait dû ressentir Ronnie Waddell.

Il était presque 23 heures lorsque je composai le numéro du domicile de Nicholas Grueman.

– Je suis finie en Virginie, attaquai-je. Tant que Norring occupera son poste de gouverneur, il s'acharnera à m'empêcher de retrouver ma place. Merde à la fin ! Ils m'ont volé ma vie, mais je ne leur ferai pas cadeau de mon âme. J'invoquerai le cinquième amendement à chaque fois que je le pourrai.

– Dans ce cas, préparez-vous à être mise en examen.

– Si j'en juge par l'envergure des salopards à qui j'ai affaire, j'ai, de toute façon, peu de chances de l'éviter

– Eh bien, eh bien, docteur Scarpetta… Auriez-vous oublié l'envergure du salopard chargé de vous représenter ? J'ignore où vous avez passé votre week-end, mais moi, je me suis offert un petit voyage à Londres.

Le sol se déroba sous mes pieds.

– Certes, me direz-vous, rien ne garantit que nous

parvenions à circonvenir Patterson, continua cet homme que j'avais si longtemps cru haïr, mais j'entends bien remuer ciel et terre pour faire citer Charlie Hale à la barre.

14

Ce 20 janvier nous gratifia de bourrasques de vent dignes d'un mois de mars qui aurait pris des allures polaires. Le soleil m'aveuglait comme je roulais vers l'est, suivant Broad Street pour me rendre au palais de justice John Marshall.

– Bien, permettez-moi de vous apprendre quelque chose que vous savez déjà, ironisa Nicholas Grueman. Les journalistes vont se jeter sur vous comme un banc de piranhas boulimiques. Si vous rasez l'écume, vous vous faites arracher une patte. Voici ce que nous allons faire : marcher côte à côte, le regard rivé au sol. Vous ne vous retournerez pas, vous ne regarderez personne, peu importe de qui il s'agit ou ce qu'il ou elle peut dire.

– Nous n'allons pas trouver où nous garer, pestai-je en bifurquant dans la 9e Rue. C'était couru d'avance !

– Ralentissez... Cette dame charmante, juste là, m'a tout l'air de vouloir démarrer. Ah, oui, splendide, elle s'en va, du moins si elle parvient à braquer.

Un klaxon rageur retentit derrière nous.

Je consultai ma montre, puis me tournai vers Grueman comme un athlète quémandant les instructions de dernière minute de son *coach*. Il était vêtu d'un long pardessus en cachemire bleu marine et portait une paire de gants de cuir noir. Sa canne à pommeau d'argent était appuyée contre son siège et sa serviette, patinée par d'innombrables combats, reposait sur ses genoux.

– Surtout, souvenez-vous que c'est votre bon ami Mr Patterson qui décide de qui est appelé à la barre. En d'autres termes, nous ne pouvons compter que sur le jury pour intervenir en faveur de la comparution d'un témoin qui nous siérait, et ce sera là votre tâche la plus ardue. Il est crucial que vous tissiez un lien avec les jurés. Vous devez être capable d'établir une relation chaleureuse avec dix ou onze parfaits inconnus dès que vous mettrez un pied dans cette salle. Quoi qu'ils vous demandent, ne vous réfugiez pas derrière vos remparts. Soyez accessible.

– J'entends bien.

– C'est quitte ou double. Marché conclu ?

– Marché conclu.

– Bonne chance, docteur, sourit-il en me tapotant le bras.

Un préposé nous arrêta dès l'entrée du palais de justice pour nous passer au scanner. Il frôla mon sac à main et mon attaché-case comme il l'avait déjà fait des centaines de fois lorsque je venais déposer en tant que témoin expert. Pourtant, cette fois-ci il évita mon regard, se gardant de m'adresser la parole. Le pommeau de la canne de Grueman arracha une stridulation à l'appareil et mon avocat déploya un luxe de patience et de courtoisie, expliquant que non, le pommeau ne pouvait se dévisser, et que rien n'était dissimulé dans le cylindre de bois.

– Enfin, que croit-il? Ai-je l'air d'un monsieur qui se balade armé d'une sarbacane? commenta-t-il comme nous pénétrions dans la cabine d'ascenseur.

Arrivés au troisième étage, le battant n'avait pas coulissé que la meute de journalistes se rua sur nous avec la frénésie prédatrice redoutée. Mon conseil se déplaçait avec une étonnante célérité de la part d'un homme affligé de goutte, les petits chocs nerveux de sa canne rythmant ses longues enjambées. La surprenante impression de détachement, presque d'irréalité, qui m'envahissait ne m'abandonna que lorsque nous pénétrâmes dans la salle d'audience presque déserte. Benton Wesley était déjà installé dans un coin, en compagnie d'un jeune homme mince dont je compris qu'il s'agissait de Charlie Hale. Son profil droit était sillonné de fines cicatrices roses. Lorsqu'il se leva et fourra sa main droite dans la poche de sa veste d'un air gêné, je remarquai qu'il lui manquait plusieurs doigts. Il portait un complet sombre qui tombait fort mal et une cravate tout aussi peu adéquate, et jetait des regards furtifs autour de lui. Quant à moi, je m'absorbai dans les détails de mon installation, m'asseyant, ouvrant ma sacoche, triant mes documents. Je ne devais pas lui parler et les trois hommes eurent la présence d'esprit de prétendre ne pas remarquer mon trouble.

– Passons en revue leur arsenal, proposa Grueman. Il fait peu de doutes que Jason Story témoignera, tout comme l'officier Lucero. Sans oublier Marino, bien sûr. À part ça, j'ignore qui d'autre Patterson pourrait inclure dans son grand show.

Wesley se tourna vers moi.

– Kay, j'ai discuté avec Patterson. Je lui ai dit qu'il n'avait rien de solide contre vous et que j'entendais le répéter lors du procès.

– Partons du principe que nous éviterons le procès, rectifia Grueman. Néanmoins, lorsque vous témoignerez devant le jury, débrouillez-vous pour lui expliquer que vous avez discuté avec Patterson, que vous avez prévenu ce dernier que son affaire contre le Dr Scarpetta ne tenait pas la route, mais qu'il s'est entêté à poursuivre. S'il venait à vous poser une question que vous avez déjà évoquée tous les deux en privé, je veux que votre réponse ne laisse aucun doute aux jurés. Commencez par : « Ainsi que nous en avons discuté dans votre bureau... », ou : « Comme je vous l'ai clairement précisé en privé tel jour... », enfin vous voyez.

« Il est important, monsieur Wesley, que les jurés comprennent immédiatement que vous n'êtes pas simplement un agent spécial du FBI, mais aussi le directeur de l'unité des sciences du comportement de la base de Quantico, dont la mission est d'étudier et d'analyser les actes de violence criminelle et de dresser le profil psychologique des tueurs les plus monstrueux de la planète. Vous pourriez ainsi souligner que le profil du Dr Scarpetta ne correspond en rien à celui d'une tueuse et que, de surcroît, l'éventualité d'une telle hypothèse est grotesque. Autre point fondamental : les jurés doivent être renseignés sur la nature de vos relations avec Mark James. N'oubliez pas d'insister sur le fait que vous étiez non seulement son mentor, mais aussi son meilleur ami. En bref, faites passer le maximum d'informations parce que vous pouvez être certain que Patterson fera tout pour les conserver sous le coude. Surtout, attardez-vous sur la présence *dans la salle* de Charlie Hale.

– Et si on ne m'appelait pas à la barre ? s'enquit celui-ci.

– Ce ne serait pas bon pour nous, répliqua Grueman. Ainsi que je vous l'ai expliqué lorsque nous nous sommes rencontrés à Londres, cette audience est le terrain de jeu du procureur. Le Dr Scarpetta n'est pas autorisé à présenter des preuves ou même des témoins. Notre seule tactique consiste à nous débrouiller pour qu'au moins un des jurés requière un témoignage en particulier, bref qu'il nous invite à entrer par la petite porte.

– Vos procédures me sidèrent, constata Charlie Hale.

– Vous n'avez pas oublié de vous munir du bordereau de dépôt et des factures d'honoraires que vous avez acquittées, n'est-ce pas ?

– Bien sûr que non, monsieur.

– C'est parfait. N'attendez pas que l'on vous les demande. Étalez-les sur la table en parlant. Au fait, la… situation de votre épouse n'a pas évolué depuis que nous avons discuté ?

– Non, monsieur. Comme je vous l'ai dit, elle sort d'une fécondation *in vitro*. Jusque-là, croisons les doigts, tout se passe bien.

– Si la moindre occasion se présente, n'hésitez pas à l'évoquer devant le jury.

Quelques minutes s'écoulèrent avant que je sois appelée dans la salle d'audience.

Grueman se leva avec moi en commentant :

– Il fallait s'y attendre… Il va commencer par vous. Ensuite, il fera entrer vos détracteurs en espérant laisser une mauvaise impression aux jurés.

Il m'accompagna jusqu'à la porte en me rassurant d'un :

– N'oubliez pas que je suis présent si vous avez besoin de moi.

J'acquiesçai d'un signe de tête et entrai. Je m'installai sur la chaise libre en bout de table. Patterson n'était pas encore présent et je soupçonnais l'une de ses tactiques. Il voulait me déstabiliser en me livrant à l'examen silencieux des dix inconnus qui tenaient mon sort entre leurs mains. Pourtant, je rendis leur regard à chacun et adressai même un sourire à quelques-uns. Une jeune femme d'allure sérieuse, aux lèvres rehaussées d'un rouge à lèvres très vif, parut décidée à ne pas attendre l'arrivée de l'attorney du Commonwealth :

– Comment se fait-il que vous ayez choisi de vous occuper des morts plutôt que des vivants ? demanda-t-elle. Cela paraît étrange de la part d'un médecin.

– Au contraire, je crois que c'est mon immense préoccupation pour les vivants qui me pousse à m'intéresser aux morts. Tout ce que l'on peut apprendre d'eux bénéficie à ceux qui restent et c'est à ces derniers de faire justice.

– Mais cela ne finit-il pas par vous miner le moral ? s'enquit à son tour un homme âgé, un air de sincérité douloureuse sur le visage et dont je remarquai les grandes mains rugueuses.

– Bien sûr que si.

– Ça représente combien d'années d'études après le

lycée ? voulut savoir une grande femme noire solidement charpentée.

– Dix-sept ans en comptant les stages d'internat et le post-doctorat.

– Doux Jésus !

– Et où c'était ?

– Vous voulez savoir dans quelles universités j'ai poursuivi mes études ? demandai-je au jeune homme mince qui portait des lunettes.

– Oui, m'dame.

– À Saint Michael, à l'académie Notre-Dame-de-Lourdes, ensuite à Cornell, Johns Hopkins et enfin Georgetown.

– Votre père était médecin ?

– Non, il possédait une petite épicerie à Miami.

– Ben, dis donc, j'aimerais pas être celui qu'a dû payer pour toutes ces études !

Quelques rires étouffés plutôt cordiaux accueillirent cette sortie.

– J'ai eu la chance d'obtenir des bourses, même au lycée, précisai-je.

– Un de mes oncles travaille pour les pompes funèbres du Crépuscule à Norfolk, annonça un autre.

– Oh, allez, Barry, c'est une blague… Ça existe pas, une entreprise de pompes funèbres avec un nom pareil.

– Mais si, c'est pas des blagues !

– Y a pire. Chez nous, à Fayetteville, le croque-mort s'appelle Mr Tomb. Eh ben, devinez donc le nom de son entreprise de pompes funèbres ?

– On préfère pas !

– Et vous n'êtes pas du coin ?

– Je suis née à Miami.

– Scarpetta, c'est bien un nom espagnol, non ?

– En réalité, c'est d'origine italienne.

– Ah, oui ? C'est marrant parce que je pensais que les Italiens étaient plutôt mats et aux cheveux bruns.

– Mes ancêtres sont de Vérone, c'est en Italie du Nord. Une bonne partie de la population est issue de métissages avec des Savoyards, des Autrichiens et des Suisses, exposai-je patiemment, ce qui explique que bon nombre aient les yeux bleus et les cheveux plutôt blonds.

– Ah, mince ! Alors je suppose que vous êtes un vrai cordon-bleu.

– Faire la cuisine est, en effet, un de mes passe-temps favoris, avouai-je.

Un homme très élégant, de ma tranche d'âge, prit la parole :

– Docteur Scarpetta, je crains de n'avoir pas très bien compris votre fonction. Vous êtes bien le médecin expert général de Richmond, c'est cela ?

– Du Commonwealth de Virginie. Il existe quatre antennes régionales : le bureau central, qui est installé ici, à Richmond ; le bureau de Tidewater, pour le district de Norfolk ; celui de Virginie occidentale, à Roanoke ; et, enfin, le bureau du district nord, à Alexandria.

– Et, donc, le médecin expert général est basé ici, à Richmond ?

– C'est cela. C'était la localisation la plus logique puisque le système médico-légal fait partie des institutions, et que c'est à Richmond que se concentre tout ce qui concerne le législatif, expliquai-je au moment où Roy Patterson fit enfin son entrée.

C'était un grand homme noir à la carrure d'athlète, séduisant avec ses cheveux coupés très court qui commençaient de grisonner. Il portait un costume croisé bleu sombre et ses initiales étaient brodées sur les manchettes de sa chemise jaune pâle. Roy Patterson était célèbre pour ses cravates et celle-ci semblait peinte à la main. Il accueillit avec cordialité les jurés et me réserva un petit salut bien tiède.

C'est alors que je découvris que la femme au rouge à lèvres électrique n'était autre que le chef du jury. Elle s'éclaircit la gorge et m'informa que je n'étais pas tenue de témoigner et que tout ce que je dirais pouvait être retenu contre moi.

– Je comprends, affirmai-je avant de prêter serment.

Patterson allait et venait autour de ma chaise, me toisant. Il divulgua le minimum de renseignements personnels à mon sujet, préférant insister lourdement sur le pouvoir que me conférait mon poste et l'extrême facilité avec laquelle je pouvais en user et en abuser.

– Car qui pourrait en témoigner ? En effet, le plus souvent, une seule personne assistait au travail du Dr Scarpetta, elle la secondait presque chaque jour : Susan Story. Pourtant, vous n'entendrez pas son témoignage, mesdames et messieurs les jurés, car, voyez-vous, Susan Story et le bébé qu'elle portait sont morts. Mais d'autres vous seront présentés, dès aujourd'hui. Et ces témoins vous brosseront le portrait glaçant d'une femme ambitieuse, indifférente, d'une bâtisseuse d'empire qui accumulait des erreurs aux conséquences douloureuses dans l'exercice de sa tâche. D'abord, elle a soudoyé Susan Story pour se garantir son silence. Ensuite, elle l'a tuée.

« L'on vous rebat les oreilles avec ces fables de crimes parfaits... Eh bien, demandez-vous qui serait le plus apte à en commettre un, si ce n'est le professionnel chargé de les élucider. En effet, un expert saurait que lorsqu'on a décidé d'abattre sa victime installée au volant d'une voiture, mieux vaut opter pour une arme de petit calibre afin d'éviter de possibles ricochets des projectiles. Cet expert n'abandonnerait aucun indice révélateur sur les lieux de son crime, pas même de douilles. Cet expert ne commettrait pas l'erreur d'utiliser sa propre arme pour perpétrer son forfait, celle dont on peut aisément vérifier qu'elle lui appartient bien, ne serait-ce que parce que des amis ou des collègues connaissent son existence. Au contraire, notre expert aurait recours à une arme qui ne pourrait mener jusqu'à son propriétaire.

« D'ailleurs... Elle peut parfaitement emprunter un revolver du laboratoire. Saviez-vous, mesdames et messieurs, que chaque année des centaines d'armes impliquées dans des crimes sont confisquées par les tribunaux, et que certaines d'entre elles sont confiées aux laboratoires de balistique de l'État ? Au demeurant, au moment où je vous parle, le calibre 22 qui a été appliqué contre la nuque de Susan Story pend sans doute à l'un des crochets du laboratoire de balistique ou du stand de tir souterrain que les techniciens utilisent pour leurs tests et dans lequel le Dr Scarpetta s'entraîne régulièrement au tir. J'en profite pour porter à votre connaissance que les aptitudes du Dr Scarpetta en la matière pourraient lui ouvrir les portes de n'importe quel département de police du pays. Ajoutez à cela que cette femme a déjà tué. Certes, il convient de préciser à sa décharge que l'affaire a été classée, la légitime défense ayant été reconnue.

J'avais le regard rivé sur mes mains jointes contre la table. Les doigts de la dactylo du greffe volaient sur les touches silencieuses de son clavier et Patterson n'en finissait plus. C'était un éblouissant orateur, son seul défaut étant de mal évaluer le moment idéal pour conclure. Lorsqu'il me demanda d'expliquer la présence de mes empreintes sur la grande pochette retrouvée dans la commode de Susan Story, il insista avec tant de virulence sur le fait que mon explication était ahurissante que certains jurés durent se demander pourquoi ma réponse était si *incroyable*. Enfin, il en vint à la question d'argent :

– N'est-il pas exact, docteur Scarpetta, que le 12 novembre vous vous présentâtes à l'agence de la Signet Bank située au centre-ville afin d'y rédiger un chèque et d'en retirer la contre-valeur en liquide, soit dix mille dollars ?

– C'est exact.

Je perçus la seconde de flottement de Patterson. Il s'était convaincu que j'allais m'abriter derrière le cinquième amendement.

– Est-il exact que vous n'avez ensuite déposé cet argent sur aucun de vos divers comptes bancaires ?

– C'est également exact.

– Or, donc, quelques semaines avant que votre assistante de la morgue ne dépose sur son compte trois mille cinq cents dollars – argent dont l'origine est toujours mystérieuse –, vous sortez de la Signet Bank avec dix mille dollars en liquide sur vous.

– Non, monsieur, en revanche cela est inexact. Vous

avez dû trouver dans les documents financiers qui vous ont été communiqués la photocopie d'un chèque de banque d'un montant de sept mille trois cent dix-huit livres sterling. J'en ai, du reste, une autre photocopie avec moi, précisai-je en extrayant la feuille de ma serviette.

Patterson y jeta à peine un regard tout en demandant à la secrétaire de lui attribuer un numéro de pièce à conviction.

– Voilà qui est intéressant, commenta-t-il. Vous avez acheté un chèque de banque établi au nom d'un certain Charles Hale. N'était-ce pas là plutôt un habile stratagème pour déguiser les sommes que vous remettiez à l'assistante de votre morgue, voire à d'autres personnes ? Et si ce fameux Charles Hale avait en réalité reconverti ces livres sterling en dollars avant de les réexpédier à leur véritable destinataire... Susan Story, par exemple ?

– C'est faux, déclarai-je. D'ailleurs je n'ai jamais remis ce chèque à Charles Hale.

Un instant de perplexité sembla ébranler Patterson.

– Vraiment ? Qu'en avez-vous fait ?

– Je l'ai confié à Benton Wesley qui s'est assuré que le chèque parviendrait bien à Mr Hale. Benton Wesley est...

Il me coupa la parole d'un :

– Allons, cette histoire devient de plus en plus absurde.

– Mr Patterson...

– Qui est ce Charles Hale ?

– J'aimerais terminer ma phrase, insistai-je.

– Répondez à la question. Qui est Charles Hale ?

– Je voudrais bien entendre ce qu'elle a à dire, intervint un homme en veste écossaise.

– Eh bien, nous vous écoutons, concéda Patterson avec un sourire glacial.

– J'ai remis ce chèque de banque à Benton Wesley, agent spécial du FBI et profileur à l'unité des sciences du comportement de la base de Quantico.

Une femme leva timidement la main.

– Est-ce celui dont on a parlé dans les journaux ? Ce monsieur que l'on appelle lorsqu'il se commet des meurtres épouvantables, comme ceux de Gainesville ?

– C'est cela, répondis-je. Il s'agit d'un de mes collègues. Il a d'ailleurs été le meilleur ami d'un ami personnel, Mark James, lui-même agent spécial du FBI.

D'un ton dont il n'essayait pas de dissimuler l'impatience, Patterson lança :

– Docteur Scarpetta, il serait souhaitable de préciser que Mark James était davantage qu'un « ami personnel », comme vous le décrivez.

– S'agit-il d'une question, monsieur Patterson ?

– Si l'on exclut les inévitables conflits d'intérêts qui peuvent surgir lorsque le médecin expert général a une liaison avec un agent spécial du FBI, ce point est dépourvu de lien avec l'affaire qui nous occupe aujourd'hui. En conséquence de quoi, je ne...

Je l'interrompis :

– Ma relation avec Mark James a débuté lorsque nous étions tous deux étudiants en faculté de droit. On ne peut donc pas évoquer de possibles conflits d'intérêts. De surcroît, je tiens à ce qu'il soit mentionné dans les minutes de cette audience que j'objecte aux insinuations de l'attorney du Commonwealth lorsqu'il fait état de liaisons que j'aurais pu entretenir.

Les doigts de la secrétaire volaient au-dessus des touches.

Mes mains étaient si fermement crispées contre le rebord de la table que mes jointures avaient pâli.

– Qui est Charles Hale ? répéta Patterson. Et pour quelle raison feriez-vous cadeau de l'équivalent de dix mille dollars en livres sterling à ce monsieur ?

De fines cicatrices rosées défigurant un profil. Deux doigts préservés sur un moignon de chair cicatricielle.

– C'était un des employés de la gare Victoria, à Londres. Il vendait les billets.

– *C'était ?*

– En effet, c'était... jusqu'à ce lundi 18 février, juste avant l'explosion de la bombe.

Nul ne m'avait avertie. J'avais suivi les reportages diffusés durant toute cette journée à la télévision, pourtant pas le moindre doute, pas la moindre prémonition ne m'avait traversé l'esprit jusqu'à ce que la sonnerie du téléphone ne me réveille le lendemain, 19 février, à 2 h 41 du matin, exactement. Il était quatre heures de plus à Londres. Mark était mort depuis la veille, ou presque. J'avais écouté Benton Wesley, si assommée que je ne parvenais plus à comprendre un traître mot de ce qu'il tentait de m'expliquer.

– Mais enfin... Ça s'est produit hier, on en a parlé toute la journée. Vous voulez dire qu'une autre bombe a explosé ?

– Non, Kay, l'attentat a bien eu lieu hier matin, durant l'heure de pointe. Mais j'apprends tout juste la nouvelle… pour Mark. Notre attaché juridique en poste à Londres vient de me prévenir.

– Vous êtes sûr ? Vous êtes absolument sûr ?

– *Mon Dieu, Kay… Je suis désolé.*

– Ils l'ont identifié avec certitude ?

– Oui. Sans l'ombre d'un doute.

– Mais… Vous êtes sûr, je veux dire…

– Kay, je suis chez moi. Je saute dans ma voiture, je peux vous rejoindre chez vous, dans une heure au plus…

– Non… Non.

J'étais au-delà des larmes. Une crise de tremblements nerveux m'avait secouée et j'avais erré des heures dans la maison, incapable de maîtriser l'espèce de gémissement qui me montait dans la gorge.

– Certes, docteur Scarpetta. Pourtant, si je ne m'abuse, vous ne connaissiez pas ce Charles Hale avant qu'il ne soit blessé au cours de cet attentat de Londres. Pourquoi, diable, lui auriez-vous offert une telle somme d'argent ? martela Patterson en se tapotant le front de son mouchoir.

– Sa femme et lui désiraient un enfant plus que tout, mais le couple n'était pas parvenu à en avoir.

– Et comment êtes-vous au courant de détails si intimes au sujet de parfaits inconnus ?

– Benton Wesley m'en a informée. J'ai immédiatement pensé à Bourne Hall, le centre de recherche le plus à la pointe en matière de fécondation *in vitro*. Il s'agit là de prestations médicales qui ne sont pas prises en compte par la Sécurité sociale.

– Je n'y comprends rien… Vous dites vous-même

que l'explosion a eu lieu en février, pourtant vous attendez novembre pour rédiger ce chèque ?

– Je n'ai eu connaissance des difficultés des Hale qu'au cours de l'automne dernier, lorsque le FBI a présenté une série de photos à Mr Hale dans l'espoir qu'il reconnaîtrait peut-être un des suspects. C'est à cette occasion que Benton Wesley a compris la nature du problème du couple. J'avais demandé – dès après l'attentat – à Benton Wesley de m'informer si je pouvais rendre service aux Hale.

– Et, donc, vous avez décidé, comme cela, de financer la fécondation *in vitro* de Mrs Hale, une complète étrangère ? ironisa Patterson du ton qu'il aurait réservé à une dame qui aurait affirmé fréquenter des lutins et des gnomes.

– C'est exact.

– Seriez-vous une *sainte*, docteur Scarpetta ?

– Non.

– Alors, je vous en prie, faites-nous part de vos motivations.

– Charles Hale a tenté d'aider Mark James.

– Il a tenté de l'aider ? répéta Patterson en arpentant la pièce. Il a tenté de l'aider à quoi ? À acheter un billet de train ? À monter dans le bon train ? Ou alors à trouver le chemin des toilettes messieurs ? Que voulez-vous dire au juste ?

– Mark est resté conscient quelques minutes avant de mourir. Charles Hale était étendu non loin de lui, grièvement blessé. Il s'est efforcé de dégager les décombres qui pesaient sur Mark. Il lui a parlé, il a ôté sa veste pour s'en servir de… euh… pour… Il a essayé d'en faire un garrot pour comprimer l'hémorragie. Il a tenté tout ce qui était en son pouvoir. De toute façon, il n'y avait plus rien à faire, c'était trop tard, mais je me dis que Mark n'est pas mort seul. Et je suis si reconnaissante à Mr Hale de l'avoir accompagné jusqu'au bout. Je suis aussi tellement soulagée d'avoir pu faire un petit quelque chose en retour, et une nouvelle vie va naître Cela m'est d'une grande aide. C'est comme si tout devenait un peu moins absurde. Et non, je ne suis pas une sainte parce que, voyez-vous, c'était aussi à moi que je faisais un cadeau. En aidant les Hale, je me suis rendu service.

Un étrange silence avait envahi la salle, comme si tous ses occupants avaient discrètement quitté les lieux.

La femme au rouge à lèvres vif se pencha vers Patterson pour attirer son attention.

– Je suppose que Charles Hale est injoignable, sans doute en Angleterre, mais je me demandais si nous ne pourrions pas faire citer Benton Wesley à la barre ?

Je coupai l'herbe sous le pied de Patterson :

– Les citations à comparaître seront inutiles. Ils attendent tous les deux dans le couloir.

Je n'étais pas présente lorsque le président informa Patterson que le jury abandonnait l'idée d'une mise en examen, pas plus que lorsque l'on transmit la décision à Grueman. Dès que j'en eus terminé avec ma déposition, je fonçai à la recherche de Pete Marino.

– Je l'ai vu ressortir des toilettes y a pas une demi-heure de ça, me renseigna un policier qui grillait une cigarette appuyé contre un distributeur d'eau.

– Pourriez-vous le localiser par radio ?

Il haussa les épaules avant de récupérer l'appareil pendu à sa ceinture et de demander au répartiteur de lancer un appel à l'intention de Marino. En vain.

Je me ruai en bas des escaliers et allongeai la foulée dès que je fus hors du palais de justice. Une fois installée derrière le volant, je bouclai les portières et tournai la clé de contact. Je composai le numéro du quartier général de la police, situé juste en face du tribunal, sur mon téléphone de voiture. Un détective me répondit que Marino s'était absenté. Je fis le tour du parking dans l'espoir d'apercevoir la Ford LTD blanche, en pure perte. Je me garai alors sur un emplacement réservé afin de téléphoner à Neils Vander.

– Vous souvenez-vous de ce cambriolage survenu dans un appartement de Franklin, de ces empreintes retrouvées sur les lieux et que le système informatique a identifiées comme étant celles de Waddell ?

– Le cambriolage au cours duquel un gilet garni de duvet d'eider a été dérobé ?

– Celui-là même.

– En effet, je m'en souviens.

– Avez-vous eu à votre disposition le relevé digital du plaignant ? Ne serait-ce qu'à fin d'exclusion.

– Non, je n'ai jamais rien vu de tel. On m'a juste transmis les latentes récupérées sur les lieux du vol.

– Merci, Neils.

J'appelai ensuite le répartiteur :

– Pourriez-vous me dire si le lieutenant Marino est de service aujourd'hui ?

La voix féminine me le confirma quelques instants plus tard.

– Écoutez, pourriez-vous le contacter ? Il faut absolument que je sache où le joindre. Précisez-lui que c'est de la part du Dr Scarpetta, et très urgent.

La jeune femme me rappela moins d'une minute plus tard :

– Il est à la station-service réservée aux véhicules municipaux.

– Je suis à deux minutes, prévenez-le que j'arrive au plus vite.

Les pompes à essence municipales destinées aux voitures de police étaient plantées sur un morne rectangle d'asphalte seulement protégé par un grillage. On s'y servait soi-même. On n'y trouvait ni pompiste, ni toilettes, et encore moins de distributeurs de boissons, et l'unique moyen de dépoussiérer son pare-brise consistait à apporter son propre papier essuie-tout, sans oublier son produit lave-vitres. Marino rangeait sa carte de distribution dans le vide-poche latéral – son endroit de prédilection – lorsque je me garai à côté de son véhicule. Il descendit de voiture et s'approcha de ma vitre.

En dépit de ses efforts pour le contenir, un sourire illuminait son visage.

– J'viens d'entendre la nouvelle à la radio. Où est Grueman ? J'veux lui en serrer cinq.

– Je l'ai abandonné au tribunal, en compagnie de Wesley. Que s'est-il passé ? demandai-je, prise d'un soudain vertige.

– Hein ? Vous êtes pas au courant ? s'exclama-t-il d'un ton incrédule. Merde, Doc ! Ils vous lâchent, voilà ce qui s'est passé. Et j'peux vous dire que je me souviens que de deux autres occasions – et dans toute ma carrière – où un grand jury n'a pas conclu en requérant la mise en examen.

J'inspirai avec effort en hochant la tête.

– Je suppose que je devrais sauter de joie, pourtant je n'ai pas le cœur à ça.

– Ouais, ben, à votre place, je serais un peu dans le même état d'esprit.

– Marino, quel était le nom de cet homme qui a prétendu qu'on lui avait dérobé un gilet d'eider lors du cambriolage de son appartement ?

– Sullivan. Hilton Sullivan. Pourquoi ?

– Pendant l'audience, Patterson a eu l'outrecuidance de suggérer que j'aurais pu emprunter un revolver conservé au laboratoire de balistique pour abattre Susan. Ce que je veux dire par là, c'est qu'il existe toujours un risque non négligeable de devoir fournir une explication convaincante si vous utilisez votre arme personnelle pour commettre un crime et qu'il est ensuite prouvé que les balles proviennent bien d'elle.

– Ouais... Et le rapport avec Sullivan ?

– Quand a-t-il emménagé dans son nouvel appartement ?

– Pas la moindre idée.

– Ne serait-ce pas très futé de ma part de déclarer que mon Ruger a été volé si j'avais l'intention de commettre un meurtre ? Ainsi, si jamais on retrouvait un jour l'arme – si, par exemple, je m'en étais débarrassée parce que la police commençait à tourner autour –, ils pourraient toujours remonter jusqu'à moi grâce au numéro de série, mais je brandirais alors le constat de vol, lequel prouverait que l'arme n'était déjà plus en ma possession au moment des faits.

– Attendez, là... Vous êtes en train d'insinuer que

Sullivan a déposé une plainte bidon et que le cambriolage de son appartement était du flan ?

– Disons que je vous suggère de vous intéresser à cette possibilité. Quelle parfaite conjonction de ne pas avoir de système d'alarme et d'oublier de refermer une fenêtre, n'est-ce pas ? Ajoutez à cela son irascibilité avec les flics, car il a été odieux. Je vous parie qu'ils devaient être soulagés de le voir déguerpir du poste de police. Soulagés au point qu'ils n'ont pas insisté pour relever ses empreintes. D'autant qu'il était vêtu tout de blanc et qu'il vitupérait contre la poudre à empreintes qui avait tout cochonné chez lui. En conclusion, Marino, comment pouvez-vous être certain que les empreintes relevées chez Sullivan n'étaient pas tout bonnement les siennes ? Il habite là. Il serait logique que ses empreintes traînent un peu partout dans son appartement.

– Ben, ouais, mais l'AFIS les a identifiées comme étant celles de Waddell.

– Justement.

– Et, dans ce cas, pourquoi que Sullivan aurait appelé la police après avoir vu l'article au sujet des vols de vêtements fourrés de duvet qu'on a fait publier dans le journal ?

– Parce que, comme nous l'a expliqué Benton, ce type adore jouer. Il adore mener les autres en bateau. Il avance sur le fil du rasoir parce que c'est comme cela qu'il prend son pied.

– Merde. Faut que j'utilise votre téléphone.

Il contourna ma voiture pour s'installer sur le siège passager. Le service des renseignements lui communiqua le numéro de l'immeuble où vivait Sullivan. Lorsqu'il eut le gardien de l'immeuble en ligne, Marino lui demanda quand Sullivan s'était rendu acquéreur de son logement.

– Ouais... Ben alors, qui ? insista Marino en griffonnant sur son calepin. C'est quoi le numéro et le nom de la rue juste en face ? D'accord. Et sa voiture ? Ouais, si vous l'avez.

Marino raccrocha et se tourna vers moi.

– Bordel ! Ce mec est même pas propriétaire de l'appart. Il appartient à un homme d'affaires qui le loue. Sullivan est entré dans les lieux la première semaine de décembre. Merde, j'y crois pas ! Il a payé le loyer et la caution le 6, pour être précis. (Il ouvrit la portière en continuant :) Et il conduit une fourgonnette Chevrolet bleu foncé. Un vieux modèle, sans vitres.

Marino me suivit jusqu'au quartier général de la police et nous abandonnâmes ma voiture sur la place de parking qui lui était réservée. Puis nous fonçâmes dans Broad Street pour rejoindre Franklin.

– Reste plus qu'à souhaiter que le gardien aura pas prévenu Sullivan de mon appel, cria presque le lieutenant afin de couvrir le vacarme de son moteur.

Il ralentit peu après, se gara devant un immeuble de brique de huit étages et précisa en inspectant du regard les alentours :

– L'appart qu'il occupe donne sur l'arrière. Y a peu de chances qu'il nous repère.

Il plongea la main sous son siège pour en tirer un 9 mm, en renfort du 357 glissé dans le holster plaqué sous son aisselle gauche. Il fourra le pistolet contre ses reins, ainsi qu'un chargeur supplémentaire dans sa poche, avant d'ouvrir la portière.

– Euh… Marino, si vous redoutez une guerre, je ne verrais aucun inconvénient à demeurer dans la voiture.

– Ouais, ben si on s'achemine vers une guerre, je vous balance mon 357 et deux ou trois chargeurs, et vous aurez super-intérêt à être une aussi bonne tireuse que le prétend Patterson. À ce sujet, j'exige que vous restiez derrière moi.

Nous gravîmes les marches du porche et Marino enfonça le bouton de l'interphone en grommelant :

– J'vous fous mon billet qu'il va pas être là.

Quelques instants plus tard, le claquement d'un verrou résonna de l'autre côté de la porte qui s'entrouvrit. Un homme âgé aux épais sourcils gris s'encadra sur le seuil et se présenta comme le gardien avec lequel Marino avait discuté un peu plus tôt.

– Vous savez s'il est chez lui ?

– Je n'en ai pas la moindre idée.

– Bon, ben, on va monter le vérifier, déclara le lieutenant.

– Ce sera pas la peine de monter, l'appartement est situé au rez-de-chaussée. (Le gardien pointa l'est de l'index.) Vous suivez ce couloir, puis vous prenez le premier à gauche. C'est l'appartement d'angle, tout au bout. Le numéro 17.

Une impression de luxe tranquille mais un peu fatigué se dégageait des lieux, assez similaire à celle que l'on éprouve dans ces vieux hôtels dans lesquels on n'a plus guère envie de s'attarder parce que les chambres y sont trop exiguës, leur décoration un peu sinistre et passée. Quelques brûlures de cigarette parsemaient la moquette rouge sombre et les lambris s'étaient enlaidis d'une teinte noirâtre. Une petite plaque de cuivre gravée du chiffre 17 signalait l'appartement qu'occupait Hilton Sullivan. Rien d'autre, ni judas, ni œilleton. Marino frappa contre le battant. Aussitôt l'écho d'un pas nous parvint de l'intérieur.

– Qui est-ce ? demanda une voix.

– Service d'entretien, annonça Marino. On vient changer le filtre de votre chaudière.

La porte s'ouvrit. Mon cœur rata un battement lorsque le regard bleu perçant se riva au mien. Hilton Sullivan tenta de repousser la porte mais Marino la bloquait de son pied.

– Reculez-vous, me hurla-t-il en dégainant son arme et en penchant le buste vers l'arrière pour se dégager de l'angle de tir parfait que constituait l'embrasure.

Je fonçai dans le couloir au moment où il balançait son pied dans le panneau de la porte, avec une telle violence que le battant rebondit contre le mur intérieur. Le revolver braqué, il pénétra dans l'appartement. J'attendis, le cœur au bord des lèvres, l'écho d'une détonation ou d'une bagarre. Plusieurs minutes s'écoulèrent. Puis Marino débita quelque chose contre le micro de sa radio. Il émergea enfin, en sueur et le visage cramoisi de fureur.

– Bordel de merde, je peux pas y croire ! Il s'est barré par la fenêtre, aussi rapide qu'un foutu lièvre. Disparu, sans laisser de traces. Foutu fils de pute ! Sa fourgonnette est garée là-bas, sur le parking arrière. Il s'est tiré à pied. J'ai envoyé une alerte à toutes les patrouilles du coin.

Il essuya la sueur qui lui dégoulinait du visage et lutta pour retrouver son souffle.

– Mais j'ai cru qu'il s'agissait d'une femme, articulai-je avec peine, comme sous le coup d'une anesthésie.

Marino me dévisagea.

– Hein ?

– Lorsque j'ai rendu visite à Helen Grimes, il était chez elle. Il est passé derrière elle en me jetant un regard pendant que nous discutions. J'ai vraiment cru qu'il s'agissait d'une femme.

– Sullivan se trouvait chez Helen Attila ? brailla Marino.

– Je suis formelle.

– Bordel de bordel... Mais qu'est-ce que ça signifie, ce truc ?

Nous devions le comprendre en fouillant l'appartement qu'occupait Sullivan. L'ensemble était élégamment décoré d'antiquités et de tapis de prix. Le gardien avait confié à Marino qu'ils appartenaient au propriétaire, non à Sullivan. Une musique de jazz provenait de la chambre. Sur le lit, nous découvrîmes le fameux gilet bleu garni de duvet d'eider abandonné à côté d'une chemise de velours beige et d'un jean délavé, pliés avec soin. Ses chaussures de sport et ses chaussettes traînaient sur le tapis. Une casquette de base-ball verte et une paire de lunettes de soleil étaient posées sur la commode en acajou, ainsi qu'une chemise bleu réglementaire dont la poche de poitrine était encore ornée d'un badge portant le nom d'Helen Grimes. Une grande enveloppe de photographies était poussée en dessous. Marino les passa en revue, me les montrant l'une après l'autre.

– Nom de Dieu..., répétait Marino à chaque nouveau cliché.

Une bonne douzaine d'entre eux représentait Hilton Sullivan, nu, ligoté de diverses façons, en compagnie d'une Helen Grimes très convaincante dans le rôle de la gardienne de prison sadique. Leur mise en scène préférée semblait être celle au cours de laquelle Sullivan était assis sur une chaise pendant que Grimes jouait les inquisiteurs, plantée derrière lui, prétendant l'étrangler de son bras replié ou lui infliger d'autres tortures. Sullivan était un jeune homme blond d'une saisissante beauté, pourtant je soupçonnais le joli corps mince d'être doté d'une force et d'une souplesse peu communes. Nous tombâmes ensuite sur la photo du cadavre ensanglanté de Robyn Naismith adossé au poste de télévision de son salon, et sur une autre prise de son corps étendu sur une table d'autopsie en inox. Au fond, ce qui me troubla le plus dans cette série, ce fut le visage de Sullivan, totalement vierge d'expression. Sans doute la glace de son regard ne cédait-elle jamais, même lorsqu'il tuait.

– Voilà peut-être la raison pour laquelle Donahue aimait tant ce petit gars, lâcha Marino en replaçant les photos dans leur enveloppe. Genre, fallait bien une troisième personne pour prendre les photos, non ? La veuve du directeur m'a confié que son défunt mari était un fana de photographie.

– Helen Grimes doit connaître la véritable identité d'Hilton Sullivan, déclarai-je comme les sirènes hurlaient dans la rue.

Marino jeta un coup d'œil par la fenêtre en annonçant :

– Bien. Lucero est là.

J'examinai le gilet abandonné sur le lit et découvris

une petite plume dépassant d'un infime accroc de l'une des coutures.

D'autres voitures de patrouille se garèrent, des portières claquèrent.

– Bon, on s'en va, annonça Marino lorsque Lucero apparut. Oubliez pas d'embarquer sa caisse. (Puis, se tournant vers moi :) Doc, vous vous souvenez comment on se rend à la baraque d'Helen Grimes ?

– Oui.

– Chouette, allons papoter un peu avec la dame.

Helen Grimes ne devait pas se révéler très bavarde.

Lorsque nous arrivâmes chez elle trois quarts d'heure plus tard, la porte de sa fermette n'était pas fermée à clé et nous entrâmes. Le chauffage était poussé au maximum et l'odeur qui régnait à l'intérieur était de celles que l'on n'oublie jamais.

– Doux Jésus, murmura Marino en pénétrant dans la chambre.

Le corps décapité d'Helen Grimes était installé sur une chaise repoussée contre un mur. Ce n'est que trois jours plus tard que le fermier d'en face découvrit le reste. Sur le coup, il s'étonna que quelqu'un ait pu oublier un sac de bowling au beau milieu de son champ. Après coup, il regretta de l'avoir ouvert.

Épilogue

Une alternance d'ombre et de plaisant soleil baignait le jardin situé à l'arrière de la maison de ma mère à Miami. Les rouges d'une profusion d'hibiscus explosaient de chaque côté de la porte-moustiquaire. Le citronnier des Keys planté près de la barrière pliait sous le poids des fruits quand tous ceux du voisinage semblaient déplorer leur stérilité, voire leur agonie. Cette abondance m'était incompréhensible. Était-il véritablement possible de convaincre des arbres de pousser et de donner à coup de remontrances ? J'avais toujours entendu dire qu'il fallait, au contraire, leur parler avec tendresse.

– Katie ! cria ma mère de la fenêtre de la cuisine.

L'eau tambourinait contre les parois de l'évier. Inutile de répondre.

Lucy dégomma ma reine avec sa tour.

– Tu sais, commençai-je, je déteste jouer aux échecs avec toi, vraiment.

– Alors pourquoi persister à me demander de jouer ?

– Moi, te demander de jouer ? C'est toi qui me forces et, en plus, une partie ne te suffit jamais.

– Ah, ça, c'est parce que je tente de t'offrir à chaque fois une deuxième chance. Mais tu t'obstines à la gâcher.

Nous étions installées face à face à la table du patio. Les glaçons avaient fini par fondre dans nos verres de citron pressé et je commençais à redouter d'avoir pris un coup de soleil.

– Katie ? Vous comptez sortir un peu plus tard, Lucy et toi ? Il faudrait une bouteille de vin, reprit ma mère depuis la fenêtre.

Je distinguais la forme de son crâne et la rondeur de son visage. Les portes de placard claquèrent, puis la sonnerie stridente du téléphone résonna. Ma mère me tendit le combiné sans fil par la porte.

– C'est Benton, annonça la voix familière. J'ai lu dans les pages météo du journal que vous aviez un temps magnifique en Floride. Ici, il pleut et nous flirtons avec un agréable cinq à huit degrés.

– Oh, vous allez me donner le mal du pays.

– Kay, nous pensons être parvenus à l'identifier. À ce propos, quelqu'un s'est donné beaucoup de mal pour lui fournir de faux papiers – des petites merveilles, je dois dire. Ils lui ont permis de faire ses emplettes chez un armurier, de louer un appartement sans l'ombre d'une difficulté.

– D'où provient l'argent nécessaire ?

– De sa famille. Il avait dû en mettre de côté. Quoi qu'il en soit, nous avons épluché les fichiers des établissements pénitentiaires, interviewé pas mal de personnes. Il en ressort qu'Hilton Sullivan serait le pseudonyme d'un homme de trente et un ans, répondant au nom de Temple Brooks Gault, d'Albany, en Géorgie. Le père possède une plantation de pacaniers, grosse fortune. Gault est assez typique par certains côtés : une passion pour les armes à feu, les couteaux, les arts martiaux, sans oublier une vive affection pour la pornographie violente. De surcroît, c'est un antisocial, etc.

– Et quelles sont ses atypies ?

– Il est totalement imprévisible. De fait, Kay, aucun des profils psychologiques classiques ne lui correspond. Ce type est hors normes et nomenclature. Si quelque chose l'amuse ou le séduit, il le fait. Il s'agit d'un narcissique vaniteux, très imbu de sa personne... Ses cheveux en sont la preuve. Il les éclaircit lui-même. Nous avons retrouvé des boîtes de teinture capillaire et tout l'attirail nécessaire à un balayage dans l'appartement. Certaines de ses incohérences sont... comment dire... déroutantes.

– Comment ça ?

– Il conduisait cette vieille fourgonnette délabrée qu'il avait rachetée à un artisan, un peintre en bâtiment. Il semble que Gault ne se soit jamais donné la peine de la laver, ou même de la nettoyer après avoir supplicié Eddie Heath à l'intérieur du véhicule. D'ailleurs, c'est grâce à cela que nous avons découvert des indices plus que révélateurs, dont du sang du groupe correspondant à celui du petit garçon. Il s'agit là de comportements qui signent une désorganisation. En revanche, Gault a supprimé toute marque de morsure et s'est débrouillé pour intervertir ses empreintes stockées dans le fichier national avec celles d'un autre – et ça, c'est éminemment organisé.

– Benton, racontez-moi un peu son histoire.

– Il a été condamné pour homicide involontaire. Il y a deux ans et demi de cela, il s'est énervé contre un autre client dans un bar, et il l'a tué à coups de pied portés à la tête. Cela s'est passé à Abingdon, en Virginie. Car, autant vous le préciser, notre homme est ceinture noire de karaté.

– Êtes-vous parvenu à le localiser ? demandai-je en surveillant Lucy du coin de l'œil pendant qu'elle disposait les pièces sur l'échiquier.

– Non. Mais je tiens à vous répéter ce que j'ai déjà seriné à tous ceux qui sont impliqués dans cette enquête. Ce type ignore la peur. Il est surtout guidé par ses impulsions, ce qui implique qu'il est ardu de prévoir ses actes.

– Je comprends.

– Kay, faites en sorte d'être particulièrement prudente, en permanence.

Quelles précautions pouvait-on prendre pour se protéger d'un tel être ?

– Nous devons tous rester sur le qui-vive, insista Wesley.

– Je comprends, m'entendis-je répéter.

– Donahue n'avait pas la moindre idée de l'extrême dangerosité de l'être qu'il relâchait. Ou, plus exactement, c'est Norring qui a fait preuve d'un calamiteux optimisme en la matière. Cela étant, je ne crois pas que notre bon gouverneur ait sélectionné ce tordu. Selon moi, il tenait juste à récupérer sa fichue serviette et a versé à Donahue les fonds nécessaires en lui intimant l'ordre de se débrouiller comme il le voulait mais de la lui ramener. Nous ne parviendrons pas à faire plonger

Norring pour de bon, et il évitera la prison. Il a été bien trop prudent pour nous laisser une prise et, de surcroît, la plupart des témoins de cette affaire sont décédés. (Il marqua une courte pose avant de poursuivre :) Cependant, il y a toujours votre avocat et moi-même.

– Que voulez-vous dire ?

– Je lui ai nettement mais subtilement fait comprendre qu'il serait vraiment enquiquinant pour sa réputation que les médias aient vent – par la plus grande des malchances – de l'existence d'une certaine mallette dérobée chez Robyn Naismith. Grueman s'est, lui aussi, offert un petit tête-à-tête avec Norring. Selon ce que votre avocat m'a raconté, Norring a verdi lorsqu'il a compati au sujet de l'éprouvante expérience qu'avait dû traverser le gouverneur lorsqu'il avait été obligé de foncer en voiture au service des urgences la nuit précédant le meurtre de Robyn.

En consultant les archives des journaux et en faisant le tour des différents contacts avec lesquels j'étais en relation dans les divers hôpitaux de la région, j'avais en effet découvert que Norring avait été admis aux urgences de l'hôpital Henrico Doctor's la veille de l'assassinat de Robyn Naismith. Le gouverneur venait de s'injecter une dose d'épinéphrine dans la cuisse gauche. Il était en plein choc anaphylactique sévère après avoir consommé des mets chinois, un repas à emporter dont je me souvenais que la police avait retrouvé les petits récipients de carton dans la poubelle de sa maîtresse. Quelques crevettes ou d'autres fruits de mer avaient vraisemblablement été mélangés aux plats que Robyn avait commandés pour leur dîner. Les premiers symptômes du choc allergique se manifestant, il avait aussitôt dû s'injecter une dose d'épinéphrine – peut-être une seringue qu'il gardait chez la jeune femme –, puis s'était rué vers l'hôpital le plus proche. La panique aidant, il avait complètement oublié sa serviette.

– Écoutez, Benton… Tout ce que je demande, c'est de ne plus avoir de contact direct avec lui. Je veux qu'il me fiche la paix, rien d'autre.

– Tout s'arrange, en ce cas… Voyez-vous, la santé du gouverneur Norring s'est considérablement dégradée ces temps derniers. Du coup, il a pensé qu'il serait souhaitable de chercher un poste dans le privé, quelque chose de beaucoup moins stressant. J'ai le sentiment qu'il a une piste, sur la côte ouest. En d'autres termes, je suis convaincu qu'il ne vous ennuiera plus, à l'instar de Ben Stevens… D'ailleurs, ces deux messieurs ont d'autres chats à fouetter en ce moment… Tous deux sont très préoccupés par Gault, toujours en liberté. Voyons… Aux dernières nouvelles, Stevens se terrerait à Detroit. Le saviez-vous ?

– L'avez-vous, lui aussi, menacé ?

– Allons, Kay… Je ne menace jamais personne.

– Benton, vous êtes sans doute l'un des êtres les plus inquiétants que je connaisse

– Dois-je en conclure que vous ne souhaitez pas travailler avec moi ?

Lucy, la joue posée sur son poing fermé, tapotait rythmiquement des doigts de l'autre main sur le rebord de la table.

– Travailler avec vous ? répétai-je.

– C'est en réalité la raison de mon appel, et je suis

bien conscient que vous aurez besoin d'un petit temps de réflexion avant de vous décider. Nous aimerions que vous rejoigniez notre unité des sciences du comportement en tant que consultante. Oh, cela ne devrait pas être un investissement de temps trop conséquent, deux ou trois jours pas mois, peut-être... Sauf, bien sûr, en cas de crise majeure. Vous seriez chargée de l'analyse des aspects médico-légaux des différentes affaires, afin de nous assister dans l'élaboration de profils psychologiques. Votre participation serait un atout de taille pour notre équipe. D'autant que vous êtes sans doute au courant que le Dr Elsevier, qui a été notre consultant anatomo-pathologiste durant ces cinq dernières années, prend sa retraite le 1er juin prochain.

Lucy vida le fond de son verre de citron pressé dans l'herbe et se leva pour se livrer à quelques exercices d'assouplissement.

– Benton, ce n'est pas une décision que je peux prendre sur un coup de tête. Tout d'abord, je dois mettre fin à la pagaille qui règne à l'institut médico-légal. Accordez-moi un petit délai de réflexion. Il faut que je recrute un nouvel assistant de morgue et un administrateur, que je remette l'institut sur les bons rails. Quand souhaitez-vous ma réponse ?

– Vers le mois de mars ?

– Cela me va très bien. Ah, Lucy vous envoie un petit coucou.

Lorsque je raccrochai enfin, ladite Lucy me dévisageait d'un air de défi. Elle me lança :

– Pourquoi dis-tu des choses pareilles, alors que ce n'est même pas vrai ? Je ne lui ai jamais dit « coucou » !

– Mais c'est parce que je sentais à quel point tu

en mourais d'envie, rétorquai-je en me levant à mon tour.

– Katie ? cria à nouveau ma mère depuis la fenêtre de la cuisine. Il faudrait vraiment que tu rentres. Tu as traîné dehors toute l'après-midi. Au moins, as-tu pensé à te tartiner avec de la crème solaire ?

– Mais nous étions installées à l'ombre, mamie, rectifia Lucy. Tu te rappelles ce *gigantesque* ficus qui pousse dans ton jardin, non ?

– À quelle heure ta mère doit-elle nous rejoindre ? demanda ma mère à sa petite-fille.

– Dès qu'elle et ce type machin-chouette auront fini de baiser.

Le visage de ma mère disparut comme par enchantement de l'encadrement de la fenêtre. Aussitôt, l'eau reprit sa cascade dans l'évier.

– Lucy ! protestai-je à voix basse.

Elle se contenta de bâiller en réponse et s'avança vers la barrière du jardin pour profiter d'un rayon de soleil qui jouait à cache-cache. Elle lui offrit son visage en fermant les paupières.

– Tu vas accepter, n'est-ce pas, tante Kay ?

– Quoi donc ?

– Je ne sais pas, ce que vient de te proposer Mr Wesley.

J'entrepris de ranger les pièces de l'échiquier dans leur boîte.

– Ton silence est évocateur, reprit ma nièce. Je te connais. Tu vas dire oui.

– Allez, viens. Allons chercher une bouteille de vin.

– D'accord, mais seulement si j'ai le droit d'en boire un verre.

– Ça marche, mais à la condition que tu ne prennes pas le volant ce soir.

Elle passa le bras autour de ma taille et nous rejoignîmes la maison.

DU MÊME AUTEUR

Postmortem
Éditions des Deux Terres (nouvelle traduction), 2004
Le Livre de poche, 2005

Mémoires mortes
Éditions des Deux Terres (nouvelle traduction), 2004
Le Livre de poche, 2005

Et il ne restera que poussière
Éditions des Deux Terres (nouvelle traduction), 2005

La Séquence des corps
Éditions du Masque, 1995
Le Livre de poche, 1996

Une mort sans nom
Éditions du Masque, 1996
Le Livre de poche, 1997

Morts en eaux troubles
Calmann-Lévy, 1997
Le Livre de poche, 1998

Mordoc
Calmann-Lévy, 1998
Le Livre de poche, 1999

La Ville des frelons
Calmann-Lévy, 1998
Le Livre de poche, 1999

Combustion
Calmann-Lévy, 1999
Le Livre de poche, 2000

La Griffe du Sud
Calmann-Lévy, 1999
Le Livre de poche, 2000

Cadavre X
Calmann-Lévy, 2000
Le Livre de poche, 2001

Dossier Benton
Calmann-Lévy, 2001
Le Livre de poche, 2002

L'Île des chiens
Calmann-Lévy, 2002
Le Livre de poche, 2003

Jack l'Éventreur
Éditions des Deux Terres, 2003
Le Livre de poche, 2004

Baton Rouge
Calmann-Lévy, 2004
Le Livre de poche, 2005

Signe suspect
Éditions des Deux Terres, 2005

DANS LA MÊME COLLECTION

Patricia Cornwell
Postmortem
(nouvelle traduction), 2004

Mémoires mortes
(nouvelle traduction), 2004

Et il ne restera que poussière
(nouvelle traduction), 2005

La traductrice :

Andrea H. Japp est née à Paris. Elle a obtenu une maîtrise de génétique à l'université de Paris-VII, est titulaire d'un diplôme de bactériologie de l'Institut Pasteur et d'un doctorat en biochimie. Elle a également obtenu un PhD en toxicologie au MIT (Massachusetts). Andrea Japp est entrée en littérature avec le prix Cognac, remporté en 1991 pour *La Bostonienne.* Elle a écrit une quinzaine de romans, notamment *La Femelle de l'espèce* ; *Le Sacrifice du papillon* ; *Dans l'œil de l'ange* ; *La Raison des femmes* et *Le Ventre des lucioles.* Elle est la traductrice de Patricia Cornwell depuis 1996, sous le pseudonyme d'Hélène Narbonne.

Édition exclusivement réservée
aux adhérents du Club
Le Grand Livre du Mois
15, rue des Sablons
75116 Paris
réalisée avec l'aimable autorisation des Éditions des Deux Terres

RÉALISATION : PAO ÉDITIONS DU SEUIL
DÉPÔT LÉGAL : OCTOBRE 2005.
N° D'IMPRIMEUR : (82584). IMPRIMÉ EN FRANCE

ISBN : 2-286-01447-7